魅丽文化 花火工作室

围堵
可爱的他

墨书白 著

百花洲文艺出版社
BAIHUAZHOU LITERATURE AND ART PUBLISHING HOUSE

图书在版编目（CIP）数据

围堵可爱的他 / 墨书白著 . — 南昌 ：百花洲文艺
出版社 ，2019.3
ISBN 978-7-5500-3196-8

Ⅰ．①围… Ⅱ．①墨… Ⅲ．①长篇小说—中国—当代
Ⅳ．① I247.5

中国版本图书馆 CIP 数据核字（2019）第 035388 号

围堵可爱的他
墨书白 著

出 版 人	姚雪雪	
责任编辑	郝玮刚　蔡央扬	
选题策划	黄　欢	
封面设计	苏　荼	
内页设计	熊　婉	
出版发行	百花洲文艺出版社	
社　　址	南昌市红谷滩新区世贸路 898 号博能中心 A 座 20 楼	
邮　　编	330038	
经　　销	全国新华书店	
印　　刷	湖南新华精品印务有限公司	
开　　本	880mm×1230mm　1/32　印张 10	
版　　次	2019 年 3 月第 1 版第 1 次印刷	
字　　数	248 千字	
书　　号	ISBN 978-7-5500-3196-8	
定　　价	38.00 元	

赣版权登字　05-2019-49

网址 http：//www.bhzwy.com
图书若有印装错误，影响阅读，可向承印厂联系调换。

目录

目录

楔子

夏啾啾知道自己是在做梦。梦里人来人往，她坐在化妆间里，刚换好婚纱，正坐在镜子前上妆。她的周围乱作一团，她妈妈正大着嗓门讲电话："啊？人都到齐了，要开始了？妆都还没上好呢！"

她妈妈看上去比现在年纪大了很多，脸上的皮肤明显松垮，厚厚的粉也遮不住岁月的痕迹。

每个人都很忙，只有她很平静。她很清楚地知道此刻发生了什么。

她马上要结婚了。

她知道，自己要和一个叫江淮安的人结婚。她清楚地记得这个人是怎么追求她的，是怎么同她谈恋爱的。

她似乎在梦里突然就长大了，她脑海中拥有许多十六岁前的回忆。她甚至记得高考语文的作文题。这些记忆太清晰，以至于她都分辨不清，到底自己才十六岁是一个梦，还是这个婚礼是一个梦。

夏啾啾静静地看着镜子里陌生的自己穿着婚纱，化妆间的门口，又有人冲进来："新娘子好了吗？司仪说时间到了……"

"快了，快了，催命啊！"

夏啾啾的周围吵吵嚷嚷，她却十分淡定。

夏啾啾从来没有操心过什么事，从小到大都是别人替她操心。她以前一直是这样，现在在梦里，似乎也没什么区别。她除了像个洋娃娃一样任人摆布，其他的什么都没做过，就连伴娘，都是江淮安替她选的。

此刻，两个伴娘正站在门口等她。化妆师捧着夏啾啾的脸，着急地说："来，抿一抿。"夏啾啾乖巧地抿了唇，然后站起身看向门外。在门口等待的伴娘之一看见夏啾啾这副模样就笑了，同对面的另一个说："你看她那样子，还像没长大的小女孩一样，竟然就要结婚了。"

第二个伴娘笑了笑，礼貌又带着几分疏离，和第一个热情的模样完全不同。她们两个走到夏啾啾的身前，对夏啾啾笑着说："走吧。"

正说话时，一个服务员突然冲了出来，焦急地说："快，快，快准备了，新娘子该入场了！"

"新娘子已经准备好了。"伴娘应声道。

服务员点点头，又冲了出去。

伴娘领着夏啾啾来到大门前。

大门"吱呀"一声被推开，夏啾啾进入后才发现，所有的人都已站在各自的位置上等着她。大门前的红毯一路绵延到尽头。尽头处，一个英俊的青年正站在那里，笑意盈盈地望着她。

婚礼配乐适时地响了起来。夏啾啾的父亲夏元宝走过来，抹着眼泪让夏啾啾挽住自己的手。他红着眼说："来，我送你过去。"

夏啾啾看了夏元宝一眼，然后挽住他的手，踩着音乐的节奏走了进去。"爸，我明天就回家吃饭，你哭什么？"她有些不理解。

夏元宝愣了愣，随后道："也是，我看大家都在哭，就情不自禁哭了。"

"21世纪了，"夏啾啾提醒他，"你别以为我嫁出去就不回家了，开心点。"

被夏啾啾这么一劝，夏元宝立刻笑了。然后，他带着夏啾啾朝红毯的尽头走去。

夏啾啾看着站在红毯尽头的那个人，他穿着白色的礼服，英俊的脸上带着浅浅的笑意。阳光透过玻璃，落在他的身上，让他的笑容显得更加温暖。

他们之间明明只隔着十几步的距离，夏啾啾却莫名觉得，这距离仿佛十分遥远。

不知道为什么，夏啾啾的目光有些涣散，她感觉周围的一切都开始变形。恍惚间，她被夏元宝拉到江淮安的身前。夏啾啾也没听清周围的声音，只感觉到江淮安握住了她的手。

"你怎么出了这么多汗？"江淮安温柔的声音让夏啾啾回过神来。

夏啾啾顺着江淮安的声音抬头，视线对上他关切的眼神。

他又问："你很紧张吗？"

夏啾啾摇了摇头。

接下来是司仪设置的问答环节。

"新郎，请问你是从什么时候开始喜欢新娘的？"

"很久以前了，大概是十六岁吧。"

"十六岁！你是暗恋吗？"司仪惊呼出声。

江淮安低头笑了笑，没有多说。

直到周围的声音彻底远去，夏啾啾看着江淮安拉起她的手，将一枚戒指从盒子里拿了出来。那戒指和他当初的求婚戒指一模一样，只是钻石更大了一些。

戒指在灯光下闪着耀眼的白光，夏啾啾感觉那白光似乎在慢慢地扩大，直到将她全部笼罩在其中。

夏啾啾猛地醒了过来，她剧烈地喘息着，有些回不过神。

梦里面的情节在她脑海里迅速地闪过，她作为梦中人的画面似乎也在脑海中隐约闪现，然后越发清晰。

她喜欢一个男人，他叫江淮安。

夏啾啾正在发呆，就听见了敲门声。

"宝贝，妈妈给你准备了一个大惊喜。"夏妈妈的声音从门外传来。

夏啾啾愣了愣，她下意识抓了自己的手机过来看时间。

2017 年 3 月 1 日，这正是她十六岁生日当天。

第一章

你认识一个叫江淮安的人吗

南城三月，本该是乍暖还寒的时候，今年却已如夏日般炎热。篮球场上的学生已经穿上短袖校服，在烈日下肆意地挥洒着汗水。

夏啾啾跟在老师的身后，朝教室走去。她穿着规矩的校服，背着书包，俨然一副乖巧可人的模样。

这位老师姓杨，叫杨琳，是夏啾啾的班主任。她看上去很年轻，似乎不到三十岁的年纪，说出来的话却十分古板。

她教育夏啾啾："市一中和你以前读的那些三四流中学可不一样，你既然来了这里就要守规矩。别以为你爸捐了一栋楼给学校就很了不起，这里家里有钱有权的多了去了，谁来都一样！"

"嗯。"

夏啾啾乖乖地应声。她的声音很温柔，语气中听不出半分的不满。

杨琳看见夏啾啾这么乖巧，语气也放缓了一些："我看你成绩一般，来了这里就更加要努力学习，否则跟不上课程的进度，就白浪费你爸的钱了！"

"老师放心。"夏啾啾很认真地回答，"我一定会好好学习，不辜负您和我爸妈的期待！"

看到回答得这么积极的学生，杨琳一时之间也没什么好说的了。她本意是想敲打一下夏啾啾，让她不要因为自己的爸爸有钱就目中无人。结果没想到夏啾啾这么乖巧，杨琳感觉自己就像是拳头打在了棉花上，顿时失去了用力的方向。

杨琳点点头，走到夏啾啾的班级门口，敲了敲门："张老师，占用一下你的时间，有个新生来报到。"

这是开学的第一节数学课，张赫还在给这批刚过完春节的学生收心，一听见"新生"两个字，他心里就有了数。前几天有个姓夏的大老板，为了让他那个数学考不过三十分的女儿进入一中读书，给学校捐了一栋楼。这件事早就在老师之间传开了。

张赫的面色不太好看，但还是点了点头："进来吧。"

夏啾啾听话地走进去，她知道自己是怎么进来的，也知道这时候，她必须低下头装乖。她背着书包，低着头，做出一副乖乖女的模样，先和张赫打了招呼，随后在黑板上写下自己的名字，并轻声细语地说："我叫夏啾啾，希望大家以后多多关照。"

然而，讲台下的学生做题的做题，睡觉的睡觉，打游戏的打游戏，并没有人理会她。

夏啾啾觉得有些尴尬。就在这时，突然有个人站起来，语气激动地说："老师，您刚才讲的问题我没听清，您再说一遍？"

那是倒数第二排的一个男生，他看上去高高壮壮的，长得十分憨厚。张赫被他气得涨红了脸，大吼道："武邑！你是不是又睡觉了？"

那个叫武邑的男生露出一脸呆滞的表情。张赫看到他这个样子更气了，他指着讲台旁边的空桌道："以后你就坐这儿，你要睡，就当着全班人的面睡！我倒要看看，你的脸皮是不是防弹衣做的，知不知羞！"

听到这话，全班哄堂大笑。武邑似乎也习以为常了，低头"哦"了一声，便不情不愿地开始收拾东西。张赫这时候想起了夏啾啾，他指了指武邑的位置，对夏啾啾说："你就坐那儿吧，赶紧坐下听课。"

夏啾啾点点头，规规矩矩地说了声"谢谢老师"后，就走下讲台，来到了武邑的座位旁。

武邑看着她，心里颇有些不爽，他觉得是夏啾啾抢走了他的座位。但他也不好意思对一个小姑娘发脾气，也就只能对着老师的背影"哼"了一声，然后提着书包走到新的座位坐下。

夏啾啾摸了摸鼻子。她琢磨着，武邑被调到那里，的确和自己有些关系。毕竟班上就那儿多了张桌子，不是她坐，就是别人坐，刚好武邑就成了那个"别人"。

夏啾啾有些不好意思，可她也不想离讲台那么近，便坐在了武邑的座位上。

武邑的同桌是一个男生，他正在睡觉，从夏啾啾的角度只看得到一个头顶。他的头发看上去黑亮而细软，在阳光下闪着一层淡淡的光泽。

他睡得很熟。夏啾啾坐下时，能听到他"咻咻"地打着小呼噜的声音。但呼噜声不大，几乎跟呼吸声一样，夏啾啾靠近了才听得到，绵长又温柔，让人……充满睡意。

而坐在夏啾啾身后的男生则一直把头埋在桌面上，似乎在憋着笑，整个人都在抖。他抖，桌子就跟着抖，夏啾啾挨着他桌子的凳子也就跟着抖。不难猜出，刚才武邑会突然站起来，肯定和这个人有关系。

夏啾啾被抖得快共振了，她有些无奈，将书包塞进自己的课桌后，便转过头，小声地说："同学，别抖了行吗？"

那人抬起头，他有一双很亮的眼睛。夏啾啾想，眼睛像狐狸一样，一看就不是什么好人。他点点头，正了正神色，就靠在椅背上，低头继续玩游戏。

夏啾啾解决完这个小问题，就将书、笔记本和试卷一一拿出来。然后，她就开始发呆。

如今的夏啾啾有很多事要做，然而当务之急并不是学习。

和很多小说里写的一样，作为一个小说的女主人公，夏啾啾必然不是一个平凡的人。

她虽然没有什么异能，却在十六岁的清晨做了一个梦。

她梦见自己二十三岁，刚刚大学毕业。大三那年，她遇见一个叫江淮安的男人，然后与他相恋，并在毕业礼的当天和他领证结婚。可惜新婚那天……

梦境在那一刻戛然而止。

梦境里的她，父母是煤老板，后来转行做了房地产，家里还有一个调皮捣蛋的弟弟。一家人奉行"女儿要富养"的政策，对她疼爱有加。

家庭和顺，朋友仗义，长得漂亮，智商正常。除了大学没考好，她的人生几乎活成了别人心中的梦想，堪称"白富美"的典范。

比她有钱的没她漂亮，比她漂亮的没她有钱，比她有钱又漂亮的，没她幸福感高。

所以在她嫁给江淮安之前，大家说得最多的一句话就是——夏啾啾投胎投得好啊。

后来她准备嫁给江淮安，大家说得最多的就是——夏啾啾嫁人嫁得好啊。

如果说夏啾啾投胎是靠自己上辈子的努力，那她能嫁给江淮安，大概是前世拯救了银河系。

而她和江淮安的初次相遇却不比江淮安本人那样完美，他们是用老土的相亲方式认识的。

江淮安比夏啾啾大一岁。虽然和她一样是大学生，但他年纪轻轻就已经功成名就，早早地创立了一家游戏公司，公司每年的盈利加上他自己的投资分红，据说身家都赶得上她爹。

除了有钱，江淮安还有一张十分俊美的脸，尤其是那双眼睛，眼角上挑的桃花眼，哪怕是藏在金丝镜片之下，也十分勾人。明明是一个端端正正的清贵公子，却怎么看都感觉带了点痞气。据说，好多影视公司和江淮安接触后，都忍不住邀请他进军娱乐圈，可惜都被他拒绝了。

简而言之，这是一位有财有貌的青年才俊，俗称钻石王老五。

可惜夏啾啾对这种太成功的男人不感冒，因为她觉得，这样的男人一定特别高傲，她不愿意受这个气。

结果，见面第一天，江淮安就刷新了她对成功男人的看法。

江淮安首先对她诉说了自己悲惨的童年。

他说，那时候他家境贫寒，读书艰苦，为了凑齐学费，他曾经在风雪交加的日子里站在街头乞讨。

他说那时候，因为穷，穿得不好，他在班上备受排挤。高中的时候，他经常被同学收保护费、殴打、嘲讽、欺负。他脾气好，胆子又小，只能默默地忍受着这一切。

但无论如何，他都保持着一颗积极向上的心。他从来不肯放弃学习，通过贷款读着大学。他又打工赚钱，在学会编程后，迅速地创立了游戏公司，从此开始走向人生巅峰。

对于江淮安的故事，夏啾啾听得泪眼汪汪。

于是，在江淮安苦笑着对她说"我知道我出身不好，配不上你，来和我吃饭是委屈了你，也不知道我们还有没有下一次见面……"时，她完全拒绝不了他，含泪点头道："不，江先生，你这么优秀，我怎么能拒绝你！下一次，我请客！"

于是他们就有了下一次的见面。

第二次见面，江淮安告诉她："其实，我从来没去过游乐园……"

夏啾啾想，这人好惨，怎么会有人有这么惨的童年？

她立刻说："走，我们去游乐园！"

第三次见面，江淮安不好意思地说："其实我没去过电影院。我一直想知道，电影院是不是真的有爆米花……"

夏啾啾果断地点头："走，我们去电影院！"

江淮安的童年真的特别惨，几乎所有和情侣有关的活动，比如夹娃娃、坐摩天轮、送巧克力等，他都没做过。而夏啾啾秉着一颗纯善之心，一直努力地满足这个曾经穷困潦倒，依靠着自己的努力才走到今天的奋斗青年的小小愿望。

就这么满足着、满足着，有一天，她就成了他的老婆。

但是，这不是哄骗，这不是逼婚，这是夏啾啾心甘情愿的！

对于江淮安，夏啾啾真的是心疼到了骨子里。就连结婚的前一天晚上，她还不忘握住江淮安的手发誓："淮安，我一定会让你幸福的！你放心，过去的都过去了，以前再苦再难，今后都有我陪在你身边！"

江淮安沉默不语，片刻后，他忐忑地说："其实吧……"

"没有什么其实，"夏啾啾打断他，"你不用安慰我，我知道你一向善解人意，不忍心我受到一点点的委屈，可是我真的不委屈。心疼你，我不委屈！"

"事实上吧……"

"你听我说完，"夏啾啾满脸诚恳，"淮安，痛苦的过去是为了更好的将来。其实，如果不是因为你太惨，以你这样的情况，我根本不会喜欢你，我们也不会在一起。所以，从今天开始，你的幸福就交给我，你不要再为过去伤怀了！"

听了这话，江淮安不说话了。

夏啾啾这时候才想起来："你刚才想说什么来着？"

"哦，没什么，"江淮安露出苦涩的微笑，"我只是没想到，有生之年，我还能拥有这样的幸福。"

江淮安的笑容总是这样，仿佛一坛酝酿了多年的美酒，苦涩中带着香气，让人觉得心酸又怜惜。

梦醒后，夏啾啾记起自己梦中的丈夫学生时代似乎是个成绩优秀的人，为了配得上"梦中情人"，夏啾啾立刻对父母表示，她打算洗心革面重新做人，想转到那个传说中最差的学生也能考到一本线分数的市一中去好好学习。

女儿好不容易发奋一次，夏家当然表示全力支持。于是，夏啾啾的爸爸就给市一中捐了一栋楼，这才有了夏啾啾这个转学的机会。

市一中是一个非常有原则的学校，转学可以，但以夏啾啾的成绩，是进不了重点班的。所以，她只能在最差的班里学习。

夏啾啾一边发呆，一边转笔。在她的笔第三次掉在课桌上时，她的同桌终于不耐烦，一把按住她的头直接磕在了桌面上，怒道："武邑，你有完没完？！"

刚吼完，少年就觉得有些不对。他愣愣地看着面前仿佛被他按着磕死了的夏啾啾，好半天，才颤颤地收回了手。

"喂……同学，你……你还活着吧？"

夏啾啾没说话，她慢慢地抬起头，露出她的面容。

夏啾啾并不是那种第一眼美女。这时候的她还没长开，身高不过一米五五，但她的身材纤细匀称。脸上带了点婴儿肥，虽然算不上漂亮，却十分可爱。

她的眼睛很大，仿佛随时带着点水汽。此刻的她面无表情地看着同桌的男生，鼻血慢慢流了下来，头上一根刚被他压下去的头发，又固执坚强地翘了起来。

被夏啾啾盯着的男生——恰好叫作江淮安的少年目瞪口呆。

他从来没打过女孩子，尤其是，这么可爱的这种。

全场寂静了一秒，老师张赫暴怒道："作死哦，你们又在干什么，还上不上课了？！"

"老师对不起。"江淮安赶紧站起来，"我错了，我保证不会再发出一点声音，我一定会像死在课堂上一样，连呼吸声都消失！"

"闭嘴，给我坐下！"

不知道为什么，或许是太不耐烦，张赫没惩罚他，就让他坐下了。

夏啾啾的脑袋被这么一撞，撞得她头晕目眩，她抬着头，捂着鼻子，不说话。下课铃适时地响起，江淮安手忙脚乱地掏出纸巾，递给夏啾啾："同学，你还好吧？"

夏啾啾带着鼻音应了一声。她的声音软软的，听得江淮安心里颤了颤，只觉得仿佛有一只无形的手撩在心上。他面上不显，依旧表现出一副急切和热忱的模样。坐在夏啾啾后面的男生看见江淮安的表情，又开始止不住地笑。

夏啾啾将纸卷起来塞进鼻孔，这才平视对面的人。对面的人脸上满是歉意，五官竟有几分像梦里的江淮安。梦中的江淮安一贯戴着眼镜，看上去斯文得体，和面前这个板寸头、满脸痞气的人气质一点都不像。但不管如何，面对一个有点像"梦中情人"的人，夏啾啾发不了脾气。她不想追究这场意外了，面无表情地转过身，低头看书。

江淮安也不打算再睡。他撑着下巴打量着这个一脸认真的小姑娘，懒洋洋地问："同学，你是我的新同桌啊，我的老同桌呢？"

夏啾啾不说话，认真地看着数学课本，抬手指向前方。江淮安顺着她指的方向看过去，只见武邑趴在讲台旁边的课桌上，睡得正香。

江淮安的眼角抽了抽，觉得有点丢脸，他赶紧转过头，看向夏啾啾后面正玩着游戏的男生："宋哲，他怎么上去的？"

这话说得颇有几分江湖气息，夏啾啾不由得看了江淮安一眼。对方没看她，夏啾啾又看了一眼他的侧面，她觉得，面前的人好像更像梦中的江淮安了一点。

不过怎么可能呢？

她家江淮安，成绩好、脾气好、温柔胆小、穷困潦倒。

夏啾啾赶紧摇了摇头，她觉得肯定是自己对那个梦好奇过度了。

连着两节课，夏啾啾都没再和江淮安多说一句话。江淮安和宋哲聊了会儿天，接着又睡了。等到放学时，宋哲拍了拍江淮安的肩膀："起了，我先回家，今晚我妈生日。"

江淮安"唔"了一声，站起身，伸了个懒腰。然后他就看见夏啾啾在旁边收拾书包。

她人不到他的肩膀，看上去小小的一只，书包却十分巨大。江淮安看着她拉上书包，整个书包鼓鼓的，看上去很沉，从外形看里面装的并不像是书，因为有棱角挤了出来。他总觉得有些奇怪，不由得探过头问："你书包里是什么？"

男生身上带着清爽的柑橘香味，夏啾啾吓了一跳，警惕地看着他："你要做什么？"

"没什么啊。"江淮安直起身，两人拉开距离，这让夏啾啾的心里舒服了很多。他将手环在胸前，背靠着墙，笑道，"我看你的书包这么鼓，就想问问是装了什么。这么重，要不要我帮你背回去？"

听了这话，夏啾啾对他的印象好了些，她觉得这个人其实也挺好的。

她的想法都表现在脸上，就像一只小动物，自以为心机深沉，其实大家都明白她在想什么。江淮安压着笑意，看着夏啾啾左思右想。

夏啾啾是打算打听一下是不是真有一个叫江淮安的人。她看着面前这位她在新学校第一个认识并对她表示出善意的同学，决定从他身上下手。

"其实……我有一件事，想要做。"

"嗯？"江淮安挑了挑眉，不明白小姑娘怎么突然说起这个，但内心的好奇让他格外地有耐心。他坐下来，拍拍凳子，神色温和地说："来，同学，坐下好好说。你有什么困难就对我说，作为你的同桌，我会帮助你的。"

这个人真的很好！

夏啾啾顿时觉得，自己的幸运体质已经开启了。她坐下来，看着江淮安，认真地说："请问，你认识一个叫江淮安的人吗？"

听到这话，江淮安挑挑眉，露出几分奇怪的神色。

"你找他做什么？"

一听这话，夏啾啾就觉得有戏，她赶紧往前坐了点："你认识？"

"听过。"江淮安一本正经地撒谎，"我可以给你介绍，但你得先告诉我，你找他做什么。万一你要对他不利呢？"

"你放心吧！"夏啾啾的语气很认真，"我绝对不会对他不利的！我对他好还来不及，怎么会对他不利呢？"

听了这话，江淮安心里有些不安："你和他什么关系？"

"我？"夏啾啾皱眉想了想，随后一脸认真地回答，"我梦见自己是他未来的老婆！"

江淮安："……"

任谁突然听到有个人跳出来说她是你未来的老婆，心情都会很微妙吧。

他轻咳了一声："那个，能不能不要太浮夸，现实点，你到底想找他干什么？"

"算了，"夏啾啾叹了口气，脸上有了几分忧愁，"说了你也不会相信的。我想找到他，帮助他！"

"你要帮助他什么？"

江淮安很好奇，他觉得自己过得很好啊。

"当然是帮助他脱离苦海！"夏啾啾一想到十六岁的江淮安正饱受欺凌，她内心就揪了起来，忍不住一股脑儿地把她梦见的都告诉新同桌，"你不知道，他家庭条件不好，以前为了赚学费，他在寒风中乞讨，被同学嘲笑也要坚持要饭，特别惨！他从来没去过电影院，也没去过游乐园，很多大家习以为常的事情，他都没干过。所以这次，我专门给他送钱来了。"

说着，夏啾啾靠近江淮安，一脸神秘地拉开了书包。江淮安低头，看见了书包里装着的东西——两块板砖。

"这个，"江淮安指着板砖，"好像不是钱。"

"这当然不是钱！"夏啾啾用一副看傻子的表情看了他一眼，她将两块板砖从书包里抽了出来，露出了下面两沓崭新的人民币。红色的"毛爷爷"整整齐齐地装满了整个书包，江淮安抬头看着夏啾啾，十分肯定地说："你一定很有钱。"

"还……还好吧。"夏啾啾有些不好意思，抓了抓自己的头发，"就……有一点点小钱啦。"说得虽然很谦虚，但她也知道这钱是多了点。她想了想，又补充道："这是我所有的压岁钱！"

"哦。"

江淮安点点头，目光移向那两块板砖："钱是拿来资助这位贫困生的，我明白了，那这两块板砖呢？"

"他不仅穷……"夏啾啾脸上依旧是一副认真的表情，语气里带着恨铁不成钢的意味，"脾气还特别好，总是被别人欺负。所以我带了两块板砖，谁要敢欺负他，我就砸死谁！"

江淮安表示理解了，他也很喜欢用板砖防身。

于是他又确认了一下："你说的是江淮安，对吧？"

"对！"

"你见过他长什么样吗？"

"额……"她记不清梦中十六岁的江淮安长什么模样，但是想一想，反正是很好看的那种。她抬头盯着江淮安，认真地想了想，"就……感觉和你长得比较像，但我觉得气质应该不太一样，毕竟他脾气好、成绩好、穷困潦倒……你……"

"我怎么了？"江淮安挑眉，颇有些不高兴的样子。

夏啾啾见这人露了脾气，下意识地往后缩了缩，小声道："你看你，脾气不好……"

江淮安："……"

"当然，你人还是不错的。"

江淮安："……"

他居然还有点小欣喜。

"而且看着就有钱，浑身自带一股有钱人家傻二少爷的气质。"

江淮安："……"

他不傻，也不二。

"重点是，在这个班，你成绩一定很差吧？"

江淮安终于忍不住了，抽了抽嘴角："你成绩也不好吧，哪里来的勇气说我成绩差？"

"所以啊……"夏啾啾摊了摊手，"虽然你和他长得很像，但我觉得你肯定不是他。你就告诉我吧，市一中有没有一个和你长得挺像的江淮安啊？"

江淮安不说话了。就在这个时候，宋哲风风火火地冲了回来，站在门口大吼了一声："江淮安，武邑在门口被打了，走！"

听到这话，夏啾啾当场愣了。

江淮安的动作极快，他翻身从课桌上跳了过去，提起夏啾啾的板砖，说了声"借一下"就冲了出去。

看着那人提起板砖气势汹汹地冲出去的背影，夏啾啾好半天才反应过来。

刚才那个宋哲叫他什么？

江淮安？

不可能吧？

这世上真有这么巧的事？同名同姓，还长得有那么一点像……

夏啾啾感觉脑子里有无数信息环绕，千言万语汇聚在脑海，简直就要爆炸，她猛地反应过来。

"站住，还我板砖！"

夏啾啾跟着板砖，不，是跟着江淮安冲了出去。

江淮安和宋哲跑得飞快，完全没注意到后面还跟着一个夏啾啾。

夏啾啾虽然学习成绩不好，但体育特别棒，这大概和她吃得多、爱运动有关系。

她跟在江淮安的后面，一路尾随着他们来到校门口。他们冲进一个小巷子，她跟着拐进去后，发现巷子里面已经打起来了。武邑还有两个穿着校服的男生和几个小混混正打得热火朝天。

夏啾啾面无表情地看着这个场景。她捏紧了拳头，忍住了冲上去揍这些小屁孩的冲动，然后毫不犹豫地转身，一边报警，一边往她之前见过的警亭跑。

警亭离学校不远，夏啾啾到了警亭后，抬起那双带着水汽的眼，焦急地说："叔叔，打……打死人了！"

警察一看到夏啾啾的模样，简单地询问了几句后，立刻跟着夏啾啾走向小巷子。

警笛声远远地就响起来，武邑一听，立刻说："警察来了！"

一听这话，江淮安赶紧说："别让他们跑了！"

宋哲心领神会，一边去拖那些人，一边将所有的板砖啊，木棍啊往对方手里塞。警车停下来时，江淮安直接往地上一躺，声音突然一变，开始喊："救命，警察叔叔！救命！"

江淮安这样做，宋哲等人也跟着照做。一时之间，江淮安这边的人都哀号着在地上躺成一片。

打人的小混混趁着这个机会跑了。警察冲进巷子里，跑到江淮安旁边，焦急地说："小朋友……"

"叔叔，是他们！"江淮安指着小混混逃跑的方向，大声道，"就是之前在这里收保护费被你们抓走的那批人，叔叔快追！"

警察一听这话，顿时皱起眉头："我知道了，又是小二那群小兔崽子。我同事已经去追了，你们没事吧？"

"我们没事。"宋哲爬起来，装出一副虚弱的样子，眯着眼道，"叔叔，我的眼镜不见了，您能帮我找找吗？"

警察听到他说眼镜，心里更放心了。那些在外面打架的小混混，很少有这种戴眼镜的。他在四周查看了一番，找到了眼镜并递给宋哲。

这时候夏啾啾也过来了，脸色不太好看。她走到江淮安面前，正准备说什么，就突然被江淮安握住了手。

江淮安满脸感激，非常诚恳地说："夏同学，谢谢你为我们报警，是你帮助了我们！武邑一直被收保护费。这次得救，你是最大的功臣！"

"武邑被收保护费？"

夏啾啾一脸迷糊，她感觉刚才那个场景，不太像是武邑被收保护费啊！

此时此刻的江淮安，完全没有了平日的痞气，仿佛一个热心为民众的优秀同学，整张脸上就写着"正直"两个字，看得夏啾啾都开始怀疑自己。

警察扶着宋哲站起来，看向夏啾啾和江淮安："哦，你们是同学啊？"

"是的。"江淮安放开夏啾啾的手，转过头，露出一个纯良的微笑，"我是市一中二班的班长，夏同学是我们班今天来的转学生。刚才我和学习委员路过这里，看见我们班同学被一群人收保护费，就想上前制止，结果……"

江淮安露出了愧疚的表情："没想到他们真的会动手，是我连累了班上的同学，还好夏同学去报警了，不然……真的是我的不对，我不该以为能和他们讲道理，我应该第一时间报警的！"

二班？所有人都知道，市一中按成绩排班，这不是尖子生的班级吗？和他们有什么关系？

而且，班……班长？！

"等等……"夏啾啾刚想开口，江淮安突然就往她身上一倒。

宋哲适时地叫出声："班长！"

夏啾啾整个人都愣住了，就江淮安这样的居然是班长，宋哲这样的还是学习委员？这个班有点魔幻啊。

然而她还来不及思考更多，江淮安就已经整个人都靠在了她身上。他抬起头，虚弱地笑："对不起……我……我有点晕……"

　　"先别说了，"警察一脸严肃，"你们先去医院处理伤势，处理完以后来派出所一趟，做个笔录。小二那批人我们会去抓的。"说完，警察扶着宋哲往前走，并对夏啾啾招呼了一声，"这位女同学，你扶一下你们班长，其他事别多说，先去医院要紧。"

　　警察说完，就和他同事一起扶人上了车。夏啾啾和江淮安走在最后，江淮安靠着她，手搭在她的肩上，一瘸一拐地往前走。

　　夏啾啾有无数的问题想问江淮安，只是一回头，就看见他虚弱的眼神。那眼神和梦中江淮安生病时的眼神极其相似，她一看到这个眼神，顿时就心软了。她叹了口气，有些无奈地扶着江淮安上了车。

　　上车之后，江淮安就开始同警察聊天。

　　江淮安受伤比较轻，不像武邑，满脸是血。他就坐在前面，和警察说着他们的日常生活。

　　"你们市一中的管理是不是特别严格啊？"警察唠着家常，"听说你们学校的升学率特别高，我儿子也想考这个高中，你们有没有什么建议？"

　　"考市一中很简单的，"江淮安摆出一副学霸的模样，"找到正确的学习方式，多上几个补习班，把成绩保持在第一名，应该就差不多了。"

　　"嗨，你们考第一很容易，我儿子就算了。你成绩很好吧，怎么剪这种头发？我今天差点以为你也是那种不学无术的小混混。"

　　他可能还真是。

　　夏啾啾内心琢磨着，没有说话。她是个很容易说别人好话的人，如果要说别人坏话，她会斟酌许久。不确定的事情，会伤人的事情，她从来不做。

　　梦中的江淮安就说："啾啾，其实你看上去傻，但比谁都聪明，你只是把自己的聪明都放在如何对别人好上了。"

　　夏啾啾的朋友很多，因为很少有人和夏啾啾相处会觉得不舒服。

　　这样的良好品德让夏啾啾选择在此刻保持沉默，但她内心仍旧有一股想要说出真相的欲望，这两种心声的碰撞让她摇摆不定。

江淮安和警察叔叔还在聊天,江淮安解释:"因为这样的头发好打理,我可以腾出更多的时间来学习,而且也不怎么好看,杜绝了早恋的可能性。"

"你说得对,我也该给我儿子剪这样的头发!"警察觉得自己似乎从江淮安这里学到了很多,他兴奋地继续问,"你平时用什么参考书?"

"《5年高考 3年模拟》。"

"那你上课一定很认真吧?"

"嗯,"江淮安说得一本正经,"上课不仅要记笔记,还要尽快消化老师讲的内容,因为下课有很多卷子要做……"

江淮安在前面描述如何学习,夏啾啾坐在后面听着。她确认了江淮安在说谎,因为他们做了一早上的同桌,对方几乎一直在睡觉,连书都不带,谈什么好好学习!

夏啾啾听得整个人都有些憋不住了,她忍不了江淮安的欺骗行为,终于决定揭发真相。她张口道:"那个……"

"夏同学,"宋哲突然碰了碰她的手臂,一脸认真地询问,"你会打游戏吗?"

"打啊。"夏啾啾的思路顺着宋哲走了下去。

宋哲拿出游戏机接道:"你觉得你打得赢我吗?"

"我怎么可能打不赢你?!"在游戏这件事上,夏啾啾的尊严不容侵犯。她将宋哲的游戏机抢过来,开始全身心地投入到游戏中。

江淮安回头看了宋哲一眼,递过去一个赞赏的眼神。宋哲眨了眨眼,用眼神传达了"小菜一碟"的回应。

没过一会儿,车就停了。警察将人送到医院后,又强调了一次,让武邑包扎好伤口来派出所一趟,然后就走了。

一行人规规矩矩地站在路口,目送着警车离开。江淮安还十分热情地挥着手,大喊道:"叔叔,谢谢了!"

警察挥了挥手,表示不谢。

而夏啾啾背着自己装满了钞票的书包,沉浸在游戏中不能自拔。

等警车走远,夏啾啾突然感觉有人挡住了她的光线,她有些不满地抬头,皱眉道:"你为什么挡我的光线?"

这时候她看清面前的人了，是江淮安。不止他，夏啾啾发现，有五个男生将她团团围住。他们都长得十分高大，夏啾啾觉得自己仿佛是一只被放在木桶里的小鸡，无处可逃。

她手里拿着游戏机，看着嘴角噙着冷笑的俊美少年，忍不住咽了咽口水。

"喜欢报警？"江淮安挑眉，"现在怎么不报了？"

"那个……"夏啾啾手里出了冷汗，心跳得飞快。她告诉自己，镇定，一定要镇定！

气势不能输，对的，一定要拿出气势来！

她要淡定，要用毫不在意对方的眼神去看他们，要用与此无关的话题，表达出自己一点都不怕的感觉。

是的，就是这样！

夏啾啾的个子比江淮安矮了很多，为了让自己迎向对方的眼神，她努力地仰着头，瞪大了眼睛。

江淮安低头看着夏啾啾，他不太明白，面前这个小姑娘仰着脖子，拼命睁大眼睛看着他是想干什么。

夏啾啾的皮肤很白，脸只有巴掌大，哪怕仰着下巴，也不显得脸大，几乎算是三百六十度完美无死角。她头顶上那根立着的头发随着她的动作左右摇摆，看上去颇为可爱。江淮安心里痒痒的，他觉得再继续看下去，这事估计没办法追究了。

这姑娘，太可爱了点。

于是他冷冷地笑："你哑了？"

夏啾啾心里"咯噔"一下。

她这么瞪他，居然没有吓到他？

不行，她不能慌，她必须要摆出一副高人的姿态吓住他！

于是，夏啾啾装出一副大姐大的模样，平静地说："要谈事可以，等我先把这一局打完。"

夏啾啾自认为颇有诸葛亮施空城计时气定神闲的气度，她觉得自己十分淡定，气场十足。但看在江淮安眼里，他只觉得，眼前这个小姑娘明明怕得要死，却还惦记着手里的游戏机。她怕是慌张得很但又拉不下面子，她应该是想说："要谈事……可以……但可不可以等我把这一局打完啊……"

这是两种完全不同效果的说话方式。

夏啾啾的话虽然不是这样，但江淮安觉得她的话里表现出了这种意思。

在场的人顿时都说不出话了。

江淮安觉得心里像被猫爪子踩上去一样，痒得不行。他瞪着夏啾啾，对方就用那双含着水汽的大眼看着他。不到十秒，江淮安就败下阵来，他哀号着出声，用手捂住自己的眼睛。

"算了算了，老子输了。"

夏啾啾的心中露出得意的笑容。

她就知道，她最凶！

第二章

这是我给你的见面礼

江淮安嚎完，所有人都心有同感。

算了算了，面对这种呆萌而不自知的女孩子，他们一群大老爷们有什么好计较的？

江淮安退了一步，摆摆手："行了，你回去吧。不过你记好了，"他眯了眯眼，露出凶光，"今天的事情，你要敢和老师说一个字，我保证你在市一中过不下去！"

"你别吓唬我！"夏啾啾因为方才的成功而自信心膨胀，她走上前一步，露出一副自认为气势汹汹的模样，"既然知道不对，你以后就不要打架了，知道吗？"

江淮安不说话，夏啾啾靠近他，他的头便更低一些。

见他低头瞧着她，夏啾啾又补充道："知道错了吗？"

"你！"江淮安忍住了抬手去拨弄那根立着的头发的冲动，也忍住了笑出声来的冲动，酷酷地道，"离我远点。"

"不！"

"你太矮了，离我这么近，我看着累。"

夏啾啾："……"

她知道她矮，可是被人这么赤裸裸地说出来，很伤她自尊啊！

但夏啾啾考虑到江淮安说得也有几分道理，自己确实是矮。于是她退了一步，故作凶狠道："知道错了吗？你要是还不知道，就不要怪我不客气了。"

江淮安憋笑憋得脸都快扭曲了："你打算怎么'不客气'？"

"我就回去告诉老师！"

行，这就代表她现在不会告诉老师。

江淮安明白了，他点点头："你回去吧。"

说完，江淮安让兄弟们互相搀扶着，他自己则双手插在裤袋里，跟着众人往医院里走。

夏啾啾记得梦中她老公说过，他高一的时候是校篮球赛冠军队的队长。她现在就等着校篮球赛，看看获胜的那个队伍的队长，和她"梦中情人"像不像！

夏啾啾记得梦中江淮安人生的每一个细节，只要他在梦里说过，她都尽量记着。

当你喜欢一个人时，就会努力地想了解他，所有让你觉得心疼的、心酸的、骄傲的、欣赏的，只要是关于他的过去，你都会努力记得。

夏啾啾喜欢一个人，也是这样单纯又执着，于是她努力将所有细节记在本子上，然后一点一点地记在心里。

他喜欢吃草莓，喜欢明亮的颜色，喜欢吃茄子，喜欢吃路边摊，喜欢在笔记本每一页的右下角都标注上时间。他会速写，心烦的时候喜欢把自己关在屋子里，走路的时候喜欢将双手插在裤袋里……

夏啾啾一边想一边往回走，身后突然传来一个轻佻的声音：“嗨，同学。”

夏啾啾停住脚步，回过头。她看见江淮安不知道什么时候出现在了小巷边上，他双手插在裤兜里，斜靠在墙上，朝她打招呼。

夏啾啾皱了皱眉：“你在这里干什么？”

“我来送你，你居然这样对我，真是让我伤心啊。”江淮安说着，抬手捂在胸口，脸上做出夸张的表情，“我真是心都要碎了。”

夏啾啾不说话，她将视线从江淮安身上移开，假装不认识这个人，径直走了。江淮安赶紧追上去，跟在夏啾啾身后：“喂，你就这么走了？”

他的声音不小，将周边人的目光都吸引了过来。

夏啾啾觉得有些丢脸，不情愿地搭腔：“离我远点。”

“我为什么要离你远点？”江淮安挑眉，自信地说，“老子长得这么帅，多少女孩子对我梦寐以求，你还嫌弃我？”

夏啾啾认真地点点头。

江淮安对她这种连客套都不情愿的直率有些语塞。他叹了口气，无奈道：“算了，我就是看你一个人回去不放心，来送送你。你别太客气，来，书包给我。”

夏啾啾一脸警惕地看着他：“你是不是想谋财害命？”

“哟！”江淮安这次声音不大，他弯腰靠近她，“长脑子啦？”

夏啾啾皱眉，她对这句话很不满意。江淮安直起身子，伸手去拿她的书包：“知道这一点，还敢这么出来？书包给我吧，放心，我要想拿你的钱，早在教室就动手了，犯不着等到这个时候。况且这里人这么多，你也不用担心。"

夏啾啾想了想，觉得江淮安说得有几分道理，她背着这么多钱的确也有点重。以前出门，背东西的不是她爸，就是她弟弟，她还真没背过什么包。于是她乖乖地将包脱下来，递给江淮安。

江淮安接过书包，单肩背在自己的背上，他抖抖肩，有些意外道："还挺沉的，你这么小的个子为什么买这么大的包？"

"装钱。"夏啾啾诚实地回答。她的书包当然没这么大，这个大书包是她临时买来装钱的。

这么豪气的回答让江淮安一时无语，他沉默了半晌，才再次开口："那个……要不认识一下，你叫什么？"

"夏啾啾。"

"哪个啾啾？"江淮安觉得这名字颇有意思，听着就可爱。

夏啾啾一脸正经道："就是鸟叫声那个，啾啾。"

"哦，"江淮安点点头，"我明白了，啾一口那个啾啾。"

夏啾啾："……"

为什么总觉得这个人在耍流氓呢？

于是夏啾啾不想和他说话了。

江淮安主动介绍自己："我叫江淮安，长江水的江，秦淮河的淮，国泰民安的安。"

夏啾啾："……"

完了，这个介绍名字的方式，和梦中那个人相亲时说的一模一样，一字不漏，连使用的成语都是一样的。

夏啾啾心里有点慌，可她告诉自己，一定要镇定。只是巧合，巧合而已。

江淮安见夏啾啾不说话，且面容越发沉重，便抬手在她面前晃了晃："你在想什么呢？"

"那个，"夏啾啾抬头，再度询问这个看上去不太靠谱的人，"你知道除了你以外，学校还有人叫江淮安吗？"

"这个，"江淮安想了想，"还真没有。"

当初这个学校放榜的时候，他在录取名单上一个一个找过去，终于成功地在倒数第一名处找到了自己。他可以确定，真没看到其他的江淮安。

夏啾啾顿时有些垂头丧气："哦。"

江淮安看着小姑娘不开心的样子，心里也挺不是滋味。他觉得这姑娘还是要看着开心些才好，于是提议："要不，我帮你找一下？"

"真的？"夏啾啾抬起头来，眼睛亮得仿佛能闪出光来。江淮安突然有些心虚，他就是随口一说，想安慰一下夏啾啾。可看夏啾啾这满脸期待的模样，仿佛他不帮忙都不行了，他觉得骑虎难下，只好艰难地点点头。

得到江淮安的保证，夏啾啾抬手拍在他的肩膀上："你这个兄弟我认定了。"

江淮安觉得好笑，看着她没有说话。

夏啾啾想了想，转到他身后，从自己包里拿出一沓人民币，交到江淮安手里，豪气地说："来，见面礼，不要客气。"

江淮安低头看着手心里的人民币，突然觉得这人民币友谊来得有点勉强。他想了想，觉得自己不能示弱，可他身上也没带什么现金，于是他将人民币放回自己的书包里，又从钱包里拿出一张会员卡，交给夏啾啾："来，这个是见面礼。你留个电话，我把密码发给你。"

夏啾啾理解这种礼尚往来。她送了江淮安这么多钱，他出于不好意思还自己一张卡，也是可以理解的。

为了不让江淮安觉得不好意思，夏啾啾迅速地和他互换了号码，这时他们已经回到了学校。夏啾啾家的车停在路边，司机见夏啾啾回来了，连忙下车小跑过来："小姐，你终于回来了。先生都快急死了！"

"嗯，不好意思了。"夏啾啾点头，从江淮安手里拿过书包，朝他摆摆手告别，就跟着司机回去了。

江淮安看着那辆绝尘而去的车，心里松了口气。带着这么多现金走在路上，他真的很替夏啾啾紧张。

送完夏啾啾，江淮安回到医院。武邑还躺在病床上，宋哲陪在旁边。江淮安一进来，宋哲就开始抱怨："我这次回去肯定要被我妈数落了，你看着吧，她过生日，我却在陪你们打架……"

话没说完，江淮安就从书包里掏出一叠钱砸下来："拿着，大家分一分。"

宋哲看着这么多钱，整个人都愣了："你什么时候学会带现金的？"

"我？"江淮安靠在椅子上，"你看这钱像我的吗？"

"夏啾啾的？"宋哲反应过来，"她给你钱做什么？"

"她说是见面礼，"江淮安皱起眉，"但我觉得像是劳务费。"

这真是一个人傻钱多的乖孩子。

宋哲脸上的表情一言难尽："你不会拿了钱就走了吧，这么占对方便宜好吗？"

"哪儿能呢？"江淮安双臂环抱靠着椅背。他闭上眼睛，看上去有些疲惫，"我给了她一张我家那老头子给我办的学习卡，专门补课的那种。"

听到这话，宋哲的嘴角抽了："我记得里面是有十万吧？"

"嗯。"

"她这课得补到什么时候？"

江淮安摆摆手："别担心，就她这样的，一个星期去一次，能给她补到复读。"

"……"宋哲听完，一脸诚恳地看向江淮安，"江哥，你答应我一件事。"

"嗯，你说。"江淮安有些累了。

宋哲握住好友的手，眼里满是诚挚又殷切的目光："以后给我送礼，送钱就可以了，别给我送卡送礼物什么的，我承受不起。"

江淮安："……"

夏啾啾回到车上后，张叔开始唠嗑："小姐，送你上车那个男孩子是谁啊？是男朋友吗？"

张叔在夏家待了快十年，他妻子是夏家的保姆。夫妻两人可以说是看着夏啾啾和夏天眷长大的，所以对他们的生活格外关心。

夏啾啾听到张叔这话，赶紧抱紧了她的小书包："张叔你可别瞎说，我和他没什么关系。"

张叔看到夏啾啾这个反应，露出意味深长的笑容，没再多说什么。

回到家里，夏啾啾刚一进门，就听见客厅里响起一阵游戏的声音，夏天眷在屋里打游戏打得昏天暗地。夏啾啾有些无奈："你就不能把声音关小一点吗？"

"姐，你回来啦！"夏天眷转过头，露出他染成黄色的刺猬头。

夏天眷和夏啾啾长得不像，夏啾啾像爸爸夏元宝，夏天眷则像妈妈何琳琳。

夏元宝长得敦厚可爱，何琳琳则身材高挑，眉目细长，极其漂亮。以前谁见到这一对夫妻，都会直接猜测，夏元宝一定很有钱。哪怕当时夏元宝还是个穷光蛋。不过他们的一双儿女都长得很好。夏啾啾像夏元宝，大眼睛白皮肤；夏天眷则是凤眼高鼻，看上去有些盛气凌人。

但是夏天眷一见到夏啾啾，顿时就会失去那份"高冷（高贵冷漠）"。比如这会儿，他一见夏啾啾回来，就像一只摇尾巴的小狗一样贴过来："姐，你来和我打游戏吧！"

"不打。"夏啾啾看了他一眼，想到自己这个弟弟以后万一和自己一样全是不堪的成绩，就忍不住提醒他，"你别光顾着打游戏了，记得好好学习。"

夏天眷露出震惊的表情，他简直不敢相信自己的姐姐居然会说出这种话。夏啾啾抱着书包，抿了抿唇，也不再多说。因为她知道，一旦自己再多说几句，夏天眷肯定会反问，她自己的成绩都不好，凭什么还要要求他。

夏啾啾想了想，梦中她的人生如果一定要说有遗憾，或许就是没上个好大学吧！

虽然这对一个收租的富二代来说并不重要，但她心里总是有些怅然的。她摇摇头，进屋后拿出参考书，准备好好学习。

而夏天眷呆呆地看着夏啾啾的房门，过了好一会儿才回过神来，他扭头问张叔："张叔，我姐怎么了？"

"她啊……"张叔小声道，"可能是恋爱了！"

夏天眷倒吸了一口凉气，他将游戏机往身旁一放，坐在沙发上开始打电话："喂，爸，是我，天眷。不好了啊，"夏天眷压低声音，一字一句地说，"我、姐、恋、爱、了！"

电话那头的夏元宝当场愣住，随后问夏天眷："你听谁说的？"

"张叔。"

"好，你先看着她，我马上搞清楚到底是怎么回事。"

夏元宝做事很迅速，到了晚上，他已经查清楚了江淮安今天的行踪。

对于江淮安打架还把夏啾啾卷进去这件事，夏元宝认为，这是一个很严重的问题。可这件事夏啾啾也有参与，夏元宝不希望夏啾啾给老师留下不好的印象，于是他决定撇清夏啾啾和这件事的关系，只举报江淮安，给这小子一个警告。

夏元宝给夏啾啾的班主任杨琳打电话："杨老师啊，那个我是想来说一下，你们班那个叫江淮安的同学今天打架了，您知道吗？对，我希望你能好好处理一下。今天要不是啾啾及时报警啊，都不知道会发生什么事情了！"

"好的，这件事和啾啾没关系。她一个女孩子，能有什么关系呢，对不对？"杨琳是知道江淮安的，而且她对今天乖巧的夏啾啾印象很好，因此也没怀疑她。

夏元宝又和杨琳聊了一会儿，就把电话挂了。

刚好，夏啾啾抱着兔子从书房门口路过，看见门开着，她探头进来："爸，你在做什么呢？"

夏元宝抹了一把冷汗，赶紧道："没什么，赶紧去睡吧，睡吧。"

夏啾啾点点头，回到自己的房间。她看着桌上的数学课本，嗯，她还能再做一张卷子！

另一边，江淮安正在自己的房间里打游戏打得不亦乐乎。武邑和宋哲同他开着语音，宋哲大喊："躲开躲开，我扔炸弹了！"

江淮安的继母许青青从门口路过，听到里面的声音，皱了皱眉头，然后在外面敲门。

"淮安，"许青青提高了声音，"别打游戏了，你弟弟在学习，会吵着他的。"

江淮安没说话，将外放改成了耳机。

武邑"呸"了一声，不满道："我和你赌十块钱，那兔崽子绝对没有在看书，天天在他妈面前装乖，有意思吗？"

"别说了。"江淮安平静地说，"继续打。"

没过多久，外面传来了汽车的声音，随后是开门声、欢迎声，以及少年喊着"爸爸"的稚嫩声音。种种声音交织在一起，不用看也能想象出一幅美好的场景。这是多么美好的一个家庭！

　　江淮安努力地让自己的注意力集中在耳机里"砰砰砰"的枪声上，却还是挡不住那些声音冲进耳朵里。

　　见他没说话，宋哲就知道他心情不好了，小心翼翼问了句："你爸回来了？"

　　"嗯。"

　　"要不要去接一下啊，我上次看你弟……"

　　"我和他不一样。"江淮安的声音里没什么起伏，也听不出什么难过的情绪，"就像我妈和他妈也不一样。"

　　所有人都知道，许青青是"小三上位"。江淮安的母亲刘慧雅癌症晚期的时候，他父亲江城就在外面和许青青勾搭上了。刘慧雅得知后心里难受，病情恶化得更快，最后她就从医院的顶楼跳了下去。

　　说到江淮安的母亲，没有人再说话。这是一个不能触碰的话题。

　　江淮安打着游戏，江城走进屋里。他将衣服递给许青青，抬头看了一眼二楼："淮安呢，睡了？"

　　"没呢，"许青青低下头，"刚才还在打游戏，我让他别打了，吵得怀南都写不了作业。"

　　"那你不管管？"江城皱起眉头，"他还小，你也还小？他都高一了，打游戏到现在你不说他？"

　　"我说了啊，"许青青叹了口气，"可我哪儿能说他啊？你不知道，他今天又在学校里打架了。"

　　江城的动作顿了顿，抬起头，眼神黯淡，这是他发怒的前兆。

　　许青青假装没看见，低头整理手上的衣服："刚才他班主任给我打电话了，说他在外面打架，被他们班的同学夏啾啾看到了。夏啾啾，就是横元地产老总夏元宝的女儿，虽然也不是什么大事……"

　　"把他叫下来！"江城没听完，直接看向旁边的保镖。

　　保镖迅速上楼，敲了敲江淮安的门："少爷，老爷让您下楼去。"

　　江淮安应了声，同宋哲他们说："我下去一趟。"他说话的时候声音有一点抖，宋哲和武邑一听这声音就知道不好了。可他们也不知道怎么办，只能呆呆地用"啊"这样的单音节应声。

江淮安开了门，规规矩矩地走下楼。江城坐在沙发上，许青青和江怀南坐在另一边。江淮安走到江城面前，恭敬地叫道："爸爸。"

"跪着。"江城从腰上解下皮带。

江淮安捏紧了拳头，没有说话，也没有任何动作。

"我让你跪着！"江城猛地提高了声音，旁边的保镖适时地一脚踢在江淮安的膝窝上，江淮安没挺住，跪了下去。

"谁让你打架的？"江城一皮带抽了上去，打在江淮安的背上，疼得他缩了缩。

江淮安没说话，江城又抽了上去："说话啊，谁让你和别人打架的？"

"我没有。"江淮安咬牙开口，他知道，承认了只会更惨。

"你就别倔了，"许青青在旁边悠悠地叹了口气，"夏家那小姑娘都说了，你还倔什么呢？你这样，只会惹你爸更生气。你多向怀南学一学，好好学习，别整天打架打游戏，你这样以后怎么办啊？"

听到"夏家那小姑娘"，江淮安的脸色瞬间冷了下来。江城一皮带接着一皮带抽过来，江淮安疼得拱起背，冷汗从他的头上滴下来，但他再也没开口。

"垃圾！废物！我怎么就生了你这么个混账东西！"江城一边打一边骂，"我给你钱，我让你上这么好的学校，我这么辛苦地教育你，是教你打架的？要当地痞流氓多容易啊，你以为你现在吃的、用的是当地痞流氓当出来的？就你这样，以后还要我把家产交给你？"

疼痛让江淮安的脑子发晕，他满脑子都是江城的骂声。

垃圾，废物，混账东西。

他总是这么骂他。

江淮安忍不住笑出声来。

他笑得江城愣了愣："你笑什么？"

"没啊，"江淮安抬起头来，笑着看向江城，"你不就巴望着我当垃圾废物吗？不就巴望着我不行，让爷爷失望，然后你就可以顺理成章地把家产都给江怀南吗？行了，我不要。"说着，江淮安撑着身体，慢慢地站起来，"要给就给，你的钱，我一分都不要！"说完，他费力地撑起自己的身体，准备上楼。

江城气得浑身颤抖："说得这么厉害，最后还不是要住老子的房子，吃老子的饭？真这么有本事，你滚啊！"

江淮安没动，他站在长廊上，转过身，静静地看向江城。

"你说的。" 他的目光很平静，仿佛早就有了这个念头，"我什么都不要，我滚。从此以后，你也别来找我。这辈子，我都不会再叫你一声'爸'。"

"滚！"江城气得将手边的茶杯砸了过去。

茶杯砸在江淮安的头上，血从他的额头上流下来。江淮安一言不发，冲上楼拿了校服和书包，就走了出去。

江城追了出去，一面追，一面骂："有本事你就别回来！我要找你，我叫你'爹'！"

江淮安没理身后的人，他提着书包和校服外套，头也不回地往外冲。马路上，车从他身边飞驰过。灯光打在少年的脸上，映出那张青涩又干净的面容，以及那双平静而冷漠的桃花眼。江淮安提着书包慢慢往前走，从裤子里拿出手机。他想打个电话，但在这一瞬间，他突然发现，自己好像没有谁可以找。

就在这时候，电话突然响了起来。夏啾啾的号码浮现在屏幕上，屏幕上是一个草团子的图像，看上去可爱又呆萌。

江淮安握着电话，站在路灯下，脸上慢慢地露出一个笑容。不知道是不是因为那个草团子的缘故，看见草团子上的那颗草，就让人觉得心情莫名地好了起来。这一刻，他突然觉得，心里有那么点温暖。

但在接通前，江淮安忽然想起来，不对，是这个人告的密！

于是他果断挂掉了电话，然后坐在路边。他也不知道自己要去哪里，也不太清楚要干什么。他就这么一个人坐着，有点茫然。

这事他是不能和别人说的。不管是宋哲还是武邑，他们眼里的小江哥没有解决不了的事情。江淮安习惯了这样的角色定位，于是在出事的时候，他一时之间居然不知道还有谁可以帮他。

他在路边坐了一会儿，慢慢地冷静下来。

这时夏啾啾发了信息给他："你送给我的是一张补课卡，我查了，里面钱太多，我还你吧。"

江淮安没理她。此刻，他对夏啾啾怀着一种纠结的心情。一方面，他觉得夏啾啾挺可爱的，小姑娘呆呆傻傻的，想起来就让人觉得心情好；另一方面，他是真的很讨厌这种打小报告的人。

江淮安盯着手机看了一会儿，夏啾啾没有再发信息来。江淮安背起书包，提着衣服去开房，正准备刷卡时，就发现卡被冻结了。

没事，他知道的，江城肯定想这么逼他就范。可他江淮安是谁啊，会打这种没把握的仗吗？

于是江淮安拿出了另一张卡——他爷爷给的。

江淮安的爷爷江春水出了名地疼大孙子，每年固定地往江淮安的卡里打一大笔钱。江淮安不用想也知道，就算他离开江城的家，他爷爷照样也能让他吃香喝辣。

他在宾馆里洗了澡，就看到夏啾啾的信息又来了："你没事儿吧？"

看到这问话，江淮安的心情好了一些，他觉得这个告密者虽然讨厌，但也没有讨厌到无法挽回的地步。他坐在床上想回信息，但想想又觉得不行，这种人绝对不能和她再有任何往来！

他将手机往枕头下一塞，将脸埋进枕头里睡了。

而另一边，夏啾啾坐在书桌面前，看着手机上显示信息"已读"，可对方却迟迟不回话，她心里开始琢磨，江淮安这是什么毛病？

等了一会儿，江淮安还是没给她回信息。夏啾啾做了一会儿题目，就上床睡觉了。睡之前她想了想，还是发了个超可爱的表情给他，配上两个字："晚安！"

信息声响起，江淮安将手机从枕头下掏出来，然后就看见了这个信息。

这是夏啾啾日常用的表情，但对于江淮安这种直男来说，简直是致命一击。

这个表情……好……好可爱！

江淮安手握着手机，不知道为什么，觉得心跳有点快。

他想了想，将这个表情复制下来，然后在他和宋哲、武邑的群里发了个带表情的信息："兄弟们晚安了！"

宋哲："……"

武邑："滚！"

看着群里突然热闹起来，江淮安顿时觉得，自己身边那种一个人都没有的感觉，忽然消失了。

该感激她吗？

他也不知道。

可是多少就觉得，她其实真的挺可爱的，如果她不告状就好了。

江淮安握着手机睡到自然醒，醒来的时候已经八点半了。他洗漱完打车到了学校，熟练地翻墙进去，并趁着课间休息，溜回了自己的座位。

夏啾啾看着做贼一样回来的江淮安，不由得皱起眉头："你为什么要旷课？"

江淮安没有理她。睡醒之后，江淮安就意识到，夏啾啾的行为是不可饶恕的！如果她没有告状，他就不会挨这顿打，也不至于流落宾馆——哪怕这是他自己选的。

看着江淮安对她不理不睬的样子，夏啾啾眉头紧锁，表情也变得严肃："你这样不好。"

"夏同学，"宋哲在后面敲了敲夏啾啾的椅子，"你是不是管得太宽了？"

夏啾啾转过头去，看了一眼宋哲，想说什么，最后还是抿了抿唇，一句话都没说。

很快就开始上课，江淮安一到学校就开始睡觉，夏啾啾则在认真地听课。老师在讲台上一边讲题一边骂："你们有些同学，就仗着家里有点钱，有点势，每天目无尊长，胡作非为。像这种人，再有钱，也是社会的败类，早晚要把家里的钱都败光！"说着，老师看向睡得正香的江淮安，见他丝毫不为所动，冷哼了一声，"我说的是谁大家心里都清楚，他家庭情况和你们不一样，你们别跟着学！他这样的人，以后就是社会毒瘤！"

江淮安依然沉睡着，仿佛什么都没听到。

宋哲和武邑冷了脸，面色都有些不太好看。其他同学时不时地看向江淮安，也露出犹豫的表情。

夏啾啾皱起眉头，江淮安固然做得不对，但是作为老师，这样公开批评一个学生，她觉得太过伤人。

江淮安看上去是不太像好人，但是接触下来，夏啾啾觉得这个人的本性并不坏。她转过头看向江淮安，发现江淮安的脖子里露出了红肿的条状伤痕，仿佛是被什么抽打所致。她倒吸了一口凉气，戳了戳江淮安，小声地问："你被打了？"

江淮安闻言睁开眼。他的眼睛很漂亮，那双桃花眼一睁开，随便瞧人一眼，都会让人觉得春心荡漾。

此刻江淮安的眼里写满了不耐，他扭过头，低哑着吼了声："滚！"

听到这话，夏啾啾心里来了气，可她感觉江淮安似乎受了伤，便耐着性子问："我看到你身上有被人打的伤痕，昨天处理过没有？"

江淮安还是不说话，夏啾啾被他惹恼了，冷哼了一声，便低头看书，不再和他说话。

下课之后，夏啾啾就去了其他班，她要问一下，这个学校到底有没有其他叫江淮安的人。

江淮安看夏啾啾只要一下课就往外跑，等到下午的时候，终于有些好奇。他趁着夏啾啾出去的时候，问后桌的宋哲："她这一下课就往外跑，是干什么去呢？"

"嗨，"宋哲摆了摆手，"我给你学啊。"说着，宋哲捏着嗓子，小声道，"请问你们班有没有一个叫江淮安的啊？就是长得好、脾气好、成绩好、家里穷的那个江淮安。"

听到这话，江淮安直接笑出声来，一巴掌朝着宋哲拍过去："别学了，恶心死了。"

夏啾啾刚好走回教室里，手里还握着两瓶水，静静站在座位边上。江淮安和宋哲回头看过去，只见她抿紧嘴唇，眼里似乎有很大的委屈。可她也不说话，拿着两瓶水，低下头，就坐了下来。

江淮安和宋哲顿时有些尴尬，莫名地觉得自己欺负了女同学。宋哲轻咳一声，同夏啾啾搭话："夏啾啾，你一人喝两瓶水呢？"

夏啾啾没说话，将水往课桌里塞了塞。江淮安心里一阵抖动，不知道为什么，他就觉得这水，是给他买的。他中午忘记买水，的确是有些口渴了。江淮安看着那瓶水，他想着，要真是给他买的，他可以大人不记小人过，勉强原谅夏啾啾。

夏啾啾低着头，认真写着作业，阳光落在她的脸上，让她整张脸像白玉一样，闪着淡淡的光泽。

江淮安趴在桌上，目光就没移开过。夏啾啾察觉到他的目光，忍不住回头，瞪了他一眼："你一直看着我做什么？"

"哦，"江淮安撑起头来，"我口渴。"

他口渴，看着她做什么？

夏啾啾愣了愣，然后突然想起来，刚才她去买水的时候，顺便给他带了一瓶。

她抿了抿唇，从抽屉里拿出一瓶矿泉水递给他："给你。"

江淮安低头看着那瓶被递过来的矿泉水，没有接。

夏啾啾皱起眉头："你要不要？"

江淮安突然就笑了，他将水接到自己的手里，身体靠着椅子，一只手搭在椅背上，挑眉道："行了，原谅你。"

夏啾啾："……"

江淮安拧开瓶盖，喝了口水，想了想，又看向夏啾啾桌上的矿泉水，然后拿过来，拧开了瓶盖。

夏啾啾一脸茫然地看着江淮安。

江淮安咧嘴一笑："不用谢。"

江淮安替夏啾啾拧开水瓶后，就重新趴在课桌上，继续睡觉。

夏啾啾皱了皱眉头，她看着那瓶已经被打开的水，想了想，还是戳了戳他："你起来，听课。"

江淮安睁开眼睛，语气里有些烦躁："你学习就行了，管我做什么？"

"你这样，"夏啾啾斟酌着用词，尽量不去打击江淮安的自尊心，慢慢地吐出一个词，"不好。"

"我怎么就不好了？"江淮安侧着身子，撑起脑袋，笑眯眯地问，"你又打算讲什么大道理啊？"

说着，江淮安的目光落在夏啾啾的卷子上。当看见她整张卷子上的"叉"时，露出嫌弃的表情，"就你这样，还是别努力了，多丢人啊。"

　　"努力了也没结果，"江淮安的目光移到窗外，"还不如不努力。反正，已经习惯了。"这句话不知道是在说夏啾啾，还是他自己。

　　夏啾啾抿了抿唇，看着江淮安现在的模样，她心里有些不是滋味。

　　她梦里的那个江淮安，对她说过一个道理："所有的事情只要不放弃，一切就都有可能。"只是梦里的他不明白，所以便有了很多遗憾。

　　这是她在梦里和江淮安一起去 B 市逛学校时，他看着那些意气风发的学子说的话。当时她想，生活在艰苦的环境下，江淮安能考上大学已经很不容易了。然而现在想起来，她忍不住有了一个念头。如果梦里的江淮安和面前的少年一样，并不是因为贫困，也不是因为任何客观原因，只是因为年少叛逆，做出了一些事情，才导致后面抱憾终生。这对于骄傲，对所有事都想做到最好的江淮安来说，该是多么大的遗憾啊！

　　夏啾啾静静地看着江淮安，想说些什么，最后却什么都没说。

　　江淮安见她没出声，回过头来看她："你怎么不说话了？"

　　"嗯，我就是想，"夏啾啾将视线拉回到自己面前的题目上，"校篮球赛是什么时候开始？"她记起梦中的江淮安打得一手好篮球，那么，自己不仅要在学习成绩上配得上梦中的他，在运动方面也不能落于下风。

　　听到夏啾啾问自己，江淮安有些奇怪："这关你什么事？"

　　"就问问。"夏啾啾低下头。

　　江淮安忍不住笑了："你这个子，不会是想打篮球吧？"

　　"有……什么不可以？"以前别人也是这么说的，她这么矮，不适合打篮球，所以她就放弃了。但是这次，她想努力去做很多她以前没做过的事。

　　江淮安笑出声来，回头敲了敲宋哲的桌子："她说她想打篮球。"

　　宋哲听完也跟着笑了，他倒是没笑出声，就是一直抖动着肩，十分夸张，一副想忍又忍不住的模样。

　　夏啾啾气得扭头，不再理会这两个人。江淮安看她有所不悦，拍了拍她的肩，靠近她："生气啦？"

　　夏啾啾不理他，江淮安"啧"了一声："我都没生你的气，你还有脸生我的气？"

夏啾啾捏紧了笔，继续不理他。江淮安盯着她，僵持了一会儿后，叹了口气："行了行了，篮球赛明天就开始报名了，小矮子，要报名赶紧啊。"

"不要叫我小矮子！"夏啾啾终于抬头，认真地说，"你要尊重我。"

江淮安挑眉，对上夏啾啾认真的目光。良久，他还是在女孩大大的眼睛和头上那根翘起的头发面前败下阵来。

天啊，真的好可爱！

江淮安摆了摆手，不再说话，转头向宋哲借了游戏机打游戏。

放学后，夏啾啾看见江淮安、武邑和宋哲勾肩搭背地走了出去，三人约着去打游戏。

夏啾啾想劝阻一下，又觉得她不该管太多。

第二天，江淮安整个上午都没来，直到下午他才扛着书包出现。

夏啾啾正在和体育委员报名，回过头一看，就看见江淮安从后门走了进来。他穿了件白色T恤，校服被他系在腰上，大概是脸的缘故，这样的装扮倒显得他有种特殊的帅气。

夏啾啾报完名坐回座位，就闻到他校服上有一股烟味。她扭过头，有些不满地道："你抽烟了？"

"没，"江淮安似乎很累，趴在课桌上开始准备睡觉，"别人抽的，我不抽烟。"

"那你该把校服换了。"夏啾啾认真地建议。

江淮安没说话。

他不知道换校服？可他出门，就带了一套校服，总不能回家去拿吧？

江淮安继续趴着，昨晚熬夜打了一晚上游戏，他困得不行。

夏啾啾见他不回话，也不再说话，她低头开始写作业。

没多久，江淮安就打起了呼噜声。夏啾啾皱了皱眉头，她不理解江淮安到底有多少觉要睡。她戳了戳他："你别睡了，起来听课。"

"你烦不烦啊？"江淮安没睡够，刚才夏啾啾说校服的事情又提醒了他自己无家可归的事实，他心里不由得有些烦躁，抓了一把头发，冲夏啾啾发火，"这是你家啊？我爱睡觉是我的事，你爱学习是你的事，管好你自己就行了，管我做什么！"

夏啾啾被他吼得愣住了。

江淮安的个子很高，他提高了声音，有几分凶悍的感觉。夏啾啾才想起来，这个人，其实不是那么好惹的。

可她为什么会有对方是一只纸老虎的错觉呢？她看着江淮安，低下头，说了句"对不起"之后，就转头开始看书。

江淮安的声音很大，全班都看了过来。在众目睽睽下欺负一个女孩子，这让江淮安觉得有些尴尬，他抬头看了一眼众人，怒道："看什么看？"

所有人吓得赶紧回头看自己的教科书。江淮安盯着夏啾啾看了好一会儿，也不知道该怎么办，最后干脆站起来，提起书包又走了。

夏啾啾低头看着书，心里有点乱。

她也不知道自己做的是对还是错，难道真的是她管得太宽了？

夏啾啾的心里难受，下午的课都没怎么听进去。放学后，她开始收拾东西。她动作慢，班上同学都走得差不多了，宋哲突然叫她："夏啾啾。"

夏啾啾回头，看见宋哲平静地看着她："你是不是觉得江淮安无药可救了？"

夏啾啾动了动唇，想说什么，最后却说："关我什么事？"

"你是不是想，江淮安不回家，打游戏，不好好学习，特别让人厌烦？"宋哲又问。

夏啾啾没说话，她不想说太多关于他的负面评价。

宋哲笑了笑，看着夏啾啾："你可以说我和武邑是垃圾废物，这些我们认，可江淮安不一样。他从来没有夜不归宿，也从来没主动打过架，更不抽烟不喝酒，他会给流浪猫喂猫粮，路上见到人被欺负了也会帮忙。你们都觉得他特别坏，但其实吧，他比很多你们以为的好人要好太多了。"

夏啾啾愣了愣，她不明白宋哲为什么要同她说这些。

宋哲看着她茫然的神色，直击主题："到底是不是你向老师告状的？"

"什么告状？"

看着夏啾啾一脸茫然的样子，宋哲心里有了底，他冲夏啾啾点了点头："你去找江淮安说一声吧。杨老师说你看见他打架，所以给他家打电话了。他被他爸下死劲儿打了一顿，和家里闹翻了，离家出走了。"

夏啾啾心里"咯噔"一下，那件事她没有告诉杨琳。杨琳却说是从她这知道的，根据她对她家人的了解，这种事估计是她爸或者她弟做的。他们一向对她身边出现过的所有男生都特别敏感。

她捏紧拳头，知道是自己害了江淮安："他背上，是他爸打的？"

"嗯。"宋哲点点头，提醒道，"他从来不会熬夜玩游戏。现在他没地方住，只好去宾馆，这也是没办法的事。"

"我知道了。"夏啾啾镇定地说，"谢谢你，你知道他现在在哪里吗？"

"估计……在学校后面的草丛吧。"

宋哲说完，夏啾啾转身就跑。

夏啾啾一路冲到小树林里。午后的阳光带着暖色，等她赶到小树林时，就看见江淮安正蹲在地上，摸着一只蹭过来的奶猫。他的身边围绕了好几只猫，那些猫明显和他很熟悉，一点都不怕他，还在争着亲近他。

阳光落在他身上，他嘴角带着笑容，温柔且柔软。夏啾啾喘着粗气，停在不远处。

江淮安听到声音，抬起头来。

风吹过，蒲公英在风中微微摇曳，夏啾啾看着他，认真地道歉："对不起。"

江淮安微微一愣。夏啾啾上前一步，开口解释："我没有告诉老师，是我家里人干的，我不知道。可是这件事的确是因我而起，所以对不起。"

江淮安没有说话，他摸着猫，低下头。

夏啾啾看着他的反应，还有他周边喵喵叫着的小猫，不知道为什么，突然有些心疼。她继续道："我没有觉得你坏，我也不觉得你和宋哲、武邑真的是什么废物，我觉得你们很好。我今天误会你，是我不对，江淮安，对不起。"

"没事，"江淮安的声音很平静，"比你说得难听的我都听过，我习惯了，没什么。"

江淮安越平静，夏啾啾越觉得，他不该是这样子。

"我梦见过一个人，"她忍不住道，"他也叫江淮安，他很努力，从不放弃。有人说他不好，他就做得更好，任何逆境都没有打倒他，所有的苦难都只能让他成长。"

江淮安没说话，他知道夏啾啾一直在找一个叫江淮安的人。他知道，那个人不是自己。

"嗯，祝你早日找到他。"江淮安平淡地开口。等猫把猫粮吃完，他站起身，就看见少女站在他面前，摊开手，手心里躺着一把钥匙。

"你现在不是这样的人，"夏啾啾看着他，表情很认真，"可我希望，未来的你，能成为这样的人。"

江淮安静地看着那把钥匙，看得夏啾啾有些紧张。

"江淮安，"她看着他，说出了自己的决定，"在此之前，我养你吧。"

不管这个人是不是她要找的那个江淮安，她都希望，这样的少年，应走在他该走的道路上。

第三章

你这同桌不行啊

江淮安沉默了。

片刻后，他抬起头，用一种霸道的口吻低沉地说："女人，你是第一个敢对我说要养我的人。"

夏啾啾："……"

她收了钥匙，转身就走。江淮安大笑出声来，他绕开石头，跟上夏啾啾，笑着说："唉，你别生气啊，我闹着玩的。"

夏啾啾不理他，江淮安双手合十，在她旁边道歉："我错了，您大人大量，别跟我计较？"

"哎呀，你说个话嘛，不就是要养我吗？行行行，本大爷给你养。"江淮安哄着生气的少女。

"谁稀罕养你了！"夏啾啾终于停下来，气鼓鼓地说，"我是觉得这件事因我而起，我该负一部分责任。我就是养你一段时间，爱要不要！"

"要要要，"江淮安一脸认真的表情，"既然夏大小姐要养我，我当然义不容辞，挺身而出！"

"江淮安！"夏啾啾提高了声音，"你正经一点！"

见她真的生气了，江淮安终于收了笑意。

"你的好意我心领了，"江淮安双手插在裤袋里，低头看着面前的小姑娘，唇边笑意不散，"不过我的事我会自己解决的。"

"你先找个地方住着吧。"夏啾啾果断地将钥匙塞进他手里，"这房子是我家买给我午睡用的，就在学校旁边，你去住吧。你要觉得不好意思，就当是你给我补课卡的补偿吧。"

江淮安握着钥匙，跟在她身后，低声说："谢谢啦。"

"嗯。"

夏啾啾没多说，江淮安想了想，接着说："我是个讲义气的人，以后如果有什么事，你报我的名字就行啦。"

"报你名字做什么？我既不惹事，又不打架。你要真的想报答我……"夏啾啾想了想，转头看了他一眼，"以后准时来上课，还有头发，弄好看一点，这发型太丑。"

"哎？"江淮安下意识抬手，摸向他的板寸头，"不会啊，大家都说很帅的啊。"

"你可以更帅。"夏啾啾看着他的脸，想起她梦里见到的江淮安，他戴着金丝边框的眼镜，穿着贴身的西服，头发及耳，发丝柔软黑亮，俨然一副绅士模样。

她回头看旁边同名同姓的江淮安，脸上顿时露出嫌弃的表情。

江淮安因为这嫌弃的表情开始怀疑自己的品位，他心里琢磨着，要不真的养长一点？

两人说着话，夏啾啾已经带江淮安来到了自己的房子。她给了江淮安一把钥匙，自己也留了一把。两人进屋后，夏啾啾到主卧里把自己的衣服收到侧卧。

这是一个三室一厅的房子。夏啾啾来市一中后，何琳琳心疼夏啾啾中午来不及回家午睡，就专门买了一套房给她用来午睡。

夏啾啾向江淮安大概介绍了屋里的用具，看看时间道："我要回去了。"

江淮安点头，提起衣服："行啊，我送你。"

夏啾啾赶紧抬手按住他："你别跟着我，再被张叔看见，他肯定又要去告状！"

江淮安抓了抓头发，大概明白自己为什么会被告状了。他自己被打倒没什么，但是害了夏啾啾那就不好了。他只能收回迈出去的步子："那行，你去吧，我看着你走。"

夏啾啾应了声，然后回到校门口，上了车回家。

一回到家，她就冷了脸，气势汹汹地冲进书房，大喊出声："爸！"

夏元宝被她吓了一跳，身上的肥肉也跟着他的动作抖动，等他看清是夏啾啾后，连忙问："怎么了，乖女儿？"

"你是不是去找我们班主任告状了？"夏啾啾走到书桌前，双手往桌面上一砸，怒道，"你告状为什么不跟我说？"

"闺女，别砸桌子，当心伤着手！"夏元宝看着夏啾啾的动作就心疼得不行，他向来宠爱夏啾啾，赶紧站起来，"有什么事你和爸爸说，千万别动气！"

"你是不是去找杨老师告状了？"夏啾啾盯着夏元宝，又问了一遍。

夏元宝想了想,终于想起来是怎么回事了:"你是说你那个小男友?"

"那是我同学!"老爸在胡说八道什么!她愤怒地说,"以后你别随意干涉我的事,你要尊重我!"

"好好好,"夏元宝赶紧顺着女儿,"尊重尊重!啾啾啊,你别生气了,爸爸心里害怕啊!爸爸不是不准你谈恋爱,可是你也得找个有上进心的啊,这小子看着就像个地痞流氓,给不了你未来的!"

"爸爸,"夏啾啾看着夏元宝,收了脾气,一脸严肃地说,"我希望你能给我一个正常的人际交往空间,我不希望我有任何事,你都马上来调查。"

夏元宝看着夏啾啾,不由得愣了愣,他突然觉得自己这个女儿似乎变了许多,没有那么好哄了。

"可是……"夏元宝有些为难,"你还小啊。"

"爸爸,"夏啾啾的神色认真而固执,"我今年十六岁,我可能会犯错,也可能会走错路。可是爸爸,这是我的选择。人这辈子肯定是会犯错的,我希望我不是在你们的保护下走得顺顺利利,而是我一路看过许多风景,见过许多人,我通过自己的判断选择了一条路。无论对或错,我都会坚持走下去,如果走过后我发现这条路错了,我还能通过自己的能力站起来,能自己回头。"

夏元宝被夏啾啾说得呆住了。夏啾啾仿佛一夕之间长大了,她用认真又强硬的语气继续说:"经历风雨不是坏事,犯错也不是大事。能判断对错,能坚持选择,能为自己的错误承担责任又站起来,这才是我这个年纪该学习的事情。爸爸,"她盯着他,"我可以去选择吗?"

夏元宝没说话。他也是经历过风雨的人,其实夏啾啾说的道理他都明白。年轻时都是这样,不撞南墙不回头。许多人觉得撞南墙不好,却不知道,谁都不能管谁一辈子。人这辈子早晚都是要撞一次头的,早点撞是学习,等以后撞,那就是头破血流。

他叹了口气,看着夏啾啾,眼神中有了忧愁:"啾啾,你长大了。"

废话,她在梦里都结婚了还没长大?

夏元宝伸出手,将夏啾啾揽在怀里:"无论你做什么,爸爸妈妈都会支持你的。你要是觉得自己选的路走不下去,爸爸妈妈还有天眷,我们家永远是你的后盾。不过你答应爸爸，"夏元宝的声音有些哽咽，"不要怀孩子……"

"爸！"夏啾啾整个人都崩溃了，"你在胡说八道什么！"

"嗯？"夏元宝放开夏啾啾，"我以为你说得这么郑重是为这件事。"

夏啾啾："……"她快被夏元宝吓死了。

判断能力，什么叫基本的判断能力？未成年别做不该做的事，这种基本的判断能力她还是有的好吗？

夏元宝被女儿的模样逗笑了，他答应夏啾啾："好了，以后我不让张叔跟着打探你了。"

"嗯。"夏啾啾点了点头，又和夏元宝聊了一会学业后，转身回了自己的房间。

回到房间后，她看到手机亮起来，是江淮安的信息："房东大人，WiFi（无线网络）密码是多少？"

看到这句话，夏啾啾才想起，WiFi密码是夏天眷设置的。尽管密码有点惨不忍睹，但她还是迅速地发了过去："xjjscjxka。"

江淮安很快回复："这什么意思？好难记啊。"

这么羞耻的密码，夏啾啾一点都不想告诉江淮安它的真实含义，于是她赶紧说："没什么，我去写作业了。"

江淮安没有立刻回复。过了一会儿，夏啾啾看见屏幕又亮了："夏啾啾是超级小可爱。"

夏啾啾看着屏幕上的字，脸突然红了。她又羞又恼，决定明天就把密码改掉！

可如何改WiFi密码来着？

她想了想，赶紧开始百度。

江淮安在屋子里，开了电脑，顺手就把WiFi的名字改成了"自恋呆啾的WiFi"。

改完之后，江淮安坐在沙发上，截了个图，发送给了夏啾啾。

片刻后，江淮安收到了一张写着"我允许你先跑39米"的图，顺带着一句恐吓："改过来，不然你死定了。"

江淮安斜躺在沙发上笑，又开始改。

过了一会儿，夏啾啾又收到一张截图。截图上，WiFi 名字又变成了"江淮安的小房东的 WiFi"。

江淮安的小房东。

夏啾啾看着"江淮安的"这四个字，莫名觉得自己好像被撩拨了。

第二天上学，夏啾啾刚进教室，就看见江淮安趴在课桌上睡觉。

他的衣服应该是昨天晚上洗过，但没干，还带了点潮意。夏啾啾坐下的时候就注意到了，她皱眉道："江淮安，你这衣服怎么还是湿的？"

江淮安迷迷糊糊地"唔"了一声，夏啾啾突然意识到，江淮安是离家出走，没带衣服出来。要是他有得换，也不会穿着潮湿的衣服来学校。

夏啾啾想了想，没再说话。下课后，她去了一趟教务处，并领了一套衣服回来。

这时，江淮安还在睡觉，夏啾啾推了推他，不满地说："你昨晚又打游戏了？"

"嗯……"江淮安的声音含糊不清，"没呢，看漫画。"

不是打游戏，就是看漫画，这高中时光真的是荒废了。

夏啾啾有些无奈，将衣服推给他："我给你重新领了一套校服，你带回去穿吧。"

江淮安这次抬起头了。他还没睡醒，睁着一双带着睡意的眼睛看向夏啾啾，又看了看校服，然后猛地朝夏啾啾靠了过去。夏啾啾被吓得赶紧后退，差点从椅子上摔下去。江淮安一把拉住她，不满道："你躲什么？"

说完，他站起身，背靠在墙上，高兴地说："说吧，你有什么事求我？"

夏啾啾："……"

她只是单纯觉得江淮安怪让人心疼的。

见夏啾啾不说话，江淮安又说："哦，我知道了，你是想求我，让我帮你找'梦中情人'是吧？"

夏啾啾听到这话睁大了眼："原来你忘了？"

不是说好他会帮忙打听的吗？

江淮安有些不好意思地抓了抓头发："找，我这就去找。"

这次过后，每次课间休息，江淮安就带着夏啾啾去其他班找人。

他在每个班都有认识的人，几乎和所有人打成一片。他们一个一个班级地找。直到第三天下午放学，他们找完最后一间教室，才确认真的没有另一个江淮安。夏啾啾终于承认，这个学校的江淮安，真的只有一个。

夏啾啾有些疲惫，她坐在楼道的阶梯上不说话。江淮安从自动贩卖机里买了两瓶可乐，坐到夏啾啾的旁边，将可乐递给她。

江淮安正打算说点什么，武邑的声音就从他们后面传来："我说你们在哪儿呢，原来是在这儿！"

"干什么？"江淮安扭头，"我们干正事呢，没事一边去。"

"夏啾啾不是报名参加篮球赛了吗？"武邑招呼着夏啾啾，"你记得下午来练球啊，二号球场，我得赶紧走了。"

武邑是体育委员，招呼打完了转身就走，他还要去通知其他人。

江淮安不可思议地看向夏啾啾："你还真参加篮球赛啊？"

夏啾啾有些不好意思，但还是点了点头："嗯。"

"你……你知道篮球怎么打吗？"江淮安和夏啾啾一起站起来，往篮球场走去。江淮安一面说，一面忍不住打量着夏啾啾。夏啾啾小胳膊小腿，细皮嫩肉的，看着就像根行走的小竹笋一样，怎么看都不是能打篮球的料。

听夏啾啾说要去打球，江淮安整个人都不好了，他担心地说："要不你别去了……"

"不行！"到了球场上，夏啾啾脱了校服外套，露出里面的 T 恤。她套上球衣，转头对江淮安信誓旦旦地说，"你别看我个子小，其实我还是很厉害的，铅球我能扔出去八米！"

"呃……好……好厉害哦。"对于一个女生来说，铅球能扔出去八米的确是很厉害了，但江淮安怎么都觉得，夏啾啾是在吹牛。他为难地看着夏啾啾气势汹汹地上场，她显得十分醒目——因为全场里她最矮！

武邑站到江淮安身旁，不由得说："江哥，我看你这同桌不行啊。"

是不行。可江淮安觉得，夏啾啾作为自己的房东，帮了自己的忙，别人可以说她不行，他绝对不可以！于是他稍微维护了一下小房东："瞎说，她很厉害的！"

这时，女生们都站到各自的位置上，哨声一响，开始发球！

江淮安刚说完，夏啾啾就迎着球冲上去，跳起想要接住队友传过来的球。谁知道，旁边的球场突然有一个球直直地飞了过来，直接砸在了她的脸上。夏啾啾抱着球，整个人被砸翻了过去。

一切来得太快就像龙卷风。

然而江淮安也顾不得这些，他骂了一声，在所有人都没反应过来之前，就朝夏啾啾冲了过去，并大喊出声："停下，停下！有人受伤了！"

夏啾啾的意识有些恍惚，朦胧中她感觉有人在拍自己，定睛一看，发现是江淮安跪在她身旁。他焦急地问："你没事吧，我带你去医务室看看？"

他的话刚说完，鼻血就从夏啾啾的鼻子里流出来了。

江淮安愣了。武邑赶紧掏出纸，直接按在了夏啾啾的鼻子上，这粗鲁的动作让江淮安瞬间反应过来，他一巴掌推开武邑，吼道："你想捂死她啊！"他一边说，一边赶紧将纸卷起来，递给夏啾啾，"来，你自己堵。"

夏啾啾看着那纸，接过来就塞到自己的鼻子里。旁边的女生扶她站起来，夏啾啾颇有些不好意思地说："我其实没多大的事。"

江淮安瞧着面前这"小竹笋"故作坚强的样子，突然觉得有点心疼。他扫了一眼落在地上的篮球，走过去，将球捡了起来，转头看向旁边的球场。旁边三号球场里一群男生正在打球，江淮安抓球走过去，看着那群男生，平静地问："谁砸的？"

那群男生停下动作，但没有一个人说话。江淮安在学校里是打架打出名的，他此刻站在这里，谁都不敢站出来承认。

江淮安见所有人都不说话，冷笑出声："怎么，有种砸没种认啊？"

说着，江淮安将球狠狠地砸在地上，怒吼："是个男人就给我站出来！"

"江淮安！"这时候，夏啾啾也走了过来。她看着江淮安，一脸认真地说，"他们不是男人，他们都还只是男孩子！"

江淮安："……"

众人："……"

江淮安知道，夏啾啾此刻说的话可能是认真的。

夏啾啾的确是认真的。她觉得没必要计较，尤其对方还不是故意的。她本来是想劝阻江淮安，谁知道话说出来，就变成了这个样子。

这话说得太扎心，对面一个高高大大的男生立刻站了出来，朝夏啾啾气势汹汹地走过来："你说谁呢？"

江淮安在对方冲过来时一把抓住他的衣领，单手将他甩开。江淮安挡在夏啾啾面前，双臂环抱，语气平静："你在对谁说话呢？"

江淮安的声音不大，因为他离夏啾啾太近，有点担心自己会吓到夏啾啾。他也不知道自己为什么会有这样的心思，这是他自己都没意识到的温柔。

夏啾啾听着他说话，明明是很平和的语调，却让她无端紧张，觉得这一架似乎是要打起来了。

然而就在这个时候，一道温和的声音传了过来："你们这是干什么呢？"

所有人朝那道声音的方向看过去，是一个高高瘦瘦的男生。他戴着黑框眼镜，剪着碎发，背着单肩书包，一只手插在裤兜里，五官看上去斯文干净，气质温和而儒雅。

如果说江淮安的长相是锐利逼人的帅气，那这个男生就是君子如玉的温润。

夏啾啾看见那个人就愣了。那男生含笑的眼神扫了过来，目光落在啾啾的身上时，他脸上露出诧异的神色，"啾啾？"

夏啾啾没说话。

若不见面，她都忘了，沈随也在市一中啊。

夏啾啾曾偷偷喜欢过沈随。他们俩算得上是一起长大的青梅竹马。

沈随家在夏啾啾家的隔壁，与夏啾啾家的别墅挨在一起。小时候两家人经常来往，沈随对夏啾啾颇为照顾。后来沈随的父亲升迁，沈家搬去了另一个城区，夏啾啾就很少见他了。

越是少见，越是思念。一个时刻关照自己的帅气哥哥，理所当然地成为了夏啾啾年少时的幻想对象。于是在中考之前，夏啾啾向沈随告白了。

那时候的沈随已经是市一中的风云人物。她当时心里想的是，如果沈随答应她，她就想办法去市一中，如果他没答应，那以后就不见面了。

谁知道对于她的告白，沈随秉持了"渣男"的经典三原则：不主动、不拒绝、不负责。他以"等长大后再看"为借口拖延，一边继续对夏啾啾温柔，一边又保持着距离；还劝她不要来市一中，说压力太大，她不会喜欢的。

夏啾啾信了他的鬼话，然后一直苦苦地追求他。直到后来，她从别人口中得知，沈随在市一中的这些年一直招蜂引蝶。她气得立刻去找他："不是说好为了学习长大后再看的吗？不喜欢我你早说啊。"

结果沈随只是叹息了一声，温柔地说："啾啾，你和她们不一样。"

沈随这话气得夏啾啾想骂脏话。从此以后，她就觉得，这种长得帅又有钱，脾气还好的男人，肯定有问题！

这时候看见沈随，夏啾啾的内心有些复杂，倒不是对他还有什么感情，只是在思索，遇见几个月前的告白对象该怎么做。

沈随和夏啾啾两两相望，江淮安忍不住退了一步，附在夏啾啾耳边，小声道："认识啊？"

夏啾啾也不知道该怎么说。沈随走上前，站在两拨人中间，他笑着挡在夏啾啾面前："这是同我一起长大的邻居小妹，算是我亲妹子了，大家给个面子，就这样算了吧。"

"他是你邻居啊？"为了确认是敌是友，江淮安小心谨慎地问。

夏啾啾点点头，赶紧又补充："前邻居。"

"那你们关系咋样啊？"江淮安又问。

夏啾啾板着脸，木然道："不好。"

这对话传到了沈随的耳朵里，他转过头，含笑地看着夏啾啾："啾啾还闹脾气呢？"

对了，每次夏啾啾不开心，沈随就会这么哄她。但凡当年他说得清楚一点，干净利落一点，夏啾啾也不会死心塌地地为他做那么多事。

沈随家从政，夏啾啾家经商。沈随的零花钱从来没有夏啾啾多，但他朋友多，他花钱也大方。以前夏啾啾只要稍稍看到沈随缺钱，就赶紧巴巴地给他送过去。如今想起来，沈随当年对她的好，也只是把她当成了提款机吧。

想到这些，夏啾啾对沈随的态度实在好不起来。她看着沈随，平静地说："我不是闹脾气，只是现在我和你的关系，真的不算好。"

沈随失笑，退了一步："好好好，你说什么就是什么吧。"说完，沈随将目光落在江淮安的身上，"你是江淮安吧？"

江淮安的名字还真的很少有男生不知道。

江淮安转头看向沈随，点了点头。他看了沈随一会，终于想起来这是谁了——高二年级的风云人物。只是这个"风云"和他的"风云"有点不一样，他是打架打出来的，人家是成绩好、有背景、长得帅，是真的优秀。

他不知道为什么，心里凭空生出了一种警惕，淡淡地说："嗯，什么事？"

"这一架就算了吧，"沈随接着说，"啾啾胆子小，你们打架会吓着她，而且她也不想因为自己的事而让你们打架的。"

江淮安沉默，片刻后反应过来，他盯着沈随道："你刚才就在旁边干看着呢？"

若不是全程看到发生了什么，他能知道得这么清楚？

江淮安只觉得心里有一股火气"蹭蹭"地往上蹿，他将夏啾啾往前一拉，指着夏啾啾还堵着纸的鼻子："你看看，她都被砸成什么样了，你还要劝着，你到底是哪边的？"

"其实没什么事的……"夏啾啾抱着篮球，小声道，"我还能再打呢。球场上谁没个磕磕碰碰的啊……"

"对啊，"对面的人喊起来，"江淮安，人家都说没事了，你自己瞎起什么哄啊？而且你和她什么关系，她的事你管得着吗？"

这话一出，所有人开始起哄。

江淮安愣了愣，随后一脸正直地说："这是我同桌，你们打了她，我还不能管了？"

武邑听了也有些不好意思，戳了戳江淮安，小声道："江哥，你说女朋友都比这好。"

江淮安嫌弃地看了武邑一眼，将他推到一边，又看向对面那些男生："谁打的站出来，你砸她一下，她得砸回来。砸回来，道了歉，这事就算完了，不然，"江淮安冷笑一声，"今天谁来说都没用！"

　　沈随有些无奈了。一开始顶嘴的男生看了一眼沈随，沈随叹了口气，抬头看天。那人低头和自己的队友商量了一会，最后承认："行，我砸了她，那让她砸回来。"

　　"十个球。"江淮安平静地开口。那男生看了一眼夏啾啾，小胳膊小腿的，然后点点头。

　　沈随一听这话，脸色就变了。夏啾啾可是能把铅球扔出八米的女人！他想提醒那男生，但是看见夏啾啾，想了想，还是算了。

　　男生走上前，站在操场上。江淮安让武邑找了球过来，推着夏啾啾走到男生面前，指着他道："你就狠狠地砸，心里有多少气就出多少，出了事有我担着！"

　　"我……我真的没什么气。"夏啾啾想拒绝，打篮球磕磕碰碰的多正常啊！

　　"别说了，赶紧砸。"江淮安退了一步，让夏啾啾放开了动作。

　　刚才那一球砸在夏啾啾脸上，江淮安看着都替她疼。现在看夏啾啾这样子，他觉得哪怕十个球也是还不回来的。

　　夏啾啾拿起球，咽了咽口水："那我真砸了？"

　　"砸！"江淮安肯定地说。

　　夏啾啾想了想，对方砸了她一球，那她砸一个回来就好，也不是什么大事。

　　于是她双腿迈开，用扔铅球的姿势握住篮球。

　　沈随看她这架势就知道不好，夏啾啾要动真格了！

　　果不其然，夏啾啾全力一推，球猛地朝对面的人飞去。那球飞得又急又快，一眼就能看出它的力道不小。

　　江淮安倒吸了一口凉气，眼睁睁地看着那球将对面一米八几的壮汉当场砸翻。

　　周围的人全都冲了过去，扶着壮汉去了医务室。沈随带着一脸"我就知道会这样"的神情走上前，边叹息边说："剩下的九个球就算了吧？"

江淮安点点头。他也不敢再让夏啾啾砸了，他怕夏啾啾把对方砸死。

沈随站在夏啾啾面前沉默着，好久后，他才慢悠悠地说："啾啾，之前的事情……"

"行了，行了，事情结束了，就赶紧抓紧时间练球了啊！"武邑的声音突然插了进来。

夏啾啾找到了一个好借口，立刻转身就走。

她走了，沈随抿了抿唇，想了想，决定站在旁边，等夏啾啾下场。

夏啾啾在球场上不是很灵活，她拍着球游走在对手之间，总是犯规。

沈随皱眉看着夏啾啾。江淮安将这情形看在眼里，他想了想，走到沈随身旁，朝着夏啾啾的方向，扬了扬下巴："你看上去挺关心她的，怎么她来市一中，你不知道？"

沈随听出了江淮安语气中的敌意，他面色不改，看着球场上的夏啾啾，温和地说："我和她闹了点矛盾，她就没告诉我，不过她还是来了一中，这让我很开心。"

这语气听着有点不对劲，江淮安莫名觉得有些不舒服。他看着球场上的夏啾啾被人防守着带球过不去，心里急得不行。

江淮安盯着夏啾啾，随口问："你们到底什么关系？闹什么矛盾了？"

"我同她一起长大的。"沈随虽然叹了一口气，但江淮安还是从里面听出了几分炫耀的意思。他沉默不语，沈随却接着说，"前段时间她对我告白了，我……的确和她不合适。"

听到这话，江淮安慢慢地抬头，眼睛盯着沈随。

"的确挺不合适的。"他目光不善，"像你这种吃着碗里瞧着锅里的，不适合我家优秀的啾啾。"

沈随保持着微笑，目光里却带了挑衅："如果我没记错，你是啾啾的同桌吧？"

这句话的意思江淮安听明白了——只是同桌嘛。

江淮安气性立马上来了。他将手环在胸口，背靠在篮板的杆上，温柔地笑了笑："不只是同桌，我还是她男朋友。"

沈随的面色僵了僵，提醒他："她才和我告白没多久，你和我开玩笑呢？"

"人嘛，"江淮安眼中的笑意不达眼底，说出的话却十分锐利，"年轻的时候谁没遇见过几个人渣？对于人渣，都是喜欢得快，忘得也快。别说她前段时间和你告白，就算她昨天和你告白，说不定转头就把你给忘了，你信不信？

　　"毕竟没有对比，就没有伤害，知道什么叫好，就明白什么叫不好了。"江淮安又添了一把火。

　　沈随的脸色彻底冷了，他看着江淮安，明显不太相信他的说辞。

　　江淮安见状，转过头去，大喊了一声："啾啾。"

　　夏啾啾听到喊声，将球传出去，同队友打了个招呼，就小跑过来。她跑步的时候很欢快，像一只小狗，蹦蹦跳跳的。

　　江淮安看着面前跑过来的夏啾啾，温柔地说："今晚回家，我做饭给你吃？"

　　他家就是她家，江淮安会做饭，夏啾啾是不信的。于是她翻了个白眼："是我做给你吃吧？"

　　"那也好啊，只要能和啾啾一起吃饭，我就很高兴。"江淮安眼里的柔情几乎要化成水了，旁边的人都忍不住抖了抖，太腻了！

　　夏啾啾狐疑地看着江淮安。

　　现在江淮安的样子，和梦里的那个江淮安，真的好像啊！

第四章

看着你我就满心欢喜

这个念头一出现，夏啾啾就立刻打住了自己的想法。

她扭头，好像是不好意思了："还有其他事吗？没有我回去了。"

"回去吧。"江淮安在沈随面前表现完毕，夏啾啾也就没了用处。但想了想，他又嘱咐道，"小心点，别再被球砸到了。"

夏啾啾点了点头，跑回去了。

江淮安扭头看向沈随，挑眉道："沈师兄还有事吗？"

沈随明白江淮安的意思，他轻轻"呵"了一声，转身走了。

等他走后，武邑靠在江淮安身边，小声道："瞧他那副模样，我看着就起鸡皮疙瘩。"

江淮安点了点头，颇有同感。武邑想了想，有些忧郁地说："不过女孩子都喜欢他那副样子的。"

"那是眼瞎的那种女生。"

江淮安幽幽地开口，目光落到操场上。

操场上，夏啾啾正活蹦乱跳地跟着球跑，江淮安看得头疼："这些女生是打球，还是打架啊？"

"女生嘛，"武邑叹了口气，有些无奈地说，"都这样。"

江淮安抬手捂住额头，觉得自己有些看不下去了，他就不知道自己是犯了什么毛病，居然来看女生打球。

他摆摆手，转身道："走了，走了，再看下去，我偏头痛都要犯了。"

说话间，夏啾啾的球再一次被截了。和夏啾啾一个队里的陈爽有一些篮球基础，她看见篮球再次被截并被打出反击后，有些不能忍了，转头对夏啾啾吼道："夏啾啾，你到底会不会打？"

这吼声很大，江淮安忍不住停下脚步。他回头看过去，夏啾啾正抱着篮球，低头听着陈爽的训斥，脸上没有半分不满，反而很认真地道歉："对不起。"

她对自己的错误一向认识得很深刻，语气也十分诚恳："陈爽，你别担心，我现在在练习，到时候肯定不会拖大家后腿的！"

陈爽还想说什么，但夏啾啾认错的态度太好，她再说就显得有些咄咄逼人了。于是，她低声说了句："我们班肯定输在你头上。"随后就转身继续练习了。

江淮安一直瞧着她们，武邑上前问："你不是走了吗？"

"哦，"江淮安抬头看了看，"夕阳挺好，我去睡一觉。"说完就走到了球板后面的长椅上靠着，闭上眼睛开始睡觉。

旁边是篮球"砰砰砰"的响声，还有大家急促的命令声："夏啾啾，传球！"

"夏啾啾，拦住她！"

"夏啾啾，你怎么这么笨啊？！"

夏啾啾一直在跑，许久后，差不多到结束的时间了，所有人都陆陆续续地走了。武邑看了一眼江淮安，本想叫醒他，又想到江淮安睡醒过来的脾气特别大，于是就跟着其他同学走了。

球场上就只剩下夏啾啾一个人，她反复地运球、练习。篮球声"砰砰"直响，江淮安睁开眼睛，看见少女认真运球的模样，灵动又倔强。

他忍不住觉得有些好笑，也无暇去思索自己为什么会在这里。他站起身，背靠在栏杆上，双臂环抱，看着夏啾啾道："还不走啊？"

"嗯？"夏啾啾保持着准备投篮的姿势，扭过头来，看见夕阳余晖下的少年。

他的笑容干净清爽，让人怦然心动。夏啾啾不由得看呆了，不得不承认，江淮安这副皮囊，不管是什么气质，都让人觉得有种惊心动魄的帅。

江淮安没察觉到她的呆傻，径直走上前去，从她手里拿过球。

"运球的时候脚要微微地下蹲，下盘要稳，你得先把基本功打好。"说着，江淮安示范给她看。随后道，"来，双手尽量张开，下蹲，防守住我。"

听到这话，夏啾啾瞬间明白，江淮安这是来陪练的。

只是江淮安的动作太快，夏啾啾才反应过来，江淮安就已经越过她，一步、两步、三步然后上篮！

球划过完美的弧度，打着圈落入篮筐，然后稳稳地落入少年手中。

江淮安将球扔给她，摆出了防守的姿势："来，这次你进攻。"

两人练了一会儿球，江淮安的动作很规范，整个过程和她保持着一定的距离，却每次都能阻止她的进攻。

夏啾啾学着他的样子，动作进步得飞快。

等天快黑的时候，江淮安看着夏啾啾额头上出了一层细汗，将球收了起来："好了，别练了，走吧。"

夏啾啾点点头，伸手准备去拿包，江淮安提前一步，将她的包扛在了肩上。

夏啾啾有些诧异地抬头，江淮安嘴角一勾，颇为骄傲地说："就你现在这样，这包再背上身，怕是压死骆驼的最后一根稻草了吧？"

这倒也是，她的确是累了。于是，她摆了摆手，也不再说话。

夏啾啾腿短，江淮安正常走路的速度比较快，她不得不像小跑一样才能跟上他。江淮安斜眼看到夏啾啾的动作，便逐渐放慢了脚步。夏啾啾察觉到他的脚步变慢了，她仰头看他："你怎么不快走了啊？"

江淮安将目光收过来，觉得面前这人脑子一定有坑，他淡淡地说："因为我也累了呗。"

夏啾啾一听这话，顿时倍感骄傲："你体力不行啊，我比你多打了好久呢！"

江淮安："……"

夏啾啾看着少年线条明朗的侧脸，忍不住叫他："江淮安。"

"嗯？"

"你对所有人都这么好吗？"

总算是说了句人话。

江淮安转头看她，挑眉："你觉得呢？"

"我觉得你挺照顾我的。"

"你没感觉错。"

夏啾啾睁着眼："为什么啊？"

听了这话，江淮安盯着夏啾啾单纯清亮的眼，反问自己。

为什么呀？因为她可爱吗？

倒也不是。

江淮安没说话，他突然想起那天下午，少女信誓旦旦的那句"我养你"。一想起这句话，他心里仿佛就有一根线，被人轻轻一拨，就能弹出乐响。

"夏啾啾，"江淮安目视前方，声音很平静，"对我好的人不多，所以别人对我的好，我都会加倍偿还。"

夏啾啾愣了愣，这时两人已经走到了车边，江淮安将书包还给她，说了句"我走了"，便双手插在裤袋里，转身离开。

夏啾啾看着那人远去的背影，突然意识到江淮安看上去很凶悍、很潇洒，骨子却温柔善良。

因为得到的太少，所以愿意拼了命去回报。

后面几天，江淮安每天私下给夏啾啾"补课"。两人就像地下党一样，人多的时候就假装关系一般。每次江淮安似乎是在等着武邑，但最后他总能找了借口留到所有人都走后，再来陪夏啾啾练球。

夏啾啾进步得飞快，陈爽也就不再说她什么了，其他人也开始夸她进步神速，可以成为替补队员。

夏啾啾心里高兴，以前她也有很多朋友，但并不是这样的。大家认可她，同她在一起，只是因为她脾气好，从来不是因为她的优秀。

然而这次不一样，打篮球的女生大多豪气，有什么说什么，夏啾啾打得不好的时候，她们就直接骂。夏啾啾如今打得好，大家便会拍着她的肩说，"夏啾啾，不错哟！"

篮球赛初赛开始的第一天，江淮安穿着球服来到女生赛场上。

夏啾啾正在热身，江淮安拍了拍她的肩，夏啾啾扭头去看他："嗯？"

"没上场的时候，记得去给我加油。"江淮安留了这么一句话后，便转身离开。

夏啾啾有些懵，不过还是点了点头。

江淮安先上场，他们班的女生组排在后面，于是夏啾啾被挤到了江淮安的篮球场旁边。她还没过去就发现，这个球场的人格外多，等她靠近了，便听见许多女生在窃窃私语。

"这场听说有江淮安啊？"

"他打球好帅的！"

"他不打球也帅死了，啊啊啊！"

"可惜他成绩太差了。"

"嗯，我妈说这种男人以后也就是混混了……"

"可他颜值高啊！"

…………

女生们的话题几乎都围绕着江淮安，夏啾啾听到他们一面夸赞江淮安，一面又贬低江淮安，不由得有些生气，她拼命地往里面挤，用手肘捅着旁边的女孩子。

旁边说话的女生被她一捅，有些不满地回头："你做什么啊？"

"背后这样说人坏话，"夏啾啾认真开口，"是不对的。"

"关你屁事啊？"

那女生愤怒出声，夏啾啾没有理她，转身挤到了前面。

这时候双方队员已经摆好了进攻的姿势，裁判准备发球。

裁判举起球，所有人欢呼出声，有人依稀大喊出队员的名字。

夏啾啾从来都是啦啦队的主力，她觉得既然来了，就一定要为自己的班级加油！为江淮安加油！于是她很快加入了欢呼声中，大喊出声："江淮安，宋哲，武邑，加油！"

她的声音不算大，也不算小，混合在嘈杂的人声中，隐隐约约地听不真切，然而江淮安在第一瞬间就捕捉到了。

球场之上，江淮安转过头看向夏啾啾，朝着她歪了歪头，眨了一只眼，他唇边的笑意满是自信，仿佛篮球赛还未开场，他已经胜券在握。

也就是这一瞬间，裁判将球高高抛起。江淮安猛地跃起，凭借着身高的优势将球直接拍向了宋哲的方向。

宋哲跳起接住的同时，江淮安已经突破防线冲到了前方，他高喊了一声："传球！"

三个人围着江淮安，江淮安却一直在动，拼命地去接球。宋哲瞧了一眼旁边的夏啾啾，心里明白了些什么。虽然旁边武邑也在焦急地喊着"传球、传球"，宋哲却十分识趣，将球扔给了被层层包围的江淮安。

江淮安一个猫身突破防守冲到前面，接住球后利落地带球转身，在人群中一路急转往前，数秒之间就攻破了对方的防线，在所有人始料未及之下，抬手就是一个三分球！

篮球划过优雅的弧度，稳稳地落入了篮筐。

开局不过三十秒，江淮安就给了高一十三班一个开门红。

全场爆发出惊呼声，江淮安帅气的动作让女生们频频发出尖叫。在这样的环境下，夏啾啾的心情也忍不住跟着汹涌澎湃，她不自觉大喊出声："江淮安！江淮安！"

这一次她没法再叫其他人的名字了，因为那个人站在球场上，已经完完全全地成了唯一的焦点。

听见夏啾啾终于只叫他的名字，江淮安的心里满意了些。虽然他不知道这份较劲从何而来，但他想做的事，就会努力去做。比如，让夏啾啾只叫他的名字。

有人打球打得好，会让你觉得，这人水平真好，或者这人技术点得分真高。

可有些人打球打得好，不仅仅是技术上的好，而是他整个人在摸到球的那一瞬间，就会有种无形的气场展开。哪怕再普通的一个人，也会在那一瞬间变得灼目耀眼，让人无法移开目光。

江淮安就是这种人。在篮球场上，他有种天生的王者气质，会让人的目光不自觉地跟随他的身影，追随他的动作，会让人变得热血沸腾，心情也跟着他的动作而起起伏伏。

夏啾啾从来没有见过这样的江淮安，哪怕是在梦里，那个文质彬彬、完美无缺的江淮安，也不曾带给她这种强烈的情绪。

满场都在为他欢呼，哪怕是竞争对手班上的人，也忍不住为他喝彩。

"江淮安！江淮安！江淮安！"

在最后十秒，所有的呼喊变得有节奏起来，大家拍着手，叫着江淮安的名字。然后看着他抢过篮板，带球狂奔，闪身，起跳，三分入篮！

哨声戛然而止，众人的欢呼声爆发而出，许多人围上去想要拥抱江淮安。

而那个人就在人群中，闪闪发光。他所经之处，人声鼎沸，如王者出征般振奋人心。

夏啾啾站在远处，呆呆地看着江淮安，不由自主地抬手按住自己狂跳的心。

就是这个时候，陈爽从后面冲了过来，一把拉过她："犯什么花痴啊！我们的比赛开始了，快快快！"

夏啾啾还没来得及和江淮安说一句"恭喜"，就被陈爽拖上了场。

被江淮安带来的震撼余韵未散，夏啾啾的情绪仍十分激动，一上场就玩命一样起跳、冲刺、奔跑！场上的节奏瞬间被她带动起来，男生们吹着哨子，为女生们欢呼。

江淮安擦着汗走到球场旁边，抬头看了一眼夏啾啾她们队的对手——高三七班，她们班有一个校队的队员，十分凶猛。

江淮安靠在一旁，静静地看着夏啾啾在球场上，像个小兔子一样蹦来蹦去。她个子矮，总被别人盖帽，可她没生气，一直保持着很好的心态。她打篮球技术一般，但体力很好，等到下半场的时候，她的优势就显现出来了。双方的比分逐渐拉平，裁判喊最后三分钟时，夏啾啾投中一个球，赶超对方，刚好比对方多了一分！

所有人都非常紧张。现在夏啾啾这边的核心任务由攻变守，只要坚持住这最后的三分钟，就赢了！

对方明显也看出了这一点，攻势变得十分猛烈。她们不断强攻，最后十秒，对方突破了夏啾啾这边的防线，直接朝着篮板冲去。江淮安意识到情况危险，他站在篮板下，眼见着夏啾啾追着对方，不由得站直了身子。对方起跳投篮，大家都屏住了呼吸。而这个时候，一道娇小的身影突然绕过人群跑了出来，猛地起跳，将篮球从对方的手中狠狠地拍下！

哨声响起，那个奋力跳起来的小姑娘也狠狠地摔到了地上，江淮安还没来得及上前，夏啾啾身边的人已经围了过去，将她扶起来。

陈爽一把扛起夏啾啾，轻轻地拍了拍她的肩膀道："干得好！你就是我们班的英雄！"

夏啾啾不好意思地笑了笑，心里蓦然升起一股火苗。她突然觉得，其实自己顺风顺水的前面十六年，似乎并没有她以为的那么有意义。过去的顺利都是别人给的，然而这一次不一样，是她自己要打篮球，她通过自己的拼搏和努力，得到了别人的认可，展现了自己的价值。

过去的夏啾啾在朋友中可有可无。她离开了，她的朋友可能会伤心一阵子，但伤心过后，他们的生活并不会因为她的离开而有什么太大的影响。可现在不一样，夏啾啾突然发现，当你能在这个世界建立你的价值，你内心的感受是全然不同的。

夏啾啾被大家扶着去了医务室，陈爽一路上都在和她聊天。她就是手臂上擦破了些皮，倒也没什么事，大家陪了她一会儿，便各自回去了。

陈爽本来打算送夏啾啾回家，但因为今天她值日，她也没有办法离开。

大家离开后，夏啾啾又休息了一会儿，才开始收拾东西打算回去。一个身影这时出现在医务室门口。

江淮安斜靠在门边，双手插在裤袋里，吹了声口哨："不错呀，小英雄。"

夏啾啾对这个人的出现一点都不意外，她感觉江淮安必然会来。

她微微仰头，笑眼中带了些骄傲的意味，坦然地接受了对方的夸奖，"承蒙夸奖！"

江淮安"扑哧"地笑出声，走上前帮她打理身边的东西。江淮安看起来人高马大的，做事却格外细心。他从旁边捡了夏啾啾的手机和粉红色小猪的钥匙扣等东西，将它们一样一样地放进包里。

等所有的东西都装好后，江淮安起身，扬了扬下巴，催促她："走了。"

江淮安陪着她往校门口走去。路上，夏啾啾不由得感到有些奇怪："你刚才在哪里啊？我怎么没见到你！"

江淮安听到这话，眼里似乎有些不高兴，但面上依旧挂着笑容，笑眯眯地说："夏官人只闻新人笑，哪闻旧人哭啊？我一直在人群里啊！"

"不会啊，"夏啾啾一脸认真的表情，"我仔细看过了，你不在！"

听到这话，江淮安心里舒坦了些，"我跟着过去的，医务室里人太多了，我便一直站在门口等着她们离开。"

夏啾啾点了点头，她想了想，抬头道："谢谢啊！"

江淮安心里开心，但脸上仍是一副不在意的样子，他揉揉她的头，轻嗤出声："切。"

赢了这一次比赛，全班干劲十足。

白天夏啾啾像打了鸡血一样，上课全神贯注，笔记记得飞快。

而江淮安最近运动多，又睡得好，他白天闲着没事干，一会儿打游戏，一会儿看小说，玩累了就趴在桌上，盯着夏啾啾。

他发现，观察夏啾啾真是一件很有意思的事。

夏啾啾本来就长得可爱，盯着她养眼，也满足他的视觉审美。不仅如此，经过他这几天的观察，夏啾啾的表情十分精彩，遇到难题她就皱眉，遇到懂的题目她就高兴；老师提了问题，她就立刻回应。如果是不会的问题，她就面露忧愁，等老师说出答案后，她又立刻露出恍然大悟的表情。江淮安被她逗乐了。

夏啾啾也发现了。下课后，她忍不住问道："江淮安，你到底在傻乐什么？"

江淮安撑起下巴，看着她，满脸深情地说："啾啾，我发现，看着你，我就满心欢喜。"

宋哲坐在后面，听他到这话，吓得手一抖，心里暗道："输了。"

他悠悠地抬头，看着江淮安："江哥，咱们商量个事，成吗？"

"你说。"江淮安心情不错，扬了扬下巴，表示允许了。

"少演言情剧男主角，我害怕。"

"行啊，"江淮安眯了眯眼，"那我演个戏剧行不行？"

"阿哲，"说着，江淮安突然握住了宋哲的手，依旧是那副深情款款的模样，"你是我的心，我的肝，我生命的四分之三！"

宋哲："……"

夏啾啾："……"

宋哲面无表情地拂开江淮安的手，冷静道："你还是演言情剧吧。"

江淮安笑了起来，露出一副"我早料到"的表情。夏啾啾侧过眼看他，突然意识到：哦，这个人，是开玩笑的啊……

白高兴了。

等等！

夏啾啾突然惊觉，她这是在高兴什么啊？！

和江淮安目前的状态不同，夏啾啾毕竟是梦到过自己结婚的人。虽然她性情比较单纯，也比较天真，但该懂的还是懂的。

这种突然雀跃的小心情，和当年喜欢沈随，没有任何不同。或许因为现在她和江淮安之间的感情更纯粹，没有掺杂其他的物质，她甚至觉得现在的这份欣喜，比过往的其他感情来得更加纯粹、简单。

察觉到自己的心情，夏啾啾心里不由得有些慌乱。她连忙扭头，抓紧了手中的笔，低头看着自己的本子。

江淮安全然没有察觉到夏啾啾的心理变化，他和宋哲聊完天后，便开始看漫画书。

张赫提着几何尺子走进教室，一眼便看见江淮安立着的漫画书，他不满地"哼"了一声后，高声道："上课啦，上课啦。"

"老师，上课铃还没响呢！"武邑有些茫然。

张赫用夹杂着方言的蹩脚普通话吼他："就你聪明，就你话多，别人都不说，怎么就你说！"

武邑缩了缩脑袋，不说话了。

江淮安轻嗤了一声，转过头，根本不看张赫。

江淮安转过头后，夏啾啾莫名觉得心情轻松了许多。她悄悄地扭头看他，又在对方看过来时悄悄地转过头去。天气已经逐渐变热，午后的蝉鸣声响彻了整个学校。江淮安在这样的声音中昏昏欲睡，夏啾啾终于有了盯着他看的勇气。

他长得真的很好看，皮肤光洁如玉，没有一丝瑕疵，五官笔挺俊朗，脸部线条干净利落，看上去格外帅气。他的睫毛很长，呼吸时微微地颤动，让他整个人有了几分可爱的感觉。哪怕他的睡姿大大咧咧，也不会让人觉得难看。

夏啾啾盯着江淮安看了一节课，下课铃响起来的时候，江淮安迷迷糊糊地睁开眼，夏啾啾这才慌忙地收回视线。

江淮安眯起眼，靠近她，一股柑橘的清香扑面而来，夏啾啾紧张得整个人都不动了。

"你不对劲。"江淮安开口，夏啾啾的心跳猛地快了起来。

"你……"江淮安眼神通透，仿佛看穿了她的心事。

夏啾啾觉得连呼吸都有些困难了，江淮安这样聪明，是不是知道了什么？

其实也不是什么大事，但是有些难堪啊。

夏啾啾还在纠结，江淮安突然严肃地开口："你是不是不想练球了？"

"什么？"夏啾啾露出一个诧异的表情，心却突然落了下来。

"球，什么球？"

江淮安"哈哈"地笑出声来，一副"我就知道"的模样："打赢了球，膨胀了吧？自信心爆棚了吧？觉得累了不想练球了？没事，我都理解。不过，少女，我告诉你，未来很坎坷，你的对手远不止于此！你，"

他将两根手指并起来指着她，另一只手弯着搭在手上，摆出一个极有漫画感的姿势，用动漫人物的口吻说道，"可是被篮球之神选中的女人啊！"

夏啾啾："……"

"神经病！"夏啾啾决定不理他，转身提着书包就走。江淮安赶紧起身追她，却被宋哲抬手拦住。

江淮安有些无奈，朝夏啾啾的背影大吼了声："篮球场见！"

说完之后，江淮安转头看向宋哲："干什么？"

"我告诉你，"宋哲认真地说，"夏啾啾，有情况。"

江淮安一脸奇怪："什么情况。"

宋哲的眼里带着坏笑："她盯着你看了一下午了，你说她是不是对你有意思啊？"

一听这话，江淮安一巴掌拍在宋哲的头上："就你最八卦。"

两人一同往外走，宋哲笑得意味深长："你别给我装蒜，情书收了这么多，我和你说的你不懂啊？"

江淮安轻轻说了个"切"，随后道："就算我懂，你觉得夏啾啾懂吗？"

"为什么不懂？"宋哲有些迷茫。

江淮安比画了一下，笑眯眯地道："你看她那么小只，那么可爱……是会懂这些的样子吗？"

宋哲想了想，居然觉得江淮安说得有些道理。

"那你怎么想？"宋哲询问。

江淮安摆了摆手："没什么想法，就觉得她怪可爱的。"说着，江淮安主动转移了话题，"哦，你说高二一班这次谁当队长啊？"

一聊到男生感兴趣的话题，宋哲就来劲了："沈随吧……"

两人说着，一起来到了篮球场上，夏啾啾已经在练球了。江淮安瞧见人群中那个已经能带着球利落穿梭的小姑娘，忍不住勾起嘴角。

等大家都练完后，江淮安照旧去给夏啾啾开小灶。他才打完球，用毛巾擦着汗朝她走过去。夏啾啾抱着球看他怡然自得地走来，心跳莫名地加快。

江淮安停在夏啾啾面前，看见夏啾啾把球呆呆地抱在胸口，一脸认真发呆的模样，忍不住抬手揉了揉她的头发。

夏啾啾皱起眉头拍他的手，不满道："你干什么？"

江淮安"哈哈"地笑出声："你的头发好软啊。"

说着，江淮安将球从她手里拿了过来，同她道："下面还有好几场比赛，还有几个你可能会遇到的对手，我给你说一下。"

江淮安一面说，一面给她比画："蔡嘉悦的强项是防守，你要直接突破她很难。你的优势是个子小、爆发力强、跑得快，如果被她死死防住，周围又没有队友支援，你可以尝试将篮球直接扣在地上，利用斜角反弹，然后绕过她，自己再一次接球，完成自己和自己的传球。"

说着，江淮安示范了一遍给她看。

夏啾啾耳朵听着江淮安说话，眼睛却落在他的脸上。

人就是这样，开了一个头，就压不住自己的想法。

她突然发现，江淮安真的是越看越好看的类型。

"张怡个子虽然高大，但是不够灵活。你背对着她，然后再转身，带球强攻，尽量让自己的动作花哨一些，这样……"

江淮安示范着，却发现夏啾啾的回应有些迟钝，他抬眼看她，干脆将球抛给她："你来，强攻我！"

"强攻你？！"

夏啾啾抱着球，还有些没回过神来。

江淮安半蹲下身，摆出防守的姿势，拍了拍手："来啊！"

夏啾啾点了点头，她刚才没仔细听，仍有些不明白，但她还是带着球，直接朝江淮安冲了过去！

她跑得有些快，江淮安大声指挥着："对对对！左转！右转！再……"

他的话还没说完，夏啾啾脚下猛地打滑，接着整个人就朝着他扑了过去！

江淮安下意识一捞，就将少女整个抱在怀里。

夏啾啾的整张脸塞在江淮安的胸口，她能听到他激烈的心跳声，闻到他身上的柑橘香味。

蝉鸣声很大，却唤不回两个人的神智。

两个人都是呆的。

当时江淮安只有一个念头："真软。"

后来江淮安回忆起第一次抱夏啾啾的心情，只能用两个字形容：呆滞。

当时，他脑子里真的什么都无法去想，只能最直观地感受着自己所感受到的一切，带着花香的发丝，柔软的身体……

他第一次知道，原来女孩子抱起来的感觉，居然是这样的！

夏啾啾先反应过来，她猛地从他怀里跳出来，涨红了脸，留下一句"我……我回去了！"之后，就跑掉了。

江淮安愣了很久，才反应过来："等一下，我送你啊！"

然而这时候，夏啾啾已经跑远了。

江淮安本来想问一句"跑什么"，可一想起夏啾啾那张红彤彤的脸蛋，他又觉得自己知道答案了。

夏啾啾跑回车上，这才感觉围绕自己周身的少年气息似乎淡了下来，她捂着跳得飞快的心脏，感觉快要无法呼吸了。

夏啾啾走后，江淮安耸了耸肩，扛着衣服、书包往现在住的地方走去。走了没多久，他就意识到有人跟在身后。

江淮安回过头，看见许青青带着保镖站在不远处，静静地看着他。

江淮安皱了皱眉头，假装没有看到，转身继续往前走。

许青青突然叫住了他，言语间满是担忧："淮安，别闹脾气了。"

江淮安停住步子，转头看向许青青。许青青带着人走上前来，对江淮安说："这几天你的日子不好过吧？不要和你父亲争执了，回家吧。"

听到这话，江淮安"扑哧"地笑出声来。

他向来知道许青青是无事不登三宝殿的，于是挑了眉头道："怎么，是江城骂你了，还是我爷爷找你麻烦了？"

许青青皱起眉头，语气带了不满："淮安，你怎么能这样讲话？"

"哦，难道不是吗？"

江淮安抬手看了看表，随后道："行了，我也不和你啰唆，那个家呢，我是绝对不会回的。我过得不好？我过得好着呢！"

说完，他摆了摆手，转身离开："再见了您嘞！"

"江淮安！"许青青瞬间冷了脸，"你别敬酒不吃，吃罚酒。"

听到这话，江淮安猛地回头，神色凌厉，提高了声音吼道："那你端一杯来给我喝喝看啊！"

许青青被这一声高喝吓了一跳，等回过神来，江淮安已经走远了。

走远之后，江淮安的情绪慢慢平静下来，心里却是乱的。

他回到住处，像往常一样，在屋里洗菜、做饭，每一件事都做得井井有条，然后一个人吃饭。吃着吃着，突然觉得有一种寂寞从骨子里冒了出来。

他放下碗筷，忍不住群发了信息给好几个人。

"你们在干什么啊？"

宋哲："吃饭。"

武邑："被我妈打。"

"……"

大家陆陆续续地汇报自己和家人的事，江淮安慢慢地意识到，大家都是有家的，就他没有。他们有他们的小世界，而他就像水中浮萍，一个人飘啊飘，不知归向何处。

他放下手机，再也没有心情回复。过了好久，屏幕亮了，是夏啾啾的回复："你是不是一个人很寂寞啊？我陪你写作业啊。"

江淮安看了屏幕很久，突然就笑了。他觉得自己仿佛被一双手拉扯住，对方虽然又傻又小，但是愿意将他拉进自己的世界，并且愿意用自己世界的光，驱散他身旁的阴霾。

他忍不住回复："怎么陪我写作业啊？"

刚回复完，一个视频通话的提醒就传了过来。江淮安惊得赶紧跳起来，冲进最干净的一个房间，坐在书桌前，将手机端端正正地放在正前方。如果能再插三炷香，那就是场完美的"祭祀"了。

他规规矩矩地坐在椅子上，点开了视频通话。一接通，他就看见了里面的人。

夏啾啾戴着眼镜，头发用发圈扎在脑后，发卡卡住刘海，看上去傻气又可爱。她穿着粉红色的家居服，手里拿着笔，明显是在写作业。

江淮安看着这姑娘，心情大好，撑着下巴，随意地和她聊了起来："你就这样写作业呀？你那发卡很好看啊。"

"废话少说，把数学卷拿出来！"少女抬手扶了下眼镜，"我带你学习！"

江淮安："……"

长这么大了，真是第一次有人说，带他学习。

江淮安自己不读书，但也不想影响夏啾啾，于是磨磨蹭蹭地去拿了试卷，然后铺在桌面上。

第一题，不会，瞎选一个。

第二题，也不会，瞎选一个。

第三题……

"额……"江淮安生气了，"为什么今天的卷子这么难，我一个都不会！"

听到这话，夏啾啾抬头，幽幽地说："以前你会吗？"

江淮安理直气壮地抬头："当然也不会啊，但我不做啊。"

夏啾啾："……"

"算啦，算啦，"江淮安摆了摆手，"你别理我，我会写完的。"

夏啾啾点头，然后和自己的卷子搏斗起来。

她没有告诉江淮安，这些题……她也不会！

可是为了给江淮安做榜样，即使不会，她也要迎难而上。她不会做题，但她可以抄答案学习！

晚上十一点的时候，江淮安已经做完了五张卷子，他有些做不动了，艰难地说："夏啾啾啊，你为什么这么拼？"

"江淮安，"夏啾啾的手边放着一杯咖啡，她没有抬头，"你知道吗，每个人其实都想当一个闪闪发光的人。虽然现实会让他们收起这些想法，或许是因为受到打击所产生的自卑感，又或者是因为对家长的赌气叛逆，甚至于因为自己的懒惰而放弃。但是无法认清自我，这是人少年时期的通病。也许等他慢慢长大，就会发现，自己是想成为一个优秀的、有价值的人的，但长大后他也会意识到，最容易成功的少年时期已经被他错过了。

"所以人生的每一步，都该倾尽全力去努力、去奋斗。这样的话，如果长大后你不在意自己是否优秀，那你可以无所谓；但如果你在意，那你就不会后悔。"

江淮安听着夏啾啾说大道理，忍不住笑了："这些话是谁告诉你的，自己想的？"

夏啾啾没说话，她抿了抿唇。

谁告诉她的呢？

是梦里的江淮安。

她靠着别人过得太久，虽然过着优雅的生活，却被养成了猫，收起了爪牙。可是猫始终还是向往着和老虎豹子一样，拥有强大力量的。但是爪牙都没有了，那些想法也就只能被深埋在心底。

以前，夏啾啾每天听别人夸她命好。是命好啊，一辈子待在象牙塔里，但也一辈子没有感受过那种热血沸腾、拼尽全力、失而复得的喜悦。

她骨子里，也是想要优秀的。

可是从小大家都告诉她，她不需要这些优秀，就可以过得很好。

直到江淮安在梦里跟她说："优秀不是为了过得好，生活是生活，人生是人生。你有车、有房、有家人、有丈夫，这是生活；你拼搏努力，拥有自己的价值，往前走，摔倒，站起来，为梦想奋斗，这是人生。"

夏啾啾想着江淮安，目光有些飘忽。

江淮安看出来了，他就是觉得面前这个人，似乎是突然想起了谁。于是他摇了摇手："你在想谁呢？"

"江淮安。"夏啾啾老老实实地回答。

江淮安顿时红了脸，讷讷道："你……你想我干什么啊？"

"不是你。"夏啾啾很诚实，"是另外一个江淮安。"

江淮安："……"

他突然有点不开心。

夏啾啾低下头，捏紧了笔："这些话，是他告诉我的。他说，如果你拼搏过，你就会知道这个过程有多美好。"

她将江淮安在梦里说的这些话奉为人生宗旨。

江淮安没有说话，他低头看着卷子，许久后，才说了一句："哦，你真信任他。"

然而他的内心有一种无形的酸楚正弥漫开来。

他也说不上是什么感觉。

他认真想了想，大概是，嫉妒吧。 那个梦中的江淮安，有人愿意信任他。而他呢？他什么都没有。就连这个小姑娘给他的温暖，也不过是她不经意间的施舍。

这是什么感觉呢？仿佛是你吃着面包片，本来觉得很幸福，结果对方突然告诉你，这是从一块面包里切下来的残渣，好的东西，她要留给别人。

江淮安觉得有些烦闷，他说了句 "晚了，睡了"后便干脆利落地挂了通话。

挂完之后，他回到床上，有些颓废。

"谁不想优秀啊？"

他低哑着声音，有些委屈。他越想越烦闷，干脆跳起来，对着枕头一阵狂打，最后低吼道："江淮安，我恨你啊！"

吼完后，他又停住了。

总觉得有点不对。

不行，必须给这个"梦中江淮安"取个绰号才行！不然总觉得是在骂自己。

第五章

江淮安不见了

江淮安左思右想，给这个"江淮安"取了名，叫"渣渣"。一方面是他的文化程度有限，另一方面，也是最重要的，他还有那么点良心。

被夏啾啾挂念的那个"江淮安"，纵然让他不太舒服，但也不是人家的错。毕竟是夏啾啾主动挂念的，人家也没做出什么对他不利的行径。纵然江淮安心里渴望着找出任何一点有关他的罪行，但事实上，这个"渣渣"的确没有什么地方得罪他，也没什么地方可以让他找麻烦的。

毕竟，这是一个梦里的人。

江淮安躺在床上，开始思索自己到底为什么不舒服。他想了想，觉得是这几天都过得不太顺利导致的。于是他决定先睡觉，早点度过这不祥的一天。

第二天早上江淮安醒来后，早早地去了学校。而夏啾啾来了之后，第一个反应就是躲着他。江淮安觉得，这日子大概更不好过了。

江淮安僵着脸不说话，夏啾啾心里就更害怕，她僵着身子躲在一边，也不说话。

上次抱了一次后，夏啾啾一靠近这个人就会无端地觉得紧张。那周边被柑橘香气和灼热的温度包围的感觉似乎随时都会出现。和江淮安开视频、打电话、发信息还好，但真人一出现，她就觉得紧张。

这种害怕没有什么原因，于是她想着干脆躲他躲远一点。

上课时她坐得端端正正的，一言不发，一下课她拿了书包就跑。江淮安对她的态度有些疑惑，看着她跑远的背影喊道："喂，你不练球啦？"

"不啦，有事！"说完夏啾啾已经跑远了。

江淮安皱着眉头，旁边的宋哲敲了敲他的桌子，从兜里拿出一盒口香糖，调笑道："心情不好，来一片？"

"滚蛋。"

江淮安瞪了他一眼，收拾了书包便往前走。

一连将近一个月，夏啾啾每天都这么躲着江淮安。两人虽然抬头不见低头见，但是只要江淮安一靠近夏啾啾，她就紧张，她一紧张，就想躲、想跑。

女生微妙的心思让江淮安想不通，他困惑夏啾啾的感情变化怎么这么快，明明之前还好好的，怎么莫名其妙就这样了？

篮球赛逐渐接近尾声，夏啾啾越来越紧张。

江淮安将她的变化都看在眼里，但也没多说什么。

篮球赛决赛的前一天，两人还僵持着。他们班的男女队都杀进了决赛，大家都鼓足了气，想拿个双冠。

决赛和初赛不同，初赛没有付出多少努力，也就没有多少期待，但他们现在已经投入了将近一个半月的时间，冠军也指日可待，大家心里不免都有了不小的期许和紧张。

于是决赛前一天放学后，陈爽和武邑将人留下来开了一次动员大会。他们慷慨激昂地向大家表达了一定要赢的决心。

如今夏啾啾已经是队里的主力军之一，她跑得快，身形灵活，虽然投篮总是被盖帽，但是在截杀和突破对方防线时还是很有用的。她坐在第一排，而江淮安坐在最后一排，他看着前面的小萝卜积极踊跃地参与鼓掌。

陈爽说："大家明天一定要奋起拼搏，哪怕遭遇顽强抵抗，我们也要将冠军拿下！"

夏啾啾拼命地鼓掌："对，队长说得对！"

江淮安："……"

武邑："陈爽说得对，明天的对手都很优秀，但大家不要太紧张，我们要打起精神，一定要用十二分的精力，去迎接明天的决赛，把它看得比高考还重要！"

夏啾啾继续拼命地鼓掌："好，我们一定做到！"

江淮安不乐意了，夏啾啾夸女生还可以，夸男生他就不高兴了。他轻哼一声："就高二一班那些渣渣，我一个能干他十个，犯得着这么上心吗？"

夏啾啾明显还在亢奋中，挥舞着小拳头，情绪高昂地说："干他！干他！"

众人："……"

陈爽有点忍不住了，又不想打击夏啾啾的积极性，于是她委婉劝道："啾啾，冷静一点，不要这么亢奋。"

"队长！"夏啾啾亮着眼睛，全然一个完美小弟的模样，"我第一次靠自己的努力赢，我特别激动！"

"看……看出来了。"陈爽有点被夏啾啾的兴奋吓住了，觉得这个动员大会可能不需要开下去了，再开下去夏啾啾明天可能就要带着篮球起飞了。于是，陈爽轻咳了一声，让武邑上来讲一讲明天男队的战术。

这个时候有人站在门口，问道："请问夏啾啾在吗？"

所有人抬眼看过去，一个长相斯文的少年站在门口，笑容温和地看着夏啾啾。

是沈随。

夏啾啾皱起眉头，江淮安则是坐直了身子，莫名有种领地被侵犯的感觉。

陈爽和武邑朝夏啾啾看过来，明显是希望夏啾啾去解决这个事情，不要打扰他们开会。夏啾啾赶紧站了起来，同大家打了个手势，就朝着沈随跑了过去。

江淮安站起来想跟着走，武邑一把按住他，满脸期待："淮安啊，你是咱们班篮球队队长，我们班的希望之光，在讨论战术这种关键时刻，你可不能走啊。"

江淮安"哦"了一声，冷静下来。

他也不知道自己刚才是怎么了，下意识地就想跟着夏啾啾出去。

江淮安假装镇定，开始听大家讨论，心里却冒出了无数疑问。

"夏啾啾跟着沈随出去做什么？

"夏啾啾最近不理我，是不是因为沈随？

"她之前才和沈随告白过，应该还是有些喜欢沈随的吧？毕竟他们是青梅竹马。

"可是那种人渣有什么好喜欢的，还不如喜欢'渣渣'。算了，'渣渣'也别喜欢，一听就不是什么好人。什么站在寒风中乞讨求学，不会申请助学金啊？

"之前我装夏啾啾的男友，沈随不会问吧？如果他问了，夏啾啾又会怎么说？是不是沈随因为这事生气了，夏啾啾为了讨好沈随才不理我的啊？"

无数的想法涌现在江淮安的脑子里，他越想面色越阴沉。

　　想来想去，江淮安还是没忍住。在众人讨论的时候，站起来，走出去之前道："我上个厕所。"

　　而这时候夏啾啾和沈随来到长廊尽头，她面色不悦："我还在开会呢，你来做什么？"

　　"没什么，"沈随微笑，"来看看你。"

　　"哦，看完了，那我走了。"

　　夏啾啾转身就要走，沈随突然叫住她："啾啾！"

　　夏啾啾回过头来，沈随抿了抿唇，一副担忧的模样："你别这样对自己。"

　　夏啾啾："什么？"

　　沈随叹了口气，抬起眼来，认真地道："不要因为我拒绝了你，就自暴自弃。江淮安那种人……你跟他混，是没有未来的。"

　　夏啾啾明白了，最近她的确和江淮安走得有点近。但是不知道为什么，沈随一说江淮安不好，夏啾啾就生气。她也知道一个人被人说久了是什么样子，那在别人眼中他就是那个样子。但是，她知道江淮安的秉性不坏。

　　于是她回过头来，看着沈随，认真地说："他不是你说的那种人。"

　　"啾啾……"沈随皱起眉头。

　　夏啾啾盯着他："沈随，我认真地和你说一遍。我的确对你告白过，但遇见江淮安之后我也明白，我对你并不是真正的喜欢，我只是没有分清喜爱与喜欢的区别。我曾经觉得你是个好人，可是如果你再这么一而再，再而三地当着我的面诋毁江淮安，那你在我心里，就是个坏人了。"

　　沈随听到这话，愣在原地。

　　这是夏啾啾第一次对他说重话，他记忆里的小姑娘永远只会跟在自己身后，甜甜地叫着"沈随哥哥"，哪怕被他拒绝，也会躲着哭，怕被他发现而觉得难堪。

　　她喜欢他的啊。

　　她应该一直喜欢他啊。

　　沈随有些茫然。他一直以为，夏啾啾和江淮安混在一起，只是出于对自己的报复，是一种叛逆。他以为她来市一中，也是为了他。

然而此时此刻，他却突然有了一种危机感。

或许，她来市一中并不是为了他。

沈随心里有些酸涩，头一次手足无措地面对这个姑娘。良久，他终于问出自己的疑惑："那，如果你真的已经不在乎我，你来市一中做什么？"

他想说服自己，想揭开面前这个少女强撑的面具。

然而夏啾啾皱起眉头，回答他："我是为了江淮安啊。"

答案如惊雷闪过，劈在沈随的心上。他张了张口，一句话都说不出来。

他们……什么时候认识的？

沈随不明白，他还想说什么，这时候，就听到身后传来一声轻笑。

两人回头，便看见江淮安斜靠在墙边，双手插在裤袋里，表情似笑非笑。

"唉？"夏啾啾有些奇怪地看着他，"你来做什么？"

"陈爽说马上要开始讨论女队的战术了，叫你回去。"

"哦，"夏啾啾点了点头，转头看向沈随，认真地道，"沈随……哥哥，话我已经说得很清楚了，谢谢你以前的关照，以前是我不懂事，现在我走了。"

说完，夏啾啾毫不留恋地转身离开。江淮安和她走在一起，低头看她，嘴角的笑容压都压不住。

虽然他知道她为的是那个"渣渣"，可是看她对沈随的坦白，心里还是好爽是怎么回事？

这种爽感一直持续到了第二天。

第二天赛场，江淮安的篮球队对上的就是沈随带的高二一班。

开场之前，武邑突然拍了拍江淮安的肩，扬了扬下巴，指向对面的其中一个人："沈随穿队服了。"

"嗯，怎么了？"江淮安看了一眼，喝着葡萄糖。

武邑觉得有些奇怪："他以前不上场的啊。"

"那又怎样？"江淮安将杯子放在一边，抬眼看过去，正巧沈随也看了过来。

沈随的目光冰冷，江淮安则眼中带笑。

"来了也好，"江淮安看见对方朝他礼貌性地点了点头，他也靠在桌边，笑着道，"正好干他！"

说着，他转过头去，好奇道："夏啾啾呢？"

武邑抬手指向另一边的赛场，江淮安便看到正靠在桌边休息的夏啾啾。

她面色潮红，看上去有些虚弱。江淮安走了过去，皱眉看着她。

"夏啾啾，"他有些担忧，"你……是不是不舒服？"

夏啾啾抬头，想说什么，一个喷嚏就打了出来。她摇了摇头，小声道："没事。"

"你的脸色看上去不太好。"

江淮安抬手去碰她，夏啾啾下意识地往旁边一闪，躲开了，她有些紧张："我没事的，你去打球好了。"

江淮安还是有些不放心，还想说什么，武邑就在另一边喊人了："江哥，过来！"

江淮安回头看了一眼武邑，又转头对夏啾啾道："不舒服就算了，别逞强，输赢没那么重要。"

夏啾啾应了声，像个小猫一样。

江淮安不由得笑了："你会赢的。"

说完，他便转身离开，往球场跑去。

夏啾啾看着他跑远的背影，少年的身形还有些消瘦，远不如她梦中的江淮安那样宽肩窄腰，胸膛开阔而厚实。

她盯着江淮安的背影，有些移不开目光。陈爽过来拍了拍她的肩："夏啾啾，走了。"

夏啾啾点了点头，跟着陈爽跑上场去。

她最近都没睡好，今天早上起来就有些头疼，现在疼得厉害了。但是他们班女篮球队员本来就不多，如今她还算主力之一，她要是走了，她的替补体力消耗会很大。

"至少得撑过上半场。"夏啾啾琢磨着。

这次她们的对手是高三十六班，从名字上就知道，是一个成绩不太好的班级。这个班上场的女孩子都人高马大，她们一上来就瞄准了夏啾啾，明显是看她个子小，好欺负。

开场后没多久，夏啾啾就察觉到不对劲了。这些人似乎一直在暗中做一些小动作，她运着球打算传球的时候，对方"啪"的一下，一巴掌狠狠打在了她手上！球从她手上被打走，她震惊地抬头，然而裁判却仿佛什么都没看到，示意继续。

夏啾啾抿了抿唇，没有说话。

对方接二连三地犯规后，陈爽最先忍不住了。在她被人直接打手扣帽后，她猛地回头，朝着裁判就冲了过去，吼道："她打我的手了，你瞎了吗！"

裁判没说话，吹哨示意她回去。

比赛依旧在继续，夏啾啾艰难地防守着。她的眼前有些晕了，心里却升腾起一股火气来。她从来没这么憋屈过。

此时，陈爽还在据理力争，她举起自己的手，朝着裁判吼道："你没看到吗，这么明显的印子！你……"

她的话没说完，裁判就吹起了犯规。

陈爽抿了抿唇，旁边的人都劝陈爽回去，陈爽不甘心地看着裁判，僵持着。就在这时，因为少了一个人防守，对方突破了防线，投了一个球进去。

裁判警告了陈爽，陈爽闭上眼睛，骂了句脏话之后，深吸了一口气，才转身接过球，开始发球。

夏啾啾看得出陈爽的委屈，她心里的怒火也压制不住了。那一分钟，她心里什么都没想，只有一个想法。

"要赢。"

"一定要赢。"

越是不公平，你越要站起来，他们越是千方百计地想让你输，你越要想方设法地争取赢。

夏啾啾都不知道自己这股子韧劲是从哪来的。当她思索的时候，她脑海里就会闪过一个人的身影。

"那时候天很冷啊，可我还是要拿着募捐箱，等着别人的施舍。因为我得把书读下去。他们不想让我好，那我得活得更好。"

"那时候他们总是骂我废物，可是这又怎样呢？一个被他们骂了十几年废物的人站起来，不就是最好的还击吗？"

··············

江淮安，江淮安。

那一分钟，这个名字仿佛是一种信念支撑着夏啾啾。她咬着牙，在对方犯规的时候，拼命撞过去，直接撞开了对方的防线，三步，上篮！

被她撞的短发妹子骂骂咧咧，眼睁睁地看着篮球落入己方的篮筐。

夏啾啾喘着粗气，停下来，抬头看向盯着她的人。

"行，"短发妹子笑了，转身去拿球，然后说了句，"你等着。"

说着，她从队友手中接过，夏啾啾防守住另一个人，短发妹子没有把球朝队友扔去，反而是用足了力气，泄愤一般地狠狠砸在了夏啾啾的身上！

夏啾啾抬手抱住球，忍住球带来的撞击力，带球就走！

这一场球赛早就不是球赛，更像一场借打球为名的群架。夏啾啾带球冲过去的时候，十六班的人互相看了一眼，五个人同时朝着夏啾啾围了过去！

夏啾啾被彻底包围住，对方不顾规则，扒住她手中的球就开始争抢。她用了巧劲将球扳回之后，干脆抱住球就蹲了下去！看到夏啾啾被五个人围住，她的队友立刻扑来救她。于是，夏啾啾被里里外外地围住，外面的人根本看不清发生了什么，在中间的夏啾啾却清楚地知道发生了什么。她们根本不是抢球，她们抓她、踢她、拉扯她的头发……

夏啾啾什么都来不及想，满脑子只有一个念头。

球不能给她们。她要赢，她一定要赢。

场面混乱不堪，裁判见状立刻跑了过来，然而他根本分不开这些女生。周边一片哗然，而这时候，江淮安已经带着十三班男队远超了一班男队十五分。

江淮安运着球，听见女篮那边的嘘声，便透过人群看了一眼，隐约听到一句什么"打人了"。他心里一紧，起跳投篮时，目光却看向了另一边的球场。球从篮筐边上滑去，这时候他也看清了那边的场景。许多人围着一个人，仿佛是在打架，周边所有站着的女生里，没有夏啾啾！

没有夏啾啾，那中间被打那个是谁还用说吗？

江淮安迅速反应过来，转身就朝着女篮那边冲了过去！

武邑正捡起球，打算发球，看见江淮安这么一跑，吓得肝胆俱裂，大吼出声："王八蛋你给我回来！"

江淮安完全没理他，武邑只得着急地喊："换人！换人！"

江淮安也管不了男生这边了，他直接冲到女篮那边，只见裁判在旁边不停地吹哨，却完全不敢去碰那些女生。而陈爽正带着他们班的其他女生和十六班的女生拉扯。那五个女生长得人高马大的，陈爽她们根本拉扯不动。

江淮安的脑子"嗡"的一下，他大喊了一声，直接冲上去，一手一个将围着夏啾啾的女生甩了出来，然后抬手挡住另外三人的攻击，把夏啾啾拉进怀里护着，怒吼出声："你们在干什么？"

夏啾啾已经有些晕了，但她还抱着球，死死不放。江淮安碰到她的时候，发现手下一片滚烫，连忙将人搂得更紧一些，他仰头看着还想动手的人，威胁道："你们再动一下试试？！"

这些女生被他这么一吼，总算看清来的人是谁了。

见到是江淮安，大家纷纷犹豫了一下。其中短发的那个女生强撑着说："我说是谁呢，是江淮安啊。怎么，这是你女朋友啊，来帮她出头了？"

"有你们这么打球的吗？你们这是打人，还是打球？"

江淮安抱着夏啾啾直起身来，此时他才注意到，夏啾啾的手都是红的，应该是之前就被拍打了好多次了。她的身上还有脚印、抓痕，头发也散了。他转头看了一眼十三班的其他女生，多多少少都带了伤。他心里立刻明白发生了什么，火气"蹭"地冒上来，转头看着裁判："你是瞎了吗？"

裁判强作镇定："江同学，麻烦你……"

"别给我装，蒋四狗我告诉你，下半场如果你再这么偏袒着，老子回来不废了你，老子跟你姓！"

说完，江淮安随手招呼了个人过来，指着裁判道："盯着他。"

这时候老师终于被惊动了。市一中一向不是特别重视文体活动，这时候除了一些热爱篮球的人和参赛班级以外，其他班级几乎都在上课，管事的老师少得可怜。原本还想着能偷偷懒，结果就闹出事来，老师们的心情自然不好，一上来就劈头盖脸地一阵痛骂。

江淮安也没空管那些老师骂什么了，他抱着夏啾啾一路往医务室跑。

夏啾啾有些迷糊了，一时也分不清现在是什么情况。她感觉自己似乎还在梦里。

那时她刚认识江淮安不久，在公司里发了高烧。

她不想麻烦别人，撑着没说话，江淮安却发现了。他抱着她一路奔往医院。他的胸膛很厚实，步子很沉稳，声音很温柔。在他的怀里，夏啾啾觉得特别安心，仿佛一生都有了着落。她在他怀里抬起头看他的时候，觉得这个男人，真是哪儿都好。

此刻少年的胸膛尚不如梦中那样让人觉得沉稳安心，可是那温度如同梦里一样，滚烫灼热。

她睁开眼睛，凝视着江淮安的面容，慢慢地开口："江淮安……"

"嗯？"

江淮安有些心不在焉，少女却笑了，如同梦里一样，毫无防备地说："你好帅啊……"

江淮安的脚步微微一缓，脸瞬间红了。

夏啾啾靠在他胸口，听着他的心跳，温和地说："你听，你的心跳好快。"

"哎呀，你话怎么这么多！"江淮安的声音凶了起来，试图遮掩那一份因少女猝不及防的赞赏而导致的狼狈感，"别说话，好好休息！"

夏啾啾没说话，她闭着眼睛，突然意识到：他有没有真的努力过不重要；他是不是真的贫穷不重要；他能不能充当她的信仰不重要；甚至他是不是梦中那个他，也不重要。只要她在他怀里时，他给的那份悸动是真的，那就够了。

他不努力，她可以教会他努力，他不温柔，她可以教会他温柔。

更何况，那本来就是，他该有的样子。

"江淮安，"她问，"这场球赛，你会赢的，是吗？"

"这个不重要了。"

江淮安抱着她走到医务室，将她放到病床上，有些无奈道："你别作了，好好养病才是真的。"

夏啾啾没说话，她点了点头，瞧着他，眼睛里全是依赖，像一只乖巧得不得了的奶猫。

"好，"她开口，"我都听你的，江淮安。"

江淮安的心跳得飞快，一时居然都不知道该怎么回答。对方的眼睛明亮又认真，像山林里从没见过人世险恶的灵鹿。

他想捂住她的眼睛，以免她看透他那份狼狈的内心。

什么内心呢？

其实那个时候，江淮安自己也不懂得，更不知道。

直到很久很久以后，他才意识到，这不就是喜欢她，想要呵护她一辈子的心情吗？

体力不支时，人的意志力会薄弱许多。夏啾啾说了几句话，就觉得累了。

医生走进来，看见夏啾啾，摸了摸她的头道："好烫啊，量一下体温。"说完之后，医生又指挥江淮安，"你是她同学吧？帮她和老师说一声，再给她家里打个电话，都烧成这样了也不管管！"

江淮安头一次这么乖巧地点头应答，他和夏啾啾要了她爸的电话后，就出去给夏元宝打了电话。

夏元宝一听夏啾啾病了，当下也顾不得打电话的是个男生，就匆匆忙忙赶了过来。

打完电话后，江淮安坐在夏啾啾旁边，守着她输液。夏啾啾烧得有些迷糊，江淮安给她掖了掖被子，却突然被她握住了手。

"淮安。"她小声开口。

江淮安微微一愣，她的口气太亲昵，亲昵到他立刻知道，她不是在对他说话。

一时之间江淮安也说不清楚是什么感觉，他抿了抿唇，将手从夏啾啾手里抽了出来，固执着没有说话。

夏啾啾摸索着又把江淮安的手抓了回去，她靠着他的手掌，声音沙哑，絮絮叨叨地问："你过得好不好啊？别人有没有欺负你啊？你的学费有着落了吗？我来了，你不用怕了。"

说着，夏啾啾蹭了蹭他的手掌，仿佛是想将所有想说的话在这一刻说完。

"我来了，不管你好不好，我都来了。"

江淮安听不明白她的意思。他只是垂下眼睑，将手从她的手心抽离。

尽管夏啾啾皱紧了眉头，然而他还是一言不发，坚定地将手抽开了。

每个人都有自尊心，而江淮安尤甚。

以前宋哲就说过，他像一只孔雀，自恋又骄傲。

所以他容不得自己活在任何人的影子里，他容不得自己成为别人的替身。

夏啾啾察觉到江淮安的离开，可她也没有强求。她闭着眼睛，沉浸在自己的梦境里。

江淮安守了一会儿，夏元宝就来了。他急匆匆地冲进了医务室，焦急地问："啾啾呢，啾啾还好吗？"

"叔叔。"江淮安站起来，给夏元宝让开了位置，"夏啾啾在这里。"

夏元宝往病床上一扑，满脸焦急地叫道："儿啊，宝宝啊，你回答爸爸一声！"

"叔叔，"江淮安皱起眉头，"她需要休息。"

"哦哦，"夏元宝抬起头，转过头去看向江淮安，"这位同学，你是？"

"我叫江淮安，"江淮安回答得很有礼貌，他对夏元宝说，"叔叔，我还有些事要处理，您好好照顾啾啾，我先走了。"

夏元宝点了点头，转头看向病床上的夏啾啾。等江淮安走了，他才注意到，不对，他的乖女儿身上怎么有伤痕，谁打的？

而江淮安走出去后，就朝着篮球场狂奔了过去，一边跑一边拨通了宋哲的电话："老宋，球赛打完了？"

"你不废话吗？"宋哲那边闹得不得了，"早打完了，夏啾啾怎么样？你在哪儿呢？"

"蒋四狗呢？"

"嗨，武邑找人盯着呢，现在他还在学校。"

"叫上人，"江淮安往外面转了个弯，往学校门口走去，"跟我去堵人。"

宋哲早就做好了准备，就等着江淮安接这一茬，他应了一声后，就带着人赶到了学校门口。

江淮安早就在校门口等着了。宋哲到了之后，一行人就在门口等着蒋思出来。

蒋思是校篮球队的人，因为他近视，平时还和江淮安这群人不对付，于是江淮安给送了个外号叫蒋四眼，叫着叫着，就叫成了蒋四狗。

江淮安等了一阵子，蒋思才走了出来。他不是一个人出来的，而是跟着高三的一批男生嘻嘻哈哈地走了出来。高三那批男生里带头的叫赵铭，是高三十六班的学生，可见蒋思这一次当裁判不公平，就是赵铭的关系。赵铭他们可能也想到了江淮安会来堵蒋思，所以特意护送着蒋思出来。

武邑远远见着，"呸"了一声："我就知道是他们。"

江淮安等人去找蒋思理论，两伙人起了冲突，两边都受了点伤。

江淮安、宋哲和武邑从小巷子里跑到了另一条街上。江淮安抬手按了按唇边的伤口，对宋哲说："高三十六班的那几个女生……"想了想，他转头问，"她们之前是不是打过好几个高二的女生，还收人家保护费？"

"是啊，你问这个干吗？"武邑低头给自己手上的伤口贴着创可贴。

武邑长得五大三粗的，一个小伤口，却裹得这么精细，江淮安看得有些难受，忍不住道："你能别这么娘吗？"

"别啊。"武邑没抬头，"好大个伤口呢。"

江淮安懒得理他，继续说："和那几个高二的女生说，告到学校去，我罩她们。"

一行人边说边走，没说几句，江淮安的手机就响了。江淮安拿出手机来，认出这个是刚刚拨过的夏元宝的电话，一下子有些紧张。

他赶紧让旁边的人全都安静下来，这才接了电话，礼貌又恭敬地道："喂，您好，我是江淮安。"

"哦，那个，同学啊，我是夏啾啾的爸爸。"电话里面传出夏元宝的声音。

江淮安端端正正地站着，差点想对着电话鞠躬，但他及时控制住了自己，礼貌地问："叔叔好！叔叔有什么事吗？"

"是这样，"夏元宝的言语里充满了担心，"我看到啾啾身上有一些伤……不像是正常的伤口啊，啾啾是不是被人打了啊？"

江淮安沉默了一下，他也不知道夏啾啾愿不愿意把这些话告诉夏元宝。但想了一会后，他觉得，夏啾啾和他们这些人不一样，她清清白白的，也没什么会被老师讨厌的把柄，被打了，就该告诉老师。

于是他叹了口气，一五一十地将今天篮球场上发生的事告诉了夏元宝。

夏元宝沉默着听完，好久后，他叹了口气道："那个，同学，那些打人的不是第一次打人了吧？"

"嗯，是的。"江淮安的脑子转得飞快，思索着夏元宝要做什么。

紧接着，夏元宝的口气突然郑重起来，询问道："同学，你和我们家啾啾，是好朋友吧？"

"嗯……是的，叔叔！"江淮安说着说着就脸红了。

"江淮安居然脸红了？"

"和一个大叔打电话，江淮安居然脸都红了？"

旁边的武邑和宋哲向江淮安投来了惊悚的目光，他们很想知道，江淮安到底在说什么。

江淮安很紧张，紧张得都顾不上旁边人的目光。而夏元宝听到江淮安说话都不太利索了，心里有了数，点头道："那我希望你能帮我一个忙，等会儿我给你个邮箱，你能不能把她们打人的事情详细发份资料给我，麻烦你了。"

听到这话，江淮安立刻明白了夏元宝要做什么，他赶紧道："叔叔放心，这事我一定办好！"

夏元宝很满意江淮安这么懂事，将江淮安夸了一番。平时生意场上干事的人，夸起人来能让人上瘾。

被夸完之后，江淮安挂了电话。

旁边的宋哲探过头来："小江哥，这是打了什么电话啊？"

"没什么，"江淮安收起手机，嘴边带了笑容，"走，我们有个新任务。"

"嗯？"

宋哲和武邑回头，江淮安双手插在裤袋往前走去："那几个女生以前做的那些烂事，咱们给她们梳理梳理。"

宋哲和武邑这下听明白了，江淮安这是不打算动武，改动文了。

一行人去打听了一下，等搞清楚那批女生前前后后做过的事，就已经是晚上了。

江淮安回到住处，进门之后就看见沙发上坐着一个布娃娃。这个房子是夏啾啾的，里面的布置自然是按照女孩子喜欢的风格来布置的。这个布娃娃每天就坐在沙发上，江淮安看着那个布娃娃，忍不住笑了。

他一边进屋，一边低头给夏啾啾发信息："你好些没？"

夏啾啾的烧已经退了，她躺在床上看电视，正有些无聊，看见江淮安的信息，赶紧回复了一个"无聊"的表情。

他们班男队最后还是输了。

江淮安一走，沈随的进攻无人可挡，最后比分以一分之差被反超了。夏啾啾知道之后，也不觉得有什么失望，如果不是她出了状况，他们班会是第一名的。

想起今天江淮安抱着她往医务室跑的样子，夏啾啾忍不住抿了抿唇，心跳也快了些。她握着手机，给他发了信息："你在干什么呀？"

江淮安进了房门，瘫在沙发上，看着信息，想着对方甜甜软软地说出这句话的模样，忍不住就笑了。

他没回复这个问题，因为他不骗人。

这个问题如果要回答，那就是在想她。可是他不想回答，于是换了个话题道："烧退了？"

"退了。"

"现在在家？"

"是啊。"

"那就好，好好养病。"

江淮安翻了个身，脑子里突然浮现出夏啾啾握住他手的那一瞬间。

他有很多问题想问，却什么也没有问出口。

他是她的谁呢？

他谁也不是。

于是他睁着眼看了一会儿屏幕，发了一句"晚安"。

夏啾啾看着那个"晚安"，其实她有很多话要对江淮安说，可她什么都说不出来。好久后，她深吸了一口气，将自己做下的决定发给这个人。

"江淮安，"她认真地打字，"我一定会，对你很好，很好的！"

江淮安看着那句话，忍不住笑出声来："还算有点良心。"

他看着那句话，心里的那点不舒服慢慢散去，回了一句："对我好，明天早上就给我带个酱香饼。"

夏啾啾发了个"OK（好）"的表情。

梦里的江淮安喜欢吃饼，酱香饼、葱油饼、鸡蛋灌饼，只要是饼，他基本都喜欢，现在现实里的江淮安也喜欢吃饼。

夏啾啾有些兴奋，握着手机跑出去找阿姨，让阿姨准备好了面粉和各种材料，便高高兴兴回了楼上。阿姨有些迷糊，追着问："小姐，你是自己要吃吗？还要自己做？"

"嗯嗯！"夏啾啾不好意思说自己是带给江淮安吃，于是扭扭捏捏地道，"我……我想吃自己做的！"

夏天眷向来熟悉这种套路，在一旁"扑哧"笑出声："我姐厉害啊，一下子都会做饼了，不知道是不是要讨好谁……"

"夏天眷！"

夏啾啾提高声音，涨红了脸，夏天眷赶紧举起手，转身跑了。

第二天早上，夏啾啾带着一盒子饼早早地到了学校。江淮安打着哈欠走进教室的时候，就看见夏啾啾坐在座位上，满脸期待地看着他。

那模样，仿佛是等主人等了好久的小狗。江淮安忍不住笑了，走到她面前打了声招呼："这么早？"

夏啾啾点了点头，抱着饭盒，拖着他走出去："走，我们出去吃。"

江淮安："出去吃什么？"

等走到长廊上，夏啾啾打开盒子后，江淮安才想起自己昨晚上要求的饼。他看着那一盒子饼，完全被震惊了。

夏啾啾将筷子递给他，期待地说："你喜欢吃饼，我给你带了好多种，都是我亲手做的，你吃吧！"

"我……是喜欢吃饼，可是也吃不了这么多啊。"江淮安的心情有些微妙。一方面，他觉得这姑娘真的太傻了，哪里有人能吃这么多饼的？另一方面，他又忍不住觉得有些感动。如果一个人真的想对你好，她会恨不得把所有最好的都给你。江淮安很庆幸，他能遇到夏啾啾这个对他这么好的人。

江淮安想和夏啾啾说以后少做一些，但一抬起头就迎上夏啾啾有些愧疚的眼神。他立刻有了巨大的罪恶感，感觉自己不该这样对待别人的好意。

而且，这是夏啾啾亲手做的啊！

一想到这里，江淮安就觉得，这饼绝对不能浪费，他一定要吃完。

江淮安深吸了口气："我刚才开玩笑的，其实我还是挺能吃的。"

他用筷子夹起一个葱油饼，在走廊上开始吃饼。

没一会儿，宋哲就来了。看见那一盒饼，宋哲也是目瞪口呆："淮安，你今天吃这么多饼啊？"

一听这话，夏啾啾立刻觉得，是自己不对，果然带太多饼了。

只是她刚露出有些愧疚的神色，江淮安立刻冲宋哲道："滚去读书，老子爱吃你管得着吗？"说着，他转头又同夏啾啾道，"你别管他们，我食量大。"

夏啾啾有些狐疑："真的？"

江淮安认真点头："真的！"

于是夏啾啾笑了："我就知道，你食量特别大。"

江淮安："……"

食量再大也吃不完这么多饼。

可为了夏啾啾不愧疚，江淮安咬牙努力吃起了饼。

武邑正想开口，就被宋哲拖走了。

足足吃到上课铃响，江淮安才勉强吃完那些饼，然后和夏啾啾端着空盒子回了座位。

江淮安觉得自己快撑死了，面上却依旧不显现出来。等他们回到位置上，武邑正和宋哲说话，他看见空了的饭盒，忍不住说了句："天啊，你这是饼王啊！"

饼王江淮安悠悠地朝他看过去，连开口说"滚"的勇气都没有。

他怕一开口，就吐出来。

整个早读课，江淮安都没有再说过一句话。等下课后，江淮安终于缓了过来，同宋哲、武邑一起去上厕所。进了厕所后，宋哲笑着搭上江淮安的肩："厉害啊，这么多都能吃完，不愧是饼王。"

"滚蛋，"江淮安抖他，不满道，"我看你是想死。"

宋哲笑着退开，武邑转头看着江淮安问："你为什么要把那么多饼都吃完？"

"那是夏啾啾亲手做的，"宋哲在旁边补充，"要是不吃完，多打击她的自尊心，江哥你说是吧？"

"滚，少瞎说。"

"我是不是瞎说你心里没数？"宋哲似笑非笑，眼里全是了然，"我们江哥啊，是少年怀春，铁树花开，那金风玉露一相逢……"

"滚滚滚，"江淮安推开宋哲，"少瞎说，我和夏啾啾不是这种关系！"

"那是什么关系？"武邑很好奇。

江淮安想了想，找出一个词："兄妹关系！"

宋哲："……"

他看着江淮安，一脸一言难尽的表情，过了好半天，他终于开口："那恭喜你，找到了失散多年的亲妹妹。"

"行了，"江淮安洗着手，"她有喜欢的人。我就是看在她帮了我很多的分上，把她当妹子一样照顾，你们别瞎说了。"

听到这话，宋哲有些诧异。他本来觉得，就江淮安和夏啾啾这氛围，走到一起是早晚的事，结果听江淮安这么一说，他倒有些不确定了。于是他点了点头道："行，我明白了。"

江淮安回到教室里的时候，夏啾啾已经将书全部放好了，这次她不但放好了自己的书，还放了他的书。

江淮安不由得有些奇怪，她今天为什么这么多管闲事？

他心底有疑惑，也就问了出来。

夏啾啾认真地劝告他："江淮安，我觉得你不能这样了。"

听到这话，江淮安挑起眉头："我怎么样了？"

"你该好好学习。"夏啾啾说得认真，"你看，你这么聪明，不放在学习上，多可惜啊。"

听到这话，江淮安"扑哧"笑出声来："夏啾啾，你吃错药了吧？"

"没有，"夏啾啾摇摇头。她说话的时候，总是像个孩子，但那一板一眼的样子，却又明显让人知道，她不是在开玩笑。她看着他的眼睛，"江淮安，每个人都该做好自己手里的那件事。你是学生，你要考大学，那你就该考最好的。等以后你工作，就该把每一件事完成到最好。"

江淮安没说话，他看着夏啾啾，心念动了动。

这句话他知道。

以前他还小的时候，他母亲杨庆就是这样说的。

母亲总和他说："淮安，你手里的每一件事，都该做好。"

这些话刻在他骨子里，很长一段时间，他都铭记着。他的学习成绩是最好的，他的体育是最好的……每一件事，他要么不选择，可是选择后，他就绝对不放弃。

那时候江城还很爱他，会陪着他一起，给他做风筝。他的爷爷也总是说，淮安以后一定是最好最棒的。

是什么时候变的呢？是什么时候，他开始喜欢看江城暴怒的、愤怒的模样呢？

江淮安看着夏啾啾，脑中突然有无数回忆浮现。他收回视线，声音冷了下来："不用你管。"

"江淮安，"夏啾啾知道让一个人改变很难，于是换了个迂回的方法，"你不听课，那我帮你做笔记好不好？我做完了，你回去看。"

"随你。"江淮安趴下来，打算睡觉，"你爱做你做，我不会看的。"

夏啾啾有些无奈，推了推他："江淮安，不要睡觉，听课吧。"

"你……"江淮安有些烦躁，抬起头来，迎上夏啾啾的眼睛，她的眼睛清澈又坚定。江淮安即将说出口的重话一下又收了回去。他深吸了一口气，慢慢道："夏啾啾，像以前一样，我睡觉，你听课，不行吗？"

"不行。"夏啾啾摇了摇头，"我不能看着你不管。"

"你是我的谁啊？"江淮安实在有些忍不住了，"你是我妈，还是我家人？我家都不管我，你凭什么啊？"

夏啾啾没说话，她抿了抿唇，一时不知道该说什么。

反正她不能看着江淮安一直这样下去。

　　江淮安见她不说话，以为她被自己吓到了，口气缓了下来："好了，你好好听课，我不……"

　　"那么，"夏啾啾仰头看他，问，"要怎么样，才有资格管你呢？"

　　"噗……"一直坐在后面装死人的宋哲，没忍住一口水喷了出来。

　　江淮安听到这话，脸瞬间就红了，他的目光游移不定，根本不敢放在夏啾啾身上，连说话都带了些结巴："你……你……你神经病啊你！"

　　夏啾啾没察觉到江淮安的尴尬，语气认真而坚定："我想管你，要怎么样才有资格？"

　　"我不和你说了，"江淮安猛地站起来，"你神经病啊你。"

　　说着，他就仓皇地逃了出去。

　　宋哲趴在桌上，笑得直不起腰。

　　夏啾啾皱了皱眉，转头看着宋哲："你笑什么？"

　　"没，"宋哲一面笑，一面摆手，"没什么。"

　　夏啾啾也不再管他，她担心江淮安逃课，转身去追江淮安。

　　江淮安出了教室，心情才平静了一些。他觉得有些烦躁，不明白为什么夏啾啾突然变得这么讨厌。上课铃响了起来，他加快了脚步，打算翻墙出去打游戏。刚走到操场，就听到身后有急促的奔跑声，然后夏啾啾的声音在后面响了起来。

　　"江淮安！"

　　江淮安回过头，看见夏啾啾站在他身后，固执地劝他："你不要逃课，快回去上课！"

　　江淮安皱起眉头，这次他真的有些恼火了："夏啾啾，你管好自己就行了，别管我了行吗？"

　　"不行！"夏啾啾回复他，"我一定要管你，读书很重要的，你知道吗？"

　　听到这话，江淮安不由得笑了："我知道，可是那又怎么样呢？"

　　"反正我就是这样的烂人了，"江淮安看向远方，神色冷漠而平静，"反正我就是垃圾、废物，我成绩差、我逃课、我打架、我打游戏，我这辈子就是个小混混，也就这样了。"

"江淮安……"夏啾啾看着他的模样，一瞬间居然什么话都说不出来。

夏啾啾呆呆地看着他，江淮安回头看她，苦涩地笑了笑。

"什么我不抽烟、我不喝酒、我还是个好孩子，这种话都是假的。垃圾就是垃圾，就这样了。你和我不一样啊夏啾啾……"他的声音里带了叹息，还夹杂着些许无奈，"你回去上课吧，我出去打游戏。"

说完，他转身离开，夏啾啾却冲上来，一把抓住他："不行，你和我回去。"

"夏啾啾！"

江淮安彻底恼了，猛地提高了声音，扬起拳头："你是不是以为我不会打你？！"

江淮安吼得很凶，他凶起来的时候整个人仿佛带着一股煞气，夏啾啾被吓呆在那里。江淮安看着小姑娘的眼里满是惶恐，心里突然有些后悔。

和一个小姑娘计较什么？

他抿了抿唇，想道歉，然而话到口边，又说不出来。

最后，他甩开夏啾啾的手，迅速走到围墙边上，干净利落地翻墙，消失在了夏啾啾的视线里。

夏啾啾呆呆地看着他离开，好久后才反应过来。

这不是她梦中的江淮安。

她特别清楚地意识到，这个江淮安，真的不是梦里的江淮安。

他会吼她，他也有可能打她，他不是真的那么纯良无害。

一瞬间，夏啾啾的内心涌上来无数委屈，她捏紧了拳头，心乱如麻。

她感觉眼睛有些酸，抬手揉了一把眼睛，去了厕所。

一进厕所，夏啾啾的眼泪就忍不住哗啦啦地流了下来。

第六章

我来接你回家

夏啾啾心里特别清楚，哪怕这个人有梦里江淮安的影子，哪怕这个人偶尔会有一分她喜爱的温柔，可这个人不是那个江淮安。

她说不清是什么感受，就是觉得特别难过，特别委屈。

她在水龙头前，一次又一次地将水泼在自己脸上，试图清洗掉哭的痕迹。等下课后，她终于恢复平静。她看着镜子，里面的人眼睛有些红肿。

此刻夏啾啾冷静下来了，哭过、发泄过之后，她也没那么难受了。

其实这个江淮安与梦里的江淮安不一样，她早就知道的。

从她接受他的那一刻开始，她的任务就是改变他，让他变得更好，让他走到他该走的路上，变得和梦里的那个江淮安一样，闪闪发光。

"夏啾啾，"她看着镜子里的自己，握了握拳头，"你可以的！"

鼓励完自己，这时候厕所已经有人来了。夏啾啾擦干眼泪，回到了教室里。

宋哲见她一个人回来，正想问她和江淮安怎么样了，就发现她的眼睛有些红，可她面上神色很平静、很镇定，完全不像刚吵架的样子。

"这回情况很严重啊。"宋哲心里"咯噔"一声，不敢说话。

夏啾啾坐下来，拿起笔记本，摊开了两份笔记，戳了戳坐在前面的人。

前面的男生叫钱熊，是个努力但没有效率的人，他每节课都会做笔记，但成绩一直不好。夏啾啾和他借了笔记，钱熊看见夏啾啾有些肿的眼睛，担忧道："夏啾啾，是不是江淮安欺负你了啊？"

夏啾啾摇了摇头："没有啦。"

钱熊沉默了一下，才说："要是江淮安欺负你……我……我……"

夏啾啾正想劝钱熊不要做什么出格的事，结果就听到钱熊坚定地说："我就帮你告诉老师！"

夏啾啾："……"

"谢谢了，"夏啾啾笑了笑，"我自己会告诉老师的。"

说完之后，夏啾啾就低下头，开始抄钱熊的笔记。

过了一会儿上课了，夏啾啾就认真听课，把笔记事无巨细地记了下来。

夏啾啾从小就没怎么认真读过书，很多东西她其实也听不懂。她回家之后，先替江淮安抄了一份笔记，才开始写作业。

江淮安一直没联系夏啾啾，在外面打游戏打得昏天暗地。

等到放学后，宋哲和武邑带了些人来找他。宋哲坐到他旁边来，叹了口气："江哥。"

"说。"江淮安对着屏幕，厮杀得格外激烈。

宋哲看着他，大概猜出来了一些，同他道："夏啾啾哭了。"

江淮安的手顿了顿，屏幕上的人就死了。

宋哲拍了拍他的肩膀："何必呢，你说是吧？"

"我不喜欢别人管我，"江淮安平静地开口说，"谁都不行。我的路我自己走，不需要别人管。"

宋哲没说话，好久后，他才又拍了拍江淮安的肩膀："行，那我陪你。"

江淮安抬眼看宋哲，宋哲笑了笑："道理谁都懂，可都做不到。我是，夏啾啾也是。"

江淮安没说话，他垂下眼眸，许久后，慢慢地应了一声。

江淮安打游戏时，江宅的客厅里站满了人。

客厅中央是一个年过七旬的老人，他坐在轮椅上，神色平静。他身后站着一个男人，看上去不过三十岁出头，穿着米色的西服，神色和老人如出一辙。这正是江家的养子，江淮安的二叔江言。

而江城和许青青则坐在老爷子的左手边，神情有些紧张。另一边坐着一个女人，穿着红色旗袍，端着茶杯，正吹着茶杯上浮着的叶子。这是江城的姐姐，江家大小姐江澜。

"你们把淮安赶出去这件事，为的什么，你自己心里清楚。"

老者慢慢开口，抬眼看向江城。他的声音平静，语调毫无波澜，然而江城知道这个人一贯的脾气，不由得捏紧了拳头。

老者轻咳了两声："我不是很有耐心，之前我提醒过你，如果淮安还不回来，会发生什么，你自己心里清楚。"

"爸，"江城皱起眉头，"我知道您宠淮安，可是您也不能太过偏心，这样会把孩子宠坏的。"

"我太过偏心？"老者冷笑出声，"是我太过偏心，还是你太过偏心？淮安什么脾气我不知道，他就算有错，那也是你逼的！你把他给我找回来，不然我手里的财产，你一分钱都别想继承！"

"爸，"江城抬眼看向老者，神色有些疲惫，"这么多年了，您还以为，我是想要您那份财产吗？"

老者没说话，江澜放下茶杯，靠到椅背上，静静地看着江城。

江城叹了口气，有些无奈："爸，我做的事，都是为淮安好。他真的……真的已经不是你以为的那样了。"

"江城，"老者闭上眼睛，"你真是当我老了啊……"

"爸……"

"跪下！"

老者突然提高了声音，江城僵直了身子，没动。

旁边一直看戏的江澜抬眼，平静地道："三弟，爸让你跪下。"

江城被提醒，这才僵直地站起来，跪在老者面前。刚才还很平静的老者突然暴怒而起，抬起拐杖猛地打在江城身上，怒吼出声："你自己怎么对淮安的？你还说我老了，说我过了？你给我找回来，把他找回来！你……"

"爸！"许青青有些忍不了了，焦急出声，"我们去找了啊，是他自己不回来！阿城是他的父亲，他在外面打架惹是生非，阿城连管教他……"

"你闭嘴！"老者猛地转头，怒吼道，"你是什么货色，也配在我面前说话？要不是你，淮安会变成这样子？！许青青你给我滚出江家，滚出去！"

许青青听到这话，慢慢地冷静下来。

"行，"她点了点头，认真道，"我说的话您不信，那您就看看，看看您的好孙子是什么样子的！"

说着，她拿出手机，打开了电视的投影，直接将一段视频投影上去。

视频上，江淮安在打架，他的动作极其熟练，旁边的人都叫着他江哥，显然这已经不是第一次了。

老者皱起眉头，江澜也直起身子，看向视频。只有江言，一直很平静，似乎对此丝毫不感觉意外。

视频里，江淮安打完架后，干净利落地带着人跑了。然后又有许多片段，他上课睡觉、他打游戏、他送夏啾啾回家、他和宋哲一起在外面肆意妄为……

"爸，我知道您一直瞧不上我，觉得我使坏，觉得阿城偏心，可您看淮安现在这个样子，"许青青红了眼眶，"是我要管他吗，是阿城要害他吗？我自问嫁进江家来，对淮安一直也算不错，可他这个样子，我能不管吗，阿城能不管吗？"

老者没有说话，江澜有些担忧："爸……"

"老大，"老者转头看她，平静地说，"看看淮安在哪里。"

江澜犹豫了片刻，随后站起来，叹了口气："好。"

说着，她便走了出去，吩咐外面人："打电话给宋家，让他们找找宋哲在哪里。"

没过多久，宋家就联系上了宋哲，然后报了个位置。江澜如实告诉了老者。

老者点了点头，让人准备了车，便直接往外开去。

外面下了小雨，老者刚走出去，许青青就脱力倒了下去。江言上前去扶江城："大哥辛苦了。"

江城摇了摇头，面上露出苦色："也是爸爸他……唉。"

他没有说下去，大家却心知肚明。

江老爷子偏爱大孙子，这是大家都知道的事。

江淮安和宋哲打游戏打到十一点，江淮安看了看表："走，回去吧。"

"诶？这么早？"

宋哲有些诧异，江淮安不由得笑了："你家不才给你电话催你回去吗，你还嫌早？"

"嗨，"宋哲摆了摆手，"我妈自己打麻将打得不亦乐乎，哪有空管我啊？是阿姨打电话问我什么时候回去，我妈今晚不到三点肯定不回家。再打一局？"

江淮安没说话，打了一下午的游戏，他脑子平静了许多。他想到夏啾啾，觉得自己今天的确过了一点。

他拒绝了："算了，我先回家，你慢慢打吧。"

宋哲正打得高兴，挥了挥手，和武邑继续开了一局。

江淮安走出门去，外面下了小雨，他叫了车，就站在门口等着。

雨声淅淅沥沥，江淮安抬头看着雨，心里琢磨着等一会儿要怎么和夏啾啾道歉。

突然，他听到一个苍老的声音："淮安……"

江淮安的身子猛地一僵，抬头看向了声音来源。江澜扶着江老爷子站在长街尽头，江老爷子的眼里全是失望。

江淮安张了张口，沙哑着叫了一声："爷爷……"

"淮安，"江老爷子再没了在江家大宅里的气势，脸上满是不解，"你怎么就变成这个样子了呢？"

听到这话，江淮安没有说话。他沉默了好一会儿，才苦涩地笑了笑，反问："我变成什么样了？"

江老爷子没有回答，叹息了一声："以前我总打你爸，觉得是他不对，现在我终于觉得……淮安啊，我老了。"

"我变成什么样子了？！"江淮安猛地抬头，看着江老爷子，嘶吼出声，"你说我是什么样子，你告诉我，你现在看着我，是什么样子？！"

江老爷子没说话，他捏紧了拐杖，身子微微颤抖，极力压制住自己的愤怒。他是见过大风大浪的人，一贯喜怒不形于色。然而看着此刻的江淮安，江老爷子却压抑不住自己的情绪，猛地出声训斥："你什么样子还用我说吗？你做的混账事还用我讲吗？我江家什么时候生出你这样的不肖子孙，真是丢尽了我们江家的颜面！"

江淮安没有说话，他看着江老爷子，神色固执而骄傲。

对，他丢尽了江家的脸，所以不要理他，放弃他吧。这样他就可以肆无忌惮地讨厌他们，恨他们了。

江淮安不想开口，他想扭头而去。可理智告诉他，这是长久相信他，爱着他的老人，这是一直护着他的爷爷。

于是他放下了所有的骄傲，赌上那少年人的自尊，沙哑着嗓子说："爷爷，我，没有你们想的那么差。"

"我看不到。"江老爷子闭上眼睛，"江淮安，你看你做的事情，让我怎么信你没那么差？"

"或许你爸说得对吧，"他转过身去，颤颤巍巍地往后走去，"你真的，也就是个垃圾了。"

垃圾、废物。

江城一直用这些词来形容他。江淮安知道江城从来不在意自己，也从来不爱自己，所以他可以让自己不去在意。但此刻，他最敬爱的人居然也用这些词来形容他了。这些词像针一样刺进江淮安的脑子，他捏紧了拳头，一言不发。

他没有努力过吗？他没有尽力当过一个好孩子吗？在他母亲重病在床的时候，他那么怕自己被抛弃，他用尽了全力去当一个好孩子，可结果呢？

江淮安看着爷爷远去的身影，知道自己失去了在江家，失去了在自己亲人里，仅剩的一份信任和支持了。

江淮安告诉自己要忍住，没什么大不了的。反正他习惯了，他不在意的。

可是他扛不住了，他没有办法假装不难过。江城骂一万句"垃圾"，都不及江老爷子说的这一句，让人痛得那么刻骨铭心。

有一种孤独感从江淮安脚底钻出来，缓缓笼罩住他，他身体里的血液慢慢冷了下来。

江淮安彻底明白了。

他什么都没有了。

从他母亲去世后，从他那个弟弟出生的那一刻起，属于他的那份独一无二的爱，就再也没有了。

他不是不可替代的。没有谁会无条件地把所有的爱倾注在他身上。

他好希望有一个人，好想有一个人，全心全意地看着他，全心全意地对他好，信任他、期待他、陪伴他。

江淮安走进雨里，想找一个地方歇一会儿，他也不知道要到哪里去，就一直走，漫无目的地走。雨越下越大，他终于觉得有些累了。旁边有个台阶，他坐下去，看着大雨里街道上的车来车往。有人开车接自己的亲人回家，可是没有任何人来接他。

他是一个人，从来都是。可现在，他不想，他真的不想再一个人了。

他掏出手机，颤抖着在手机屏幕上打开和宋哲的对话框。

"兄弟，下大雨了，有伞吗？"

"别矫情了，"宋哲很快回了信息，"自己打车回去，我给你报销。"

江淮安没有回复，他一个人一个人问过去。

"有伞吗？"

"雨好大。"

"我好冷。"

"能不能为我送把伞？"

有人睡了，有人被老妈管着。

天太晚，雨太大，谁又会为他送一把伞呢？

江淮安最后才发给了夏啾啾，那个草团子的头像，仿佛是他唯一的希望。

然而江淮安等了好久，对方都没有回复，他的心一点一点地凉了下去。

他突然想，如果自己是夏啾啾梦中的那个江淮安，她会给他送伞吗？

会的吧？

她说过，她要为那个江淮安遮风挡雨，她要打倒所有欺负那个江淮安的人，要保护那个江淮安，要给那个江淮安最美好的少年回忆。

为什么，那个江淮安不能是自己呢？

江淮安觉得有点冷，他坐在台阶上，抱住自己，眼眶有点热。

就在江淮安绝望的时候，电话突然响了起来，草团子的头像出现在手机屏幕上。

他接过电话，就听见电话里面传来夏啾啾有些困的声音："江淮安，怎么了？我刚才睡着了。"

那声音让整个夜晚都温暖起来，江淮安抬眼看着乌黑的天际，小心翼翼地捧着这唯一的温暖，沙哑着声音："夏啾啾，还没睡啊？"

"嗯，在写卷子。"

"写这么晚啊……"

"是啊，"夏啾啾打了个哈欠，"我帮你抄了笔记，抄完才写卷子的，就晚了一点。你明天早点来，我给你看。"

江淮安没有说话，他觉得眼里的热意流了出来。

夏啾啾察觉到不对劲，皱眉道："江淮安，你怎么了？"

"夏啾啾啊……"江淮安终于开口，只是他一出声，就带了哭腔。他将头埋在自己膝盖里，小声地开口，"你要是找不到梦里那个江淮安，就把我当成那个江淮安，好不好？"

夏啾啾愣了愣，没有回答。江淮安终于哭出声来："夏啾啾，雨太大了，没人给我送伞，我回不了家。"

夏啾啾看了一下外面的天色，她听着江淮安的哭声，整个人的心都是颤抖的。她从来没听江淮安这么哭过，她想给江淮安一个依靠。

夏啾啾一面穿衣服，一面拿伞，她尽量让自己的声音听上去特别可靠，安抚着江淮安："你别怕，你在哪里？我来接你回家。"

你别怕，江淮安，我来接你回家。

夏啾啾大半夜出门，家里自然是不会放心的。于是她拿了雨伞和钱，趁着大家睡着的时候，悄悄溜出了别墅。溜出去后，她拦了一辆出租车，赶到江淮安在的地方。

江淮安在的地方离她家不远，夏啾啾很快就到了，她一下车就开始大声地叫他："江淮安？江淮安？"

叫了一会儿，夏啾啾看见有个人坐在台阶上，抱着自己的胳膊，一句话都不说。雨打湿了他的衣服，他仿佛是僵化在那里，一动不动地看着泼天大雨。

夏啾啾放轻了脚步，一步一步走过去，停在那个人面前，小心翼翼地叫他："江淮安？"

江淮安慢慢地抬起头，静静地看着面前的人。

他的眼睛还肿着，不难看出刚经历了一场痛苦，然而他的脸上很平静，似乎所有的情绪都被藏了起来。

他眼睛眨都不眨地看着面前的小姑娘。夏啾啾看着他，目光里全是疼惜，她似乎是怕不经意就伤害了他，于是动作更加小心翼翼。她朝他伸出手，小声道："江淮安，跟我回家好不好？"

江淮安将目光移到她的手上，她的手很小，皮肤白皙，在路灯的照射下，像玉一样泛着荧光。江淮安静静地看着她，没敢说话，他怕这一切都是他做的梦，眼睛一眨，梦就醒了。

夏啾啾看见江淮安不动，就大着胆子往前走，然后拉住了江淮安的手。

她的手很暖，握住江淮安冰冷的手时，江淮安微微颤了颤。

夏啾啾见他不抗拒，终于放下心来，将伞递给他，温和道："江淮安，你来打伞，我们一起回去，好不好？"

江淮安没说话，他的目光移动到伞柄上。这时候夏啾啾整个人都暴露在了雨里，江淮安的目光闪了闪，抬手接住了雨伞，将雨伞偏向夏啾啾那一边，替她遮住了雨。

这样悄无声息的举动让夏啾啾心里暖暖的，她眼神柔和，声音也因此显得格外温柔："走吧。"

"这么晚过来，你家里人同意吗？"

"不同意。"

"是不是很远？"

"不远。"

"很危险？"

"也没有。"

"夏啾啾。"

"我在。"

江淮安顿住，她每一句话都接得很快，让他格外安心，仿佛这个人就守着他，随时待命。

他用喑哑的声音说："谢谢你。"

"不用谢。"

江淮安听到这话，忍不住笑了，他的眼里含着泪光，他站起身，为她撑着伞，拉着她的手，终于说："走，我们回家。"

两人一起走到路边，江淮安拦了辆出租车，车朝学校附近的公寓开去。

等他们走了，一直等候在阴暗处的车终于发动，打开了车灯。

"爸爸，"江澜从玻璃里看着远走的出租车，"刚才的话……是不是太重了？淮安从来不是会无缘无故打架的人，他一定有他的理由。"

"我记得他小时候特别听话，"江老爷子慢慢开口，声音里全是怀念，"做什么都想争第一，做什么都做得最好。后来他妈走了，许青青进了门，他就变了。"

"其实我也知道，"江老爷子垂下眼睑，"他不听话，他成绩差，我都知道。我一直鼓励他，偏爱他，有时候阿城打他不是不对，可是我也一直护着，我以为这样他总能懂事，他妈不在了，不是还有我们吗？"

江澜没说话，雨刷擦着玻璃的声音一下又一下，直擦到江澜的心里。

江老爷子转过头，看着外面忽明忽暗的灯光，叹息道："可是我们终究不是他的父母，也替代不了他的父母。我信淮安是个好孩子，可是那视频上的事也是真的。

"他打架、逃学、打游戏、什么都不学，成绩一塌糊涂。他现在还好，可这是他人生最好的年华，再这样下去，他迟早会毁了他自己的。其他的我不说，他这么打架，打出事来怎么办？他在外面这么混，染了毒怎么办？"

江老爷子抬头，看着江澜："无论是他坐牢，还是被人打，甚至进了戒毒所，这些结局，我一个都不想看见。"

江澜沉默，她也明白，江老爷子说的话不是没有道理。好半天后，她才慢慢说："可是，也没必要这样……他毕竟还是个孩子。"

他还是个没有母亲的孩子。

"他期待的不是我们对他的夸奖，"江老爷子的声音虽然平淡，但不难让人听出话里的怜惜，"父母是没有办法替代的。如果我的鼓励和夸奖没有任何作用，那不如换一个办法。

"他总得明白，做错了事就要付出代价，他不会一直是个孩子，不可以永远这样为所欲为。"

江澜明白了江老爷子的意思，却还是有些不忍，她叹了口气："好吧。不过他身边的那个小姑娘……"

"人最艰难的时候，有个人扶着走比较好。"

江老爷子倒不是很在意："去查一下那姑娘是什么情况，如果没什么大问题，不用管。"

"是。"江澜应了声，不再回答。

夏啾啾和江淮安一起回了公寓。进屋之后，江淮安收了伞，什么话都没说，先去给夏啾啾拿了一套衣服。他将衣服递到她面前，夏啾啾看着衣服愣了愣："做什么？"

"你的衣服湿了，会感冒。"

他说得很认真，夏啾啾这才反应过来，自己方才被雨打湿了衣服。然而自己被打湿的程度比起江淮安来，那是小巫见大巫。她不由得笑了笑："你才该换衣服。"

江淮安不说话，静静地看着她。夏啾啾知道，他是要等她先换，才会去收拾自己。于是她也不拖延，从江淮安手里拿过衣服，一面走一面说："你也赶快洗澡换衣服，准备睡觉吧。"

江淮安应了声，也拿着衣服进了洗澡间。等他洗完澡出来的时候，就看见夏啾啾坐在沙发上盘腿看着电视。她身上穿着江淮安的衣服。那衣服对她来说有些宽大，袖子被她一圈一圈地挽起来，露出她纤细的手臂，腿上也是这样卷着，露出她修长的小腿。

她正在吃苹果，见江淮安走出来，有些诧异地回头："你洗这么快啊？"

"嗯。"江淮安垂下眼眸，情绪明显不高。

他想了想，觉得这样不好，于是换了个话题："这么晚了，你该回家了。"

"不了不了，"夏啾啾摆摆手，"我和我弟说好了，让他给我打掩护。我爸妈都起得晚，明天就让我弟说我同学和我约着一起骑自行车上学，一大早就走了。"

说着，夏啾啾起身，挥舞着手里的毛巾道："来啊来啊，我给你擦头。"

她说话的时候，眼睛亮晶晶的，充满了活力，像一道光，破开乌云和阴霾，落在江淮安的世界里。

江淮安忍不住笑了，他的笑容浅浅的，却恰到好处地温柔和好看。

夏啾啾愣住了，江淮安走过去，坐在沙发上，低下头说："谢谢你。"

夏啾啾这才反应过来，觉得脸上有些燥热："没……没事儿！"

说完，她从沙发上站起来，直接翻过沙发背，动作灵活敏捷。江淮安看着她的动作，不由得抽了抽嘴角。

真的一点都不淑女。

夏啾啾无法体会到江淮安的腹诽，她认真地用毛巾帮江淮安擦着头发，一边擦，一边说："洗个澡，心情就会好了。等我帮你把头发擦干，你的烦恼就都会没了！"

江淮安没说话，觉得夏啾啾有些幼稚。

不过……她一直是这样的。

夏啾啾见他不回话，又自顾自地说："你别不信，我每次不开心的时候啊，都是先洗个澡，然后让夏天眷给我擦头发和揉揉脑袋，很舒服的，什么烦恼立刻都没了！"

"你不问我为什么烦恼吗？"

江淮安抿了抿唇，不明白夏啾啾为什么这么大大咧咧，是真的一点都不关心，还是只是不方便询问。

夏啾啾答得漫不经心："你想告诉我就告诉我啊，你不想说也没什么的。"

夏啾啾的声音特别温柔："反正，我也不需要知道你难过什么，我想你知道，你难过的时候有我在，这就够了。"

江淮安没有说话，他突然特别想靠着她，抱着她，然后和她说这些年的事，告诉她这些年他所有的痛苦与孤单。

此时此刻，他觉得自己就像一个孩子，而他身后那个人，明明那么娇小可爱，却仿佛拥有巨大的力量，足够他去依靠，让他可以放心地痛哭一场。

"夏啾啾……"他慢慢地开口，每说一个字，都感觉是刀落在心尖上，"你知道什么人最容易过得不好吗？"

"不知道。"夏啾啾诚实地摇头，"过得不好的原因太多，我不知道什么样的人最容易。"

"就是，"江淮安露出一个苦涩的微笑，"明明说着放弃自己，却仍旧心有不甘的人。"

明明不去努力，明明安慰自己其实自己的愿望就是这样，却还是在心底暗暗期盼着，羡慕着，暗暗地认为，自己也该是那些优秀的人。

求不得，放不下，一面悔恨讨厌现在的自己，一面却无能改变现实。

这样的人，大概，最难开心吧。

夏啾啾一边听着他的话，一边替他细细地擦着头发。

她不是很擅长做这些事情，动作明显有些笨拙。然而从她小心翼翼的举止，不难看出，她似乎在努力给江淮最大的温柔。

"其实，"她慢慢地开口，"谁都是这样啊，像我，其实也特别羡慕那些成绩好、长得漂亮、聪明又厉害的人啊。我也特别想像他们一样……"

"像谁一样？"

江淮安有些好奇，夏啾啾想了想，思索出一个人的名字："沈随？"

"切，"江淮安不屑地笑出声，"他有什么好的？垃圾。"

"可是，他成绩好啊，"夏啾啾一脸认真的表情，"虽然他人渣且庸俗，可是他的确能讲很好听的英语，成绩特别好，打篮球也打得不错。你别看不起他啊，你知道他英语为什么说得那么标准吗？以前每天早上六点，我还在睡觉的时候，他就起来读英语了，从我认识他到现在，一直是这样。所以他虽然人品很烂，但是他真的很努力啊。"

江淮安听了这话，没有说话。

他无法否认沈随的努力，哪怕他是个人渣。每个人都有自己的闪光点，都值得被报以掌声。

"他那样的人很不容易。我们都是很普通的人，就像我。其实我从小就觉得沈随很厉害，我就想着啊，有一天我要是像他一样就好了。可是我还是想睡懒觉，还是上课会走神，还是每天放学就想回家看动画片。我爸妈都疼我，他们总对我说，我只要活得开心就好了。大家似乎也一直这么觉得，'夏啾啾啊，你命这么好，还需要努力吗？'"

夏啾啾的声音很平淡，可江淮安还是从里面听出了一丝苦涩。这些话她似乎藏在心里很多年，骤然说出口，才倍加苦涩，就像酝酿太多年的酒，一出坛总是烈得让人难以下咽。

"所以时间久了，我也觉得，我大概就是这样了，可以随便看动画片、睡懒觉，没必要努力，反正，"她的声音渐渐低下去，"我也就这样了。"

也就这样了。

随随便便考个学校，随随便便找份工作，随随便便嫁个人，随随便便过完一生。

标准一降再降，每次选择的时候都能心安理得地告诉自己，其实现在这样也不错啊！

直到某天看见自己欣羡的人从自己面前走过，只能露出艳羡的目光，感叹一句，"他好厉害啊"。

却早已忘记，自己年少的时候，也曾经想要变成那样的人。

江淮安抿紧了唇，觉得夏啾啾说的每句话，都仿佛落在自己的心上。

"我小的时候很要强。"他慢慢出声。

夏啾啾笑了笑："现在也是。"

"那时候考差了，我能躲在被窝里哭一晚上，一边哭，一边做题。"

夏啾啾"扑哧"一声笑了出来，江淮安有些尴尬："你别笑。"

"嗯，"夏啾啾放柔了目光，"我不笑了，你说。"

"可是我爸总是骂我，不管我考得多好，他都喜欢说，'就你这点成绩，你看人家谁谁谁，比你好多了。你别骄傲自满，比你厉害的人多了去了。'"

"嗯。"

夏啾啾点头，江淮安继续说："我从小就不服他，他说我只能考九十，我就考一百。他说我只能考第二，我就考第一。他从来不夸我，也就我妈……"

江淮安的声音低下去，过了很久，他终于慢慢地说了下去："后来长大了，我也就明白了，他心里是盼着我好的，他总以为骂我、打我，就能让我好了。可我偏不，我就是不好，他不是总骂我垃圾废物吗？那我就当垃圾废物给他看好了。

"他总以为我以后要特别优秀，特别厉害，可老子不乐意，老子就是要气死他。他越要我好，我就越不好。"

夏啾啾没说话，江淮安的头发慢慢干了，她却没停住动作。

江淮安说着说着，声音开始变得沙哑："那时候爷爷总是来劝我，对我说，'淮安啊，你别糟蹋自己，别作践自己啊'，他想接我回家，可我偏不回。我就特别爱看江城快我气死的那副嘴脸，他越打我，我越不乐意。他想我读书，我就不读，我看他能把我怎么样。"

"江淮安，"夏啾啾的声音很平静，"你真的很幼稚。"

"是啊，"江淮安笑了笑，"我也知道，自己特别幼稚。可我控制不住自己。我也不是不想学好，一开始也会想自己不对，但每次我看书，他都要骂我装模作样。哈，"江淮安的声音里带了嘲讽，"那我还装什么呢？"

"江淮安，"夏啾啾叹息，"叛逆的人我见得多了，叛逆成你这样的，还真的很少见。你现在这个样子，要是你妈妈看见了，该多伤心啊。"

江淮安没说话，他背对着夏啾啾，一言不发。

很久后，他终于开口。

"是啊，"他的声音沙哑低沉，"我妈要是看到了，该多伤心啊。"

连一直相信他、鼓励他的爷爷，也放弃他了。

所有的爱都会被挥霍，情谊也不能无止境地被践踏。

要得到别人的信任，必须用自己的努力去换。

江淮安闭上眼睛，身子微微颤抖。夏啾啾看着江淮安这样，不由得心生不忍，她将毛巾放在一边，抬手搭上了他的肩。

江淮安转头看她，小姑娘的眼睛圆圆的，里面全是笑意。

"江淮安，帮我一个忙好不好？"

"嗯？"

江淮安有些奇怪，他睫毛上还沾着水汽，看上去有些傻气。

夏啾啾从兜里掏出当初江淮安给她的补课卡，微笑着道："我想改变自己，你陪我一起好不好？"

江淮安静静地看着她。夏啾啾缓缓解释："我知道，我底子特别差，现在都快高二了，我可能来不及了。

"我也知道，我其实特别没自制力，我拖延、懒惰，我可能一张卷子还没写完，热情就耗尽了。

"我还知道，我现在可以告诉自己，自己挺聪明的，只是没努力，但如果努力了也没用，我会特别绝望。"

"可是这些都不重要，"夏啾啾的神色里全是认真，"人生只有一次，十六岁也只有一次，我想在我人生最勇敢的年纪，不顾一切地拼搏一次。哪怕这次拼搏只有一天，甚至一个小时就被我的懒惰打败。

"但我每天、每周，甚至每个月都拼搏一次。未来当我想起现在的一切，我就不会觉得，我这一辈子，真的是彻彻底底、随随便便过来的。

"至少，我也曾经付出过，哪怕只有一小时。"

江淮安没说话，他看着夏啾啾明亮的眼，她的神情执着又坚韧。

江淮安想拒绝，但这一刻他觉得，自己是被信任着的。面前的这个人不仅仅是在鼓励他，她似乎发自内心地觉得，他是一个很优秀的人。

"你，"他干涩地开口，"觉得我能行吗？"

"可以的啊！"夏啾啾立刻回答，毫不迟疑。

是鼓励还是真心，他早已学会分辨。江淮安不由得有些诧异："你为什么这么有信心？"

"因为……因为……"夏啾啾一下被他问得愣住了。她张了张口，不知道该说什么理由。

她"因为"了半天也没说出什么来，江淮安"扑哧"一声笑了，他站起身，揉了揉她的头发，温和地说："睡吧。"

夏啾啾点点头，江淮安突然想起来："你让你弟弟给你打掩护，确认没问题吗？"

"没问题，"夏啾啾立刻说，"我对我家里人可了解了！"

"夏啾啾，"江淮安挑了挑眉，颇为意外，"你还挺会撒谎啊？"

听了这话，夏啾啾不高兴了。她哼了一声，将毛巾砸在江淮安的脸上，转身往洗澡间走去，一边走，一边说："你先去睡吧，我去洗个澡。"

江淮安听到这话，突然觉得有些尴尬。当所有的情绪平静下来后，他突然发现，现在他们两个人居然就在一个房子里。

虽然是一个人一间卧室，但是江淮安自觉自己懂得的也挺多，毕竟到了一个年纪，就会对事物充满好奇心。再加上，他们中间有一个什么资料都能搞到的宋哲。

毕竟还是个热血少年，江淮安看见夏啾啾往洗澡间走去，就开始抑制不住想到一些词语，比如孤男寡女，瓜田李下，比如夏啾啾的身材怎么样……

想到这个问题，江淮安的脸瞬间爆红。他冲进自己的卧室，将门狠狠地关上，然后扑倒在床上，用枕头压住自己的脸。

他觉得自己太下流、太卑劣了。夏啾啾这么好、这么可爱的小姑娘，他都在想些什么混账东西？

江淮安将整张脸埋在枕头下面，听见外面传来夏啾啾的脚步声，他的心跳得飞快，有些念头压都压不住。

　　他窝在被子里，拿出手机，在搜索栏里输入"如何清心寡欲"……

　　有人回答：放《大悲咒》。

　　江淮安信了，拿出耳机，开始听《大悲咒》。这首歌果然有一点效果，他慢慢平心静气，刚有一点放松，门外就传来夏啾啾拍门的声音。

　　"江淮安，"江淮安拿下一只耳机，正准备问"干什么"，紧接着就听见夏啾啾用坦坦荡荡的语气说，"我内衣放在你这个卧室了，你开门，让我拿一下。"

　　江淮安："……"

　　片刻后，他痛苦地倒回床上。

　　夏啾啾见江淮安没有反应，继续敲门："江淮安，你听见了吗？我洗澡没有衣服换了，我……"

　　她越说，江淮安就想得越多，想得越多，他就越崩溃，越愧疚，觉得自己简直是玷污了夏啾啾这样的圣女。

　　他对自己忍无可忍，一时激动，便一巴掌朝自己抽了过去。

　　而后夏啾啾就听见门里传出了一声哀号，她愣了愣，随后焦急地敲门："江淮安，你怎么了，你出什么事了？你别想不开啊！你……"

　　话没喊完，江淮安就开了门，他一只手撑着靠在门边，低头看着夏啾啾。他的脸色苍白，不太好看，似乎是遭到了什么重创，一副十分痛苦的模样。

　　"你睡这间吧，"他虚弱地开口，"床单，我昨天刚换的，没睡过。"

　　说完，他就朝着隔壁房间走去了。他走路的姿势很怪，夏啾啾皱了皱眉，忍不住问："江淮安，你是不是不舒服？"

　　"没有。"江淮安果断开口。

　　夏啾啾沉默了一会儿后，似乎明白了什么。

　　她叹了口气，言语里全是温柔。

　　"江淮安，"她有些无可奈何，"你是不是尿道炎犯了？"

　　江淮安："啊……"

　　"夏啾啾！"江淮安深吸了一口气，抬起头来，咬牙切齿，"我、没、有、这、个、病！"

夏啾啾听了，放下心来，点了点头道："那就好，那你到底是怎么不舒服了？"

"我、没、有、不、舒、服。"江淮安说得格外艰难。

"还有，"他皱起眉头，"你矜持一点。这种话题，不是你该讨论的！"

说完，江淮安往门里一转就进去了，随后他赶紧爬上床，痛苦地闭上眼睛。

他这是造了什么孽啊？

夏啾啾一脸茫然，她一直是这么和江淮安说话的啊，以前也没被训过啊？

但她一想，这个江淮安毕竟不是梦里的江淮安，于是她立刻谅解他了。然后她回到屋里，倒下就睡了。

床单是江淮安新换的，带着被阳光晒过后独特的味道。夏啾啾埋在被窝里，睡前思索着，她要如何一步一步，引导着江淮安变成梦里的模样。

两人一个左思右想，一个睡得很沉。天亮后，江淮安还在被子里打呼噜，就听见外面夏啾啾在敲门。

"江淮安，起床了，不要迟到！"

江淮安有些烦，他翻了个身还打算睡，夏啾啾继续敲门，不断地喊："江淮安，起床了，江淮安……"

江淮安终于崩溃，他猛地坐直了身子，正想骂几句，却突然想到了昨晚答应夏啾啾的事。他沉默下来，慢慢平息了心里的烦躁，过了一会儿，他抓了抓头发，从床上跳了起来。

夏啾啾催促着江淮安洗漱之后，就提着他们学校的运动服出来。

江淮安的校服是专门让裁缝裁剪过的，虽然的确是他们的校服，但是要帅气许多，而此刻夏啾啾拿着的校服，就是他们最原始的校服。

江淮安沉默地看着夏啾啾，校服对于她来说很宽大，但她长得可爱，看上去就像一个穿着大人衣服的小孩子，倒也不觉得难看。

但是，这衣服土，真的土。

江淮安憋了半天，终于说："必须穿？"

"必须穿。"夏啾啾点头，"做事得有仪式感，好好学习，先从清心寡欲开始。"

"我觉得你这个人太形式主义，"江淮安冷笑，"我不穿。"

半个小时后，江淮安和夏啾啾两人穿着宽大的校服，出现在了校门口。

江淮安将领口竖起来，埋了半张脸在领子里。夏啾啾抬头看了他一眼，有些疑惑："你做什么？"

"风大，天冷，保护皮肤。"

江淮安回答得一本正经，夏啾啾觉得他说的很有道理，于是也学着他，将脖子缩了缩，躲进了领子里，抵御早晨的寒风。然后两人就背着书包，低头一路前行。

没走多远，一个熟悉的声音就从他们身后传来。

"武邑我和你说，做人就得有点要求，哪怕是校服，你也得穿出点时尚风格来，不能太土。比如说，你看我们前面那两个，对，就那个一个特别高，一个特别矮的那一对，把校服穿成这样，土得我眼睛疼。"

夏啾啾听着英语没听见，江淮安忍不住拖着她加快了些脚步。

宋哲在后面感慨："唉，你看这么丑的人都有对象，我们却没有，太扎心了。"

"哲哥，"武邑有些忍不住了，"我觉得那个背影，有点像江哥。"

听到这话，宋哲笑出声来。

"你可别瞎说了，咱们小江哥能穿成这样子？要是他，我马上回头去给杨薇背书包！"

杨薇是寄养在宋哲家的一个小姑娘，和他们同校。宋哲一向讨厌杨薇，对于宋哲而言，和杨薇说话都是折寿，替杨薇背书包，这可是酷刑了。

江淮安听到这话，停住脚步，片刻后，他深吸了一口气，转过头。

"宋哲。"

听到这话，宋哲当场僵住了身子。江淮安微微一笑，抬手指着校门口一个和他们一样穿着土气校服的小姑娘："喏，杨薇在那儿，去背书包吧。"

听到这话，宋哲整个人都不好了。

然而他面上故作深沉，慢慢打太极："刚才，我都是在开玩笑，为了吸引你的主意……"

"杨薇！"江淮安完全不管宋哲的话，抬头喊了那个慢吞吞向前移动的少女。那姑娘抬起头来，有些茫然地看向江淮安的方向，江淮安推了一把宋哲，大喊道："宋哲说要给你背书包！"

"江淮安！"宋哲抬手推他，"你瞎说什么呢！"

然而宋哲的动作，完全没有撼动江淮安，江淮安之所以是哥，还是有理由的。

江淮安将宋哲推到杨薇面前，笑眯眯地说："来来来，杨妹子，把书包给他。"

"对对对，"武邑跟着点头，"书包拿来。"

"武邑！"宋哲和江淮安发不了脾气，就朝着武邑发，"你少瞎起哄。"

武邑"嘿嘿"一笑，一下子让人分不清楚，这人到底是真傻，还是真聪明了。

杨薇有些胆怯地看着他们，眼里带了些渴望。她似乎期待着宋哲说出那句给她背书包，却又像在恐惧什么。

宋哲冷眼扫过去，他长得俊美，凤眼微睨，看着就让人说不出话来，总觉得这少年身上有那么些说不清道不明的气势，让人觉得自卑。

杨薇被这么看着，眼里的期待慢慢褪下去，她淡淡地说："你们不要拿我开玩笑了，我走了。"

说完，杨薇就要走。

宋哲看着杨薇的样子，也不知道为什么，突然就发了脾气："我让你走了吗？"

杨薇闻言止住步子。宋哲伸出手，不耐烦地说："愿赌服输，书包拿过来。"

江淮安嗤笑出声，拍了拍他的肩，留了一句："好好背书包啊，小哲哲。"

说完，他就带着武邑走了。

夏啾啾一直在不远处瞧着，看着宋哲不情不愿地替杨薇拿过书包，杨薇脸上露出了笑容。

江淮安走到夏啾啾的身边，再次将脸缩进校服，同她道："走了。"

夏啾啾看着杨薇的笑，忍不住"啊"了一声。

江淮安低头看她："怎么了？"

夏啾啾赶紧摆手："没什么，没什么。"

"没什么就赶紧走，"江淮安似乎是怕再遇到熟人，拖着她赶紧往班上赶去。

两人快走了一段路，夏啾啾终于忍不住问："话说，那个……是杨薇啊？"

"嗯，是啊。"江淮安点头，"怎么了？"

夏啾啾想了想，又问："话说，杨薇成绩很好吧？"

"你怎么知道？"江淮安有些诧异，随后慢慢说起杨薇的事情，"她家以前在农村，宋哲他妈以前去那个山区支教过几年，被杨薇她父母救过，后来就一直资助着那个村的学校，杨薇是里面最优秀的那个。杨薇的父亲车祸去世，母亲得了尿毒症，等她上了初中，她妈也没了。宋哲她妈为了报恩，加上这姑娘的确争气，就把她从那个小县城接到了宋家来收养。"

夏啾啾想了想道："那个，下午放学后我们去报补课班，要不叫杨薇一起？"

"为什么？"江淮安有些茫然，夏啾啾认真地回答，"近朱者赤。"

真是完美的回答，江淮安觉得，有几分道理。

于是等回到班上之后，江淮安和宋哲说："你给杨薇发个信息。"

宋哲皱起眉头："干什么？"

"就说，"江淮安想了想，觉得杨薇也不认识夏啾啾，于是道，"就说我邀请她一起上补习班！"

听到这话，宋哲倒吸了一口凉气。

"你什么时候瞎的？"宋哲满脸惊恐，"这病不轻啊。"

"瞎说什么，"江淮安的下巴朝着夏啾啾的方向扬了扬，"她想和杨薇交朋友。"

"她又是怎么瞎的？"

"宋哲！"江淮安一拳打在桌上，"你不发信息，我发了。"

"行行行，"宋哲赶紧道，"我给你们发。"

说着，宋哲快速输入了一条信息。发完信息之后，宋哲撑着下巴，颇有深意地问："江哥，为爱从良啊？"

"你瞎说什么呢？"江淮安一巴掌拍过去，"我昨天让你送伞，你不来，我就决定好好学习了。"

这什么逻辑？

宋哲露出一脸呆滞的表情。

夏啾啾拿下放着英语的耳机，转头和江淮安道："江淮安，看书了。"

"行！"江淮安转过头来，颇为期待地说，"咱们怎么读？"

夏啾啾想了想："我们先听套英语听力题。"

江淮安认真地点头，夏啾啾分给他耳机，然后将卷子给了他。这套题是老师之前布置的，江淮安从来不做作业，头一次做，居然有种大闺女上花轿的新鲜感。

然而过了一会儿，江淮安就被绕晕了。

听力说的什么呀？

江淮安扭头看夏啾啾，他看见夏啾啾紧皱着眉头，心里不由得有点愧疚。

"那个，夏啾啾，我能不能找套简单的做啊？"他说得十分艰难，"我没你那么好的基础，我先找套简单的吧。"

夏啾啾镇定地点头："行的，那要不你先读个单词吧。"

江淮安兴致勃勃地放下耳机，翻开课本后面的单词表，夏啾啾则开始给自己改题，江淮安瞟过去，发现……全错。

夏啾啾一脸坦然地将卷子收了起来，然后发现江淮安一直注视着她，她平静道："干什么？"

"夏啾啾……"江淮安的神色有些复杂，"刚才那些英语题，你大概听懂了什么？"

"中文部分的提示都听懂了。"

"英文呢？"

"Number one（第一）"

江淮安："……"

"为什么要为难自己？"江淮安问得认真。

夏啾啾终于苦了脸："因为，我也不知道怎么办啊！"

　　看见夏啾啾的苦脸，江淮安觉得自己太过分了，于是他赶紧道："没事，咱们一起读单词！"

　　江淮安说："单词你会读吧？你读一个，我跟着读就好。"

　　夏啾啾："……"

　　她突然发现，原来教江淮安学习是这么艰难的过程。但江淮安好不容易要学习，她怎么能打击他，她要以身作则，绝不能让江淮安第一步就被打击！

　　于是夏啾啾看着英文，十分有信心地开口："地谁思欧嗯。"

　　江淮安跟着读了一遍，夏啾啾接着又道："猪克。"

　　江淮安读得兴致勃勃："猪克。"

　　宋哲有些听不下去了："你们在读什么？"

　　"读单词啊，"江淮安扭头，"就这课，我们刚才读得怎么样？"

　　宋哲看着江淮安指的单元，沉默了很久。

　　"你们两个'学渣'，到底为什么突然想要学习啊？"

　　他问出了一个所有人都想问的问题。

　　毕竟，一个成绩好的人看不惯成绩差的，于是带着他奋发向上的情况比较常见，然而两个成绩都如此差的人一起约定好好学习，这就，太不常见了。

　　"你管我？"江淮安有些不高兴了，"赶紧，我们读得不错吧？"

　　"江哥，"宋哲叹了口气，"别读了，你们俩不适合这条道路，好好回去当富二代不好吗？"

　　"不，"夏啾啾听不下去宋哲这么打击江淮安了，她信誓旦旦地说，"我们要拥有更好的人生！"

　　宋哲忍无可忍："刚才那个单词，是 decision（决定）。"

　　夏啾啾："……"

　　江淮安："……"

　　宋哲接着说："第二个念 junk（废旧物品；假货），不是猪克。"

　　夏啾啾："……"

　　江淮安："……"

宋哲摇了摇头："真的，把英文当拼音读的，我还是第一次见，别学了……"

夏啾啾有点尴尬，有种出师未捷身先死的悲壮感，她扭头看向江淮安，面露委屈："对不起……我英文不好……我……"

一看到夏啾啾难过，江淮安的心就揪起来，他立刻说："不重要，一点都不重要，英语我们不学了，来，我们学数学吧！"

夏啾啾点了点头："嗯，好！"

宋哲坐在后面，幽幽地说："勾股定律还会证明吗？"

夏啾啾："……"

江淮安："……"

宋哲微微一笑："要不你们先回初中读一下？"

江淮安一巴掌抽了过去："滚，别欺负我们！"

哪怕是学渣，也是有尊严的！

第七章

以后我养你

被宋哲"羞辱"之后，江淮安和夏啾啾纷纷扭过头去，不再理会他了。

夏啾啾捡起单词来背，江淮安就低着头不说话。

虽然嘴巴上和宋哲杠，但是江淮安自己心里清楚，其实宋哲说得没错，如果按照他现在的样子，真的不如回去老老实实当富二代算了。

夏啾啾是从小不学习的。她以前怕累，加上父母又偏爱，总觉得夏啾啾就算什么都不做，收房租也能收一辈子啊。小时候她父母养她，以后夏天眷和她老公养她，一个女孩子不需要那么努力，开开心心地过一辈子就够了。

于是哪怕她重新读书，也不知道要怎么开始。可是不知道怎么开始不可怕。可怕的是，她不知道怎么开始，却偏以为自己知道。

现在，夏啾啾每天上课都认真听讲，下课努力做题，一道题苦思冥想很久，实在不会了，就翻答案抄。很多时候她觉得自己明白了，但再做又是错的，很多题目，她连答案都看不懂。

江淮安看过她的笔记，老师的话都事无巨细地抄下来，密密麻麻的，写得极其认真。江淮安想了想，总觉得有哪里不对。以前没认真想，如今开始认真想学习的事情，发现夏啾啾这法子，其实是有问题的。

江淮安思索了一天，在网站上搜索各类逆袭的学习经验，然后仔细分析着他们的方法。等到下午放学后，江淮安收拾书包，对后面刚睡醒的宋哲说："起床了，叫上武邑，咱们去学习。"

"你神经病啊……"

宋哲迷迷糊糊地爬起来，正打算说什么，就听见夏啾啾喊了声："杨薇！"

宋哲瞬间清醒了，他转头看过去，发现一个小姑娘抱着笔记本，怯生生地站在门口。

听见夏啾啾喊她，小姑娘惊讶，点了点头后，仿佛是鼓足了勇气，小心翼翼走了过来，停在宋哲面前："那个，你给我发信息……说去上补习班……"

"嗯。"宋哲冷着脸，指了江淮安，"不是我，是他们。"

"那……那你去吗？"杨薇小声问道。

夏啾啾立刻回答："他去，他去！"

"嘿，"宋哲挑了眉，"我几时说我要去了？"

"你们去哪儿？"武邑背着书包从旁边走了过来，满脸兴奋，"去打游戏？"

"是啊，"江淮安回头，抬手搭在武邑的肩上，"兄弟你跟我走，哥今天带你玩好玩的。"

"不是打游戏啊……"武邑有些失望，江淮安拖着他的领子，背上书包就往外走，"走了，别瞎想了。"

走了几步，江淮安突然想起来，转头看向夏啾啾："把书包给我。"

夏啾啾抬头，有些茫然："唉？"

江淮安嘴角一勾，直接从夏啾啾手里把书包拿走，扛在自己肩上："走了。"

说完，他和武邑勾肩搭背走了，宋哲单肩挎着书包，扭头看了一眼杨薇。

杨薇的书包很重，她背上了自己所有的笔记，见到宋哲看过来，杨薇立刻露出了期待的眼神，宋哲嗤笑出声，转身走了。

他追上江淮安和武邑后，杨薇的眼神黯淡下来。

夏啾啾走到她身边，伸出手道："你好，我叫夏啾啾。"

"我是杨薇。"

杨薇很有礼貌，夏啾啾伸手从杨薇手里接过笔记本："我帮你拿吧？"

杨薇赶忙挥手，夏啾啾却强行拿了过来，杨薇也没抗拒。

两人在路上你一言我一语的，很快熟悉了起来。

几个人打车到了补习班。刚到门口，武邑就惊呆了，他有些惶恐，声音里都打着颤："江……江哥……这，这里好像是补习班！"

武邑以前总被他妈送补习班，据说有补习班恐惧症，看见补习班就打怵。

江淮安轻咳了一声："咳，我只是想带你打开新世界。"

"江哥，我突然想起来，我妈今天过生日，"武邑掉头就想走，"我先走……"

话没说完，江淮安给宋哲使了个神色，两个人架着武邑就往里面走。

武邑拼命挣扎："不，我不上补习班！我不……"

一群人挣扎着走进补习班大堂，他们来的这间补习机构是远近驰名的一家培训机构，大堂里有很多家长正在做咨询，江淮安一行人的动静很大，所有人都看了过来。

江淮安皱了皱眉，不满道："你再吵，我就把你打游戏的事告诉你妈！"

武邑瞬间安静了，他痛苦地看着江淮安："哥，为什么啊……"

说话间，一个穿着西服的人走了上来，看了看后，将目光停留在个头最高的江淮安身上："你好，请问你们有什么事吗？"

"哦，"江淮安将校服往身后一甩，严肃道，"我们来补课。"

"是哪几位呢？"

"这一群。"

西服男的笑容彻底绽开，直接将所有人请到了一个单独的房间坐下。

一群人的坐姿各异：夏啾啾坐得端端正正，小手放在膝盖上，仿佛是幼儿园最认真听讲的同学；江淮安跷着二郎腿，一只手搭在椅子后面，浑身上下萦绕了一种大哥气息；宋哲拿着指甲刀，低头修着自己的指甲，金丝边眼镜在灯光下金光闪闪，散发出一种斯文败类的气息；杨薇挺直着腰背，双腿并拢四十五度角斜坐，看上去优雅端正；而武邑则是双手放在双腿上，瑟瑟发抖。

西服男扫了一眼这个群体后，慢慢开口："请问你们想要什么样的课程呢？你们人数这么多，我建议你们可以组成一个班。"

"我同意。"江淮安点头，"我可以当班长。"

众人："……"

"好的，"西服男拿出表格来，"我们这里的课程有很多种，比如……"

"我们要定制的！"夏啾啾立刻掏出了江淮安的卡，拍在桌上，"不差钱！"

西服男看着那张金卡，笑了笑后，拿着卡道："稍等。"

西服男将金卡放在电脑上刷了一下，随后道："您选择根据学生基础定制的小班课程，因为是团体报课，我们给你们提供了优惠……"

西服男迅速解释了一下价格构成，最后道："打下折来，一节课大概两千块，你们认为可以吗？"

杨薇正想说什么，江淮安和夏啾啾就一起道："可以。"

宋哲还在低头修着指甲，武邑还在紧张，杨薇憋了好半天，还没来得及说什么，江淮安就已经让西服男开单签字了。

他们这么爽快地交了钱后，西服男赶紧将他们迎进一个教室，接着给了他们分别发放了几张试卷，然后说："这是基础测试题，为了测试你们目前大概所在的年级阶段，你们先做完这些卷子，然后填写一个目标，老师会给你们做相应的计划。"

西服男发完了卷子后，打了招呼便出去了。

教室里安安静静的，卷子上面第一行就是：目标院校。

江淮安看着目标院校，皱了皱眉头，他先写了一个名字，想了想，又划掉了，重新写上中国××大学。

其他人各自写了心目中的学校。江淮安探过头去，偷看夏啾啾的卷子，发现夏啾啾毫不犹豫在上面写了：北大。

江淮安愣了愣，夏啾啾意识到他在看她，抬起头来："你在看什么？"

"你……"江淮安纠结了半天，"你为什么要写北大？"

其实江淮安想问的是，谁给你的勇气，一个连音标都不会的人，敢填北大？你以为你是励志电影女主角吗？

然而夏啾啾却完全往另外一个意思理解，她叹了口气道："因为我也不知道，到底是清华好，还是北大好啊。但后来我想了想，你肯定是要上清华的啊，我不能和你去抢高考名额，那我就考北大好了。"

"你……"江淮安发现，夏啾啾对他有一种莫名的信任，不管他现在是什么样子，她都永远觉得，他始终是最厉害的。

江淮安的心里燃起一簇小火苗，他张了张口，却不由自主地将手盖在了卷子上。

夏啾啾探过头去想看他的卷子："我猜对了吗，你填的到底是什么？"

江淮安笑了笑，他抬手挡住她，开玩笑地说："我已经开始做题了，你别偷看我答案！"

"哦，"夏啾啾立刻收回脑袋，揲了揲眼睛，"我什么都没看见。"

"不过，"夏啾啾放下手，有些紧张，"你到底填的是什么学校，得告诉我啊。"

告诉我，我才好跟着你一起走啊，她心想。

看着她一脸渴盼答案的模样，江淮安轻轻扬起嘴角："你刚才不是说了吗？"

"诶？"

"清华。"

听到江淮安这么认真地说出清华，在后面的宋哲一口水直接喷了出来。

江淮安皱眉回头，宋哲急促地咳嗽着，抬手道："呛到了，呛到……"

"赶紧做题吧，"夏啾啾认真地说，"题目很多的。"

题目的确多，题量几乎涵盖了从初中到高中所有的知识点，一群人做到天黑，才陆陆续续交了卷。

交卷交得最早的就是江淮安，其次是夏啾啾，然后是武邑、宋哲，最后是杨薇。

一行人交完卷子后，就一起约着去吃饭。补习班外面就是一个烧烤摊，一群人围了一桌，点了满桌子的烧烤后，江淮安拿了一堆饮料来，递给他们每人一瓶，道："来，先为我们的新生干个杯！"

"干杯，干杯！"夏啾啾十分捧场，举起杯子来。

江淮安表现得那么上进，她心里也很高兴。

对于他们这些生来就含着金钥匙的人，其实结果并没有那么重要，重要的是那份态度，江淮安只要愿意去做，她就觉得，他一定能做到。

他们点了很多东西，三个男生点的都是肉，杨薇点了很多蔬菜，夏啾啾点了海鲜。然而吃到后面，大家就发现肉不够吃，因为两个女生总在偷偷地吃肉。她们一面伪装自己不吃肉，一面又趁着男生闲聊的时候拿肉。

江淮安和宋哲对视了一眼，在夏啾啾再次出手的时候，江淮安一筷子截住夏啾啾的竹签，笑眯眯道："夏啾啾同学啊，点单的时候，你不是说你吃海鲜就可以了吗？你现在这是吃什么呢？"

夏啾啾睁大眼，看着江淮安，转着眼睛开始拼命思索答案。江淮安看着她为了这种问题拼命思考的样子，忍不住"扑哧"笑出声来，他放开了肉，抬手揉了一把她的头发："想吃肉，和大爷说啊。"

说着，江淮安扭头同老板道："老板，肉串再来五十串。"

"其实……"夏啾啾小声地说，"我吃不了这么多的。"

"夏啾啾，"江淮安叹了口气，"你是真的心里没有我啊，你吃十串，剩下的我们吃。"

"那，"夏啾啾有些不好意思，"你可能还要再加十串……"

江淮安："……"

夏啾啾忐忑地抬头看了他一眼："我是不是吃太多了？"

江淮安本来想说是，可是对着夏啾啾那双圆溜溜的眼，江淮安无奈地叹了口气，摆手道："吃吧吃吧，吃穷了，你养我。"

"好，"夏啾啾重重地点头，"以后我养你！"

江淮安愣了愣，他看着夏啾啾郑重的眼神，心跳快了一拍。这话她也不是第一次说，可每次听到，他心里总觉得有那么些微妙的感觉。

感情仿佛是一棵树，它不断地向上伸展，每一次被风吹过时，都会一点点地展开绿叶。某一天，树就会枝繁叶茂，让人心动怦然。

只是这时候江淮安还不知道，那个人在他心里种下的是一棵树的种子。

他有些不自然地扭过头去，将一盘肉推到了夏啾啾面前。武邑忍无可忍地抬头，看着江淮安道："江哥，过分了啊。"

"吃你的去。"江淮安抓了一半的肉放进武邑的盘子。

宋哲叹了口气："江哥……"

这一次江淮安也明白了宋哲要说啥，立刻就从武邑的盘子里抓了一半肉串放进宋哲的盘子。

宋哲嫌弃地"啧"了一声，随后道："你从夏啾啾那里拿了二分之一给武邑，又从武邑盘子里拿了二分之一给我，我一共就有四分之一，夏啾啾独占二分之一，你……"

"喝！"

江淮安不给宋哲说完的机会，直接提着瓶子就和他干上了。

江淮安的兴致很高，把烧烤吃完以后，男生提了饮料，带着夏啾啾和杨薇一起回了学校。

学校已经关门了，三个男生站在门口嚷嚷道："走走走，去天台！"

杨薇有些害怕，同宋哲道："阿哲，回去吧……"

"别怕，"宋哲少有这么好脾气的时候，扭头同她招了招手，指了旁边的墙说，"走，爬上去！"

"爬！"

江淮安撩起袖子，气势汹汹地到了墙边。夏啾啾正想问他怎么爬，就看见江淮安突然蹲下来，拍了拍自己的肩膀："来，踩上来。"

"诶？"夏啾啾皱起眉头，"不太好吧……"

"没事儿，"江淮安拍着肩膀，语气十分肯定，"你踩上来，我包你没事。"

"还是不要了……"

"你要我抱你？"江淮安皱起眉头。

夏啾啾立刻闭了嘴，朝着江淮安走了过去。

江淮安指挥着她："踩上来，另一只脚……"

话没说完，江淮安就感觉肩膀上被人轻轻用手按了一下，随后就看见夏啾啾借着力道几乎像飞上去一样跳了上去，抓住了栏杆顶部，再一次借力跳到了顶部。

武邑当场惊呼出声："天啊，轻功！"

"那个……"夏啾啾羞涩一笑，"我跳高还行……"

江淮安一时不知该怎么说，他有种想英雄救美却被流氓爆打的憋屈感。

于是他提着饮料，选择了用一个更潇洒的姿势翻过了墙。

夏啾啾和江淮安翻过去后，武邑也跟着翻了过去，然后就等着杨薇和宋哲。

两人在墙另一边折腾了半天，还不见翻过来。

江淮安皱起眉头："他们干什么呢？"

武邑蹲在一旁低头道："宋哲一向翻墙不行，你又不是不知道。"

"不会吧，"夏啾啾想了想，"应该是杨薇不行，我去帮帮她……"

话没说完，夏啾啾就看见宋哲艰难地冒出一个头。

他看上去拼尽了全力，终于骑在了墙上。随后他就大叫起来："你别上来！你等我下去再上来，它撑不住的！"

"好吧，"杨薇的声音有些无奈，"那你先下去。"

宋哲扭头看了一眼地面，立刻闭上了眼睛："不行，太高了，我害怕。"

"你别怕，"杨薇叹了口气，"你跳下去，不会有事的。"

"江哥！武邑！"

宋哲想到了办法，拼命呼救："快来救我！"

江淮安："……"

有这种兄弟，他也很尴尬。不过，不知道为什么，江淮安又觉得，自己失去的面子，仿佛又回来了几分。

他走上前去，和武邑一人接过宋哲一只手，随后扶着他跳了下来。等宋哲跳下来后，杨薇也干净利落地跳了过来。

然后一行人就悄悄摸摸地一路跑上了教学楼的天台，找了块地坐下来。

今天是周六，没有晚自习，教学楼里漆黑一片，十分安静。

等坐到天台上后，江淮安拖着宋哲、武邑两个人不放，三个人一面划拳一面喝饮料，没多久武邑和宋哲就喝撑了。

江淮安同对面的杨薇道："来来来，杨小兄弟，你来……"

"滚你！"宋哲一把推开江淮安，摆着手道，"她是女孩子！"

江淮安摇了摇头道："夏啾啾，才是女孩子！"

夏啾啾和杨薇明白了，敢情在江淮安的世界里，除了夏啾啾，其他都不是女的。

不过宋哲一直护着杨薇，江淮安也不找杨薇喝了，于是转头看着夏啾啾。他没说话，就那样盯着她，他们离得很近，近得夏啾啾觉得江淮安仿佛随时要吻上来一样。

月光落在江淮安的脸上，夏啾啾能清楚地看见他的每一根睫毛。

旁边的武邑睡着了，发出呼噜声，而宋哲拉着杨薇，正在认真地教她玩"十五、二十"猜拳游戏。

夏啾啾的心跳得飞快，她觉得面前这个人，真的随时可能吻过来。

她觉得自己该躲开，因为，在他变得优秀之前，在她确定自己的心意是否要给面前这个人之前，她不该草率地和他确定关系。

她咽了咽口水，决定一旦江淮安做什么，她就立刻拒绝！

然而就在她做好所有准备时，江淮安突然开口："你会划什么？"

"啊？"

"会划螃蟹拳吗？"

"螃……螃蟹？"

"对啊，"江淮安拉开距离，朗笑着竖起一根手指道，"螃蟹一啊，爪八个啊，"说着，他在旁边比出八根手指，然后将手指放在头顶上比画成角，"两头尖尖，这么大个儿啊！"

夏啾啾："……"

"夏啾啾，"江淮安装着螃蟹，嘿嘿一笑，"我是不是超级可爱？"

夏啾啾："……"

"大螃蟹哦！

"超好吃的那种哦！我最喜欢吃香辣的啦。

"是不是超级可爱？"

"……"夏啾啾抬手捂住自己的脸。

和一个这么幼稚的人讨论感情问题，她脑子一定有坑。

夏啾啾无奈地看着江淮安，江淮安一面比画，一面喊拳："螃蟹一啊，爪八个啊，两头尖尖，这么大个儿啊，眼一挤啊，脖一缩啊，爬啊爬啊，到沙河，哥俩好啊，谁先喝啊！"

说着，江淮安突然出了个石头，出完之后，他就没说话了。他静静地看着自己出的石头，似乎是突然想起什么来。

夏啾啾察觉到不对，抬手拍他："江淮安？"

"这是……我妈教我的。"江淮安慢慢抬起头来，眼里有了怀念，"她特别喜欢看一个电视剧……叫什么《绝色双骄》，里面的女主角就喜欢划这个。那时候她和我爸感情已经不好了，他们在偷偷商量离婚，但是他们怕我知道难过，就没告诉我。

"她在家太久了，也没什么朋友，那次她说她教我划拳，就教我这个。然后她说小孩子不能喝酒，于是我喝果汁，她喝酒。

"后来吧，"江淮安的声音里带了点沙哑，"我现在会划很多拳了，她不在了。你说喝饮料划什么螃蟹拳，多没意思，是吧？"

他看着夏啾啾，笑得像哭一样。

那笑容比哭还让人揪心，夏啾啾觉得咽喉处仿佛是哽到了什么。她想安慰他，却也知道，言语是最贫瘠的温暖。

于是她什么都没做，就坐在江淮安旁边，听他慢慢地说："我一直在想，为什么我爸不好好陪陪她，她人生的最后一段路，他为什么就不能好好陪着她走完？我知道他们后来总吵架，可他们也的确相爱过。如果从来没有相爱过，那又为什么把我生下来呢？我知道我爸其实一心盼着我好，于是我就是不想好给他看。等后来明白这种报复方式太幼稚的时候，我发现自己已经回不了头了。

"好像是自己拼命爬到了一座高楼上，但没有人给我下去的台阶，我要下去，就只能跳下去。"

"我怕。"他艰难地扯开一张笑脸，"也不想。"

"所以夏啾啾，"他的神色慢慢变得郑重起来，"谢谢你，给了我这个台阶。"

他说得太认真，夏啾啾看着他的眼睛，依稀能从里面窥见他长大后那温柔坚定的模样。

梦里的江淮安，如高山、如松柏，永远坚挺可靠，为人遮风挡雨。

而此时此刻的少年，虽然还只是一颗小树苗，她却能从那目光中，看到他未来光彩照人的模样。

"江淮安，"夏啾啾慢慢开口，"你一定会变成，特别、特别好的人。"

"是吗？"他慢慢咧开了嘴，"我妈也是这么说的。"

两人说着话的时候，宋哲慢慢起身，走到江淮安身后。他将手搭在江淮安肩上，口齿不清地说："江淮安，我……和你胡闹了这么多年，你该，感激我。"

"感激你什么？"江淮安挑眉看他。

宋哲盘腿坐在地上，手还搭在江淮安肩上："你啊，该感激有我和武邑陪着你，如果我和武邑不陪着你，你多寂寞，是吧？"

江淮安没说话，宋哲抬头看着天上的星星，继续说："你看，咱们打小一起玩，你来市一中，我和武邑就来了；你打架，我和武邑就跟着你打了。现在你读书，武邑那人这么怕读书，还是跟着你来读了。"

宋哲说着，抬脚踢了一脚武邑："别睡了，起来。"

武邑迷迷糊糊地醒过来，不满道："干什么啊？"

宋哲没说话，他从旁边把最后一瓶饮料拿出来，倒进杯子里，一一递给旁边的人。一边给，一边说："来来来，一人一杯。"

宋哲把饮料分了过去，五个人围成一圈，盘腿坐着，宋哲看着大家，不知道是不是因为吃多了，凤眼里带了水汽："来，喝完这最后一杯，以后咱们都不胡闹。"

"从此以后，"江淮安也笑了，"改邪归正。"

"也不能说邪吧，"宋哲歪头想了想，"其实这些年，我荒唐得很高兴。"

"你也知道我家那群人，"宋哲撇了撇嘴，下巴朝杨薇扬了扬，"就喜欢她这样的，懂事乖巧又听话，要不是遇见你和武邑，我怕也是要长成这样的呆子。"

听到这话，杨薇的脸色有点涨红，她紧张地抓紧了自己的衣服。

夏啾啾有些不满："杨薇不呆啊，她成绩又好又优秀，哪像你们，'学渣'！"

"嗤，"宋哲的眼里带了不屑，"你也好意思说别人'学渣'？"

"我和你们不一样啊，"夏啾啾一脸认真地反驳，"我是一只上进的'学渣'！"

听到这话，宋哲"扑哧"笑出声来，扭头看江淮安："你是从哪找来的这个活宝？"

江淮安笑了笑，扭头看向夏啾啾。夏啾啾喝了一点点饮料，脸上有些红红的。此刻她手里抱着宋哲分给她的饮料，一脸认真，看上去可爱极了。

江淮安觉得自己内心软成一片，声音都不自觉地软下来："大概，是老天爷送的吧。"

在他人生最关键、最窘迫、最难堪的时候，将这个人送来，拯救他、陪伴他。

宋哲觉得牙酸，"嘶"了一声。武邑突然觉得有点冷，于是他抱了抱自己，一脸委屈。

"好了，"江淮安收回情绪，抬手道，"不管怎么样，干了这一杯，以后咱们的人生，就该换个样子过了。以后，我就好好学习，不打架、不逃课，等高考的时候，我要第一志愿填清华，第二志愿填北大！到时候，我要让江城看着我，乖乖叫声'爹'！"

"好，"宋哲看着江淮安和武邑，"三年后，咱们都要拿到一个漂漂亮亮的成绩。"

"武邑，"江淮安踢了一下武邑，"表个态。"

"我……"武邑苦了脸，"我……我想好好当个健身教练，不想考好大学。"

江淮安、宋哲："……"

这兄弟好丢脸。

武邑想了想："开个武馆也行。"

"滚你，"江淮安不耐烦地推了他一把，"全国最好的大学的体育系，我给你定下了。"

说着，江淮安推了旁边的夏啾啾一把："你也来立个志愿。"

"我……我考北大！杨薇，你呢？"夏啾啾扭头看杨薇。

杨薇红着脸，小声道："我……宋哲考哪里，我就考哪里。"

"你没完了是吧？"

宋哲皱起眉头，杨薇红着脸道："阿姨说，要我好好照顾你……"

"你……"

宋哲提起这事就来气，江淮安赶紧拉住宋哲，随后道："今晚别闹，行了，咱们以后，一定心想事成，马到成功，来，"江淮安举起杯子，"干！"

"干！"

所有人都举起杯子，开心地触碰在一起，就连一直小心翼翼的杨薇，都忍不住让声音里带了欢喜。

星光落在饮料里，他们一起抿了一口。喝完这一口后，江淮安转头看着宋哲："来，这第二口，我单独敬你。这么多年，"江淮安停住声音，过了许久，他笑了笑，眼里带了感激，"托你照顾。"

宋哲摆了摆手，抬手就喝。

而后江淮安到了武邑面前，武邑抬手止住江淮安的话："什么都别说了，江哥，你想说啥我都懂。来，"说着，武邑将饮料一饮而尽，倒扣在地上，"我心意都在这里了。"

江淮安点了点头，将饮料喝完，抱了抱武邑。

随后江淮安来到夏啾啾面前，夏啾啾看着他，江淮安也不知道自己是怎么了，鬼使神差就问了句："梦里那个江淮安找到了吗？"

"或许没找到，"夏啾啾诚实地回答，"但也许已经找到了。"

梦里的那个江淮安没找到，但另一个江淮安，却出现在她的人生里。

江淮安蹲下身，举起杯子："这个也不重要了，不管怎么样，我都谢谢你。"

不管你是把我当成那个江淮安，还是你就只是给了我你的感情，我都感激你。江淮安在心里说道。

夏啾啾拿着杯子，认真地看着他："其实，我也感激你。"

"嗯？"

"真的，"夏啾啾眼里带了些许笑意，"我的人生里，感觉所有不平凡的事，都是和你一起度过的。"

"那祝愿你的未来，也是如此。"

江淮安将杯子轻轻叩在夏啾啾的杯子上，同她干完了最后一点。

此时已经很晚了，江淮安坐到她旁边，同她说："再等一等，太阳就快出来了。"

"嗯。"

"你困了就靠着我睡吧。"

"好。"

"看过日出没？"

"没有，以前都在睡懒觉。"

"那你睡吧，等太阳出来了，我叫你。"

"嗯。"

夏啾啾应了声，就没说话了。不一会儿后，江淮安就感觉小姑娘靠在了自己肩头上。他低头看她，忍不住笑了笑，抬起另一只手，将外套拿过来，盖在了夏啾啾的身上。

而杨薇看着夏啾啾和江淮安，觉得有些羡慕。她扭头看了宋哲一眼，宋哲瞧着她，似笑非笑，似乎已经明白了她的意思。

她忍不住低下头，脸有些红。

宋哲靠近她，举起杯子。

"杨薇，"他的声音很轻，"最后一口饮料，我和你喝吧。"

"嗯。"

杨薇没敢抬头，举起杯子，和他碰在一起。

塑料杯子的声音并不好听，杨薇却觉得是世上最优美的一声碰撞。

干杯总要有那么些祝酒词，就像是江淮安对夏啾啾说的"谢谢"，然而宋哲什么都没说。

杨薇猜不出来，祝酒词到底是些什么，是谢谢，还是对不起？

她低头想着，抱着自己，缩在一边。她有些困了，还有些冷。就在她迷迷糊糊快要睡着的时候，有人突然伸手将她拉过去，靠在了自己的肩头上。

少年的肩膀有些消瘦，靠上去并不算太舒服。然而有了依靠，对方还将衣服搭在她身上，杨薇就觉得满足了。

而武邑看着两边的人，想了想，缩在江淮安身边，舔着脸道："江哥，我靠靠……"

"滚。"

江淮安眼皮一掀，武邑就被镇住，他委屈地嘟了嘟嘴，江淮安被吓得抖了抖。

武邑又到了宋哲边上："宋哥……"

宋哲抬眼，神色似笑非笑："嗯？"

武邑："……"

好了，他明白了。

于是他拿着自己的衣服，自己抱着自己，靠着墙，缩成了一团。

那时候武邑还不懂得，有一个词叫"单身狗"，还有一个词，叫"虐狗"。

他只是发自内心觉得，太委屈了！

第八章

一不小心被逮住了

一行人迷迷糊糊睡到凌晨五点多，当第一缕阳光落在天台上时，江淮安迷迷糊糊地睁开眼睛。他推了推夏啾啾："夏啾啾，起来了。"

　　夏啾啾睁开眼睛，看见远处山头有了光芒，江淮安又叫醒宋哲和武邑，杨薇也被他们说话的声音叫醒。太阳从山上慢慢升起，他们站在天台上，看着太阳升起来，心思各异。

　　人生总需要一点仪式感，用某一个举动，某一个时间，去和自己说一句话，开始某一段旅途。

　　如果说在江淮安的母亲死去时，他宣告了自己一段荒唐旅程的开始；那么在今天太阳升起的那一刻，江淮安就在心里和那个少不更事、用自伤来试图伤害别人的少年，挥手告别。

　　一群人看着太阳彻底露出全貌，心里的悸动难以言喻。

　　江淮安扭头问夏啾啾："好看吗？"

　　"好看。"夏啾啾点头。

　　江淮安双手插在裤袋里，转身道："好看就行了，我们回去吧。"

　　说完之后，一行人就各自散开。夏啾啾回家，一进家门，就看见夏天眷跪在地上，他爸妈坐在沙发上。

　　夏啾啾微微一愣，她昨天晚上给夏天眷发了消息，让他给她打掩护，夏天眷明明说了好，现在这是什么情况？

　　"你知道回来了？"夏妈妈先开了口。

　　夏啾啾知道自己错了，低着头走进来，站在沙发中间，小声道："对不起，妈妈。"

　　"你这是去哪里了？"夏妈妈着急出声，"我们找了你一晚上，你电话也不接，你到底是去干什么了？"

　　"琳琳你别这么大声，"夏元宝赶紧开口，"啾啾胆子小，你这样会吓到她。"

　　"她现在胆子还算小吗？"何琳琳提高了声音，"她都学会夜不归宿了！这次是这样，上次我说她那么早就去学校了，也是这样吧？"

　　"何琳琳！"夏元宝的声音里带了怒意，"你胡说八道些什么！"

　　"我说得不对吗？"夏妈妈转头看向夏啾啾，提了花瓶里的鸡毛掸子就冲过去，"你自己说，我说得对不对！"

"何琳琳你别太过分啊！"夏元宝冲上前去，从夏妈妈手里把鸡毛掸子抽走，涨红了脸道，"不就是出去玩吗？这多大点事，你犯得着吗你？啾啾，走，"夏元宝推着夏啾啾上楼，"你妈更年期，你别理她。"

"夏元宝！"何琳琳气急了，"你给我跪着！"

"跪就跪！"夏元宝把领带往脖子后面一甩，瞬间就跪了下去，他昂着头看何琳琳，"你要怎样？"

在场的众人瞬间呆了，何琳琳有些哭笑不得，轻轻踹了夏元宝一脚："你给我让开，别以为这样我就不管啾啾了。"

"啾啾，"何琳琳抬眼看着夏啾啾，"你学习成绩不好，我可以不管你，你开心就好。可是你一个女孩子，一晚上不回家，你知道错了吗？"

"我知道。"夏啾啾深呼吸道。从家长的角度来说，她这件事的确做得不对。她还是一个孩子，她如今做的所有事，都是不合适的。

于是她只能道："对不起，我知道错了。"

"你到底去做什么了？"何琳琳见她道歉，脸色好了一些。

夏啾啾踌躇了一下，才开口："我……我和同学去报补习班，然后一起去吃烧烤，吃完以后约着看日出。"

"嗨，也没什么大事啊，"夏元宝赶紧扭头和何琳琳道，"算了算了。"

"你是和谁一起去的？"何琳琳冷着脸。

夏啾啾慢慢道："杨薇……"

"杨薇是谁？"

"高一一班的一个女生……"

"就她一个？"

夏啾啾没说话，她妈妈从来不赞成她和男生来往，要是她知道自己是和一群男生夜不归宿，不知道要气成什么样。然而她又不擅长撒谎，于是只能沉默。

夏啾啾的沉默让何琳琳更加生气，她愤怒出声："说实话！"

"还有……还有几个同学……"

"夏啾啾，"何琳琳深吸了一口气，"话我不想说得太直接，你谈恋爱了，对吧？"

"没有。"夏啾啾立刻否定，"我没有谈恋爱！"

"啾啾，"夏元宝叹了口气，"我们都是过来人，你这个年纪，谈个恋爱啊也不是什么大事，家里人永远支持你，你……"

"你胡说八道什么！"何琳琳打断夏元宝，扭头看着夏啾啾，"啾啾，你年纪还小，什么年纪做什么年纪的事，你成绩不好没关系，你交朋友也可以，可你别每天和这些不三不四……"

"妈！"夏啾啾听到这样的形容词，提高了声音，"我同学不是什么不三不四的人。"

她可以接受何琳琳说她，但她不能接受何琳琳这么说江淮安。她抬起头，认真地看着何琳琳，一字一句地说："他们都是很好的人。"

"在你心里谁不是好人？"夏啾啾从来乖巧，很少这样顶撞自己，何琳琳一时气上心头，站起来道，"你在学校里的事，你的老师都和我说了。最近你总是逃课，和谁学的，就是你那小男友对吧？"

"我没有男朋友！"夏啾啾心里委屈起来，"我和他们就是普通的朋友关系而已！"

"你有没有男友我不知道？我走过的桥比你走过的路还多！夏啾啾我告诉你，那些中学谈恋爱的人，能是什么好人吗？他会谈恋爱，会带着你逃课。这样的人就是一小流氓，你和他在一起能有什么前途？"

"妈，"夏啾啾捏紧了拳头，克制住自己和母亲争吵的冲动，"他不是我男友，他是我朋友，我还有好多朋友。对，他们可能现在不够好，但这都是有原因的。他们内心深处都想好好读书，他们上进，他们善良，他们会承担责任，他们勇敢，你不能就这么简单去判定一个孩子是好是坏，更不能就这样去诋毁他们、放弃他们。"

说着，夏啾啾目光坚定地迎向何琳琳："他们做得不好，就该告诉他们什么是对，什么是错，不该直接就给他们下定义。人和橡皮泥是一样的，你觉得他们是什么样子，就会把他们捏成什么样子。他们真的是很好的人，我和他们在一起，不会学坏的。"

"你现在还不算坏吗？"何琳琳情绪激动了起来，"你逃课，你谈恋爱，你还和我顶嘴，啾啾，"何琳琳红了眼眶，"你怎么就变成这样子了？你说你要去市一中读书，你这叫读书？"

夏啾啾看着何琳琳红肿的眼，没有再说话。她突然意识到，她很难改变自己母亲那固执的想法。

要让别人觉得江淮安好，要让别人觉得她没有变坏，无异于和其他人说："我逃课、我打架，我还是个好孩子。"这话说出来会让所有人嘲笑，因为没有人会去关注你那被暗压着的东西。你想要上进，你想要优秀，在你做出来之前，没有任何人会去关心你"想"怎样。

哪怕是父母。

没有人是你内心的蛔虫，哪怕你真的向上，你真的善良，在你表现出结果前，谁都不会说你是这样的人。

可还是会止不住委屈，止不住不甘心。

"明明我想努力，明明我在拼命和自己的懒惰、颓废、叛逆、倔强抗争，试图成为一个更优秀的自己，为什么你们却从来不相信，为什么你们从来认为，我理所应当就该是一个废物？"

夏啾啾站在客厅里，突然感受到了属于江淮安的那股子叛逆劲。当所有人都误会你、不信任你时，哪怕是一贯柔顺如夏啾啾，也会忍不住想：那好，那我就当这样的人好了。不用努力，放纵自己，不用负责，反正做与不做，你们不都一样，觉得我就这么垃圾吗？

她捏着拳头，身体微微颤抖。何琳琳还在旁边数落她，无非是她这样做多么不对，她该和江淮安分手，她现在多坏……

她深吸一口气，在何琳琳再度想要开口时，抬起头来："妈，你别骂了。"

"知道错了？"

"不，"夏啾啾克制住自己，尽量冷静道，"我夜不归宿，我逃课，这些我道歉。可是他们都是很好的人，我不后悔认识他们，更不觉得和他们在一起玩是错的。我说服不了你，我也知道你不会相信我，所以那我们不如打个赌。"

说着，夏啾啾抬起头来，盯着何琳琳："给我点时间，如果我期末考试能考进全班前十，你就不要再管我。"

"你考得到吗？"何琳琳冷笑出声，"就依你现在天天和他们玩的样子，你还想考全班前十？你能保住倒数第十就好。"

"过分了啊，"夏元宝忍不住道，"何琳琳你收一点脾气，这话太伤人。"

何琳琳似乎也知道自己错了，瞪了夏元宝一眼，没再吭声。

夏啾啾已经做好了心理准备，平静道："我如果成绩能变好，就证明和他们在一起，并没有让我变坏，那到时就希望你们不要管我。我说的这些话不是气话，只是我希望能和你们有更好的一个沟通方式。我说再多他们的好，你们也不会信，那我就证明给你们看好了。"

夏啾啾说着这些话，自己的内心也慢慢安静下来，她用平静的语气，坚定地说："我会用现实证明给你们看，和他们在一起，我不会变得更差。"

"要是你做不到怎么办？"

"要是我做不到，"夏啾啾一咬牙，"以后我就听你们的，再也不和他们往来，你们让我和谁交朋友就和谁交朋友，让我几点回家就几点回家，你说东我绝不往西，以后都听你们的。"

话说到这份上，何琳琳也没什么好再说的，她沉默许久，终于同意："好，这是你说的。不过在此之前，"何琳琳加重了语调，"按时回家。"

"好。"夏啾啾一口应下。

一家人沉默下来，过了一会儿后，阿姨从外面进来，小声道："那个，有个叫杨薇的小姑娘站在门口，说小姐有东西落她那儿了，让小姐来拿。"

夏啾啾看向何琳琳，寻求意见。何琳琳僵着脑袋点了点头，夏啾啾才转身离开，她小跑出自家院子后，便看见杨薇站在那里。夏啾啾跑到杨薇身边停下，好奇道："杨薇，你来这儿做什么呀？"

"你手机落下了。"杨薇将夏啾啾手机掏出来，递给她道，"江淮安让我拿来给你。"

夏啾啾看见手机才想起来，她昨天身上衣服没有口袋，就将手机放在了江淮安的口袋里，她低头接过手机，同时道："他人呢？"

"在那儿。"

杨薇朝旁边指了一下，夏啾啾顺着杨薇手指的方向看过去，看见江淮安、宋哲和武邑三个男生站在一个转角处。夏啾啾看过去的时候，江淮安正看着她，见她看过来，他扬起笑容，那笑容是恰到好处的一抹弧线，没有过分夸张，也不会让人觉得冷漠平淡，仿佛是此刻清晨的阳光，温柔得刚刚好。

夏啾啾注意到何琳琳跟着走了出来，就没敢回应，同杨薇说了声"谢谢"后，将手机放进裤袋，转身离开。

她没给回应，江淮安忍不住愣了愣，他站在角落看见夏啾啾走回院子门口，同何琳琳说了几句，被骂习惯的他立刻猜出来夏啾啾经历了什么。他皱了皱眉头，也没说话。

夏啾啾回到屋里后，又被何琳琳提醒了几句"不要谈恋爱""远离坏孩子""保护好自己之类"的话后，才得以回到自己房间。她洗了个澡，穿着浴袍，擦着头发走出来。

手机刚好响了起来，是江淮安发了一个搞笑视频，她回复了一个"哈哈哈"，随后又问："到家了吗？"

熬了一晚上夜，夏啾啾觉得自己的精神已经濒临崩溃。

江淮安迅速回复："你是不是被你妈骂了？"

"你怎么知道？"

"经验啊。对不起，昨天玩过头了，下次不带你瞎混了。"

确认过夏啾啾真的被骂后，江淮安的心里有些微妙的不舒服。

夏妈妈会说的话，江淮安用脚趾头都能想得出来，以前他也不止一次被这么骂过了。他是出了名的混混头子，总有家长觉得是他带坏了他们的孩子。以前他听这种话，都会骂对方家长一声"眼瞎"，坏的不需要人带，好的你带不了，他江淮安哪来这么大能力，能把一颗好苗子掰歪了？

不过这一次江淮安没有这种勇气信誓旦旦地说出这种话，因为他意识到，或许对于夏啾啾来说，被人带坏，的确是有可能的。

他仔细想了想，夏啾啾逃课、夜不归宿，似乎都和自己有关系。

想到这些，他心里有点难受，他也突然意识到，这样的自己，和夏啾啾之间似乎有着一道不可跨越的鸿沟，夏啾啾的身边不该有他这样的人。

她身边的人该是什么样的呢？

江淮安想了想，第一个想到的人居然是沈随。那个被所有家长、老师称赞说前途无量的年级第一。

想到这个人，江淮安的心里更郁闷了。

他将手机放进口袋里，不太舒服地"切"了一声。

武邑、宋哲和杨薇已经各自回家了。他一个人坐在公交车上，突然出声就显得格外奇怪，坐在他旁边的一个女中学生看了过来，江淮安一眼瞪过去，对方赶紧收回了视线。

江淮安思考了一下，又把手机拿了出来，这时候夏啾啾已经发了好几条信息。

"回去洗澡了就赶紧睡觉啦！"

"为什么不打的啊，这样会快点到家。是不是没钱啦？我转了五千块给你，你先花着啊。"

"你怎么不回信息啊？我睡觉了。"

"哦，你睡醒了别又玩游戏，记得下午去补习班啊。"

江淮安看着夏啾啾的话，忍不住笑了，心里的烦闷去了不少，回复道："你没和你妈吵架吧？"

江淮安以为不会收到回复，没想到夏啾啾秒回："有一点吧，也不是很厉害。"

"这种时候不要吵架，要低下头装乖。"

江淮安和她说低下头装乖？

夏啾啾趴在床上，撇撇嘴回复："你管好自己吧。"

"经验。"

"这么多经验，"夏啾啾翻了个身，"你和你爸吵架才被赶出来？"

江淮安没说话了，他突然发现，这个小姑娘心情不好的时候，说话挺扎心的。

他忍住想一把捏死她的冲动，慢慢输入："我和你不一样，你别和你妈闹。"

夏啾啾看着这句话，才意识到，或许在江淮安心里，是将她和自己划分开的。

她是好孩子，他是坏孩子，她不该犯错，他可以。

这或许也是另一种自暴自弃，夏啾啾叹了口气："江淮安，我和你没什么不一样。"

江淮安看着这话，笑了笑，他明白夏啾啾的意思，心里不由得带了暖意。他觉得打字都带了温度，温和地回了句："睡吧，我快到家了。"

　　夏啾啾也没啰唆，确认江淮安回去后，说了句"那我睡了"，就将手机放一边，翻身睡了过去。一觉睡到十二点，夏啾啾迷迷糊糊醒过来，在家吃了饭，随后便背着书包出了门。

　　出门的时候何琳琳正在看午间新闻，一见她出门，就紧张道："你去哪儿？"

　　"去补习班。"夏啾啾直接回答，然后穿好鞋走了出去。

　　何琳琳追上去问："几点回来？"

　　"十点。"夏啾啾摆摆手，坐上车，便往补习班出发。

　　她到的时候，人几乎都到了，杨薇单独坐在一边，正在做题。江淮安、宋哲、武邑三个男生正讨论游戏讨论得不亦乐乎。

　　夏啾啾坐到杨薇的旁边，小声道："你们来得好早。"

　　"嗯。"杨薇的精神看上去不太好，"我没怎么睡好，以后不能和你们这么瞎闹了。"

　　"我们也不瞎闹了，我们以后都好好学习！"

　　夏啾啾坚定地开口，看了旁边几个人一眼，扭头和杨薇小声道："我和我妈说了，这次期末考，我一定要考进全班前十！"

　　听到这话，杨薇睁大了眼："你连十三班的第十都考不到吗？"

　　夏啾啾："……"

　　"宋哲还能考第九呢！"

　　夏啾啾："……"

　　"你平时考多少啊？"

　　杨薇满脸关心，饶是夏啾啾有点刀枪不入的心，此刻也有点受伤了。好在她一贯恢复能力极强，很快又调整了心态，冷静回复："前两次月考能稳稳坐在第三。"

　　"第三？"杨薇有些茫然，"不是说好第十都考不到的吗？"

　　"倒数第三。"夏啾啾说得很平静。

　　杨薇："……"

　　优秀限制了她的想象力。

"武邑和江淮安轮流当倒数第一，我稳坐倒数第三。"

高一十三班的倒数三名，如无意外，那几乎就是全年级倒数三名了。

杨薇露出了崇拜的眼神，抬手比了个大拇指："能稳定考倒数，也是一种能力。"

"承让承让，"夏啾啾故作沉稳点头，"总要有人去做那一个垫底的人，以撑起大家的高度。"

说话间，一个青年抱着试卷从外面走了进来。他穿着绿色的格子衫，戴着圆形黑框眼镜，一眼看上去，活像个加班多年的程序员。

他一进来，大家就安静了，青年走上讲台，弯了弯腰道："大家好，我是你们的老师，也是你们在这里的班主任，董良。"

"老师好。"所有人一起鼓掌，表示欢迎。

董良仿佛是受到了鼓励，舒了口气，开始介绍自己。

他之前是 S 市的高考状元，大学期间就开始当补课老师，然后爱上了这份职业，毕业后便从事了这个行业，有丰富的教学经验，但是当班主任还是第一次。

介绍了一下自己后，董良将卷子给大家发了下去，随后道："昨天大家做了一次测试，我们班同学的水平差距比较大，所以我们会有针对性地布置任务和补课，不会上统一的大课。我支持大家学会自学，每天会布置任务给个人，大家自己看资料做题，我会监督大家做完，过程中有任何困难，我都会帮助大家。等大家水平差不多后，我们就开始上大课，统一复习，行吗？"

这话让所有人似懂非懂，尤其是杨薇和宋哲，他们不太理解，补课不就是开始讲知识点吗，都是上高中的人，水平差距大，能大到什么程度？

然而很快他们就明白了原因。因为董良继续说："我现在和大家说一下你们各自目前的水平基础，大家对自己需要有一个清楚的认知。我从高到低一个一个来，首先是杨薇，杨薇哪位，认识一下？"

"老师，我是杨薇……"杨薇举起手，表情有些忐忑。

董良笑了笑："你基础很好，从知识点上看，你甚至超过了高一的水平，到达高三阶段，你平时有自学对吧？"

"嗯。"杨薇舒了口气，"我怕跟不上，所以提前看了后面要学的课程。"

董良点点头，随后道："宋哲，高一中等偏下水平。"

宋哲毫无意外，懒洋洋地打了个哈欠。董良看了宋哲一眼，比了个拳头："加油！"

宋哲："……"他总觉得这个老师怪怪的。

念完宋哲后，董良皱了皱眉头："夏啾啾，初三水平。"

夏啾啾毫无意外，多年来她从不学习，一切仅凭瞎猜，能说她是初三水平，她已经很满足了。

"武邑，初一水平。"

"江淮安，"董良转过头去，找江淮安所在的位置，江淮安懒洋洋地伸起手来，示意自己的位置。董良笑了笑，"你是小学后就再也没学习了吧？"

江淮安："……"

"你的知识点水平，"董良举起卷子，"初一以下满分，初一以上……"

他没说完，但是小学水平，已经足够说明一切。

江淮安也不意外，他母亲在他六年级患病，初一去世。那时候他成绩下降得特别快，因为根本没什么心思读书。等后来，就真的再也没什么心思读书。

所有人都看着他，江淮安故作镇定："小学……就，小学吧。"说着，他的眼神坚定下来，"我可以从头学。"

不管基础有多差，既然决定了，他都可以学！没什么好怕的！

对于江淮安毫无惧意的态度，董良非常赞赏。说话间，有两个人抬着一批书进来。这两个人一进来，董良就上前去帮忙，江淮安几个人也赶紧上前，帮着两个人把书放到课桌上。董良和两个人道了谢后，那两个人关门出去，董良抬头看了他们一眼，想了想，有些不好意思："你们……挺不错的啊。"

江淮安有些诧异，不明白董良为什么突然这么说。

董良笑了笑："一开始我看你们的卷子，以为你们肯定……呃，可能不太好。"

听了这话，江淮安就明了了，被歧视也不是一次两次了，他也淡定了，反而调笑回去："是不是以为我们该染头发、打耳洞，不爽就分分钟跳起来打你？"

董良被江淮安逗笑了，点头道："差不多是这样。"

说完之后，董良抬手示意大家回去，随后道："因为你们基础比较差，然后志愿填得又比较高，所以我们要用一点特殊的办法。我给你们针对性地准备了教材。大家先领一下，每个人的课本我都写了名字，大家自己拿自己的。"

大家点了头，上前各自拿了自己的书。

江淮安的书是最多的，但他也淡定，谁叫他是最差的呢？

领书的时候，江淮安看了董良一眼，抿了抿唇："老师，你知道我填了什么吗？"

"知道啊。"董良点头，有些茫然，"怎么了？"

"你不觉得，"江淮安有些犹豫，夏啾啾在这里，他有点开不了口，"你不觉得……"

"觉得你填太高了？"董良明白江淮安的意思，他倒也不诧异，点了点头，"看上去是有点高，可是又怎么样呢？

"你才高一，你还有三年的时间去努力，没必要放弃啊。想考哪所，就考哪所，先全力以赴，再谈结果。遇到目标，你该先去努力做，而不是想，'太难了，我做不到'，所以就降低一个标准。"

"好了，"董良抬手拍了拍江淮安，"坐下，我先给你们讲一下注意事项。"

江淮安应了声，抱着书回到了自己的位置上。

董良站在讲台上，看了一眼大家后，开始说："从今天开始，我就是你们的老师，我希望你们相信我，接下来我要你们做的所有事，我希望你们不要质疑，如果你们质疑，那你们就换老师，不要互相浪费时间，好吗？"

"好。"所有人应声，他们都被别人常年质疑，知道信任有多么重要。

这个老师虽然看上去很不靠谱，但从他给他们每个人买不同教材的举动来看，他的确是把他们放在心上的。

他们这一群人，都是别人对他们好，他们就会回馈更多的人。

董良也感觉到了他们的回应，心里觉得暖暖的，于是他轻咳了一声，接着道："你们的情况有点特殊，要达到你们的目标，我们要有点特殊安排。所以，首先，如果你们能申请休学，最好是申请休学；如果不能申请休学，除了杨薇以外，你们就不要再听你们老师的课了，把学校老师的上课时间留出来，做我布置的任务。"

听到这话，在场的所有人都惊呆了。

一个老师居然和他们说"不要听课"？！

董良看出他们的惊讶，赶忙解释："你们听我说，这个是有原因的。你们都是市一中的学生，市一中的教学还是很有一套的，如果你们是正常考进去，是一个正常的学生，那你们当然要好好听老师讲课，但现在你们的情况，明显不是对不对？"

所有人都没有说话，静静地在听董良说，董良看到他们没有太激动的反应，语调稍微缓了点："实话讲，你们这个成绩，估计是走关系进的市一中对吧？所以其实你们本来是没有读高中的资格水平的，但老师不会为了特殊的几个人去改变自己的教学方式。一个班五十个人，有的理解能力快，有的理解能力慢，有的水平高，有的水平低，可是老师都是按照一样的方法教学，那一定会造成效率很低的结果。

"你们现在的水平和你们心里要报的志愿差距太大，如果你们跟着老师去走，我不能说你们一定结果不好，杨薇和宋哲估计还行，但其他三个人，几乎是不可能考上你们要考的学校的。因为效率太低了。"

"我明白，"江淮安点点头，"老师您不用解释了，继续说吧。"

董良对江淮安投去了感激的目光："谢谢你们理解。剩下的，我会根据你们每个人的实际情况制定出一个学习计划表来，因为任务量比较大，所以你们白天时间会被占用，但我希望无论如何，你们都要追上这个计划，可以吗？"

"好！"

大家一起应声。

董良彻底放下心来，然后给每人发了一张纸。

"这些是你们这一个月要做的事，因为你们的水平不同，我不可能一起上课，所以你们能自学的就自学，实在理解不了的我会来讲课，可以吗？"

所有人再次应了声"好"。

大家拿着计划表，心里突然就有了底。

其实在填志愿的时候，所有人都只是在填一个美好的愿望而已。除了杨薇以外，在场所有人都太清楚自己有几斤几两了。按照学校老师的办法，是不可能完成这个愿望的。

然而董良的出现却让他们觉得，也许，也是有可能的呢？

这个老师这样与众不同，也许，是不一样的呢？

夏啾啾拿着计划表，心里充满了期待，然后她看到了计划表的第一行：每天背一百五十个单词。

"老……老……老师！"夏啾啾颤抖出声，"您没打错吗？！"

"嗯？"董良回头，"怎么了？"

"您打的是十五个单词吧？"

"不是十五个，"董良回头道，"是一百五十个，没错。"

"老师，不可能，这绝对不可能！"夏啾啾赶紧道，"我就算背一天也背不完！"

"你等一会儿，我告诉你们怎么背。"

董良发完计划表后，回到讲台上："我们今天先上第一课，如何背单词。你们的英语是最差的，有很大的提分空间，高考英语一百五十分，只考笔试，不涉及听力，所以你们只要能看懂英语，就成功了百分之六十！我让你们背单词，你们不需要记住它的读音写法，什么都不需要，你们只要看见它能知道中文是什么意思，就够了！

"我给你们的书中有一本专门针对单词记忆的方法，这本是我以前备考GRE（美国研究生入学考试）用的，十六天我背完了GRE所有的词汇。你们别怕，区区三千五百个单词，每天四小时，一个月就能背完。"

董良说得特别有信心，随后让他们拿出了背单词的书来，详细地讲解了一下如何背单词。而后他问道："你们还有问题没有？"

"老师，"宋哲举起手来，"为什么不让江淮安从高中直接学起？我觉得初中和高中知识点关联程度没这么大。"宋哲这个问题也是杨薇想问的。

董良笑了笑："有两个原因。一方面是因为数学、物理这些学科不仅仅是知识点的问题，还有思维方式，而思维是逐步锻炼出来的，让他从初中学，是由易到难给他构建理科思维。

"第二个原因是，他报考的志愿很高，那个志愿意味着，江淮安不只是普普通通就可以，还要保持在全市第一甚至是全省前几名。而这样顶尖的优秀人士，大多是习惯性优秀。"

"习惯性优秀？"

江淮安有些不能理解，董良笑了笑，脸上带了些羞涩："习惯性优秀，就是你一旦习惯了某个分数阶段，你就很难接受自己掉下去，然后你就能习惯性保持在那个阶段。比如说我吧，我从小学拿了全县第一后，我就再也没拿过第二……"

众人："……"

高考状元的人生无法理解。

董良轻咳了一下，有些不好意思道："所以啊，我得让江淮安习惯考一百四十分。让他从高中学习，一上来直接考一百四十分，这是不可能的。他从三十分提到一百分是很容易的，可是过了一百分，或者说一百二十分这个坎，再往上提分就很难，所以他不如从一开始就习惯考到一百四十分，就不需要度过这个提分阶段。"

"明白了，"杨薇点点头，"我能理解。"

杨薇这种学霸说理解，大家也就放下心来。

董良拍拍手："所以，我们开始吧！按照课程表，今天先背单词，背完之后根据你们的年级，拿出你们的教材，教材都搭配了很详尽的教辅书，你们先自己看，看了以后做题，做题后总结，总结后剩下的问题，找我。中间有任何问题，都叫我。好了，两个小时背单词时间，开始。"

说完之后，教室里响起了滴答滴答倒计时的声音，所有人立刻翻开单词书，开始按照董良的方式背单词。

董良将一百五十个单词分成了十五组，十个单词为一组。第一遍看，看完了立刻捂住单词回忆意思，不记得的标出来，记住，再次回忆，直到能顺利回忆出所有单词的意思，才开始下一组。下一组背完，立刻开始回忆上一组。

董良将每组单词编了号，给了他们一个记忆顺序，按照顺序去记忆，记忆完之后打钩。

一开始记得很慢，逐渐就快了起来。两个小时不到，大家陆陆续续背完了单词，杨薇是最快的，其次是宋哲，然后是江淮安，最后是夏啾啾。

之所以说夏啾啾是"最后"，是因为武邑睡着了，然后被董良抓住，盯着背。

他自然无法计入比拼环节。

背完之后，他们抽出卷子。这是董良根据当天单词写下的句子，除了"I（我）""you（你）""is（是）"这些最基础的词汇以外，其他所有词汇都是他们今天背过的单词。然后他们开始做翻译阅读。

江淮安的卷子写了一半，夏啾啾才背完单词。她抬头看了周围一眼，也没说话，低下头去，开始写卷子。她虽然没说话，却捏紧了笔，明显是受了打击。

江淮安想了想，写了一张纸条，抬手敲了敲夏啾啾的桌子。

夏啾啾扭过头去，听见江淮安说："我有一个翻译题不会做，你帮帮我？"

夏啾啾的神色黯了黯："我很笨的，可能不会。"

"你看看呗。"

江淮安将纸条递过去，夏啾啾看到上面写道："one man 'biu，biu'，i 'biu，biu'，man 'a'，i 'ha……'"一段乱七八糟不合语法的字母组合。

夏啾啾看到这张纸条，目瞪口呆。

江淮安笑了笑："知道什么意思吗？"

"这是……你在枪击案现场打败了敌人的故事？"夏啾啾迅速反应过来。

江淮安露出诧异的神情："你好厉害啊，别人都不会！"

"真的吗？"夏啾啾睁大了眼。

江淮安点点头："你看着啊。"

说着，江淮安将纸条递给宋哲："老宋，你帮我看一下这道题，你会翻译吗？"

宋哲拿过纸条，皱起眉头："这都是些什么玩意儿？！"

江淮安扭过头，朝着夏啾啾摊手，耸了耸肩："你看，他不会。"说着，他神色温柔下来，"所以啊，我说你，超级优秀的。"

听了江淮安的话，再傻的人也知道，他是在安慰她。

夏啾啾看着对方的笑容，突然又元气满满起来。

在座的都是未来很优秀的人，她比不上也很正常啊，她只要比过去的自己优秀就好了！于是她抓了卷子过来，低头继续做卷子。

旁边的宋哲有些懵，用笔戳了戳江淮安："那东西到底什么意思？"

"一个男人，用枪'biubiu'地打人，于是我拿枪'biubiu'回击，接着那个人被打中了，'啊'地惨叫了一声，我就很开心'哈哈哈'地笑了。"

宋哲："……"

片刻后，他竖起大拇指："你厉害，我服气。"

江淮安笑了笑，没理会他，低头继续做阅读题。题目上都是认识的单词，虽然语序上有点不明白，有些翻译过来也说不通，但比起他之前什么都看不懂，好太多了！

人就是这样，如果你收到的反馈越快，就越有信心，越能坚持下去。

江淮安此时此刻感觉，一个晚上就能学会这么多，那清华北大岂不指日可待？

不止江淮安有这种感觉，在场所有人都有了这种感觉。

这个我会做，这个我也会做！

夏啾啾从来没有这种学霸体验，简直快哭了。

于是大家沉浸于做题不能自拔，在题目中充分寻找这成就感爆棚的快感。

一群人一连学到十点，然后各自分散回了家。到家之后，夏啾啾洗漱了一下，随后上了他们刚建立的"奋斗微信群"，开始询问大家："你们还在学习吗？"

没有任何人回答，许久后，江淮安悠悠开口："也就你没在学习。"

夏啾啾："……"

想了想，夏啾啾觉得，自己没在学习所以才在群里聊天，那江淮安回复了自己，也一定没有学习。

于是她赶紧在群里拨通了视频通话，打算用视频监督这批人学习。

没多久，江淮安加入了进来，她从视频里看见江淮安坐在对面，低头看着书道："你开视频干什么？"

"你在学习啊？"

"不然呢？"

"哦，那一起学习吧！"

宋哲刚好加进来，听到这话，"扑哧"一声笑出声来，随后道："我还是第一次见到开群学习的。好吧好吧，学习，我们学习！"

于是大家又拿出了董良的计划表来，把接下来的任务拿出来。

宋哲一直复习到十二点，有些熬不住了，就去睡了。

视频里就剩下夏啾啾和江淮安，两人一直没有说话，只有笔尖摩擦纸页发出来的沙沙声。

江淮安看书的效率很快，做题正确率也很高，他错过一遍的题目，几乎就不会再错。夏啾啾看着他在对面把作业本一页一页翻开，心里不由得有点慌："你怎么看这么快？"

"不知道。"江淮安果断回答，"就这么点东西是该看这么快的啊。"

夏啾啾觉得心里有点沉，但江淮安这么优秀，她还是很开心的。

她就知道，江淮安肯定超级厉害的！

夏啾啾把董良布置的所有任务完成时，已经接近半夜两点，她撑不住去睡了，江淮安还在继续。她忍不住道："去睡吧，不然会长不高的。"

江淮安面色平静："我再学一会儿。"

夏啾啾点点头，关了视频，自己去睡了。

等她的声音不再出现，江淮安看着书，顿了顿笔尖。

其实题目有点难，他也有点慌。

他抬头看了一眼高考倒计时，还有七百九十三天。如果他每天的学习时间有十四个小时，那他还有一万多个小时去学习。

江淮安沉下心来，闭上眼，片刻后，再睁开眼睛，开始继续做题。

第二天早上去了教室后，除了杨薇，其他人全部趴在教室里睡着了。

老师对他们已经习以为常，反正他们不逃课就睡觉，他们能好好待在教室里不惹事已经很不容易了，老师也不做过多要求。

江淮安睡了两小时，醒来后开始继续看书，夏啾啾也被他戳醒，挣扎着起来看书。

最后一节课是语文课，语文老师布置了临时的课堂作业，一路走下去检查时，她发现江淮安和夏啾啾正在奋笔疾书做着什么。语文老师觉得有些奇怪，夏啾啾还好，她语文成绩不错，也很努力，可江淮安向来是个逃课睡觉的，这时候在写什么？

于是她走到江淮安面前，低头看了一眼，发现夏啾啾在背单词，江淮安在学数学。

对于一个老师而言，学生在自己的课堂上学其他科目，这与侮辱无异了。语文老师嘲讽出声来："有些人啊，生来就是个渣滓，还装模作样，不知道学给谁看。老师说的话不听，自己在下面瞎琢磨，做些无用功。废了力气，考试还要拖全班后腿。你们这个班啊，本来就是全校倒数的学生聚在一块儿，在这个班能考倒数的，我觉着吧，就别浪费那点时间装样子了，反正家里有钱，回家继承家业不就行了？"

这话说得明显，夏啾啾听着心里来了气，抬起头来，气鼓鼓地看着语文老师。

语文老师白了夏啾啾一眼，不耐烦道："我又不是说你。"

不是说她，那就是说江淮安和武邑。

大家心里清楚，不由得有些担忧，江淮安脾气向来暴躁，之前和老师直接正面抬杠的时候，也不是没有。

这一次江淮安却一句话没说，他低头看着自己的书，完全不受老师干扰。

语文老师继续嘲讽着："装个什么劲儿。"

"你……"

夏啾啾有些忍不了了，起身就想和老师理论，结果江淮安抬手一把按住她。语文老师完全不知道夏啾啾的动作，转身看其他同学了。

"你干什么？"夏啾啾不满道，"我要去找她理论！"

"你单词背完了？"江淮安神色平静，仿佛老师骂的不是自己，"咱们没时间浪费，她爱说什么就说什么，关我们什么事？"

夏啾啾觉得江淮安说的也有道理，这事哪里有讲得清楚的？

可她心里还是觉得不爽，还想说什么。江淮安突然问："你打过别人脸吗？"

"嗯？"

见她不明白，江淮安仔细解释："'打脸（指通过努力给予否定自己的人一个有力的回击）'的核心诀窍，就是开始的时候拼命示弱，让对方拼命嚣张，等后面再流露真正的实力，一巴掌一巴掌给对方抽回去！等以后我考好了，她等着脸疼吧！"

听了这个解释，夏啾啾明白了，她点了点头，十分有信心地说："你以后一定能把她的脸打肿！"

江淮安有些哭笑不得，不过他也习惯了夏啾啾对他的迷之自信，摇了摇头，就低头继续看书了。

等下课之后，一群人继续回到补习班。杨薇的学习方案里是以学校为主，就留在学校里上晚自习，其他几个人就一起到补习班。

打车的时候，夏啾啾本来想和江淮安讲话，结果看见江淮安一直在翻单词卡，于是所有的话止在喉间，她想了想，也拿出了单词卡。

江淮安抬起头来，看了她一眼，没有说话。

宋哲和武邑看见他们在背单词，也各自拿出了自己的小册子，开始背诵。

所有人一直各自背诵着单词到了补习班，各自放好了东西后进入了教室。夏啾啾的动作慢些，宋哲和武邑都去教室了，她才将东西分拣好，将包放进存物箱。

她今天开的存物箱很高，于是她踮着脚将书包往里塞，当她将书包高高举过头顶时，一个人突然出现在她身后，抬手提住她的书包，轻而易举地将书包往里面推去。他身上带着柑橘香，笼罩在她周边，夏啾啾忍不住有些脸红，僵着身子没敢动。

"你刚才是想和我说什么？"江淮安替她关上了箱门，平静地询问。

夏啾啾吓了一跳，抬眼看他："啊？"

"等车那会儿。"江淮安提醒她。

夏啾啾觉得有些奇怪了："你怎么知道我想和你说话的？"

"很明显，你想和我说话的时候，就会巴巴地看着我。"

和他家那只小狗特别像。

夏啾啾觉得更奇怪了："你不是看单词吗，还能看到我？"

听到这个问题，江淮安用看白痴的眼神悠悠地看了她一眼："我又没瞎，那么大个人在旁边，我想看不到也难。"

夏啾啾点头，露出明了的表情来："也是。"

她抬眼看着江淮安，认真道："不过我就没你厉害了，我要是看见你，眼里就只有你了。"

听到这话，江淮安的动作顿了顿，沉默了片刻后，才慢慢道："就知道瞎撩。"

"唉？"夏啾啾有些迷茫，"我哪里瞎撩了？"

"好好读你的书吧。"

江淮安扭头往课室走去。

夏啾啾莫名觉得，他看上去，有点像，落荒而逃。

第九章

我和他只是好朋友

一群人按照董良的方法，遵循进度复习着功课。

董良布置的任务很重，除了杨薇以外，其他所有人都是勉强才完成的。

他们建立了一个群，每天早晚打卡自己的任务完成情况。其他人多多少少都有落下的，唯独江淮安，早上永远是他最早起床打卡，晚上也永远是他最晚睡觉。他没有哪一天没有完成过任务，甚至很多时候还会超时。

他们每天出现在学校门口的时候天都还没亮，每个人手里都拿着自己背诵的小册子。每天中午放学，他们也不离开教室，武邑一个人去食堂里打饭，拿到教室来大家分了吃。

一边吃，一边回忆早上背过的东西，用功得让旁边的学生都觉得诧异。

十三班是全校倒数第一的班级，所有人都是关系户，年级倒数的全在这里。班上第一名是年级第七百名，上一次期末考，在九科满分是一千零五十分的情况下，考了七百六十分。

在这种氛围里，江淮安这几个人，格外引人注目。最开始发现他们不对劲的是语文老师，她在办公室和其他人抱怨江淮安在自己课堂上做数学题后，数学老师立刻开口："做什么数学题啊，他闹着玩呢，全是初中题。"

其他老师纷纷附和。于是老师们发现，这群人居然真的一直在课堂上……学课外的东西。

"估计是被家长骂了吧，"班主任杨琳做了最后总结，"做过的事总要还，以前我就和江淮安说他会后悔的，现在信了吧？看他努力吧，努力一下，说不定还能考个大专呢？"

话刚说完，所有老师就笑了起来。

语文老师首先说道："要我说啊，其实江淮安现在应该转学去技术教育学校，他们那里考大学只用考数学和语文两科，在那里江淮安说不定考得上大学呢？"

"这用你操心吗？"另一个老师接话，"就他家那样的，指不定买了个大学给他读呢？"

"说不定，"杨琳放下杯子，神秘道，"江淮安家里的事情你们知道吧？"

　　"什么事儿？"

　　看杨琳神秘的样子，所有人都觉得好奇，围了过来。杨琳看了看外面，小声道："现在江家的女主人，其实根本不是江淮安的亲妈，是'小三上位'的！江淮安他妈还没死时，他爸在外面就有私生子了。他妈一死，人家母子立刻住进来了。我听说啊，那个女的以前是在夜总会工作的，从夜总会嫁入豪门，这手段了得吧？"

　　"厉害厉害，"语文老师点点头，想了想道，"那江淮安还挺可怜的啊。"

　　"可不是吗？"杨琳叹了口气，"我听说啊，江淮安以前成绩很好的，之前还拿过小学奥数竞赛第一呢。现在家里都不管他，我看啊，他那个后妈就是想养废他，他不行了，家产还不得落在小儿子手里？"

　　"江淮安那个弟弟，是叫江怀南是吧？"

　　有个老师突然插嘴，杨琳看过去，发现是初中组的老师，她点点头："是了，怎么？"

　　"那个江怀南啊，也不是个好的，"那老师叹了口气，"上次月考他作弊，被我抓了，请了他妈过来，你知道他妈说什么吗？"

　　"什么？"

　　"不就是作弊吗，多大的事儿，我儿子凭本事作弊，那是他有本事！"

　　听到这话，正在喝水的数学老师一口就喷了出来。

　　就在这时，夏啾啾的声音在外面响了起来："老师。"

　　所有人抬起头来，才发现夏啾啾和江淮安站在门口，也不知道站了多久。

　　杨琳皱了皱眉头，不太确定他们听到了多少，有些不自然地问："什么事？"

　　夏啾啾将一份申请书和保证书交了上来，平静地说出来意："我想申请不上晚自习。"

　　"我和宋哲、武邑都是。"江淮安面无表情地将另外三份申请书和保证书交到杨琳的办公桌上。

学校里要不上晚自习，除了申请书外，还要额外递交一份"在外面因为自身问题导致的任何伤害，学校概不负责"的保证书。

杨琳看了一眼申请书和保证书，嘲讽地笑了："你们上过晚自习吗？"

说着，她开始在申请书上"唰唰唰"地签字，一面签一面说："你们晚上出去玩可以，但要是去什么地方出了事，可和学校没有关系。"

"知道了。"江淮安的声音很平淡，他拿了申请书，带着夏啾啾走了出去。

等他们出去后，杨琳赶忙问道："我刚才声音不大吧？"

然而这句话，还是清清楚楚落到了夏啾啾和江淮安的耳朵里。

夏啾啾抬眼看向江淮安，刚才的话他们是有听到最后几句的，她没想过老师这么八卦，有些担心江淮安："你没事吧？"

"嗯？"江淮安转过头来，"我有什么事？"

"那个，你弟……"

"他不是我弟。"江淮安的声音有些冷。

夏啾啾赶忙道："嗯嗯，那个江怀南肯定没你厉害，你不用怕，以后江家一定是你的！"

江淮安察觉到她的不对劲，问："你想说什么？"

"江淮安，"夏啾啾听到他的声音，突然拥有了无限勇气，一巴掌拍在他肩上，"你别怕，无论发生任何事，我都会站在你这边！"

江淮安抬手推了她的头一把："傻。"

"你不要推我的头！"夏啾啾捂着自己的脑袋，气鼓鼓地抗议，"会变傻的！"

"是哦，"江淮安点头，"本来就傻，不能更傻了。"

"你……"

"好啦好啦，"江淮安举起手来，投降道，"我知道错了，我道歉。"

夏啾啾点点头："好，我原谅你。"

江淮安勾起嘴角："谢谢你哦，小矮子。"

夏啾啾："……"

他一定觉得，让她生气又泄气，泄气又生气，是一件很有意思的事。

夏啾啾和江淮安一起走进补习班里，宋哲和武邑正对着一张表叽叽咕咕地说什么。江淮安有些好奇："你们在说什么？"

"分科的事你们想好没？"宋哲抬起头来，抬了抬眼镜，"这个是分科的文件，杨薇班上提前发的。咱们这次期末考成绩出来就要按照文理科成绩排名分班。"

江淮安走过去，将文件拿来看了看。这时候董良走了进来，他手里拿着一个水杯，里面泡着菊花枸杞，看上去十分养生。他将水杯放在讲台上，扫了一眼宋哲的文件："你们在讨论分班的事吗？"

"嗯，老师，你有什么建议吗？"武邑抬头询问，随后立刻说了句，"我想当体育生！"

"那你读文科吧。"董良喝了一口水。

武邑有些奇怪："为啥？"

董良抬头瞟了他一眼："多写点字，还能得点分。"

理科这种东西，不会就是不会。

董良说这话，其他人听可能不高兴，但武邑大大咧咧，十分高兴："好咧！"

"好了，"董良将书放在桌上，催促道，"你们先做题，我一个一个和你们讲昨天的卷子，再单独和你们谈分科的问题。"

他说完之后，大家便安静下去，各自看各自的书。夏啾啾趴在桌子上，有些疲惫，江淮安有些担忧地问："你干什么？"

"我感觉心好累，"夏啾啾说了实话，"我不想看书了。"

"然后？"江淮安一面做题，一面回话。

夏啾啾将头靠过去，抬头巴巴看着江淮安，真诚道："江淮安，你可真厉害，一点都不偷懒，我现在根本学不进去，就想看漫画。"

看漫画是夏啾啾的爱好，从小到大都喜欢。

听到这话，江淮安顿了顿笔尖，随后道："别说了。"

"为什么？"

"我想打游戏。"

一听到这话，夏啾啾立刻直起身子来，严肃道："不行，你是要考清华的人，你不能这么放纵你自己！"

江淮安哭笑不得："夏啾啾，严于律人，宽以待己，你真是演绎得淋漓尽致啊。"

夏啾啾想想也觉得江淮安说得对，自己必须要以身作则，于是她立刻撑起身子，将看漫画的念头打消，盯着卷子，一言不发。

她那认真的样子颇有些可笑，江淮安笑着看了一眼，才又低头继续做题。过了一会儿后，杨薇从董良办公室走了出来，宋哲抬眼问道："他和你聊分科的事了？"

"嗯。"杨薇点点头，"他说我适合理科。"

"哦。"

宋哲应声，董良喊宋哲的声音从里面传来，宋哲也没多说，提起卷子就走了进去。

等他进去后，江淮安突然想起来，问夏啾啾道："你读文科还是理科？"

"你问这个干吗？"

夏啾啾有些奇怪，江淮安本来想说"大家一起报啊"。但是话到嘴边，又觉得这话有了那么点其他意思，于是道："没，就问问。"

夏啾啾想了想，摇头道："不知道，看老师等一下和我怎么说吧。"

说完，夏啾啾继续做着题，江淮安的心里开始有些静不下来了。

保持长久注意力去学习是很难的，每次江淮安在觉得自己注意力集中不了的时候，就将白天记的东西用思维导图画出来，这种一面回想，一面用自己的思路输出的过程很容易让他集中注意力。

画了一会儿后，董良就将夏啾啾叫了进去，江淮安抬眼看了一下门，无端地觉得紧张起来。

他一面画图，一面不停抬眼看门里，等夏啾啾走出来后，董良叫了他的名字。江淮安赶紧走了进去，董良抿了口茶，招呼他坐下，慢慢道："你上次测试考得很好，几乎都是对的，对知识点的把握很到位，按着计划继续走就行了。我就是想问问你，对分科是怎么想的？"

江淮安坐下来，面上故作淡定："老师觉得呢？"

"我是觉得，你比较适合理科。"董良从旁边档案里找出江淮安之前做过的卷子来，放在江淮安面前，"你小学就是奥数第一，虽然这么长时间没怎么学习，但你的课外底子一直很好，你看你的卷子，很多知识点其实你没学过，是自己推导算出来的，这是很多优等生都做不到的。"

江淮安没说话，董良的夸赞和夏啾啾不同，夏啾啾给的是无条件的信任，但只会让人觉得不想辜负这样的信任，却不会发自内心觉得，自己匹配得上这份信任。

董良却会让人觉得，你就是这样。

人只能把符合真实情况的夸赞转化成自豪。

江淮安心里变得踏实起来，又听着董良指着他的物理卷继续道："虽然你现在水平还在初中程度。但是你看，物理这一科，你学过的部分几乎都能拿满分。按照你的思维模式，只要你踏踏实实地学到高中程度，把物理和数学变成你的绝对优势，一点问题都没有。相比较理科，你的文科就显得普通了点。不是说不好，就是和普通人一样，你也可以读，但是会读得比较吃力，所以我觉得，你还是应该学理科。"

江淮安点点头，表示明白。董良以为他听进去了自己说的，正打算再说什么，就听见江淮安问："老师，夏啾啾分什么科合适啊？"

董良微微一愣，随后轻咳了一声道："你问这个干什么？"

"就，"江淮安故作镇定，"关心一下同桌。"

"理解理解，"董良叹了口气，突然唱起歌来，"谁把你头发盘起，谁为你做了嫁衣……"

江淮安："……"

"不好意思了，"董良回过头来，"我自由发挥了一下。谈恋爱可以，别耽误学习。"

"我没谈恋爱！"江淮安立刻反驳，

董良摆了摆手："过来人，都是过来人。不好好读书，女孩子以后看不上你的。"

江淮安："……"

"当然，"董良突然想起什么，叹了口气，"好好读书，也未必看得上。"

这是来自于高考状元的感慨。

江淮安也不和董良多说，红着脸抓起卷子走了出去。

他觉得董良这老师一点都不正经。

冲出去后，他坐到位置上，夏啾啾好奇道："老师和你说什么了？"

"分科的事。"

"把你脸都说红了？"

江淮安："……"

他轻咳了一声，缓解了一下自己的尴尬，扭过头同夏啾啾道："你要读文科是不是？"

"是啊。"夏啾啾点头，"老师说了，我适合文科，你呢？"

"我……"江淮安本来打算将实话脱口而出，却在出声前，将那句话改口，"老师说我文理都可以。"

"是吗？"夏啾啾想了想，随后道，"不对，你明显理科更好啊。"

江淮安听了这话，什么反应都没有，好久后，低头应了声："嗯。"

然后他就转头看书去了。

夏啾啾在感知别人情绪这件事上，惯来有种野兽般的直觉，她探过头去，小声地问："你不开心啦？"

"没有。"江淮安平静开口，"看书吧。"

夏啾啾感觉得出江淮安明显是生气了，可是她也不知道，江淮安到底在生什么气。想了想，她决定让江淮安先消消气，等他气消完了，再和他说话。

夏啾啾没理会江淮安，江淮安的心里就更有些不是滋味。

他听见分班这件事，就有些紧张。

夏啾啾这人吧，长得好看，人又傻，还有钱，完全就是个傻白甜。她就是运气好，遇见他当同桌，不然被人怎么欺负怎么骗都不知道。分班了，谁知道她身边会有谁当她同桌？他在这里帮她操心帮她烦，她却一点都不在意，真是皇上不急太监急。

江淮安越想越难受，干脆沉浸在题海里，什么都不想了。

等到了回家的时候，夏啾啾收拾着书包，听着宋哲同武邑聊天。趁杨薇去上厕所了，武邑询问宋哲道："你也读文科？"

"嗯，"宋哲懒洋洋地回答，"懒得太努力，我文科底子好，读文科就行。"

听到这话，夏啾啾不由得看了宋哲一眼，刚才杨薇也问过宋哲这个问题，可宋哲回答的是理科。

她一时有些不明白了，好奇地问："你刚才不是同杨薇说你读理科吗？"

说话间，江淮安提着书包就走了出去。宋哲抬眼看了江淮安一眼，随后道："我要是说去读文科，杨薇肯定要跟着来。"

"啊……"

夏啾啾突然有些明白了，杨薇想跟宋哲读一起，江淮安是不是也有这个想法？

于是她赶紧请教宋哲："刚才江淮安一直在问我读文理的事情，还说他文理都适合读，你说他是不是想和我选同样的科啊？"

听到这话，武邑和宋哲都扭过视线来，露出意味深长的目光。

夏啾啾被看得有些心慌，赶忙道："那个，他问你们没？"

武邑正要开口，宋哲便笑了，温和道："问了，我们充分表达了自己想和他分在一起的想法，但又提了不能在一起的现实情况后，他表示了理解。他也问你了吗？"

"是啊是啊，"夏啾啾点头，"问完就不开心了。"

谁主动示好被拒绝估计都不开心。

夏啾啾想了想，又说："我还是和他解释一下。"说完她就跑了出去。

她刚出门，武邑就开口了："你刚才为什么骗她？"

"江淮安重色轻友，还不让我报复一下他？"宋哲幽幽地开口，目光里全是哀怨。

武邑有些不明白："这叫什么报复？"

"你脑子太简单，不要和我说话。"

武邑："……"

宋哲想了想，又觉得无聊，还是告诉武邑："要我说没有，江淮安那点小心思夏啾啾不全猜到了吗？一猜到他们就会真情告白，那江哥那边还有我们的立足之地？不，我嫉妒，我还单身，大家就都要单身！"

"好，"武邑拍拍胸口，"我陪你一起单身。"

"谢谢了，"宋哲嫌弃道，"我会有对象的，我不要和你一起单身。"

宋哲和武邑聊着天的时候，夏啾啾已经跑了出去。外面正下着雨，江淮安站在走廊上等着车。

夏啾啾走到他旁边去，从包里拿出雨伞说道："还好我带了这个。"

江淮安没说话，静静地看着外面的雨。

夏啾啾踌躇了一下，问："你是不是因为要分科，不开心啊？"

"没有。"一句话终结了对话。

夏啾啾沉默了一会儿后，终于道："其实我想过要不要读理科，毕竟你读理科，是吧？"

听到这话，江淮安微微一愣，转过头来看她。

夏啾啾仰头看向面露诧异的少年，接着道："可是我想了想，比起不能和你一直当同桌，我觉得，你一路前行，我原地不动，这样的差距，更可怕一些。"

雨声淅淅沥沥，可她说的每一句话，江淮安都听得格外清晰。

"江淮安，公主才配得上王子，清华也该北大来配，我不想人家说起夏啾啾就只会说命好，我也想有一天人家说起来我，说一句——啊，夏啾啾，女神。"

江淮安听着她的话，什么都没说。夏啾啾将所有话说得坦坦荡荡，他反而有些不知所措了。其实他很想开口，询问一句，她说的王子公主是什么意思，清华配北大又是什么意思。

但他又有些不敢知道这个答案，如果答案是他以为的那样，他不知道该在这个时候怎么去回答。如果答案不是他以为的那样，他也害怕。

于是他什么都没说出口，将所有思绪和言语都咽进了腹中。

这时候所有人都收拾好了出来，大家叫了车，站在长廊上等着。学了一天，大家都觉得有点累了，零零散散地聊着天。

过了一会儿，他们各家的车来了，便陆陆续续地离开，最后只剩下夏啾啾和江淮安。夏家的车先来，江淮安和夏啾啾手里就一把伞，他举着伞，说："我送你。"

夏啾啾"唔"地应了声，江淮安便举着伞，将她送到了夏家的车前，他的伞一直微微倾斜着，人也站在风来的方向，替她挡住了所有风雨。到了车前，他将伞移到她头上。等夏啾啾坐上车，回头去看，才发现这个少年真的只是在给她撑着伞。

她回头看他，他撑起身子，才将伞移回自己头上。灯光落在他身上，他穿着校服，单背着书包，一手撑伞，一手插在裤袋里。雨丝在灯光下细密可见，少年的笑容平静温和，他的眉目英挺俊朗，棱角分明，却在这细雨里，显出了一种额外的温柔。

一瞬之间，夏啾啾几乎以为，梦里的那个江淮安就站在她面前。只是此刻的他，更年轻、更青涩。

车慢慢启动，她才忽然想起，没有同他说再见，于是她从窗户里探出身子，摇摆着手，大喊出声："明天见！"

"我去，你发什么疯！"车里的夏天眷看着夏啾啾的举动，吓得游戏都没打，一把将她拉回来，"这样好危险的你知不知道？"

"后面不没车吗？"

夏啾啾有些不好意思，夏天眷抬头从车窗后看了一眼站在那里的人，"啧"了一声道："眼光不错嘛，我道是谁，原来是江淮安啊。"

"唉？"夏啾啾看着夏天眷问，"你认识他？"

"可不？"夏天眷耸耸肩，"市一中谁不认识他？哦，我不仅认识他，我还认识江怀南呢。"

"你怎么认识的？"夏啾啾愣了。

夏天眷顿时露出嫌恶的表情来："我和他一个班，他可烦了。"

"他怎么烦你了？"

"他……算了，不说了，反正他烦死了。"

夏天眷似乎一提到这个人就暴躁，干脆换了话题："姐，你怎么和他好上的啊？"

"你别瞎说了。"夏啾啾立刻道，"我和他只是朋友！"

"哦……"夏天眷说得意味深长，"耍朋友嘛，我懂。"

夏啾啾："……"

夏啾啾不打算和夏天眷多说，低头拿出手机来刷单词。夏天眷探过头去，打算问夏啾啾看什么漫画，却从屏幕上看见一个个单词划过。夏天眷微微一愣。夏啾啾戴着耳机，完全没有管夏天眷，一个个单词划过，有熟悉的，有不熟悉的。

所有的努力都会有所回馈，背了那么大半个月，那些单词大多已经熟悉起来。一旦开始熟悉单词，背的速度就会越来越快。

夏天眷盯着夏啾啾，看了一会儿后，夏啾啾终于发现了他的目光，抬头道："你做什么？"

"姐，"夏天眷认真道，"你真的，不一样了。"

夏啾啾张了张口，想说什么，却什么都没说出来。

她想了想，终于道："你也好好读书。"

"哎哟，你自己读书就算了，你还劝我啊。"

"对，"夏啾啾认真道，"我是你姐，我就要好好管你。"

"行啊，"夏天眷低头继续去玩游戏机，"你以身作则，你考哪个学校，我就考哪个。我的前途就靠你了啊，姐。"

夏啾啾沉默不言，夏天眷本来想嘲讽她是不是不敢了，结果夏啾啾很快开了口："好。"

夏天眷愣了愣，夏啾啾继续道："我要考北大，你考吧。"

夏天眷："……"

他姐一定没睡醒。

两人回了家，夏啾啾一进屋，就开着群通话视频，把卷子拿出来做题。

没多久，语音就传来了翻书的声音，夏啾啾看了一眼，发现是江淮安进来了。

他们谁都没说话，只是默默看书、做题。

没多久，宋哲、杨薇、武邑陆续都加了进来。大家仿佛就是在课堂上一样，各自做着各自的事情。到了十二点钟，其他三个人陆陆续续去睡了，剩夏啾啾和江淮安还在继续。

夏天眷看完动漫回到自己的房间，看见夏啾啾房间里的灯还亮着，他悄悄推了门，看见夏啾啾还在书桌面前认真做题。

灯光落在她脸上，最近她瘦了一些，脸上轮廓逐渐显现出来。过去的夏啾啾，一直是可爱的、单纯的，像一朵娇花，在温室中不经世事，散发着温暖的光芒。然而如今在灯光下做题的夏啾啾，身上却莫名有了一种坚韧向上的力量，仿佛是沙漠中生长出来的杂草，看上去柔软，却格外坚强。

夏天眷一时不知道说什么，有那么几分心疼，又有那么些……赞赏。他突然想为在车上说的话道个歉，自己说过的那些话，在这个人的努力面前，似乎是一种冒犯。

　　他呆呆地看着，等一回头，就发现何琳琳站在他背后。他吓了一跳，差点叫出声来，何琳琳瞪了他一眼，他赶忙捂住自己的嘴。何琳琳摆了摆手，示意他去睡觉，夏天眷吓得赶忙跑开。

　　何琳琳在门口看了夏啾啾许久，终于轻轻地拉上了门。她突然发现，原来自己的女儿，也有着令人骄傲的光芒。

第十章

做几道题冷静一下

何琳琳回到房间里，躺到床上，夏元宝已经睡了，被她的动作弄醒，迷迷糊糊问道："还没睡呢？"

"刚去啾啾房间里看了一趟。"何琳琳开口，声音有些压抑。

夏元宝听到何琳琳的话，艰难地睁开眼："你又去找她麻烦了？"

何琳琳没说话，好久后，她才慢慢说道："啾啾还在学习。"

"她一直很优秀啊。"

"我其实不想让她这么辛苦。"何琳琳叹了口气，"咱们俩这么努力打拼，不就是想让她和天眷过得好一点吗？天眷是男孩子，要成家立业，所以要多努力，可她不用啊。咱们给她准备好丰厚的嫁妆，以后找个好男人嫁了，有男人疼她，她干吗这么努力呢？"

"要是她没找到一个好男人呢？"讨论到夏啾啾的未来，夏元宝就彻底醒了，皱着眉头道，"她这辈子就毁了？"

"也不会啊，"何琳琳立刻接道，"咱们不是准备了第二条路吗，以后天眷养她。不过啊，以后给她挑对象还是要擦亮眼睛……"

"琳琳，"夏元宝叹了口气，"其实靠谁都不如靠自己，以前是啾啾不喜欢努力，我不逼她，如今她愿意努力了，我就觉得，她是最好的。

"以前吧，我一直挺担心啾啾的。你就想着她老公养她，天眷养她，可我太清楚男人了。那些中年抛妻弃子的男人还少吗？天眷也是会长大的，以后他有了老婆，能一直照顾啾啾？"

夏元宝说这些话时，何琳琳慢慢沉默了下来。

夏元宝继续道："这世界上一大部分人都想当一个成功的老板，老板的竞争已经这么惨烈。一百个人、一千个人，甚至一万个人里，都未必有一个成功的老板。而这全天下的女人几乎都想嫁个好男人，你算一算，让啾啾嫁个好男人，是不是比成功当一个大老板要难得多？"

何琳琳没说话，过了好久以后，她有些忐忑地问："上一次，她和我吵架的时候，我的话是不是重了点？"

"嗯。"夏元宝诚实地点头，"相似的话，我年轻的时候我妈也和我说过，当时我和她也是狠狠吵了一架，还扬言要和她断绝母子关系。啾啾能保持冷静和我们沟通，我觉得已经很不容易了。"

何琳琳是知道夏元宝当年的脾气的，她靠在夏元宝胸口，慢慢闭上眼睛。

第二天晚上，夏啾啾回到家，刚走进自己的卧室，就看见桌子上摆着一杯牛奶。夏啾啾愣了愣，想了想，转身去了主卧。

何琳琳正对着镜子敷面膜，夏啾啾小声叫道："妈。"

"嗯，回来啦？"何琳琳扭过头来，看着夏啾啾，"今天比昨天早。"

"今天没下雨。"夏啾啾赶忙解释，这是最近这一个多月来夏啾啾第一次和何琳琳这样好好说话，母女俩都有些尴尬。何琳琳若无其事地贴着面膜，夏啾啾站在门口，犹豫了好久，终于问出口，"那杯牛奶，是你送的吗？"

"嗯。"何琳琳站起身，躺在床上，"看你学习辛苦，你记得喝点牛奶补充一下营养。"

"妈……"听了这话，夏啾啾就明白何琳琳的意思了。

她知道她在努力，这杯牛奶，其实是何琳琳求和的信号。

夏啾啾有些感动，她没有想到，何琳琳会这么快就理解她。她知道自己的母亲是怎样的一个人，她是一个温柔的、可爱的、固执的女人。虽然带着大多数母亲的毛病，但也有着自己的特别。

夏啾啾走近何琳琳，从背后抱住了她，看着镜子里的女人道："妈，谢谢你。"

何琳琳僵了僵。他们这一代人，一贯是不擅长用言语直接表达内心的。于是她垂下眼睛，明明有很多话要说，最后却变成一句："你最近想吃什么就说，多补充点营养，才有精力好好学习。"

"谢谢妈妈。"夏啾啾在何琳琳脸上猛地亲了一口，"我一定会考好的。"

说完之后，夏啾啾便直起身来，回到房间，继续做题。

后面的时日，夏啾啾过得天昏地暗，每天满脑子里除了学习就是学习。她和江淮安上课甚至都不怎么说话了，说话也只是聊一下题目。每天放学他们就坐在教室里也不离开，一开始有人说他们装模作样，久了之后，大家也就没再说什么。只是偶尔还是有人会问一句："江淮安，补课补到几年级了啊？"

老师们也不再理会他们，月考过了之后，他们这批人的成绩明显提高了一些，各科老师都对他们有了改观。数学老师下课后甚至单独找了江淮安，同他道："好好学，以后有什么不会的就来问我，读书这种事，什么时候都不晚。你……还是很聪明的。"

这是老师第一次夸江淮安，江淮安还在收拾课本，听到数学老师说这话，他有些诧异地抬起头，对方抬了抬眼镜，掩饰着自己的尴尬。

江淮安不由得笑了，他看着这个只到自己肩膀的小老头，真诚地说了句："谢谢。"

期末考很快如期而至，这场考试不仅决定了分班的班级，也决定了夏啾啾和何琳琳约定的结果。考试前一天，何琳琳比夏啾啾还要紧张，花了一天的时间给她炖了汤，晚上不到十点就催促她睡觉。

夏啾啾躺在床上，根本睡不着，群里的人也为了备考陆续睡了，只有一个人，一直在语音通话里。

夏啾啾想了想，戳进了语音通话，果然听见了翻卷子的声音。

"还……还没睡啊。"夏啾啾有些怕打扰到江淮安，又忍不住开口问。

"嗯，睡不着。"江淮安的声音淡淡的，"所以就起来做几道题，冷静一下。"

这个说法是最近他们这个小圈子里流行起来的。

不开心了，做几道题，开心一下。

太激动了，做几道题，冷静一下。

失恋了，做几道题，恢复一下……

最近他们这群人，见到谁都是："来，做几道题，感受一下。"

江淮安以前的朋友都觉得他们疯了，一开始还冷嘲热讽一下，现在都不怎么愿意搭理他们了。

"你是不是紧张啊？"夏啾啾知道江淮安做题是计划之外的，便翻了个身，唠叨道，"我特别紧张。"

"你紧张什么？"

江淮安低笑出声来。他笑起来的时候，声音有些低沉，带了些喑哑，仿佛是钻石落在丝绸之上，又像是大提琴在演奏，华丽优雅。

夏啾啾听着这声音，脑子里就想起这样一个句子——感觉耳朵怀孕了。

她抬手摸了摸耳垂，明明就是很平淡地说一件事，声音莫名其妙就有些羞涩："我之前和我妈打了赌，一定要考班上前十。"

"和你妈吵架那次？"江淮安迅速地反应过来，

夏啾啾没想到他反应这么快，低低应了声："啊……"

江淮安在草稿纸上演算的笔画出一道长痕，他顿住，垂了垂眼眸："要你考不到，你妈是不是不让你和我们接触了？"

夏啾啾没说话。

江淮安突然觉得，眼前的题目有些写不下去了。

夏啾啾沉默了许久，慢慢道："其实……她不让，那……我们就偷偷接触啊。"

江淮安愣了愣，片刻后，他轻笑起来："你和谁学的，阳奉阴违。"

"非常时期，非常手段。"夏啾啾十分认真，"秀才遇到兵，有理说不清，我也是没办法对不对？"

"嗯，你说的都对，"江淮安想了想，又道，"不过，你放心，前十你没问题的。"

"真的？"

"你要是不放心，我还有一个办法。"

"什么？"夏啾啾的眼睛亮了，口气都轻快许多，江淮安压住笑意，"我把我们班成绩好的都打得不能去考试，保证你进前十。"

夏啾啾听了这话，认真想了想："不行，这样你会被处分的。"

夏啾啾这个回答让江淮安忍不住爆笑出声。

"你还真信啊。"

江淮安觉得夏啾啾这人简直是傻得太可爱了，但夏啾啾接下来这句话就让他无言以对了。

"别人说的我不一定信，你说的我就信。"

江淮安的笑哽在喉咙里，他心里突然就有些恼怒，但又带了欢喜。这样又羞又恼的心情，让他觉得自己特别娘娘腔。

他故作镇定道："赶紧睡吧，明天还要考试呢。"

"江淮安，"夏啾啾捏着被子，"你为什么还不睡？"

"我也紧张啊。"江淮安言语中有些无奈，"控制不住自己的紧张。"

"你紧张什么？"

江淮安没说话，好久后，他慢慢道："怕面对最真实的自己吧。

"以前不努力读书的时候，总是和人家说，那些成绩好的都是傻子，如果我努力的话，肯定比他们好。可是谁又比谁聪明多少呢？觉得自己一定比别人好，这本就是一种自负和狂傲。

"现在我得卸下这份保护，我和他们一样努力，如果远远到不了我自己要的那一步，你说该多绝望啊。我连做梦的能力都没了，我连说'要是我也能这么努力……'的机会都没了。我用尽全力了，却达不到目标，想想是不是很紧张？"

夏啾啾没说话，她平静地听着，等江淮安停顿了，才问："还有呢？"

这一次，换江淮安沉默，夏啾啾听着他的呼吸声，终于觉得有了睡意，过了好久，江淮安才回答他："其实最怕的，是自己比不过江怀南。

"说着不在意，终究还是，不甘心。

"不甘心输给这种人。"

"你放心，"夏啾啾果断回道，"你不会输的。"

江淮安笑了笑，他关了灯回到床上，床边上躺着一个娃娃。那个娃娃是夏啾啾原本放在这个屋子里的，是一只大兔子。江淮安看着那只兔子，感觉仿佛是夏啾啾在身边一样。

他靠着兔子，慢慢道："我始终还是想证明给我爸看。"

"我挺优秀的。我等他一句夸奖，等了好多年。我特别想他和我说一句对不起，和我说，他看错我了，其实我特别优秀。他对不起我妈，他对不起我，他……"江淮安说着，声音慢慢带了沙哑，最后再说不下去了。

虽然他没说完，可夏啾啾明白。江淮安最大的紧张，不是去面对努力后失败的自己，也不是要打败江怀南。而是哪怕长大了，成长到如今，他还是一个孩子，渴望着父母的认可。

哪怕他恨着江城，可是十几年的相处和感情，并不会就此消失。这世上的感情从来都是矛盾而复杂的存在，爱和恨并行，讨厌和喜欢共存。他恨着江城，努力激怒他，和他争执、冲突，却在内心深处一直是那个希望父亲给予关爱的孩子，一直在等着父亲的一句夸赞。

夏啾啾不知道怎么安慰他，她突然觉得，如果真的会成为他的妻子，那这一刻，她就有足够的身份和理由，去抱抱这个少年。

然后告诉他，不需要了。他长大了，不需要无所谓的人的称赞，更不需要为他们难过伤心。因为，他会有更爱他的人，始终陪伴他，例如她。

然而她什么都没说。

因为她知道说了的话，除了显得矫情和尴尬，并没有什么用。

很多人对夏啾啾说过，"啾啾啊，人家说你傻，但是我觉得你可聪明了，因为和你在一起，我就觉得特别舒服"。夏啾啾认真地想过，她或许不算聪明，但她可以认认真真地对待每一个人，发自内心地站在对方的角度考虑。因为她的心思干净单纯，所以她能完完整整地将心贴在对方的心上。

对方是冷了热了，她反而能比那些"高情商"的人快一步，在第一时间去感知了解。所以她的每一次示好都恰到好处，每一份温暖都适当妥帖。

她的沉默给了江淮安重拾自己情绪的时间，许久后，他的声音恢复如初，慢慢道："不好意思了。"

"没事的，"夏啾啾开口，声音里带着令人平和的坚定，"你和我说这些，我特别高兴。证明你对我敞开心扉了，我觉得这是我的荣耀！你看我，平时高兴不高兴，有什么都和你说，要是你不高兴的时候闷在心里，多不公平啊。"

江淮安没有在第一时间回应她。他觉得有些疲惫，靠在床上，温和地说："谢谢你啊，夏啾啾。"

"不用谢啊，"夏啾啾想了想，又道，"不过，你一定要谢我的话，我还是有要求的。"

"嗯？"

"我这次要是考得好，你陪我去游乐园啊。"

她想起梦里的江淮安对她说的是，他从来没去过游乐园。

于是她想着，现实里的江淮安会不会也是这样："你没去过游乐园吧？"

"去的时候太小，不记得了。"面对夏啾啾的邀请，江淮安有些紧张，他咽了咽口水道，"我没和女孩子去过。"

于是她道："那咱们一起去游乐园啊。"

"好。"江淮安故作镇定，心里却已经开始琢磨着，那天可以不穿校服，要如何搭配才能彰显自己的帅气逼人。

两人又聊了一会儿，终于觉得困了。江淮安说着说着，语句就变得断断续续，然后开始有了均匀的呼吸声。

夏啾啾本来想挂了通话，但听见通话里的呼吸声，一瞬间觉得，那个人仿佛就躺在自己身侧。夏啾啾没有挂断通话，反而充上电，将手机放在枕头边，放了免提。江淮安的呼吸声就在她旁边，似乎一直在陪伴她。

一觉睡醒，考试的第一天来临了。

大清早，何琳琳就叫醒了夏啾啾，比她还紧张。

这个学期市一中初中、高中交叉考试，夏啾啾和夏天眷同一天考。何琳琳让阿姨准备了一大桌早餐，夏啾啾看着那一大桌丰富的"补脑早餐"有些哭笑不得，被逼着吃了大半后，她终于得以解脱，去了考场。

夏啾啾进入考场，坐下来，整个考场一片安静，都等待着监考老师的到来。

她内心一点一点地镇定下来。许久后，高跟鞋的声音"哒哒"地出现在门外，夏啾啾抬眼看过去，目光落到卷子上。

江淮安在另一个考场，他一直闭着眼睛调整心情，直到卷子发到他面前，他才睁开眼，深深呼吸了一下后，握紧笔写上了自己的名字。

宋哲、杨薇、武邑都各自在其他的考场，所有人都收拾了心情，用着上战场的心态，面对着这一场考试。

考场上没有一点杂音，只有笔尖摩挲着纸页的声音，沙沙作响。

六月的天气很热，江淮安却头一次发现，原来所有的温度都会因为内心的宁静而没有任何攻击力度。他没有听见蝉鸣，没有听见风吹响树叶的声音，没有听见外面喧闹的人声，也也没有感受到酷热与焦躁。

他做着题目，内心平静而安宁。

早上语文，下午数学。

考完一起回去的时候，五个人一直在聊着题目。宋哲和杨薇因为一道题目争执起来，武邑在旁边帮腔，江淮安和夏啾啾落在后面，看着前面的人吵吵嚷嚷。

夏啾啾开口问："今天做得怎么样？"

江淮安听到这话，微扬了嘴角："还行吧。"

夏啾啾听到江淮安说还行，心里就有了底。她捏起拳头，认真道："江淮安，加油！"

江淮安抬眼看她，眼里带了鄙夷："你这么傻气是和谁学的？"

夏啾啾认真想了想："漫画吧？"

还是青春校园类的。

期末考一共考了四天。第四天最后一科考完的时候，所有人的内心都是崩溃的。

最后一科他们五个人在一个考场，考完之后，宋哲直接趴在桌子上，动都动不了。江淮安帮夏啾啾收拾着东西，踢了踢宋哲："起了，去补习班。"

"别啊，"宋哲痛苦地开口，"我休息一下，真的太累了。"

"说得像以前没经历过期末考一样。"江淮安嘲讽出声，"别装死，走了。"

"江哥，以前能和现在一样吗？"武邑抬起头来，满脸痛苦，"最后那个大题我写了好多字，手都快断了。"

"最后那道题没几个点啊，你为什么能写这么多？"杨薇有些奇怪。

武邑叹了口气："因为我不知道有啥点，所以我就多写点，想着老师能看在我这份苦心的分上，多给点分。"

"你这个想法可以说是很现实了。"宋哲点点头，抬手拍在武邑肩上，"武邑，你考大学有望了。"

"行了，"江淮安皱起眉头，"赶紧的，别浪费时间。"

"江哥，以后你要是找不到工作，就去收高利贷吧，"宋哲艰难地起身，和武邑勾肩搭背地站起来，叹了口气道，"这催收能力，不用上太可惜了。"

"滚你。"

江淮安懒得理他，同夏啾啾说了声："啾啾，走。"然后就提前走出了考场。

夏啾啾赶紧跟在他后面，和他一起走出教室。

宋哲指了指夏啾啾："瞧瞧，像不像游戏里养的宠物？"

"宋哲，"江淮安顿住步子，扭头看他，"你的腿是断了？"

宋哲知道江淮安生气了，赶紧抬起手来，示意自己投降，随后走了出去。

一群人刚下楼，就听见许多人围观在一间教室门口，夏啾啾不由得有些好奇："这是怎么了？"

"走吧。"

江淮安懒得理会，根本没打算去看这热闹，但走了没两步，夏啾啾就听见夏天眷的声音，他激动地叫道："姐！"

夏啾啾发现人群中还有夏天眷，她同其他人打了声招呼，便朝着夏天眷走过去。夏天眷从人群里挤出来，跑到夏啾啾面前。夏啾啾皱起眉头，看了一眼教室，发现教室里是几个老师站在那里，围着一个学生。

"你们这是看什么呢？"夏啾啾有些好奇。

夏天眷眉开眼笑，仿佛发生了什么开心极了的事："老师破获了一场作弊大案，正在和人对质呢！"

"关你什么事，你这么开心？"夏啾啾皱起眉头，"你考完了？"

"考完啦，"夏天眷点了点头，指了教室道，"你猜被抓的是谁？"

夏啾啾本来想说她怎么知道是谁，但一想夏天眷讨厌的、她认识的、初中部的，也就剩下……

"江怀南？"夏啾啾有些诧异。

夏天眷赶忙点头，随后道："而且，是我举报的！我是不是超级棒？"

"夏天眷，"夏啾啾有些无奈，"你就不怕他报复你？"

"那就来啊，"夏天眷无所畏惧，"看谁打得过谁，老子看他不顺眼很久了！"

"你是谁老子？"夏啾啾幽幽开口。

夏天眷轻咳了一声："我错了，姐，你是我老子。"

夏啾啾："……"

看见夏啾啾不赞同的脸色，夏天眷赶紧道："我先回家了，公主殿下您去补习班吧，奴才先退下了。"

说完，也不等夏啾啾说什么，夏天眷赶紧溜了。

夏啾啾回到江淮安身边，江淮安见她脸色不太好看，询问道："怎么了？"

"那个，江怀南作弊被抓了。"

"哦。"江淮安毫不意外，点了点头道，"那不挺好吗？"

"我弟举报的。"

江淮安："……"

"那个，"夏啾啾有些艰难地说，"要是江怀南打我弟……"

"别怕，他要是敢，"江淮安的语气很平静，却带了大哥一般的气息，"老子就把他抽得连他爹都认不出来。"

听了江淮安的话，夏啾啾的心里莫名放心了些。她点了点头，随后有些不好意思道："那，谢谢你了啊。"

江淮安笑了笑，揉了她的头发一把："傻。"

说完之后，他便招呼宋哲几个人："去补习班啦。"

一行人打打闹闹去了补习班，顺便正式迎来他们的假期。

对于别人而言，假期就是吃饭睡觉打游戏，自律的人或许还会坚持早上起床看一下书，读一下单词。但对于夏啾啾和江淮安这些人而言，假期才是正式的战场。他们每天早上六点就开始在群里打卡，七点在补习班教室见面，晚上十二点才会离开。

江淮安每天都是来得最早的那个人，因为来得太早，最后董良干脆给了他钥匙，让江淮安每天早上给大家开门。

夏啾啾总是第二个出现的。每次一进门，她就会看见补习班的门已经打开，江淮安坐在窗口，清晨第一缕阳光落在他脸上，他抬起头，温和地对她笑，说一句"早"。然后夏啾啾就坐在他旁边，开始收拾书桌。

江淮安喜欢在每天早上喝一瓶牛奶，后来也不知道什么时候开始，他就会顺便给夏啾啾带一瓶。

江淮安说，多喝牛奶，才长得高。

夏啾啾虽然对自己的身高已经不抱什么期望，但江淮安带了，她也没有拒绝。

他们现在已经把高考的单词反复背了两遍，正在背第三遍，加上董良搭配的阅读材料和语法课程，成绩基本提到了中等水平。董良早在一个月前给他们分了科，于是夏啾啾没有学理综，江淮安也不学文综，课程压力小了很多。

他们也不知道自己现在到底是什么水平，但董良说，不必在意自己什么水平，只要计算，自己离满分还有多少距离就可以。

考试结束后的第七天，是揭晓成绩的时间。

几个人在补习班课堂上，根本看不进书，反反复复地掏出手机。下午六点的时候，杨薇最先收到了信息。

总分一千分，年级第一，语数外加理综成绩七百四十分，理科第一。

看到成绩的时候，杨薇也不意外，她的成绩一贯是这样的，倒也没什么吃惊的。

杨薇的成绩通报后，没过一个小时，宋哲也收到了短信。总分八百分，文综成绩五百七十分，文科排名七百二十一名，全班文科第一，总分第一。

看到这个分数，武邑瞪大了眼不可思议道："老宋第一名了？！"

"他一直很聪明，"杨薇小声开口，"他要是一直努力，还能更高呢。"

"他和你说话了？"宋哲嘲讽开口，杨薇立刻红了脸。

宋哲轻嗤出声："你搭什么腔？"

"宋哲你不要这样讲话，"夏啾啾看见杨薇有些尴尬，赶忙开口，"不然以后你要哭。"

"我哭什么？"宋哲抬眼，"小丫头片子瞎说什么？"

"你……你等着吧！"夏啾啾憋了半天，还是那句话，"你就等着瞧吧！"

宋哲双手抱胸，做出害怕的样子："哦，我好怕哦。"

说话间，武邑的手机响了。他一看分数就呆了，连连惊呼道："天啊，我总分考到五百分了！文科总分三百八十分啊！"

众人："……"

夏啾啾憋了半天，忍不住问："武邑，你以前到底得差成什么样啊？"

武邑嘿嘿一笑，十分坦荡："以前总分经常也就三百左右啊。"

武邑说着，夏啾啾和江淮安的信息便一前一后响了起来。两个人看着手机，一时居然不敢去看，旁边的宋哲催促道："快啊，看你们的成绩啊。

再差都考过，现在有什么不敢看的？"

可是不一样。

以前差，是因为那时候没付出过努力，就觉得理当如此。现在如果还差，那就是很难让人接受的结果了。

两个人抬头看了对方一眼，江淮安主动开口道："我替你看。"说着将自己的手机交了出去。

夏啾啾明白，也将自己的手机交给了江淮安。两人打开了信息，夏啾啾看到了江淮安的成绩，慢慢念了出来。

"总分五百六十三分，理科成绩四百七十三，年级排名七百九十二，总分全班二十一名，理科第三。"

听到这话，江淮安舒了口气，紧接着，夏啾啾又念道："其中，数学一百四十七，年级第一，物理九十六，年级第一。"

"我天！"

武邑惊叹出声来，江淮安一脸呆滞地看着所有人。

杨薇也露出诧异的神色来，随后立刻站起来问道："你最后一道题解出来了？"

"解出来了。"考完试后，杨薇没有问过江淮安最后一道题的事，江淮安很快反应过来，"你没解出来？"

"那道题超纲。"杨薇的神色有些复杂。

江淮安满脸迷茫："那道题可以推的啊。"

"江淮安，你超厉害的！"夏啾啾也不管什么题目超纲不超纲的，她激动道，"江淮安，我就知道你要做什么都能做到的，你真的超级棒！"

"江哥，我终于服了你了。"宋哲竖起大拇指，"厉害，真的厉害。"

"江哥，我的江哥！快来给我蹭一下，"武邑扑过来，激动道，"我高考就靠你的龙气护体了，快……"

"滚。"江淮安的心情明显好起来，推着武邑，"你滚开，别碰我。"

"他不碰，我来碰。"宋哲笑着凑过来，三个男生打成一片。

所有人的成绩都不错，夏啾啾的心情也跟着好了起来，莫名受到了鼓舞，带来不知名的自信，深吸了一口气道："别闹了，我的成绩呢？"

"哦对，还有夏啾啾的。"武邑回过神来，凑过去看手机。

江淮安看着信息念道，"总分五百二十分，文科四百三十分……"

话没说完，夏啾啾就愣了，后面的话都变得有些模糊，只隐约听到一个三十三。

她和何琳琳说好要考全班第十，她也很努力了，可是离第十名还是有很大的差距。她不知道为什么，也不知道发生了什么。心里无数情绪翻天覆地，可她面上还是故作镇定，冷静道："哦。"

所有人都没敢说话，看着夏啾啾站起来，同江淮安道："那个，谢谢了。"

说完，她从江淮安手里拿过手机，一言不发，低头开始看书。

旁边的人都看着她，夏啾啾抬起头来，睁着眼睛，仿佛什么都没发生一般："你们看着我做什么？看书啊！"

"哦哦，"武邑点头，回到自己的座位上，"看书，看书。"

大家都各自回到了各自的座位上。

杨薇一直没离开自己的座位，她低着头不说话，没有人注意到她的情绪不对。大家各自做着各自的事情，江淮安时不时地瞟一眼夏啾啾，对方却仿佛什么都不在意一样，只是静静地做题。

教室里满是写卷子的沙沙声和翻页声。没一会儿，杨薇站起来，走到江淮安面前，抿了抿唇："那个，你还记得那天的最后一题吗？"

江淮安有些诧异，没想到杨薇会来主动问这个题，他下意识看了宋哲一眼，见对方头也不抬，随后点了点头道："记得。"

"你能解一遍给我看吗？"杨薇平静地开口，然而在所有人没看到的地方，却暗自捏着拳头。

江淮安应了声，瞟了瞟夏啾啾，看见她已经在解题，并没有受到影响。

他将题目给杨薇推演了一遍，杨薇看完了他推导的过程后，垂下眼眸："哦，是这样啊……"说着，她抬起头来，露出一个艰难的笑容，"我知道了，谢谢了。"

她收起草稿纸，回到自己的座位上，没一会儿，她就开始收拾东西，站起身往外走去。

宋哲抬眼看她："还没下课，你去哪里？"

"我有点不舒服。"杨薇的声音有些哑，"先回去了。"

宋哲皱起眉头，夏啾啾站起身来，自告奋勇道："我去送她。"

说着，夏啾啾也起身收拾东西。

"你们两个女孩子谁送谁？"看见夏啾啾站起来，江淮安赶紧跟着站起来，"我送你们……"

"有那么娇气吗？"宋哲抬眼，露出一个嘲讽的笑容，"爱耍脾气，回去就回去，犯得着？"

江淮安没理宋哲，低头收拾着书包，夏啾啾转头朝江淮安摆手："你别跟来啦，我家司机把车停在外面了，我们两个女孩子，你跟来做什么？"

"啧，"宋哲赶紧开口，"人家嫌弃你。"

江淮安见夏啾啾不想让他跟着，便停住了动作。随后抿了抿唇，嘱咐道："那你们小心。"

"嗯。"夏啾啾笑着摆手，追着杨薇走了出去。

跟着杨薇出去后，夏啾啾发现杨薇已经跑远了。她立刻追了上去，一把抓住杨薇："杨薇！"

杨薇狼狈地扭过头去，夏啾啾才发现，杨薇居然哭了。

"杨薇……"夏啾啾一时不知道说什么，许久后，才问道，"你怎么了？"

"没什么。"杨薇抬起手背，擦了擦的脸，"没什么，可能是大姨妈来了，情绪不好。"

夏啾啾没说话，好久后，才说："我和你一起回去吧。"

"不用了……"

"杨薇，"夏啾啾艰难地笑了笑，"我很难过，你陪陪我吧。"

杨薇愣了愣，有些不可思议地看着夏啾啾。夏啾啾低下头："付出了却没有得到想要的收获，真的很难过啊。"

说着，她抬起头来，明明是笑着的，杨薇却觉得眼前人的笑容有点勉强。只听夏啾啾道："我和我妈说好了，我要考全班第十，我也很努力了，可还是考不到。"

"你说，"她的声音有些苦涩，"我是不是很难过。"

"你……"杨薇憋了半天，"你别难过。"

夏啾啾轻轻应了声，拉着杨薇："走吧，回去吧。"

杨薇这次没有挣扎，两个女孩子一起上了车。上车之后，杨薇一直很安静，车启动起来，夏啾啾终于问："你是因为江淮安考得好，心里难受吗？"

　　"他考得好，我挺高兴的。"杨薇冷静下来，脸上带了疲惫，"我就是觉得，自己太笨了。有时候我就特别害怕。"

　　"害怕什么？"

　　"害怕有一天，"杨薇说得有些艰难，"我就拿不到第一了。"

　　话刚说出口，杨薇就感觉自己心上仿佛是打开了一个口子，开始拼命倾诉："我现在的成绩，都是努力来的，我从小就在努力，一直努力，我没有一天停下来过。你知道吗，我都会提前看书，高中还没上，我就提前看高中的书。上课看，下课复习，老师布置的所有题我都做了，我还要额外找题做，每一种题型，我都反反复复做过无数遍，在这种情况下，我才能拿到好的成绩。

　　"可江淮安呢？

　　"我看他学数学，就感觉特别怕。我学数学的时候，是靠看书，靠做题。他不是，书上每一个公式，都是他一道一道推出来的；每一种题型，他错过一次，就不会再错第二次。一个知识点他吃透了，不管什么题目给他，他只是解题速度慢，但几乎不会错。他这种人，就像是天生就为数学而生的。"

　　"这种人，你让我怎么比？"杨薇红了眼眶，"我学了那么久，那么多年，可他学了多久？我就觉得他，这世上的事特别不公平……"

　　话没说完，杨薇就闭了嘴。好久后，她才又慢慢道："对不起，我不该这样说。"

　　"没事的，"夏啾啾笑了笑，"其实，我也这样想啊。"

　　"你知道吗，我比他努力多了，"夏啾啾的嘴角有点苦涩，"我每天做的笔记一大堆，我做的题目也比他多。你看你们都睡下了，我还在陪他做题。你们醒来的时候，我就醒了，我觉得自己已经很努力了，结果呢？"

　　杨薇静静地听着。

　　夏啾啾抬眼看向外面："可我后来想啊，其实大家的努力都是不一样的。江淮安数学为什么那么好？是因为他小的时候付出过比咱们更多的努力，后来他虽然不读书，可他喜欢思考，遇见什么疑问，总是思考为什么。你没发现吗？之前他平时没事，就喜欢看那种趣味解题的书。他说是消遣，可这也是一种训练啊。

"没有无缘无故的天才，杨薇，我们其实在自己不知道的地方，也为自己喜欢的事做了很多努力。你别难过，数学和物理是江淮安的路，我们也会找到自己的路的。"

杨薇听到夏啾啾的话，心里的结终于慢慢放开。她微微一笑，真诚道："谢谢你，其实你是为了陪我吧？"

"没有啊，"夏啾啾一脸正经，"我真的很难过。"

杨薇没有揭穿她，而是低下头握住夏啾啾的手，认真道："不管怎样，真的，谢谢你。我……我没有什么朋友，如果你不嫌弃……"

"我没什么嫌弃的。"夏啾啾立刻道，"我们很早就是朋友了啊。"

听了这话，杨薇红着脸："我……我不是宋家人，我是收养，我……"

她有些语无伦次，夏啾啾却明白她要说什么，赶紧道："没关系的，这不重要，我家还是暴发户呢，我可骄傲了！"

杨薇："……"

第一次听到把暴发户说得那么自豪的。

将杨薇送到宋家后，夏啾啾整个人就瘫软了下来。车里没有了其他人，她终于不需要伪装了。

其实杨薇的难过，何尝不是她的难过？

明明付出了比别人更多的努力，却得不到想要的结果。为什么别人总能轻而易举地做到。说再多的理解安慰，却还是不得不让自己去面对这个现实。

这世上就是不公平，这世上就是有天赋这种说法，有时候，你得服气。

道理谁都懂，可是当你拼命追逐了，奋斗了，却拿不到想要的结果的时候，还是会忍不住觉得眼睛酸涩，如鲠在喉。

夏啾啾拼命控制着自己的情绪，让自己不要想太多。可是离家越近，她就越控制不住去思考这些事情。

到了家，下了车，夏啾啾一进屋里，就看见屋里挂满了气球，桌上放着蛋糕，上面还插着"10"的数字蜡烛。

何琳琳从沙发后面跳出来，高兴道："啾啾，考得怎么样？！"

"这还用问吗？"夏元宝赶紧道，"咱们啾啾这么努力，区区班上第十名，还不是手到擒来？啾啾，是第一名，还是第二名？"

"你们不要给姐压力啦，"夏天眷从爸妈身后挤出来，挤到夏啾啾面前，"姐，就算只是第八名第九名也没事，咱们家对你没什么要求的，我们给你准备了砂糖蛋糕，超级好吃，赶紧说了分数来吃蛋糕。"

"我……"夏啾啾勉强挤出一个笑容，面对着家人期待的眼神，她鼓足勇气，再次开口，"我……"

可说不出口。

怎么能在这样的眼神下，在放了大话，在所有人都觉得她那么努力的情况下，告诉他们，她那么努力了，却什么都没得到？

这种话，完全说不出口，只有眼泪越发逼近眼眶，夏啾啾终于控制不住，猛地转身，往楼上冲去。

"啾啾！"

夏元宝惊呆了，何琳琳见状赶紧追了上去。

夏天眷整个人是懵的，好半天，终于道："爸，姐是不是哭了？"

"看来是没考到了。"夏元宝叹了口气，"快，按第二套方案来，把其他数字的蜡烛拿出来，你姐考第几庆祝第几！"

"收到！"夏天眷赶紧去拿数字蜡烛。

何琳琳追着上了楼，夏啾啾将门反锁，同何琳琳道："妈，别管我了。"

"啾啾啊，"何琳琳有些担心，"你是不是没考好啊？没考好没事的，爸妈不用你考很好的。你别难过啊。"

"没事的，"何琳琳越说，夏啾啾就觉得心里越酸。明明在外人面前可以故作镇定，可以假装自己毫不在意，在父母面前，却轻而易举地溃不成军。夏啾啾抬手抹着眼泪，坐在门后，抱住自己，沙哑着声音道，"妈，你别管我了，我没事的。"

何琳琳没说话，她皱着眉头，好久后，才叹了口气："啾啾啊，其实妈妈很高兴的。

"不管你考得好还是不好，一想到我们家啾啾那么努力学习，每天别人都睡下了还在坚持，哪怕我说了不好听的话，哪怕我打击你，你也没有放弃，一想到我女儿有着这样坚韧的品性，我就觉得很骄傲。

"啾啾，大家都是普通人，这世上的确有天才，可是哪怕是天才，也得学会谦逊，得想着，自己与常人不同，所以想要比别人优秀，要付出十倍百倍的努力，这样才能一直坚持，一直努力。

"你才学了多长时间呢？如果你随便学这么点时间，这么奋斗努力几个月，就能抵过别人这么久的努力，而你还觉得这是理所应当，那啾啾，你的内心就太过自负了。"

"我没有……"

听到"自负"两个字，夏啾啾立刻下意识地开口。何琳琳的声音温和，却一针见血："怎么没有呢？因为你觉得自己比别人优秀太多，所以随随便便超越别人才是正常，于是在付出一点努力却没有得到自己想要的结果后就觉得难过。如果你没有自负，你真的觉得自己和普通人一样，你怎么会这样想呢？"

夏啾啾没有再说话。

何琳琳说得对。其实她骨子里是自负的，哪怕她从没努力，她也觉得，自己与众不同，自己理所应当在奋斗努力后，就有收获。

可这世界上谁不努力呢？只是努力得多或少而已。

夏啾啾没有说话，何琳琳就知道她听进去了，她也没再逼她，只是温和道："啾啾，你自己好好想想，妈妈下去了，等一会儿你想吃蛋糕了就下来，啊？"

"知道了。谢谢爸妈，还有天眷。"

夏啾啾的声音里带着哭腔，她将头埋在膝盖，陷入黑暗里。就在这时候，夏啾啾的手机突然响了起来。

江淮安的名字出现在屏幕上，夏啾啾犹豫了片刻，还是接了起来。

接起来后，她刚说出一声"喂"，就听见江淮安说："到窗户来，向前看。"

夏啾啾有些诧异，却还是听他的话，走到了窗户边上，往前看过去。

前方是一棵大树，离她家不远不近。此时此刻，江淮安就坐在上面，手里抱着吉他，调整着位置。

夏啾啾整颗心都提了起来，焦急道："你这是做什么？好危险的，快下来！"

江淮安没理她，抬头朝她笑了笑，将蓝牙耳机挂在耳朵上，然后将手放在吉他上。

"你不是不开心吗？"他开口出声，声音轻快，"我来唱歌给你听啊。"

说着，他低下头，拨动琴弦。温柔的音调从不远处传来，江淮安压低声音，歌声从耳机里传来。他的声音很低，少年的声线清朗温柔，让人不自觉沉醉下去。

你是晚风渐息，星河若隐一场小别离。

你是破晓清晨灿烂眼中的光景。

你是时光轻轻哼唱，宛若星辉铺满小巷……

这首温柔的歌曲，让夜色都带了温度。

少年坐在树上，月光零星地落在他身上，他含笑抬眼看向她。合着他的歌声，那一瞬间，夏啾啾觉得，整个银河的璀璨温柔，都在他的眼睛里。

愿你的身后总有力量。

愿你成为自己的太阳。

江淮安。

那一瞬间，他的名字缠绕在她唇舌之间，她从未有一刻，那么想呼唤他的名字。

江淮安。

第十一章

他们并不在意

江淮安唱着歌的时候，夏家一家人坐在客厅里愁眉苦脸。夏天眷玩弄着打火机和蜡烛，看着在客厅里来来回回走着的夏元宝道："爸，这蜡烛点不点啊？"

　　"你姐都没下来，点什么点？"

　　夏元宝瞪了一眼夏天眷，夏天眷只好看向旁边坐着叹气的何琳琳说道："妈，你再去劝劝姐呗，我好想吃蛋糕啊。"

　　"吃吃吃，就知道吃，你姐都不高兴了，你还就只顾着吃。"

　　何琳琳一开口就像炮仗似的，将夏天眷吼得缩了缩脖子。

　　夏天眷沉默了，一片安静中，他听见吉他的声音，不由得道："有人在我们家外面弹吉他唉！"

　　"卖艺的，别管他。"夏元宝哄不好女儿，心里烦躁，摆了摆手，全然不管那吉他声。

　　夏天眷趴在茶几上玩弄打火机，过了一会儿，实在觉得无聊，就跑了出去，想看看是谁在弹吉他。

　　不看不知道，一看吓一跳，他跑到后院里，抬头就看见了远处坐在树上耍帅的江淮安。他立刻猜出来江淮安是来哄夏啾啾的，赶忙跑到客厅道："爸，妈，那个弹琴的，是我姐的对象！"

　　"什么？！"夏元宝听到和夏啾啾有关，立刻道，"翻了天了，我还在屋里，他就敢勾引我女儿了？走，去看看。"

　　说完，一家三口赶到了后院，看见了坐在树上弹琴的江淮安。

　　夏元宝摩拳擦掌，吩咐夏天眷："去家里找根竹竿来。"

　　"拿竹竿做什么？"

　　夏天眷一时反应不过来，何琳琳也一脸莫名其妙。夏元宝冷笑一声："我拿竹竿把他戳下来，看他怎么在啾啾面前耍帅。"

　　"爸，你真聪明。"夏天眷竖起大拇指，然后转身准备去拿竹竿。

　　何琳琳立刻叫住了这对父子，不满道："你们这是做什么？啾啾现在可不好受了，好不容易有人来哄她，你们还要捣乱？夏元宝，你自己没什么浪漫细胞，对我不上心，现在有个对啾啾上心的，你还不乐意了？"

　　"这哪里叫上心？"夏元宝不满了，"琳琳我和你讲，这种花架子不行，我不能让这种一看就靠不住的小骗子来骗我女儿，天眷，竹竿。"

"是，我这就去拿。"

"夏天眷，你给我站着！"

"是，我这就站着。"

"竹竿！"

"是，我去拿竹竿。"

"站着！"

"好，我站着。"

"竹竿！"

夏天眷："……"

他抬头看了一眼正在对峙的夫妻俩，有些无奈道："爸妈，要不你们商量一下，商量好了再吩咐？"

何琳琳双手抱胸，冷笑了一声："你刚刚不是和我说啾啾长大了，要给她尊重吗，现在你这又是尊重了？"

女人总是了解女人，何琳琳清楚地知道，如果此刻夏元宝真的用竹竿把江淮安挑翻了，夏啾啾会有多尴尬。

夏元宝愣了愣，慢慢冷静下来，有些不甘心地放弃了用竹竿戳江淮安的想法，三个人一起守着听江淮安弹吉他。

听了一会儿后，夏元宝酸溜溜道："弹得倒还行。"

"小伙子也帅。"何琳琳点点头。

"好酷哦，我也想学弹吉他。"夏天眷的眼里全是仰慕。

然后三个人沉默了一下，许久后，夏元宝不得不承认："啾啾这个对象好像还可以。就是不知道成绩怎么样。"

"管他成绩怎么样，"何琳琳满眼赞赏地看着江淮安，"和他在一起后，啾啾越来越努力，他也是个上心的，长得还这么帅，我觉得不错了。"

夏元宝没接腔，总觉得有那么些不舒服。

江淮安弹了一首又一首，夏啾啾的内心慢慢平静下来。

江淮安见时候也差不多了，温和道："心里舒服了？"

"谢谢，"夏啾啾吸了吸鼻子，"我不难过啦。"

"那就好。"江淮安扬起嘴角，听见小姑娘说不难过了，心里终于放下心来，"不要太在意了，是你和我说的，最重要的不是结果。"

"嗯。"夏啾啾躺在床上，点头道，"我不难过了，不好意思，让你担心了。"

"要道谢的话，"江淮安开口，心跳得有点快，"我们明天去游乐园吧。"

"好啊。"夏啾啾点头，丝毫没有觉得有什么不对，"明天早上九点，在中心区的游乐园门口见。"

"嗯。"

江淮安觉得有些羞涩，但还是故作镇定。他正打算说什么，就听见夏啾啾继续说："你通知宋哲和武邑，我去通知杨薇。"

江淮安："……"

怪不得她答应得这么坦坦荡荡，原来是因为要叫上一群人。

江淮安想说，别叫这么多人。可是这句话堵在唇齿之间，好半天都说不出来。

最后，他只能硬生生地憋出一个字："好。"

"你回家吧，"夏啾啾用热毛巾擦着脸，一面擦一面道，"我要去和家里人切蛋糕啦。"

"嗯。"江淮安的声音闷闷的，从树上敏捷地翻跳了下来。

翻跳下来后，他背着吉他走到路口，就看见在那里背着单词等着他的武邑和宋哲。宋哲挑了挑眉："哄好了？"

"嗯。"江淮安面上看不出什么情绪，"走吧，回去了。"

就是这时候，宋哲的手机响了起来，他点开手机，面上露出微妙的神色，随后问江淮安："夏啾啾在群里问我们明天要不要去游乐园。"

江淮安僵着脸，硬邦邦地道："哦。"

"武邑啊，"宋哲笑着问武邑，"你说明天咱们是有时间，还是没时间呢？"

武邑没反应过来："我都可以啊。"

宋哲有些无奈了，他看着江淮安，开门见山道："江哥，明天我打算约武邑和杨薇在我家做题，你看是不是该给点慰问费？"

"什么慰问费？"江淮安厚着脸皮，假装听不出宋哲声音里的嘲笑，欣然接受了宋哲的好意。

宋哲嘿嘿一笑道："给我把这次期末考的数学试卷讲一遍？"

"好。"江淮安立刻点头。

宋哲立刻道："行，武邑，"他转而看向武邑，"赶紧在群里回一句，说明天去我们家做题。"

说着，他给杨薇发了信息，冷淡地吩咐："明天一起在家做作业，哪儿都不准去。"

杨薇刚接到夏啾啾的信息，正想回复，看见宋哲的信息，愣了愣后，就给夏啾啾回复道："啾啾，我明天有事，你看能不能改天？"

夏啾啾赶紧回复："没事的，看你方便就好啦。"

夏啾啾也给江淮安回了信息："他们明天都有事，可能只有我们了。"

江淮安面上镇定，语气也很平静："这样啊，要不我们改天再约？"

宋哲趴在江淮安身后看见他发的信息，爆笑出声："厉害，厉害了！"

"滚。"江淮安推了宋哲一把，耳根泛起微红。哪怕是面对好友，少年人那份令自己都觉得羞涩的心意被人窥见，多少还是有那么几分尴尬无措。

宋哲被江淮安呵斥，不但没有后退，反而加倍调笑起来。

夏啾啾的信息很快回复过来："不用啦，主要也是为了给你庆祝，改天就没那个气氛了。"

"哟哟哟！"宋哲一把抢过手机，看见上面的字，笑出声来，"看人家夏啾啾多会说话啊！"

"宋哲！"江淮安又羞又恼，追着宋哲争抢起来。三个男孩子打打闹闹地回家，而夏啾啾收拾好后，回到了客厅。

夏家另外三个人假装什么都不知道，齐刷刷地坐在客厅里，死死盯着电视。

电视上是一个生活频道，专家正在讲如何利用他们的产品治疗癌症。夏啾啾走下楼，看着这个栏目，有些不可思议："你们怎么在看这个？"

"哦，健康养生节目，"何琳琳一本正经，随后道，"啾啾啊，心情好啦？"

"好了。"夏啾啾有些不好意思，"让你们担心了。"

"开心就好，开心就好。"何琳琳舒了口气，招呼女儿，"来，啾啾，吃蛋糕！"

夏啾啾点头，和家里人一起分了蛋糕。吃了蛋糕之后，她回到床上好好睡了一觉。第二天睁眼的时候才六点钟，最近两个月她每天早上都是这个点醒过来，能多读半小时英语。

她起床后先坐在床头刷了半小时单词，随后慢慢想起来。

今天……她好像要和江淮安两个人去游乐园来着？！

因为彻底睡醒了，夏啾啾终于意识到了有一点不对。

她，和江淮安两个人，去游乐园！

两个人！

夏啾啾一想到这个词，就有点不知所措了。

总觉得好像怪怪的。

但她立刻纠正自己，这只是很普通的一场聚会，只是没叫齐人而已！

想是这么想，可是出门的时候，她还是不由自主地打扮了很久。

她紧张，江淮安就更紧张。晚上宋哲和武邑是在他那里睡的，第二天早上江淮安早早起来，把自己所有的衣服翻出来，一件一件翻给他们看。

宋哲和武邑靠在床上，迷蒙着双眼看江淮安折腾，最后他选了最普通的白 T 和牛仔裤，但在发型上下了些功夫。

两人准时出现在游乐园门口，都有些紧张。

早上九点游乐园才刚刚开门，却已经有很多人，江淮安跟在夏啾啾身后，故作镇定道："你要玩什么？"

夏啾啾心里琢磨着，这是江淮安长大后第一次来游乐园，他什么都不知道，现在一定是在假装镇定。他问她，不是真的多想征求她的意见，而是因为他不知道有什么玩的！但夏啾啾希望江淮安找到他真正喜欢玩的东西，于是从旁边拿了地图，细致地给江淮安介绍起每一个项目。

江淮安听得有些焦躁，这些项目他都知道，夏啾啾和他说得这么细干什么？

最后他有些忍受不了了，看了一眼旁边的 8D 电影院道："要不先去看个电影？"

夏啾啾看了一眼这个 8D 电影院，有些惊讶："4D 我听说过，8D 是什么？"

"不知道啊，"江淮安坦诚道，"看看就知道了。"

怀着好奇心，夏啾啾和江淮安走进了 8D 电影院。8D 电影院里的每个座位都是独立的，江淮安和夏啾啾有些好奇，坐上去后，江淮安按照提示绑上了安全带，笑着道："这还搞得挺玄乎。"

"是啊。"夏啾啾也觉得很新奇，她第一次来这种 8D 电影院。

没一会儿，电影开始了，故事是说一个海上逃生的恐怖故事。很快他们就知道什么是 8D 了，海浪打过来就喷水，座位跟着船拼命摇晃。江淮安手里的爆米花全被抖了出来，一面晃一面喊："啊啊啊啊！"

电影院就他们两个人，江淮安肆无忌惮地喊着。

电影里老鼠爬过的时候，夏啾啾就感觉有毛茸茸的东西从脚上爬过去。她忍不住尖叫出声来，江淮安被晃得整个人在摇摆，可他一听见夏啾啾的叫声，赶忙解开安全带，直接从椅子上跳了下去，冲到夏啾啾面前，伸手去摸对方的安全带。

夏啾啾的椅子还在晃，江淮安本来去摸安全带的手，在晃动中碰到了一个软软的东西。

夏啾啾当场惊叫出声："江淮安！"

江淮安瞬间收了手，慌忙道："对、对、对不起！"

电影里的船没那么晃了，夏啾啾赶紧解开安全带，跳了下来。

两个人像逃一样跑出了电影院，出门之后，江淮安和夏啾啾看着被水喷得狼狈不堪的对方，忍不住笑出来。

"还……挺新奇的。"江淮安做了最终的评判。

夏啾啾点头："是啊！"

"那个……"江淮安想到了刚才的事，"刚才我不是故意……"

"我知道。"夏啾啾赶忙开口，扭头道，"走走走，去下一个地方。"

有了 8D 电影院开头，两个人彻底放开来，鬼屋、海盗船、旋转木马、跳楼机……

各种惊险不惊险的都一一玩了过去。

刚开始玩的时候，江淮安想，等一会儿要是夏啾啾怕了，他一定要展现出自己 max（最大）的"男友力"！

等开始玩以后，江淮安在鬼屋里尖叫，在海盗船上尖叫，在跳楼机上尖叫，最后整个人趴在旋转木马上晃到快虚脱了。他想，他现在怕了，夏啾啾能不能给他一点依靠？

但这些话一定不能说出来，这种样子一定不能展现。江淮安只能抱着零食，始终保持着镇定，跟在夏啾啾身后，同时做了决定，等回去之后，他一定要告诉宋哲和武邑，不要随便和女孩子来游乐园。

两人在游乐园玩的时候，夏天眷正在学校和朋友打乒乓球。成绩早上出来了，夏天眷这次考得不错，夏元宝特许他玩一个假期。

他拿起球来准备发球，就被人猝不及防地一拳砸了过来。

夏天眷被砸到地上，但他反应很快，抓着对方一起摔在地上，在地上缠滚起来。

对方明显有备而来，几个人冲了上来，夏天眷身边的朋友也跟着动了手，但他们人数少了很多，一时之间乱成了一片。夏天眷被人夹击在中间，看清了和他厮打的人是江怀南。

他瞬间明白是怎么回事，一面打，一面说："孙子，东窗事发了吧？"

一听这话，江怀南更是气得发抖，怒道："打，狠狠打！"

"谁打谁呢？"

夏天眷暴喝出声，抓着江怀南一拳就抽了过去，其他人他不管，他只死死地揪着江怀南，别人打他一下，他就打江怀南一下。

江怀南被他抽得嗷嗷直叫，夏天眷身上的伤明显比他重，却一声没吭，只是下了狠手往江怀南身上招呼。

直到江怀南受不了了，连连喊道："不打了！不打了！"

旁边的人终于停了手，夏天眷也跟着停了手。

江怀南蜷缩在地上喘息，夏天眷也低低喘息，血从他鼻子里流出来，他一动不动，最后撒了手，站起来，从旁边拿了书包就要走。

江怀南被人扶着站起来，怒吼出声："夏天眷！"

夏天眷扭过头去，看着被他打得鼻青脸肿的江怀南。

江怀南恶狠狠道："你再告状，告一次，我打一次。"

听到这话，夏天眷轻嗤出声："不怕开除你就打。"

"你也动手了！"

"那又怎么样？"夏天眷提高了声音，"大不了老子不读了！老子这就回去告你的状，我亲自上你江家大门去告状！"

"告，你去告！"江怀南冲出来，"你打了我，我们就互相告，看谁厉害。你爸现在还求着我爸一个项目，有本事你就告，你信不信我让你夏家滚出南城！"

听到这话，夏天眷僵了僵。

江家是祖传的基业，在南城的势力盘根错节，而夏元宝原本只是南城边上一个小镇里的人，是靠着煤矿和房地产两个契机暴富的暴发户，影响力和江家这种庞然大物根本不能比。

夏天眷平时是皮，却也不是什么事都不懂，听到会影响自己父亲，他捏紧拳头，面上摆出毫不在意的模样，冷笑道："好，你我的事就到此为止，谁告状谁是狗！"

说完，夏天眷和几个朋友一瘸一拐地离开。他们的身上到处是伤，一行人去了医院包扎伤口。

夏啾啾和江淮安玩了一整天，有些累了。江淮安送夏啾啾回去的路上，两人一面走，一面说着下个学期的安排。

"你的成绩和家里说了吗？"夏啾啾想起江淮安家里的事，随口一问。

江淮安平静地回答："我大姑来电话问了一下。老师和她说了。"

"你爸知道你成绩了吗？"

"不知道。"江淮安语气里没有任何波澜，"不过很快就知道了，我大姑会和他说的。"

"为什么你大姑会比你爸爸早知道？"夏啾啾很奇怪。

江淮安嘲讽地笑了笑："我爸怕老师打扰他，给老师留的是许青青的电话。你说许青青会把我的成绩告诉我爸？我大姑主动打电话问老师，才知道我成绩的。"

夏啾啾听到这话，心里有些不舒服，却也不能说什么，说了只会使江淮安的心情雪上加霜。她低着头，踢着地上的石头，江淮安不由得觉得有些好笑，就是这时，江淮安无意间看到了夏天眷。

他走路一瘸一拐的，脸上带了伤，明显是和人打了架。

"他这是怎么了？"

江淮安皱眉开口，夏啾啾抬头看过去，便被夏天眷的样子惊呆了。

她赶紧跑过去，焦急地问："夏天眷，你这是怎么了？！"

"啊？"夏天眷看到夏啾啾，挠挠头有些不好意思，"和人打了一架。"

"和谁，怎么打的？"

夏啾啾问得很严厉，夏天眷躲闪着夏啾啾的目光，看着旁边支支吾吾："就在学校里打乒乓球，抢球桌，一时冲动了。我和对方已经和好了……"

"夏天眷！"夏啾啾哪里会信，"抢个球桌就打架，你哪儿学来的脾气？"

听到这话，夏天眷赶紧求饶："姐，我错了，我以后不打了，你饶了我吧。"

江淮安一直在旁边看着，没有说话。

夏天眷不擅长撒谎，但夏啾啾心粗，没看出来什么，江淮安却明显看了出来。

可他没说话，只是劝道："你别骂他了，先搞清楚怎么回事吧。"

说话间，江淮安的电话响起来，他接起电话，是他大姑江澜打来的。

"淮安啊，你爷爷今天想让你过来陪他吃个晚饭。"

"嗯，好。"

江淮安点头，随后同夏啾啾告别："我回家陪我爷爷吃个晚饭，先走了。"

夏啾啾点头，两人告别后，江淮安一转身，立刻给宋哲打了电话。

"阿哲，我现在去我爷爷那里，不太方便，你帮我打听一下，今天下午是谁在学校乒乓球桌那一片打架的。"

"行，"宋哲拨弄着作业，有些好奇，"你问这个做什么？"

"夏啾啾她弟弟被打了。"

"啧，"宋哲有些牙酸，"你不是又要重出江湖吧？"

"先搞清楚是谁吧，是咱们学校的，就先告老师记过。"

宋哲："……"

这不是他认识的江淮安。

江淮安和他聊了一会儿，江家的车就停到了他面前，江澜坐在里面，含笑调侃他："哟，又帅了。"

"大姑。"江淮安很恭敬地开了口，坐上了车。

上车之后，江淮安和江澜聊了一会儿最近的生活，江澜点头道："挺好的。"

说话间，宋哲的电话打了过来。江淮安接了电话，径直道："说吧。"

"你不会想到是谁。"

"你说，我大概猜到了。"

"江怀南，"宋哲嘲讽道，"不但带着人以多欺少，还威胁夏天眷，说要让他爹在南城混不下去。江哥你别说，你这实打实的江家大公子还没说过这话，我头一次知道，你们江家这么牛。"

江淮安听到这话，面色有些阴沉，片刻后，他平静道："谢了。"

说完，他挂了电话，转头同江澜道："大姑，我得先去我爸那边，有点事要处理。"

江澜有些意外，却还是按照江淮安说的，将他送到了江城那边。

江淮安到的时候，江城不在，江淮安让江澜待在车里："等一会儿怕污了您的眼，您就不用去看了。"

江澜心里有些忐忑，却还是点了头，她看江淮安将外套规规矩矩地放在车上，随后平静地走进了别墅。江澜还是不放心，跟着走了进去。

她看见江淮安冷静地往里走去，院子里的人看见江淮安进来，都有些诧异。江淮安一路上了楼，许青青听到下面的人说江淮安回来了，很快出来迎接，只是还没走到江淮安面前，就看见江淮安一脚踹开了江怀南卧室的大门。江怀南正开门要出去，江淮安迎面就是一脚，直接将他踹到屋里。屋里的家具乒乒乓乓砸了一地，许青青吓得尖叫起来。江淮安的动作异常敏捷，江怀南还没反应过来，江淮安就直接单腿压在他胸口上，将拳头砸了下去。

"我答应过她，"他的声音冷静，拳头却如疾风暴雨，"你敢动夏天眷，老子一定把你打到你爹都认不出来！"

江淮安打了许多年的架，和江怀南这种花架子比起来强了不是一点半点。江怀南完全被他压着打，他白天本来就受过伤，现在江淮安的每一拳都落在他伤口上，让他觉得疼痛加倍。

许青青尖叫着指挥着人上去拉开江淮安，江淮安却像一只疯狗一样，死抓着江怀南不放。好不容易才把江淮安拉开一点，江淮安一脚踹翻一个转身又扑过去，抓着江怀南一阵狂砸。

尖叫声和规劝声混杂在一起，许青青又急又怒，旁边的仆人不敢对江淮安动手太过，只是虚虚地拉着。这样象征性的阻拦对于江淮安而言根本没用，江怀南被他追着满屋打，打得满脸是血，身上被砸得全是青紫。最后他实在是跑不动了，被江淮安按在地上踹，他蜷着身子，抱着头，一把鼻涕一把泪地喊着："妈，救我啊妈！"

许青青听见江怀南的喊声，看旁边人拦不住，鼓足了勇气，尖叫着冲上去，扑在江怀南身上。江淮安见许青青扑过来，停住手，冷声命令："你给我让开。"

"不让！"许青青红着眼，提高了嗓音，"你有什么火冲我发，我知道你看不起我们母子俩，你因为你妈的事对我心怀怨恨，那你就找我的麻烦啊，你打怀南算什么！"

"你儿子做了什么事，你自己心里不清楚？"江淮安冷笑出声，"他今天出去打了人家夏家的儿子，我当哥哥的回来教育一下他，好歹是我们江家的子孙，总不能学得像外面那些败家子一样，是吧？"

说话间，外面传来汽车进院子的声音，许青青知道是江城回来了，抱紧了江怀南，提着声音道："怀南一向乖巧，你要管教他，也不看看自己的样子，你拿什么来管教？"

"许青青。"江澜在外面听了一阵子，听到这话，走了进来，"你这像个长辈的样子吗？"

"我说呢，"许青青看见江澜走进来，阴阳怪气地道，"淮安是哪儿来的靠山，一进来就砸天摔地的，原来是大姐来给淮安撑腰了。您今天可看见了，是他打怀南，我们怀南一根指头都没碰到他！"

江澜没说话，她皱起眉头，今天的事的确是江淮安冲动了，但她相信江淮安一定有自己的原因。

外面传来人声，江澜有些担忧："淮安，你先和我回祖宅……"

这里是江城的地盘，江城横了心要修理江淮安的话，她怕江淮安吃亏。

"姑姑，您先回去吧。"

江淮安揉了揉手腕，走到趴在地上一动不动的江怀南面前，蹲下身子，抓起他的头发，迫使着他看着他。

"江淮安你……"

"你再多说一句我就打死他！"

江淮安大吼出声，许青青被吓得一愣，竟是一句话都不敢说了。

江怀南的脸上已经没有一个完好的地方，的确是江城都不一定认得出他。江淮安注视着他："读书的年纪就好好读书，要比横，总有人比你横。打你这顿是教训，下次再打着江家的名义在外面为非作歹，就不是这么一顿揍的事了，明白了吗？"

"明……明白了。"江怀南虚弱地开口，"我……我再也不敢了，江哥。"

听到江怀南叫他江哥，江淮安嘲讽地笑开了。

算起来江怀南也算他弟弟，居然和外面的人一样，叫他江哥，如何不讽刺？

江淮安不确定江怀南这是被打到意识混乱还是故意的，反正他也不在意，直接放了手，站起身往外走去。

江城已经进屋了，他懒得和江城见面，便绕道从另一边的楼梯下去。

然而江城站在客厅已经看见了江淮安，皱着眉头问："江淮安，你又闯什么祸了？！"

听到这话，江淮安的步子顿了顿，江澜在后面听着，不满道："江城，你问都不问发生了什么就说淮安闯祸，有你这么当爹的吗？"

"就他的脾气，我还不知道他？"江城直接开口，从腰上解下皮带，指着江淮安，"你给我滚下来！"

江澜皱起眉头，在江淮安即将动作前，一把拉住他道："你别理他，跟我回你爷爷那儿去。"

"大姑，"江淮安抬头看向江澜，笑了笑道，"您别担心，这终究是我们家的家事，他也终究是我爹，我去和他好好说。"

听到这话，江澜心里舒了口气。她觉得江淮安似乎成熟了许多，便放心让江淮安下楼去。

江淮安这次是不怕的，他觉得自己占着理，江怀南作弊打人，他这么教训一把不算错。他自己都没察觉，自己对江城终究是有那么一份期望的。他从骨子里相信江城，相信这位父亲，在了解了真正的事实后，会给他一份公正的对待。

　　于是他从容地走下去，站在江城面前。江城刚从宴会上赶回来，身上还带着酒气，他看着江淮安那副平静的模样就来气。刚才许青青才给他打了电话，说夏家那个叫夏天眷的小子把江怀南打了。江淮安和夏天眷的姐姐走得近，很可能就是江淮安指使的。紧接没多久，他还在车上，就听许青青打电话来哭，说江淮安打到家里来，快把江怀南打死了。

　　江城心里有些烦躁，江淮安以前就经常打架，他也睁一只眼闭一只眼，这一次居然嚣张得打到家里来，是当他死了吗？

　　自己爸爸和姐姐一向看许青青母子不顺眼，惯着江淮安，现在江淮安这副有恃无恐的样子，明显是因为江澜在。江城觉得，这已经不只是教训江淮安的事，还事关他在江淮安心中父亲的尊严。

　　他捏紧了手里的皮带，看着江淮安走到他面前，冷声道："跪着。"

　　"我没错。"江淮安平静道，"这一次打他，我觉得……"

　　话没说完，江城的皮带朝着他劈头盖脸就抽了过来。

　　江淮安被打得措手不及，江澜惊叫出声："江城！"

　　那一皮带狠狠抽在他脸上，江淮安扭过头去，感觉鼻血滴了下来。

　　脸也很快红肿起来，江城没想到江淮安居然没躲，心里一下有些慌，但打已经打了，他只能强硬道："你不要以为你大姑在这里给你撑腰，你就无法无天了。我还没死，这里就还是我当家。你对你母亲有什么不满，你就当着我们的面说清楚，没必要拿你弟弟出气。你平时当流氓地痞，我已经放纵着你。你还想把混社会那套拿到家里来，你别想……"

　　江城数落着江淮安，江淮安静静地听着。他觉得周边的声音似乎都在慢慢消失，但不知为何，他觉得内心特别安宁。他抬手捂上伤口，以前不是没被打过，但从来没有一次让他觉得这么疼。

　　以前被打，总是他故意激怒江城，总是他做错事。然而这一次，他突然发现，无论他做得是对是错，对于江城而言，或许都是错的。他觉得特别累，感觉有无数东西压在他的脊梁之上，重如千钧。

江城和江淮安在下面闹着，许青青则给江怀南上着药，一面上一面问："怀南，你实话和我说，江淮安到底为什么打你？我不怪你，你和我说实话。"

　　"我……我期末作弊了。"江怀南说得有些担忧，抬头看了一眼许青青，在许青青鼓励的眼神下，接着交代，"是夏天眷告发我的，我……我把他打了。江淮安现在和夏天眷他姐关系好，大概是因为这个吧。"

　　许青青其实早已经猜得八九不离十，现在听到江怀南承认，许青青点了点头吩咐道："好，等一会儿你就说，是江淮安考试作弊，还让你帮夏天眷考试作弊，你没答应，他们就报复你，知道吗？"

　　"好。"江怀南迅速点头。

　　许青青带着江怀南走下去的时候，江澜和江城还在争吵。许青青带着江怀南走到江城身后，红着眼道："姐，我知道您疼淮安，可您也不看看怀南被打成什么样了！"

　　"淮安打他自然有他的理由，你儿子在学校干那些偷鸡摸狗的事别以为我不知道！"

　　"姐，你这心就偏得太过了，"许青青的脸色冷了下来，"这世上没有被打的人还有罪的道理，我们怀南在学校里从来规规矩矩，每次考试都稳稳在年级前十，怎么会做出这种事来？"

　　"你……"

　　"别吵了！"江城怒吼出声，怒视着江怀南。看见这个一向乖巧的儿子被打成这样，江城心里疼得不行。但手心手背都是肉，打已经打了，他总不能再把江淮安打成这样。

　　他保持着理智，问了一下江怀南的伤势，许青青哭着说现在没什么大问题，但还是要送到医院去看看，指不定有脑震荡什么的。

　　江澜被许青青恶心得不行，拉着江淮安就要走，江城冷声喝道："站住。"

　　两人顿住脚步，江城抿了抿唇："回都回来了，在外面也闹够了，给你弟弟和你妈道个歉，就回来住吧。"

　　听到这话，江淮安露出一个讽刺的笑容。

　　"两件事，"他冷着声音，"第一，她不是我妈，不要用这个称呼恶心我。"

闻言，江城的脸色又难看了几分，许青青则是一副意料之中的样子。

"第二，"江淮安抬眼看向江城，"当初我走的时候是你说的，你要是找我回来，你叫我爹。"

"你！"江城提手就想打，江澜赶紧拉住江城，示意江淮安别闹。

江淮安双手插在裤袋里，勾着嘴角，冷声道："叫爹。"

"小兔崽子！"

江城被江澜拉着依旧拼命地想去打江淮安，江淮安就静静地站在那里，一动不动地看着这场闹剧。

江澜终于忍不了了，狠狠推了一把江城，提高了声音："江城，有你这么教孩子的吗！"

"我怎么了？"江城喘着粗气，盯着江淮安道，"你看他说的话，有一句人话吗？！"

"江城，"江澜平静下来，"孩子都是人教的，你见着他不是打就是骂，他打架，你问都不问为什么，上来就直接动手，你要他怎么对你有好话？"

听到这话，江城也冷静了些，毕竟是成年人，他很快明白江澜的话是有道理的，可他面子上挂不住："那你说，你为什么打架？"

"江怀南作弊，被夏天眷告了老师，他带人把夏天眷打了，还放话说让他们夏家在南城混不下去。"江淮安说得很快，简要描述了事实。

江城的眼神冷得骇人。江怀南被他的眼神吓住，声音小了许多，却还是撑着头皮，继续按许青青的吩咐说："是你作弊……你和夏天眷玩得好，还怂恿我帮他作弊，我不答应，夏天眷报复我，就诬陷我作弊。你们这样还不算，下午夏天眷还来打我，他没占到便宜，你就来帮他……"

说着，江怀南仿佛是委屈极了一般，低低地哭了起来："我才是你弟弟啊，哪里有你这样的啊？我不让你作弊，也是为你好啊……"

江怀南这一出，让所有人都愣了。江城皱着眉，打量着两个孩子："你们到底是谁作弊？"

"我说呢……"旁边的许青青叹了口气，"这次淮安的成绩……的确不太对劲。"

"把成绩单给我。"

江城立刻和许青青要了成绩单，许青青将手机拿过来，把老师发的信息递给他道："你看，淮安期中考的时候，各科成绩还都是三十多分，这一次其他科都还正常，数学和物理几乎满分，考了年级第一呢！"

听到这话，江城的脸色难看极了。

他翻看着信息，江淮安的成绩的确一贯不好，这一次却考得格外出色，尤其是物理和数学。许青青在旁边叹气道："再聪明的人，也不可能两个月时间一下成绩这么好吧？你说这孩子，我们又没要他要当第一第二什么的，成绩只要有进步就好……"

"别说了！"江城打断许青青，抬头看向江淮安，"你给我个解释。"

"什么解释？"江淮安面色平静，眼里却全是讥讽，"我好好读书，努力学习，凭实力考出来的成绩，我要给你什么解释？"

"你敢说你自己考得出这种成绩来？"江城被江淮安的态度彻底激怒，"江淮安，你以前打架归打架，好歹算条汉子。现在自己做的事，连承认都不敢了？！作弊做出来的成绩，你考满分也是垃圾！"

"我没作弊。"江淮安冷声开口，他看上去很平静，身体却在微微颤抖。

许青青叹了口气："淮安，这么明显的事就不用说了，谁能用功两个月就考这么高的分啊……"

"我没作弊。"

"江淮安，你真是死不悔改了是吧？"

"我没作弊。"

"淮安……"江澜叹息出声，"我们回去……"

"我没作弊！我没作弊！我没作弊！"

江淮安终于控制不住，爆发出来，他红着眼眶，提高了声音，怒吼道："我说了，我没作弊！"

所有人都被他吼愣了。江淮安看着江城，嘶吼道："题是我一道一道做的，卷子是我一张一张写的，我没作弊！我没作弊！你听明白了吗！"

"没作弊，这么心虚干什么？"许青青嘲讽着开口，"没作弊就没作弊，我们也不在意。算了，老江，这事就这么过吧……"

"不行，"江城转头看着江淮安，沉声道，"这事必须说清楚！这是人品问题！"

江淮安没说话，爆发之后，他似乎用尽了所有力气。

他满脑子只有那句话——我们也不在意。

是啊，他们并不在意。他考多少分，他是怎样的人，他想做什么事，他们都不在意。他的爸爸，早已经不是他记忆里那个每天检查他作业，会把他放在肩膀上，会给他折千纸鹤的男人了。

他不在意他。因为不在意，所以根本不知道自己儿子到底是怎样的人，所以才会在第一时间认定他是个坏人。

江怀南被打了，一定是江淮安的错。江淮安考得好，一定是江淮安作弊。 江淮安是什么人呢？就是一个打架闹事，成绩倒数的小混混。他不会努力，不可能考高分，他颓废、堕落，没有任何梦想和期望。他就活该活在沼泽里，连挣扎都不该挣扎。

江淮安突然觉得自己特别可笑，为什么要努力呢？为什么要在深夜困得不行的时候喝着咖啡做题，为什么要在清晨困顿时还挣扎着爬起来？

明明在大家心里，他就不是这样的人，不需要做这样的人。

世界对他毫无期待，他最期望得到认可的那个人，对他的印象早已根深蒂固，全是偏见。

那就做那样的人吧。不会有期望，不会去尝试等待那个人突然的夸奖。

之前夏啾啾问他，他爸知不知道他成绩的时候，他假装无所谓，但其实心里一直在等。他知道江澜会把他的成绩告诉江城，他就在等，等江城主动给他打电话，主动和他说，"淮安，你这次考得很好啊。"他知道江城是个爱面子的人，不善于表达自己的感情，所以他想过，只要江城服个软，他就接受，不会太为难他。

可是这时候，这些曾经的想法都变得特别可笑。

他被黑暗吞噬淹没，忍不住笑了起来。

江城还在数落他，见他突然笑了，忍不住问道："你笑什么？"

"没什么。"

江淮安抬眼，眼里带着水光："我就是觉得，自己特别可笑。

"我居然觉得你会夸我。

"我居然觉得，以前你讨厌我，是因为我不努力。

"我居然觉得，有一天我努力了，你大概就不会再这么打我骂我。"

"江城，"江淮安吸了吸鼻子，"我居然会觉得，你也算个爹。"

江城被江淮安的话说愣了。

江淮安和他已经剑拔弩张太多年，他从来没见过江淮安服软的模样，第一次见他心平气和说话，江城却觉得特别害怕。

可他习惯了将所有的情绪掩藏于凶恶的外表下，他没有说话。江淮安抬手抹了眼泪，转身道："大姑，走吧。"

这一次，江城没有拦他，江澜追着江淮安走了出去，江淮安没有上车，同江澜道："大姑，我今晚就不去看爷爷了，我改天自己去。"

江澜知道江淮安没有这个心情，坐上车后，抿了抿唇："淮安，解决事情可以有很多种方式，暴力是最不理智的一种，以你的智力不应该只想到暴力，今天的事，你也有错。你爸这个人是这样，你别往心上去，没事常回来，我和你爷爷都盼着你过来。你还小，总一个人在外面不是个事，我们不缺你这口饭，要是你愿意，还是回来吧……"

这不是江淮安第一次听江澜说这些话了。

可以前他不乐意，因为他私心里总是将江城当成父亲，哪怕是爱恨兼具。如今他不乐意，是因为他私心里不愿意再让江澜和他爷爷看到他如今的模样。

他觉得自己仿佛堕入了苦海之中，苦苦挣扎不得解脱。他自己也不知道在挣扎什么，只是拼命地想要浮出水面，想要离开。

他摇了摇头："大姑，回家路上注意安全，我先走了。"

说完，江淮安转身朝着夏啾啾给他的公寓走去。

他回到家中，没有任何和别人沟通的心思，就这么静静地坐着，低头看着满屋子乱扔的书，他直起身子，开始收拾书。

他将所有的书都收拾到一起，扔进杂物间，然后锁上。

接着，他瘫倒在沙发上。他本来想拿出手机，翻开那个人的号码。

像以前一样，一次、两次，那个人总会在这一刻，将他从黑暗里拉回来。可是这一次他不想被拉回来了，每一次充满希望后，又被拖回黑暗的感觉，太绝望、太痛苦、太难堪。

"不如就这样算了。

"算了。"

江淮安闭上眼睛，将手机放在一边，安静地睡了过去。

夏天眷和人打架这事，夏啾啾就当是过去了。夏元宝和何琳琳专门审问了他，将夏天眷批得头脑发晕才放他离开。

第二天早上，夏啾啾照例去补习班，却发现江淮安不在。

他一贯都是来得最早的，补习班的门都是他开的，今天他却没来，反而是保洁人员来开的门。夏啾啾觉得有些奇怪，给他发了信息，他也没回，夏啾啾琢磨着他可能是睡过去了，于是也没太在意。

等到八点的时候，所有人都陆陆续续地来了。这次期末考试的成绩给大家的信心提了一个台阶，大家斗志高昂，有种分分钟就能上清华北大的错觉。

夏啾啾心里却有点不安，问宋哲道："你知道江淮安为什么没来吗？"

"不知道。"宋哲耸了耸肩，随后突然笑起来，"不会是被江怀南打趴下了吧？"

说完，宋哲自己都觉得好笑，他摆了摆手："我开个玩笑，你别介意。"

夏啾啾却放在了心上，皱着眉头道："江淮安回家了？"

"应该是回了一趟，"宋哲说得漫不经心，"你弟被江怀南打了，他怎么可能不回去？"

"你说什么？"夏啾啾猛地抬头，满脸的难以置信。

宋哲愣了愣："你不知道啊？"

"我弟昨天被江怀南打了？"

"是啊，"宋哲点头，"还是江哥叫我查的。"

夏啾啾站起身来，直接往外走去，边走边打江淮安的电话。一次又一次，江淮安都没有接。

她想了想，重新回到教室，对宋哲说："我找不着江淮安了，你帮我找一下。"

宋哲满不在乎地摆了摆手："你别担心，他可能就是还没睡醒。"

夏啾啾抿了抿唇，心里还是不放心，干脆给夏天眷打了电话。

夏天眷打了一夜游戏，还在睡觉，迷迷糊糊地接了电话："喂，干什么？"

"昨天是江怀南打的你？"

夏啾啾开门见山地问，夏天眷立刻清醒了，赶紧道："哪儿啊，我没被打啊，夏啾啾你可别乱说，小爷我会被人打吗？"

"是不是江怀南？"

"不是，不是说了吗，就打乒乓球……"

"江淮安去打江怀南了。"

听到这话，夏天眷顿时就没声了，夏啾啾深吸了口气："夏天眷你有能耐了啊？江怀南被你举报了，怀恨在心是吧？你怎么被打了回来还瞒着，打不过就告家长啊，家长不管有老师，老师不管有警察，你占着理，你怕什么？"

"咱爸不是和江家还有合作吗？"

夏天眷艰难出声："我不想给家里惹麻烦……"

夏啾啾没说话，她突然想起当初将江淮安从雨里捡回来的时候，哪怕并不了解江淮安经历了什么，却也大约知道他人家是怎样的。她曾被何琳琳误解，所以她明白被人误解的委屈。夏天眷怕给家里惹麻烦，所以即使被误会，他也没有说出自己被欺负的事。

她叹了口气，道歉："天眷，对不起。"

夏天眷微微一愣，随后就听到夏啾啾又说："昨天没有第一时间想到我的弟弟不可能是冲动打人的人，对不起！我没有足够相信你，对不起！"

夏家人一向是很直白表达自己感情的人，可是这样正式直白的表达，夏天眷也还是第一次经历。他有些仓皇无措，支吾了半天："没……没事啦，我知道，比起很多人来，有你这样的姐姐和爸妈，我已经很幸运了。"

夏啾啾笑了笑，没有多说。夏天眷有些犹豫："江哥……真的去打江怀南了啊？"

"还不确定，我现在去找他。"夏啾啾叹了口气，"你先好好休息，今天咱妈会带你到医院里检查。"

"嗯……"夏天眷应了声，"确认江哥没事了，和我说一声。"

"好。"

夏啾啾和夏天眷道别后，又继续拼命地给江淮安打电话。

江淮安一开始没有接她电话，没多久后，她再打过去就一直是忙音了。夏啾啾很快意识到，江淮安将她拉入了黑名单，只好回到补习班求助："你们轮流给江淮安打电话，我去找他。"

"怎么了？"

杨薇站起来，面上有些担心。

夏啾啾边收拾东西边回答："他电话打不通。"

"夏啾啾你不用这么紧张，他真的可能只是还没睡醒。"宋哲站起身，追着夏啾啾出去，"你不用……唉？"

话没说完，夏啾啾已经跑出去了，宋哲有些无奈，看着杨薇回到位置上，拿出手机。他挑起眉头："你不是真打吧？"

杨薇面色平静："如果没事，打了也没什么。如果出了事，不打会后悔一辈子。"

说着，她已经拨通了江淮安电话。电话响了一阵子，再打过去果然变成了忙音。

宋哲终于意识到不对了，和武邑轮流着打过去，结果都是忙音。宋哲赶紧给江淮安发信息："江淮安，你怎么了？"

"江淮安，回个声，不然我们报警了。"

"夏啾啾去找你了，你到底怎么了？吭一声。"

许久后，江淮安终于回了宋哲的信息："我想一个人静一静。"

宋哲皱了皱眉头，他知道江淮安的脾气，也没多说什么，只回复了一句："安全就好。"

"嗯。"江淮安简短回了一个字。

宋哲想了想，继续回："夏啾啾去找你了，她很担心你。"

江淮安久久都没回话，就在宋哲都以为他不会回话的时候，他又回道："和她说，不用找我了，我很好。"

宋哲没回复，低低地骂了声，然后给夏啾啾打电话。

夏啾啾此时正坐在去自己公寓的出租车上，接到宋哲的电话，听了他的话后，她镇定道："我知道了，谢谢。"

听了这些话，她大概能猜出来，江淮安一定是在他爸爸那里又吃了亏。

她觉得江淮安就像一只浑身带刺的刺猬，看上去又凶又狠，但谁都知道，你将他翻开，就是大片大片柔软的腹部，任人宰割。

他带着少年的棱角和青涩，在这个世界艰难地行走。他对世界还充满着期望，怀着热情与爱，去面对这个本质上冷漠残酷的世界。他还不懂得成人的自持其实是一种保护，他还以为，自己期盼过、渴望过、努力过、挣扎过，就能得到自己想要的回报。

这样的江淮安让她不由自主地将他放在心上，为他心疼不已。

夏啾啾跑到公寓门口，开始敲门。敲了许久也没见人回应，她便拿出钥匙开了门。夏啾啾进去后，只见屋里乱成一片，却没有那个人的半点踪影。

她忙给宋哲打电话，语气焦急："宋哲，他不在公寓里，他到教室了吗？"

"没有。"宋哲走出教室，压着声音道，"夏啾啾，他的脾气我清楚，他说想静一静，就是真的想静静。你不用找他了，给他点时间，他想明白了就回来了。"

夏啾啾没说话，她抿了抿唇，最后只是道："如果他联系你，记得第一时间告诉我。"

宋哲应了声，夏啾啾坐在屋里，有些茫然。她和宋哲想的不一样，宋哲想的是，江淮安有能力处理好这一切；然而她脑海里想的只有那天晚上，江淮安哭着和她说"雨太大了，没人给我送伞"的情景。

江淮安从来没有宋哲想的那样冷静强大。他如今还不到十七岁，他也怕下雨，也会在下雨时哭泣，希望有人给他送伞。

夏啾啾心里有点乱，她也不知道该怎么办，只能在屋里等着。

她开始打扫屋子，将整个屋子打扫得纤尘不染。这些事她从前没怎么做过，这次却做得格外有耐心。

打扫完屋子后，她继续坐在屋里等着江淮安，一边等，一边做作业。等到十一点时，她实在熬不住，只能先回家。

江淮安是晚上两点钟回来的，他找到了之前的朋友，在外面玩了一天。一回到家，他就发现家里收拾得干干净净、整整齐齐，吓得他退了一步，抬头看了看门牌号，才放下心来。

他小心翼翼地回到屋里，看见桌子上留了便签，是夏啾啾歪歪扭扭的字："冰箱里是我叫的外卖，回来如果没吃饭，热一下还能吃。还有牛奶，记得喝。明天来上课吧。"

看着便签，江淮安的内心暖了许多，他将便签折起来，带到房间里，拉开抽屉，翻出里面的铁盒子，将便签放了进去。

第二天早上，夏啾啾没去补习班，一大早就奔向公寓，然而这时候江淮安已经走了。

他找到自己的兄弟，又玩了一天。等晚上回家的时候，江淮安再次看到便签。

"今天你又不在，昨天的饭你没吃，是不好吃吗？牛奶一定要喝，不然会过期的。你不想去补习班也没关系，我明天还会来，我们一起看书啊。"

江淮安看着便签，笑了笑，没有说话，再次将便签放进了铁盒子。

后面几日，江淮安干脆没回公寓，夏啾啾就一日一日地等。

桌面上贴的贴条越来越多，夏啾啾不仅是在公寓等，还开始到处问、到处找。

满城的台球店、KTV，她一家一家地找过去，一家一家地问。

偶尔找到他所在的地方，江淮安就会躲进人堆里，背对着她，偷偷回头看着人群中的小姑娘捂着鼻子，忍住异味，四处寻找他。他说不清心里是什么感觉，以前他总想伸手去触碰这世界所有美好的东西，可现在，他什么都不想，只想自己一个人，烂在这沼泽地里。

有时候江淮安也会回公寓，他也不知道自己为什么回去。每次回去的时间都很晚。只要看到灯亮着，他就不上去，在下面一直等到灯灭了，他才上去。

他上去后会看一看上面的纸条，纸条上的字越来越少，从一开始的各种零碎话语，最后变成了"江淮安，我在等你"。

看着这些话的时候，他心里会有一种冲动，他想找到那个小姑娘，和她说："别等了。

"不值得。"

可是他说不出口，因为在他的心底深处，总隐隐约约地盼着，有个人会一直等着他，有个人会一直爱着他，有个人会想着他、念着他、陪着他。

　　江淮安在躲她，夏啾啾守了几天后，意识到了这个问题。

　　家里江淮安是回来过的，但他一直避着她，他算准了她每天晚上十一点一定要回家，于是每天就等她回了自己家里，才悄悄地回公寓。

　　其实江淮安可以不回来，可夏啾啾不知道为什么觉得他会回来。

　　她想不明白，干脆就用了最蠢的一个办法，给家里报了平安后，便蹲守在公寓门口，躲在暗处，一直等着江淮安。

第十二章

我帮你骂了你爸了

七月的南城正是酷暑的时候，夏啾啾穿了黑色的纱质外套，蹲在草丛里，一直看着公寓门口的方向。

虫子飞来飞去，她一动不动，一直等到十二点，才看见江淮安的身影出现在门口。

他平静地往家里走去。夏啾啾怕惊扰到他，就躲着一直没说话，紧绷了身子，死死地盯着江淮安。

江淮安走到门口，一眼就发现草堆里的不对劲。夏啾啾蹲在一群植物里，压倒了一片植物，于是就可以看到一个凹下去的地方。虽然夜色很黑，但江淮安的视力一贯很好，他本来只是习惯性地观察一下周遭，随后就看见了蹲在小树苗里的夏啾啾。

她正扒着树苗看他，江淮安看过来的时候，她满脑子还琢磨着，天这么黑，他必然是看不见的。

然而下一秒，江淮安以实际行动打破了她的幻想。他大步地走到夏啾啾面前，低头看着她，神色复杂："你蹲在这里做什么，喂蚊子？"

"额……"夏啾啾有些不好意思，她动了动，觉得腿有些麻。

江淮安看了出来，叹了口气，朝她伸出手："站起来吧。"

夏啾啾小声应了声，将手放在江淮安的手心里。

姑娘的手又软又嫩，没有半点茧子。可能是在夜里待了很久，她的手有些凉，触碰到他灼热的皮肤，那感觉如同触电一般，在江淮安的心底炸出一片酥麻。

江淮安垂下眼眸，故作镇定地将夏啾啾拉起来。夏啾啾一站起来，肚子就响了。江淮安皱了皱眉头："没吃饭？"

"嗯……"

夏啾啾低着头，像是做了坏事的孩子，声音小得让人听不清楚。江淮安有些无奈，他知道她是在这里等他，这样的理由，他怎么可能怪她？他抬头看了看公寓，放开她的手，转身道："上去吧，我给你煮碗面条再走。"

夏啾啾没敢说话，怕不小心又把这个人惊走。

她跟着江淮安走进房间，等开了灯，夏啾啾才发现，江淮安已经把头发染了，耳朵上戴着耳钉，任谁看见他，都会以为他是一个退了学的地痞流氓，还是比较帅的那种。

夏啾啾盯着他，江淮安假装没有发现夏啾啾的视线，走进厨房里去。

他自己生活了一段时间，煮面条这种事已经做得很熟练。烧了水，在碗里放了油和调料，另一边拿出煎锅，煎了个蛋。家里面没什么新鲜的菜，倒是夏啾啾买的外卖塞了一冰箱。他翻找了半天，终于挑拣出了一些还能用的葱，在砧板上切碎。

夏啾啾站在厨房门口，看着那个忙忙碌碌的身影，不知道怎么的，眼眶有些发热。

江淮安端着面条出来的时候，正看见夏啾啾用那双含着水汽的眼睛看着他。

他将面条放到她面前，温和地问："怎么了？"

"没什么。"夏啾啾一说话，眼泪就落了下来。

她向来是个情绪外露的人，笑得容易，哭得也容易。

夏啾啾抬手抹着眼泪，却让江淮安慌了神。他看着小姑娘的手背一抹脸，眼泪就哗啦啦地掉，心里疼得不行，赶忙抽了纸巾，假装镇定地按在她脸上，替她擦着眼泪。

她的皮肤很薄，他都不敢用力，只好一下一下地按压着，仿佛什么都不知道一般，笑着道："这是谁给你受了委屈，你同我说，我帮你出气。"

"我，我好久都没见你了，"夏啾啾抽噎着开口，"我以为你不回来了。"

江淮安的动作僵了僵，随后有些无奈地说："不回来就不回来了，你哭什么？"

"我难过。"

"我不回来，也没什么的。"江淮安见她慢慢冷静下来了，便起身去给她倒了水，他一边倒水，一边道，"我以前就是这样的，也就是过回以前的日子，没什么。"

"江淮安，"夏啾啾看着江淮安将水放在她面前，她不敢抬头看他，小心翼翼地问，"是不是，你爸让你不好受了？"

这话她其实是不太敢问的。

她知道自己不是什么七窍玲珑心的人，就只能学着把别人放在心里。

一旦对一个人上了心，凡事就会设身处地地为那人考虑，就能知道，什么该说，什么不该说。

父母是江淮安心里过不去的坎，以前他不说，她就从来不提。然而如今江淮安变成这副样子，却是不能不提了。

夏啾啾刚问出了口，房间里就安静了下来。江淮安推了推碗，温和地说："把面条先吃了。"

"你先告诉我为什么。"

"什么为什么？"

"为什么不来上课了？"

"就不想来了啊。"江淮安坦然道，"读书太累了，不想读了。"

夏啾啾没有说话，好久后，她才抬起头看着他问："他们到底和你说了什么？"

"没说什么。"

"江淮安！"夏啾啾突然起身，靠近他。

少女的气息劈头盖脸倾斜而来，江淮安吓得仓皇地往沙发背上跌了过去，他有些难堪地扭过头，别扭地说："你靠这么近做什么？"

"你就这么孬吗？"夏啾啾把手搭在沙发背上，将江淮安困在中间，审视着他，"你答应过我什么，你自己答应过自己什么？不是说好一起读书，你上清华，我去北大。我这么期待，你这么努力，就因为那些不相干的人的几句话，你就放弃了？"

江淮安沉默着垂下眼眸，不敢直视夏啾啾。他不愿意见夏啾啾，就是知道这个人一定能说出戳他心窝的话。可他累了，不想再这么来来回回被拉扯。

见他不说话，夏啾啾心底一直憋着的火气顿时涌了上来。

她不能想象，也不能理解，江淮安怎么会变成现在这个样子。

"你不该是这样的……"夏啾啾提高了声音，"江淮安，你这样只会让那些巴望着你过得不好的人拍手称赞，让关心你的人担忧苦恼，你不觉得自己幼稚吗？！"

"幼稚。"

江淮安慢慢笑开了："我幼稚，我叛逆，我不懂事。夏啾啾，"他挑起眉眼，"道理我都懂，可是，又怎么样呢？"

夏啾啾愣了，江淮安迎上她的目光："你是我吗，你知道我经历了什么吗？你知道用尽了全力却被人说成作弊，你一直仰慕的人却一直敌视你，你一直想要的那份夸赞永远不会存在，你所在意的人早已经不存在，你知道那种绝望吗？"

"我知道要好好读书，"江淮安红了眼，"我知道该冷静，该用优秀打那些人的脸，可是我做不到，我做不到！"江淮安狼狈地捂住脸，痛哭出声，"他是我爸啊，是我爸啊！他怎么能这么对我……对我妈，对我，他就没有半分的愧疚吗？！"

夏啾啾看着江淮安狼狈地哭出声，彻底呆住了。江淮安明显不想让她看到自己这副模样，他跟跄着起身，想要推开她。夏啾啾脑子一热，猛地伸出手将他一把抱进怀里。

温暖彻底笼罩了江淮安，那一瞬间他仿佛回到了很小的时候。那时候他妈妈还在，江城还不是这个样子。那时候他哭了，他妈妈将他抱在怀里，他可以哭得肆无忌惮。

他的眼泪落在夏啾啾的肩窝，夏啾啾吸了吸鼻子，抬起头来，努力止住自己的眼泪。

在一个更软弱的人面前，人总是容易格外坚强。

她轻轻地拍着江淮安的背，一米八几的少年，仿若一个孩子，蜷缩着被她抱在怀里。

"江淮安，"她沙哑着声音开口，"你得往前走了，过去的人过去了，不要活在过去，要往前走。

"你读书，你变好，不是为了任何人，是为了你自己。哪怕不是为了你自己，也该是为了爱你的、在乎你的人。别把目光放在人渣上，这对爱你的人不公平。"

对她，也不公平。

江淮安听进了她的话，虽然依旧颤抖着身子，但抽泣的声音慢慢小了下来。

江淮安哭过一场，人也累了。他好久没好好睡一觉了，现在被夏啾啾抱着，不知不觉就睡了过去。

夏啾啾将他平放在沙发上，给他盖上毯子，然后蹲坐在他身边，吃完了他煮的面条。做完这一切，她悄无声息地走出了屋子。

门刚刚关上，江淮安就睁开了眼睛，他神色犹疑不定，好久后，他摊开掌心，里面是一枚小小的发卡。

那是刚才夏啾啾落在沙发上的。他拿着发卡，也说不清心里是什么情绪。

他将发卡放在胸口，闭上眼睛。

片刻后，他的手机亮了起来，是夏啾啾的信息。

"我家司机就在楼下等我，好好睡觉，不用送我。江淮安，明天来上课。"

他看着信息，许久后，低笑出声。

夏啾啾回到家的时候，夏家三口人正在斗地主，她一进门，夏元宝就招呼道："啾啾来了，正好啊，可以打麻将了。"

"打什么麻将！"何琳琳不满地开口，"这么晚了，赶紧睡了。"

"爸，"夏啾啾走到桌边来，平静地问，"明天能不能和我去江家一趟？"

听到这话，夏天眷的身子就僵了。

夏元宝有些茫然："去江家做什么？"

"天眷也去，"夏啾啾看了一眼夏天眷，随后同夏元宝道，"天眷是被江家老二打的。"

"姐！"夏天眷急了，夏元宝和何琳琳的脸同时沉了下去，夏啾啾继续道，"江淮安为了给天眷出头和他爹闹了矛盾，这事，我想和江家理论一下。"

夏元宝没说话，好久后，他琢磨出了些不同："乖女儿，你对我说实话，你这个理论，是替咱们天眷理论，还是替江淮安理论？那个江淮安就是上次在咱们家外面弹吉他的那小子对吧？"

一说起这个，夏啾啾顿时红了脸，她梗着脖子，强撑着道："我们就是好朋友，他是为天眷被骂的，咱们得去讲清楚，也不是吵架，就是讲个道理。"

"行。"夏元宝思量了一下道，"咱们明天就去江家。"

夏家人从来都是行动派。

他们算不上很聪明的人，就是有两点好，用心、实干。

他们和人交往，也没什么弯弯道道，喜欢就说，不喜欢就骂，和你交朋友，就用心，把你放心上。己所不欲勿施于人，反而朋友满天下。他们做事情，向来都是行动派，说了就做，说今天做就不会拖到明天。

这样一件举家决定要干的事，他们更是行动力惊人。第二天大清早，夏元宝就从合作的朋友那里问到了江城的地址，然后带着夏啾啾和夏天眷摸到了江城的家里。一路上，夏啾啾添油加醋地给夏元宝讲了江怀南的经典事迹，听得夏元宝火冒三丈，扭头朝夏天眷吼道："被这种孬种打了回来还不敢说，你还是我儿子吗？！"

夏天眷被骂得往车的另一边缩了缩，抱住了自己。

他们到的时候，江城、许青青和江怀南正在吃早餐。

江怀南被江淮安打得不轻，最近这阵子都在调养，脑袋上包得像个木乃伊。

许青青给江城夹着菜，不满道："这个淮安，说不回来就不回来了，现在也不知道去了哪里……"

江城抬眼看了她一眼，有些不耐烦地说："你还有脸说！要不是你，我能误会他？"

"哟，话可不是这么说的，"许青青嘲讽地笑开了，"我一开始还没下来呢，你就动上手了，这和我有什么关系？"

江城的面色变了变，却也说不出什么话来。

人的确是他打的，他没相信江淮安，他打从心底里就觉得，这个儿子是做不出什么好事的，于是下意识就觉得是他错。

直到江淮安最后那句："我居然会觉得，你也算个爹。"

这阵子江城都睡不好，他总会想起这句话，想起江淮安哭着喊"我没作弊"的时候。

他去学校问了老师，老师们都告诉他，江怀南作弊，不止一次被抓到过。

可江怀南一口咬定，是夏天眷诬陷他，老师们听信了夏天眷的诬陷。

是谁说谎呢？

江城心里其实清楚，越是清楚，就越是愧疚，越是愧疚，就越不敢面对。

江淮安最后的那几句话一直在他心里回荡，他好多时候会想起江淮安小时候的样子。那时候江城还没这么暴躁，也没这么固执，那时候江淮安还是个孩子，会甜甜地喊他"爸爸"。

他是什么时候变的呢？

是他妈妈的尸体被抬入太平间，自己将手搭在他肩膀上，被那个哭着的孩子一巴掌打开，嘶吼着叫喊"我恨你！我恨你！我恨你一辈子"的时候；还是他在许青青和江怀南进门的第一天，冰冷说出那句"野种"的时候？

他记不清了。

这个他曾经最疼爱的儿子，到底什么时候变成了这样嚣张乖戾的人，他根本不记得。甚至于他有时候会觉得，或许一开始，江淮安就是这个样子。

直到那天江淮安哭出来，直到他重新调出了江淮安的卷子，看他做过的每一道题。

那不是抄答案做出来的样子。

他知道自己该去说一句"对不起"，可做父亲的尊严却容不得他低头，于是他只能强硬地让人去找江淮安，等找回来……

再说吧。

江城心里有些发苦地吃着早餐。就是这个时候，下人进来道："先生，横元地产的夏老板在外面，说有事要和您说。"

听到来人，江怀南僵了一下。

许青青不满道："这么早来做什么？"

江城倒也没觉得有什么，让人将夏元宝一家子请了进来。

他们一进门，江怀南就想走，夏元宝眼尖，大步走过去，一把握住江怀南的手道："这位就是二公子了吧？久仰久仰！"

江怀南逃跑失败，反而被夏元宝拖到了战场中心。

许青青看情况不对，赶紧跟了过去。一群人坐到客厅里，江城亲自给夏元宝泡了茶。

江城在家务事上一塌糊涂，生意场上却是过得去的，夏元宝将茶接了，开门见山道："江先生的茶我接了，但是该说的事还是要说的。您的二公子带人将我家天眷打了，这事您知道吧？"

　　听到这话，江城冷冷地看了江怀南一眼，脸色不太好，但也只能硬着头皮道："这事我听怀南说了，年轻人血气方刚，难免有些口角……"

　　"这是口角问题吗？"夏元宝直接道，"贵公子作弊，我儿子按照正规途径举报，贵公子不满可以明说，大不了下次我们不举报了，有必要打人吗？"

　　夏元宝这话说得就不太好听了，直指江怀南作弊已经是惯例，这次不举报还有下次。

　　江城僵着脸，没有回话。

　　夏元宝叹了口气，继续道："实话说，江先生，您也知道我就是出来混口饭吃，比不上您这家大业大。贵公子张口就说江家要将我们夏家赶出南城，我听着也很害怕啊。不知道这话是贵公子瞎说的呢，还是江先生真的有这个打算？"

　　听了这些话，江城终于忍不住了，本来还想给江怀南留几分颜面，现在是想留也留不了了，直接怒道："江怀南！"

　　"爸！"

　　江怀南赶紧扑了过来，跪在江城面前，焦急道："爸，这都是他们诬陷我的啊！我从来没说过这些话！"

　　"没说过这些话，至于心虚得跪下吗？"既然已经开战，夏天眷丝毫不畏惧，赶紧补刀。

　　江城看着江怀南，深吸了一口气："事到如今，你还要撒谎吗？"

　　"爸，我没有，我……"

　　"我问过你们老师，查了你的卷子，还调了监控录像，江怀南，你再给我说一遍，你没作弊，是别人诬陷你？"

　　江怀南僵了僵，没有说话。

　　江城平静道："你再说一遍，你没说过这些话？"

　　"爸……"江怀南的声音里满是苦涩。

　　夏天眷高兴地吹了个口哨。

江城二话不说，一巴掌抽到了江怀南脸上，直接把他抽得在地上打了个滚。

　　他从腰上解下皮带，对着江怀南就是一阵狠抽，皮带"啪"地打在江怀南肉上。夏家三个人当场被吓呆，夏天眷忍不住抱住自己倒吸着凉气。

　　江怀南在地上打着滚哀号，江城一边打一边骂，许青青哭着上来劝架。

　　夏啾啾看着这一切，突然想起她昨天见到江淮安的时候，他脸上似乎还有些红肿的印记，又想起她将他捡回公寓的那个晚上，他衣服里的血痕。

　　她看着哭喊着的江怀南，便想起江淮安。她捏住拳头，微微颤抖，在江家三口人一片混乱的时候，猛地出声："你们平时就是这么打江淮安的？！"

　　听到江淮安的名字，江城骤然停手，他抬起头，看向夏啾啾，皱起眉头："你知道淮安？"

　　夏啾啾颤抖着身子，克制住自己想要扑上去和面前这个男人厮打的冲动，尽量冷静道："江淮安是我同学，我们一直在一起上补习班，他很久没来了，我想知道他发生了什么事。"

　　"补习班，什么补习班？"江城皱起眉头，他难以想象江淮安会和补习班联系起来。

　　夏啾啾没说话，她从书包里将江淮安平时做的习题集一本一本抽出来。习题集上写得满满当当的，全是江淮安的笔记。

　　"最近这段时间，他一直在补习班上课，每天早上天没亮他就到教室里开始读书，晚上大家都睡了，他还在做题。这是他做过的习题册，其实还有好多本，剩余的他没放在教室。"

　　夏啾啾控制住自己的情绪，让自己尽量平静下来，不要去激化矛盾，因此声音又柔又缓："他和我说，您从来没夸过他，他这么努力，就是希望有一天您能夸夸他。"

　　这句话不是江淮安说的，是梦里的江淮安说的，夏啾啾记混了。

　　梦里他们一起逛大学校园，江淮安说："小时候我爸从来没夸过我，于是我总想要他的夸奖，不过要了一辈子都没要到，长大以后，就不想要了。"

有些东西不在那个时间得到，就再也不需要了。

江城没说话，他低头看着那些习题册，脑子里蓦然想起那天江淮安哭着大喊"我没作弊"的模样。

如果之前是愧疚，那此时此刻，他听完夏啾啾的话，已经从愧疚变成了扎心。

如果这个孩子曾经是抱着这样的期望去努力，那么那一刻他该多绝望，多难过啊？

江城张了张口，一句话都说不出来。

夏啾啾将书本放在他面前，抬头看向他："我不知道您和江淮安之间到底经历了什么，但我知道一件事，江淮安是一个很好、很好的人。而您从来没有了解过他，就试图去判断他，您要向他道歉。"

江城没说话，片刻后，他固执地说："我是他爹，哪里还有和他道歉的道理？我说错了，那是我不对，那我以后不这么说就好。难道还要我去向他低头说对不起？"

听到这话，夏啾啾捏紧了拳头，深吸一口气："所以，你是不打算道歉了是吧？"

"我以后不这样了。"江城难得服软。

夏啾啾嘲讽出声："江城，你能算个父亲？！"

"你一个小姑娘怎么说话的？！"许青青一听这话就不乐意了，呵斥道，"你……"

"你什么你，一个夜总会出身的'小三'有资格说什么？"夏天眷从后面冲出来，劈头盖脸就对着许青青骂，"这里轮得到你说话？滚一边去！"

听到这话，许青青的脸色剧变，江城的脸色也不太好看，他看着夏元宝道："夏先生，我给您一分薄面，您这孩子该管教了。"

"我弟弟虽然说话不中听，但这不是事实吗？"夏元宝正打算服软，夏啾啾却开口，她冷眼看着许青青，"许夫人有没有听过一句话，龙生龙凤生凤，老鼠生儿打地洞？不清不楚进这个家门，还怕人议论吗？"

"出去！"许青青提高了声音，"这里不欢迎你们，出去！"

"出去可以，"夏啾啾立刻道，"江先生，你该给江淮安道歉。"

"这里轮得到你说话？"江城的口吻带了怒火，"我们的事不用你一个外人管。"

"您的事我不管，可江淮安是我朋友，我不能看你毁了他。江淮安这么好的人……"

"他哪里好了？！"江城怒道，"他逃课、打架，说他一句能给你顶回来十句，你知道什么？我不是没有好好教过他，也不是没有好好和他说过话，可他听吗？我希望他能和青青、怀南好好相处，他怎么做的？我希望他能好好读书，他怎么做的？我凡事都希望他好，我好话、坏话都说尽了，他又有给我一点反馈吗？"

"您怎么说的？"夏啾啾没有被江城吼住，不卑不亢地说，"用皮带说，用鞭子说，一上来就先说江淮安如何如何不好，如何如何不对。人都是有心有感情的，您一直说他不好，他凭什么好？

"您要他和继母好好相处，您自己想过这是什么继母吗？您出轨，您在外面有私生子，在他母亲病重的时候，您还和他们有联系，他母亲从高楼上跳下来，您还要让他和他们好好相处，您想过他的感受吗？"

"你……"

江城正要说话，夏啾啾打断他，直接道："你没想过他怎么想，你只一味觉得，你儿子该是什么样。你试图了解过他吗，你在意过吗？如果一个爹当成你这样子，你何必生他下来受这个罪？你不道歉凭的是什么，不过就是你觉得江淮安永远会把你当爹，可人的感情都有极限，我告诉你，江城……"

夏啾啾冷着声音，全然不像一个十七岁的孩子，她的声音平静又坚韧："你不道歉，你不在意，那你就别管他。你不管，总有人管。你不爱江淮安，总有人爱他。可是你别后悔。"

江城没有说话。他习惯性想要反击，想要说"小丫头片子懂什么"，然而却什么都说不出来。

就在这个时候，外面传来江淮安疑惑的声音，他站在门口，皱着眉头："你们在干什么？"

江淮安是赶回来的。

宋哲家和江淮安家住在一个小区，他大清早出门去补习班的时候就看见夏啾啾的家人出现在小区里，于是赶紧给江淮安打了电话。江淮安吓得连滚带爬地回了自己家，他太清楚自家是什么情况，夏啾啾一家来，他怕他们吃亏。

只是他不能表现得太明显，于是到了门口，就先装作什么都不知道的样子。

然而在他开口之前，他听到了她的话——

"你不管，总有人管，你不爱江淮安，总有人爱他。"

说这些话的夏啾啾，一点都不像平时的她。

平时他见着这个人的时候，总觉得她像个小孩子，天真、单纯、可爱，让人忍不住想捧在手心里，怕这世间的现实磕绊了她。可说着这些话的夏啾啾，仿佛是一只露出爪子的小豹子，龇牙咧嘴地看着这些人，又凶又坚定。

她在守护他，她在为他战斗。

那一瞬间，他觉得热血翻涌。

他不知道该说什么，不知道该做什么，只是突然发现，他曾经以为在他生命中举足轻重的江城，在面对夏啾啾的时候，原来也不过如此。

江城并没有他想象中的重要，而自己也不是自己以为的那样，深陷苦海，无人相救。

他的心是暖的，看他们吵得激烈，他不想让夏啾啾再为他吵下去，于是急忙出了声。

他一开口，所有人就朝着他看了过来。夏啾啾愣了愣，随后有些心虚地缩了缩。

江城最先反应过来，沉着脸道："你还有脸回来？"

"我怎么没脸回来？"江淮安冷笑出声，"我的行李还在这儿呢。"

江城听了这话，脸色不大好看，想说什么，却没说。

江淮安走进屋里，看见夏元宝和夏天眷，抿了抿唇，先鞠了个躬："不好意思，我弟是个王八蛋，我替他向你们道歉。"

"江淮安！"许青青提高了声音，"你替谁道歉呢？"

"他作弊，还打了人，不该道歉吗？"江淮安冷眼看过去，许青青还想说什么，江城却破天荒地训斥她："你先闭嘴！"

江淮安有些意外，他挑了挑眉，第一个反应就是夏啾啾真牛，居然能劝住江城。

江城吼完看着江淮安，似乎有什么话想说，然而憋了半天，却只是说："回来就回来吧，赶紧去洗澡，你看看你现在像什么样子。"

江淮安听到这话，点点头道："行，我收拾行李回家去洗。"

"你家就在这里，你还要回哪里去？"江城的耐心有些耗尽了，不耐烦地说，"江淮安，你适可而止。"

江淮安本来还想和江城争执，但夏啾啾一家人在这里，他顾忌了一下形象，终究是不想在夏元宝面前失态，让他看到自己的这些难堪。江淮安没回江城的话，对夏元宝说："叔叔，江怀南我已经打了，如果你们还气不过，报警送公安局、告学校记过，或者我再打一顿，您看怎么样处理比较好？"

他说得一脸真诚，夏元宝还有点心虚，他瞄了一眼旁边被包得粽子一样的江怀南，对方听见江淮安说再打一次的时候立刻绷紧了身子，似乎完全相信了江淮安的话，觉得自己随时可能再被打。

夏元宝轻咳了一声，假装淡定道："我们也就是来要个道歉……"

"江怀南！"江淮安提高了声音，冷眼扫过去，"道歉！"

"江淮安你别太过分，你看我们家怀南……"

"我让你别说话！"江城怒吼出声，"还嫌不够乱吗？"

许青青听了江城的话，露出愤怒的神色来，还想争执，却被江城提前拉住了手腕，冷声道："别在外人面前闹笑话。"

许青青僵住身子，红了眼眶，却没再多说什么。

江淮安走到瑟瑟发抖的江怀南身前，将手搭在江怀南的肩膀上，微笑道："弟弟，做错了事就要认，你要是不道歉，哥哥就要再教育你了。"

听到江淮安的话，江怀南骤然想起那天被江淮安按在地上打的情景他看见旁边的许青青被江城拉着，知道自己是指望不上许青青了，憋了半天，终于道："对不起……"

"大声点！"

江淮安大吼出声，夏元宝都被吓到了，赶紧道："那个，其实我们

228

也没……"

"对不起！"江怀南闭着眼睛，大吼出声，"对不起，对不起，对不起！"

听到这话，江淮安笑了笑，终于拿开了放在江怀南肩膀上的手，江怀南顿时仿佛从巨兽手中死里逃生一般，大口大口地喘息着。

江淮安走到夏元宝面前，恭恭敬敬道："叔叔，真的不好意思了。"

"没事，"夏元宝摆着手，不知道怎么的，在这个少年人面前，他居然觉得有那么几分窘迫，"其实我们就是过来看看，那个，事情解决了……"

"你不是说你是来收拾行李的吗？"夏啾啾突然插口。

江淮安朝她看过去，她的眼神平静又坚定："正好，我们开了车过来，你收拾好东西，我们送你。"

江淮安没说话，好久后，他低头笑了笑，明白了夏啾啾的意思。

昨晚她对他说，人得往前走。如今他走不出去，她就逼着他走。她哪里是要他收拾行李，她要的是他收拾好过去那个幼稚的、狼狈的自己，让他走出那沼泽一样的人生和心境，往前走。

她在奋力拽着他、拖着他、背着他、督促他。

江淮安不知道怎么去回应，他不知道自己能不能做到，但至少这一刻，他不能拂了夏啾啾的面子。

他点头道："好，那麻烦你们在这里坐一下，我去收拾东西。"

说着，他就上了楼。

江淮安刚上楼，江城随后也跟着上了楼，等进了他的房间，关上门后江城立刻道："你要闹到什么时候？我刚才不说话，是不想闹得太难看，你还真要走？"

江淮安没说话，低头开始收拾行李。江城气得胸膛激烈地起伏着："你要走哪里去？这里是你家，你现在才读高中，你又要出去当你的小痞子了？"

以前江城说这些话的时候，江淮安都觉得特别难受，仿佛是被人卡住喉咙，疼得他忍不住要回击，用攻击来保护自己。然而这一次，不知道是不是因为夏啾啾在，他一想到她就坐在外面等着他，他就觉得内心柔软了下来，柔软而坚强。那些曾经像刀一样的言语，根本撼动不了他半分。

他没有回应江城的话，只是安安静静地收拾东西。江城看着江淮安的动作，实在是无法忍耐他的忽视，冲过去扬起手，一巴掌抽了过去。

江淮安的动作更快，抬手就拦住了他的手。

江淮安从来没还过手。江城打了他很多次，每一次江淮安都是用嘲讽的、安静的，或者挑衅的目光看着他，然后甘愿被他打得鲜血淋漓，仿佛自虐一般，企图用自己的伤痕来刺激自己的父亲。

很多时候江城都觉得无能为力，面对这个小兽一般随时露着獠牙的儿子，他除了责骂，不知道还能做什么。

人们都说，棍棒下面出孝子。

人们都说，等孩子长大了就好了。

于是江城一直想，他只要对江淮安狠一点，再狠一点，管好他，等江淮安长大了，一切就好了。

而在这之前，他会一直是他的父亲。

然而在江淮安还手的这一瞬间，现实被猛地击碎。

自己也许不会永远是他父亲。他有一天会长大，如果他长大后，还是和以前一样满怀恨意，那自己将会更加无能为力。

自己不能再逼着江淮安做他不想做的事，不能压着他低头。自己的尊严从来不是通过让江淮安害怕获得的，而是江淮安给的。作为父亲的尊严，如果江淮安不愿意给，那么便不存在。

江淮安早就能反抗他，早就能轻而易举地接住他的拳头，只是一直没有这样做而已。

江淮安从江城的眼里看到了一些恐惧和茫然，他不明白江城为什么会露出这样的神色，最后他放开江城的手，平静道："以后你不要随便打我，哪怕是阿猫阿狗，也没有想拿来发脾气就拿来发脾气，想打就打的道理。"

说着，江淮安低下头，将衣服整齐地放进行李箱里。

夏啾啾的话回响在江城的脑海里，"人的感情都是有极限的。"

他有点害怕，这样的恐惧将他所有的话都堵在喉咙里。直到他看见江淮安抽出抽屉，拿出了一本相册。那本相册上贴着和这个时代格格不入的小花，这是江淮安的母亲做的，以前他们家每年都会照一张全家照，然后放在相册里。

江淮安一直很珍惜这本相册，从小就爱看，他妈走了以后，江城好几次看到他坐在角落里，翻看这本相册。

看见江淮安将相册拿出来，江城再也忍不住问道："你这是做什么，是打算走了再也不回来了？"

"大姑和爷爷好多次让我过去陪他们，以前我都拒绝了，现在我想过去。"

一听这话，江城就炸了，怒道："你这是什么意思？是我亏待你了，是我养不起你了？你是我儿子，跑到你爷爷家算什么事？"

"我为什么去，你心里不清楚吗？"

放在过去，江淮安早就和江城吵了起来，然而如今夏啾啾在外面，她在，就仿佛是有了一根定海神针，将那滔天浪潮抚平，让他冷静下来。

抛开叛逆的时候，江淮安不是个不会说话的人，相反的，他甚至很擅长和别人沟通。

他冷静地看着江城，语调平和："这个家没有我的位置，你有你的妻子，也有你心疼的小儿子，不需要我在这里。我在这里，对谁都不好。"

江城沉默下来，看着江淮安将相册放进箱子。许久后，江城终于道："你这样讲话，让我很伤心。"

"如果言语伤人也是伤人，那你已经伤害我很多次了。"江淮安盖上盖子，拉上拉链。他抬眼看向江城，语调平静，"以前我一直希望你认可我，希望你能像以前一样对我。我妈的事，我不能原谅你，可是那么多年的感情始终是感情，我内心里总觉得你是我爸。所以江怀南来的时候，我会难过。以前你只对我一个人好，后来你对两个人好，对江怀南比我好。"

"你是哥哥，"江城皱起眉头，"以后江家都是你的，你得学着照顾怀南。"

听到这话，江淮安嘲讽地笑开了："凭什么呢？他是你在外面的私生子，他的妈妈在我妈病重的时候，还想尽办法缠着你要进我们家的门，你还让我照顾他，你脑子没病吧？"

江城的脸色变得很难看，在他骂出声的前一秒，江淮安放缓了声音："我要走了，也不想再和你吵架，我和你吵得够多了，我累了。人要向前看，我不能为了你这样的人，毁了我自己一辈子。"

"什么叫为了我毁了你一辈子？"江城再也控制不了自己，大吼道，"我哪一样不是为你好，哪一样不是为你着想？我让你好好读书是我错了，我让你不要打架是我错了，我管教你是我错了？我……"

"我不需要你的管教，"江淮安冷静地开口，"我自己会过好我的人生，我自己会好好读书，会上最好的学校，走最好的路。我会给所有爱我的人看，我江淮安是一个优秀的、不让他们失望的人。你以为我和江怀南那个靠作弊拿分的孬种一样？我从小什么都拿第一，我需要你管教？

"看看你管教的这些年，我被你管成什么样子！但凡你不要这么偏心，但凡你夸我几句，但凡你对我温和一点，但凡你不要在江怀南拿我玩具时候说'他是你弟弟，你让着点'，在许青青恶心我的时候让我叫她'妈'，在我和江怀南打架时候罚我们一样跪着，然后让我看着许青青对他儿子'宝啊'地喊，我会走到今天？

"你总以为你公平，你总以为你对我们处罚一样就是公平，可他有妈我没妈，这能一样吗？"

江淮安控制不住自己，吼得歇斯底里："这么多年你把我交给许青青照顾，连老师的电话都不接，可这不是亲妈，不是亲妈就不是！我妈没了，"江淮安闭上眼睛，整个人都在颤抖，沙哑着道，"我爹也和死了一样了。"

江城被江淮安吼傻了，他呆呆地看着江淮安，一时之间，居然不知道该说些什么。

他感觉自己说什么都是错的，做什么也都是错的。

他不知道怎么和自己的孩子沟通，他的父亲从小教育他，孩子就是打出来的。他从来都是这样，他不知道该怎么说自己内心所有的顾忌和温柔。甚至连简单的一句"对不起"都说不出来。

江城觉得自己活得特别失败，他颓然无力，不知所措，连拦住江淮安的勇气都没有，他怕下一瞬间，江淮安就能让他所有的"自以为"荡然无存。

江淮安见他没有回应，抬手抹了一把眼泪，将东西迅速地放进箱子里，拖着走下楼去。

夏啾啾站在院子里等她，夏元宝和夏天眷觉得有些尴尬，已经在车里坐着了。江淮安冲出去的时候，才想起来自己哭的样子又被夏啾啾看到了。

他有些狼狈，用袖子狠狠地擦着自己的脸，想要让人看不出他哭过。

夏啾啾看着他的模样，心里有些难受，她拿出纸巾递给他，认真地说："别擦得这么狠，可疼了。"

"嗯，"江淮安接过纸巾，艰难地笑，"不好意思，我们走吧。"

夏啾啾点点头，她本来想拉他，但又想到这是在他家院子里，于是她将手放在他的行李箱的拉杆上，垂下眼眸说："走吧，我带你回去。"

"不用你拖了，我自己来就好。"江淮安赶忙拒绝，夏啾啾却摇摇头，固执地拖着行李箱往外走，江淮安不可能让她拖行李，于是两个人一起拉着一个行李箱往外走。

他们的手靠在一起，温度仿佛被拉杆串联在了一起，从指间一点一点蔓延到他的心，一颗心慢慢地安定了下来。

"江淮安，"夏啾啾突然认真道，"我帮你骂了你爸了。"

"嗯……"

"所以，这个事情，该翻篇了。"

江淮安沉默，夏啾啾停住脚步，回头看他。

"麻烦你，"她的眼睛里落着他的倒影，合着清晨的阳光，显得生机勃勃，仿若新生。江淮安看着那双眼睛，不由得有些恍惚，随后他听见少女的声音，"以后能不能不要只看着这些伤害你的人，也看看我们啊。"

"你们？"

"对，"夏啾啾点头，"看看对你好的这些人。"

听到这样的话，江淮安轻轻地笑了。他点了点头，认真道："好。"

"我答应你，"他说得认真，"以后，我就看着你。"

这样的话难免让人误会，夏啾啾瞬间红了脸，她扭过头去，看着旁边树枝上飞落下的鸟，小声地说："还有好多人呢，我们都对你很好。"

"你对我最好。"

江淮安迅速接荐，夏啾啾一时语塞，心跳得飞快。江淮安回头看了一眼自己的家，又看了一眼身边的人。他特别想伸出手，想握住她的手，想和她一起转身，远远地离开这个地方。

可是他又不敢。他怕自己会错了意，怕自己唐突，怕现在这样的自己，根本配不上面前这个近乎完美无缺的小姑娘。

他只能静静地看着她，直到夏啾啾发现他久久没有说话，疑惑地问他："怎么还不走？"

江淮安笑了一下，他深吸了一口气，挑着眉："夏啾啾，你知不知道，我以前做什么都是第一。"

"知道啊。"

"你是不是特别想我考清华？"

"我想你过得好。"

"夏啾啾，"江淮安转过身，拉着行李箱，没敢看她，"以后，我还会是第一。"

如同他当年一样，什么都好。

这样的江淮安，才能配得上夏啾啾。

然而少年的心思，表达得太婉转，夏啾啾全然没有察觉。

她只以为这是江淮安一时心血来潮的宣言，直到很多年后才知道，这是蓄谋已久的开始。只是当时没有明了，于是夏啾啾扭过头去，握紧拳头，认真地喊了句："加油，你一定可以的！"

江淮安："……"

第十三章

以后我们就不是同桌了

夏啾啾和江淮安上了车，夏元宝和夏天眷在前面坐得笔直，三个男人一言不发，气氛有点尴尬。夏元宝不开口，江淮安也不敢开口，看着车以三十码的速度往小区外面慢慢驶去。

江淮安本来想问："叔叔你知道要去哪里吗？"

但是他没敢开口，一直憋着。等开到路上后，夏元宝才想起来问："那个，江淮安是吧？"

"是是是，"江淮安赶忙点头，"叔叔，我就是江淮安。"

"呃，你要去哪儿啊？"

"去……"

江淮安下意识要将夏啾啾公寓的地址报出来，但又立刻想起来，这是夏啾啾的爹，不是滴滴司机，那房子是夏家买给夏啾啾睡午觉的，他要是直接给人家报出他女儿的地址，这不给人打死？

江淮安脑子没问题，于是把即将脱口而出的地址换成了他爷爷家的地址，随后礼貌道："谢谢叔叔了。"

"不用谢，"夏元宝乐呵呵地笑，"我听啾啾说，你数学和物理都快考满分了，真是厉害啊！"

"没……也不算什么的……"

好多年没被人这么夸过，江淮安也不知道自己是怎么回事，脸迅速红了起来，话都说不清。

夏元宝是生意人，最喜欢的就是夸人。那份"看到自己女儿男朋友"的紧张感消失后，夏元宝天上地下地把江淮安一阵乱夸，夸得江淮安飘飘欲仙，下车的时候感觉自己简直能飞。

等送江淮安下车后，夏元宝的脸色顿时沉了下去："这小子不行，耳根子软。"

夏天眷、夏啾啾："……"

"不过，"夏元宝想了想，"人倒还可以，不是个花里胡哨的。"

"爸，你别瞎说了，"夏啾啾轻咳了一声，"我还要学习！"

"哦，对对对，"夏天眷赶忙跟上夏啾啾的步伐，"我们中学生，学习最重要了！"

夏元宝冷哼一声，表明"小兔崽子你们的心思我还不知道？"后，也没继续说下去，毕竟夏啾啾是个女孩子，当爹的还是要给她留几分面子的。

江淮安到了江家后，江澜早早便知道江淮安要来，但她有事在外面，便让人来接。江淮安一进宅子，就看见他二叔江言站在门口等着他。

江言比江城大两岁，是江春水收养的儿子，平时就在江春水身边，帮江春水打理一下杂事。

江春水一共三子一女，女儿江澜早早地出嫁，嫁过去后没多久就死了丈夫，平时虽然住在老宅，但生活重心都放在打理丈夫留下的产业上，对江家的产业插手不多，大儿子出了车祸死得早，二儿子是养子。所以大多数家产就落在了江城身上。江春水不大喜欢江城，却格外喜欢自己的大孙子江淮安。

江淮安和江言接触得不多，依稀只记得这是一个极其温和的人。江言上前来替他拿东西，江淮安礼貌性地叫了声"二叔"，随后便将行李交给了下人。江言热心道："听说你要来，爸爸高兴坏了，特意让人准备了你喜欢吃的，以后就留在这儿了？"

江淮安点了点头："大概吧。"

"留着挺好。"江言笑了笑，"你们这些年轻人，总是要有活力一些，你留在这里，爷爷一定很高兴。"

江淮安应了声，跟着江言进屋。

江春水早就已经在屋里等着了。他听江澜转述了前阵子江淮安和江城吵架的事，本来还以为江淮安会再倔强一阵子，没想到他这么快就来了。

江老爷子不是擅长表达情绪的人，笑着和江淮安聊了一些琐事，知道他的成绩后，沉默了片刻，叹了口气道："你受苦了。"

"没有的事，"江淮安垂下眼眸，"自己选择的路，就要努力走下去，哪里谈得上吃苦不吃苦的？"

江春水还想说什么，最后只是摇了摇头，没有多说。

他们说话的时候，江言走了上来，熟练地将药递给江春水。江淮安想给江春水倒点水，江言却一把拦住他，语速又平又快："老人家喜欢喝带蜂蜜的。"

江淮安愣了愣，莫名觉得有些尴尬，只好点点头，坐到一边。

江春水吃了药，便和江淮安坐在饭桌上吃饭。江春水人老了，说话也有些乏力，吃饭的时候，江言说得比较多。 江言说的人江淮安都不太清楚，不知道是他敏感还是怎么样，他感觉江言谈的话题都是他听不太明白的，不过江春水很清楚江言在说什么，偶尔答上一句，气氛也还算融洽。

可他们越融洽，江淮安就越尴尬。他觉得自己仿佛是回到江城那个家里，江城、许青青、江怀南是一家人，自己被隔离在外，怎么都有些格格不入。

然而江城是一回事，江言又是另一回事。江言不是他的父亲，没有照顾江淮安的义务，他也没做错什么，是江淮安闯入他们的生活。江淮安刚好处于最敏感的时期，别人随便做点什么，就会容易多想。江言唯一没做好的，只是没有及时去体会这个少年敏感的内心而已。

可他到了头发半白的年纪，又哪里还记得少年人那些敏感的心思？ 没有人觉得有什么不对，饭桌上的两人一直在说着江淮安插不上嘴的话题。说了一会儿，江春水想起江淮安来，这才问了两句。

"你和你爸这次吵得厉害，是打算就住这里了吧？"

江淮安本来是这样想的，然而吃了这顿饭后，他顿时改变了主意。

他离开江城那里，是想找到一个适合自己位置的地方。江城那里已经没有他的位置，可如今看来，江春水这里也没有他的位置。不是江春水对他不好，只是他本来就不属于这里。

于是在江春水问了这话后，江淮安笑了笑回答："爷爷，我不想浪费时间在来回学校的路上，我想在学校附近租一个房子，自己住就行。"

"自己住吗？"江春水皱起眉头。

江淮安想了想："住校也行。"

"那还是自己住吧。"江春水立刻道，"你一个人住，自由清净些。"

"谢谢爷爷。"

"阿言。"江春水抬头看向江言。

江言赶忙应声："爸。"

"去帮淮安看看，学校附近哪里有好一点的房子，买一套给他住，离学校近一点，一定要安全，风水好一点，周边邻居也调查好。"

238

"爸，您放心，"江言温和道，"我会办好的。"

江春水点点头——他精神头不太好，有些疲惫了——随后扭头看向江淮安，摆了摆手道："你去做你的事吧，我得先去歇着了。"

"嗯。"江淮安乖巧地点头，"谢谢爷爷。"

江春水应了声，江言便推着轮椅送江春水去卧室，走了几步，江春水突然道："淮安。"

江淮安恭恭敬敬地起身："爷爷，我在。"

江春水叹息出声："好好读书，别让我失望。"

"我明白，"江淮安的声音有点哑，"您放心，没有下一次了。"

第二天早上，江淮安又去了补习班。还是和之前一样，早上七点不到就到了教室。夏啾啾走进课室的时候，就看见江淮安坐在座位上。

少年穿着白色 T 恤，柔软的碎发垂在耳畔，清晨的阳光落在他脸颊，显得格外美好。他听到她进来的声音，扭过头来，浅浅地说了一声："早。"

夏啾啾瞬间仿佛被打了鸡血，开心道："早！"

而后其他人也陆陆续续地来，差不多到九点的时候，所有人就到齐了。董良端了杯枸杞泡菊花茶进来了，看见江淮安，倒也没什么意外，就是朝他点了点头问："回来啦？"

江淮安笑了笑："让老师担心了。"

"我没什么担心的，"董良端起茶杯喝了一口，平静道，"就是你这群兄弟姐妹担心坏了。"

说着，董良抬头，下巴朝着夏啾啾那里扬了扬："尤其是她，你不来，她也不来，我都快以为她不是来补课，是来追你的了。"

这话一出，旁边的几个人立刻笑了起来，夏啾啾满脸镇定地岔开话题："老师，我们这是纯洁的战友情。"

董良笑了笑，眼中带了些说不清道不明、"你知我知"的意味，随后便开始讲课。

一个假期奋斗下来，一群人的成绩开了火箭一样地提高着，但每个人有每个人的弱项，比如说夏啾啾无论如何就是考不好数学，江淮安不管怎么样都记不住单词。

每天读书有时候也觉得无聊，董良就鼓励他们运动，但补习班不比学校,没有什么大操场,于是就在教室里运动。男生做俯卧撑,女生做深蹲,一边做一边回答问题,答错一题多加五个。

三个男生体力好,答错几个多做几个俯卧撑也毫不费力,完全体现不了运答错动作用,于是董良叫嚷着:"不行,坐个人上去。"

这时刚好是江淮安答题,武邑立刻道:"我来我来!"

"你……"江淮安一看全身肌肉的武邑就要冲过来赶忙吼,"滚,老子的腰会被你坐断的!宋哲,"江淮安看了一眼旁边的宋哲,扬了扬下巴,"上来!"

"我和武邑差不了多少,"宋哲推了推眼镜,靠着桌子道,"把您的腰坐断了多不好,还是找个女同学。夏啾啾,"宋哲露出一个意味深长的笑容,"身为同桌,帮个忙吧?"

江淮安一听这话就急了,董良看热闹不嫌事大:"啾啾,上!"

"好!"

夏啾啾完全没觉得有什么不对,拿着书就坐到江淮安背上,开始问单词释义:"suffer from。"

少女的身体很软,坐在他身上,她的体温通过接触的地方传了过来。江淮安有些晃神,而夏啾啾已经在倒数"五,四,三,二……"

"遭受,患病!"

江淮安及时回神,夏啾啾没觉察出什么异样,继续问下一个单词:"No longer(不再)……"

夏啾啾一个个地问,江淮安一个个地答。他也不知道是怎么了,心跳得飞快,脸又红又烫,几乎是本能地回答问题。

江淮安觉得自己应该答对,又希望自己不要答对,这样夏啾啾就可以在他身上多坐一段时间。

最后夏啾啾问"any(任何)"的时候,江淮安诡异地没有回答。

宋哲看出他的心思,转头靠在武邑身上,低头笑出声来。

武邑和杨薇被他笑愣了,武邑皱了皱眉头:"你笑什么?"

"没什么,"宋哲摆着手,"真没什么,我绝对不是笑咱们江哥连any是什么意思都不知道。"

尽管江淮安脸色淡定,也被宋哲说得不好意思,他多做了五个俯卧撑后，顺利地回答完最后一个单词后，站了起来。

晚上回去的时候，宋哲搭上江淮安的肩，小声道："江哥，追妹子下血本的啊，any 的意思都不知道？"

江淮安目不斜视："不知道。"

"真不知道？"

"不知道。"

宋哲将目光往下看过去，神色里带着些戏谑："江哥，有感觉没？"

江淮安一巴掌抽了过去，宋哲连忙躲开，江淮安追着踹了过去。

夏啾啾和杨薇手挽手跟在后面，杨薇皱了皱眉头问："他们怎么又闹起来了？"

"感情好呀。"夏啾啾认真地回答，"感情好都这样的。"

杨薇没说话，有些不赞同，夏啾啾看着她的神色，好奇道："你皱眉干什么？"

"阿姨说……这样打打闹闹的，不成样子。"杨薇回过头来，慢慢解释，"宋哲以后是要代表宋家颜面的，不能这样。"

听到这话，夏啾啾呆了。她知道宋家是高门大户书香门第，但没想过讲究成这样。夏啾啾想了想，有些踌躇地问："那个，你和江淮安家里熟吗？"

"不是很熟，"杨薇的脸上有些尴尬，"那个，我是宋哲他妈妈好心接回来养的……"

"我知道我知道，"夏啾啾赶忙开口，"你不要想太多，我就是随口问问。"

说是随口问问，杨薇却从夏啾啾的眼底看到了一丝慌张。她想了想，还是开口："江家和宋家是世交。"

"啊？"夏啾啾不知道杨薇为什么突然开了这个口。

杨薇苦笑了一下，继续说："都一样，规矩多，而且江家比宋家复杂多了。你知道江淮安他大伯怎么死的吗？"

夏啾啾摇头。

她以前也不大管事，对于江家的印象，仅限于他爹说的"有钱、有权、有根底。"人家说富不过三代，但江家不一样，打从清末到现在，江家在南城一直颇有声望。这样的人家，和夏啾啾家这种暴发户是完全不一样的。

夏啾啾的思绪飘远了些，杨薇却完全没有察觉，又继续小声地说："听说他大伯是有天晚上在家里突然过世的，人家都说是心脏病，但我听说，"杨薇抿了抿唇，似乎是在犹豫，但女孩子爱八卦的天性还是占了上风，"我听说，他大伯是中毒去世的。"

"啊？"夏啾啾惊诧出声。

这时候她们已经走到车边了，宋哲叫杨薇回去，杨薇立刻压低了声："你千万别说出去啊。"

夏啾啾忙点头，这种事情打死她也不会说出去！

等宋哲带着杨薇上了车，江淮安来到夏啾啾面前，看到她呆愣的样子，他抬手弹了弹她的额头。

"想什么呢？"

夏啾啾被吓了一跳，猛地回头，讷讷出声："没……没什么。"

"你家的车来了，"江淮安朝夏啾啾扬了扬下巴，"去吧。"

"嗯……再见。"

夏啾啾点点头，往自家车走去，走了两步，她停住脚步，回过头。

江淮安知道她有问题想问，于是没有挪步，主动问道："你想问什么？"

"那个，江淮安啊，"夏啾啾犹豫道，"你们家……杀人犯法吗？"

江淮安被问愣了，片刻后，他严肃道："法治社会，谁杀人都犯法，你这问的什么破问题？"

听到这话，夏啾啾放心了，赶紧点头道："没事没事，你回去吧。"

江淮安："……"

看着夏啾啾那傻样，江淮安忍不住问："你是听到什么乱七八糟的传闻了？"

"没，"夏啾啾看着江淮安，认真道，"我就是突然觉得，这世道太不安全了，江淮安，你可得好好保护自己。"

"你瞎说什么呢？"江淮安忍不住笑了，"回去吧。"

夏啾啾垂下眼眸，没有说话。

等她张开眼睛的时候，她感觉恐怖莫名，拿出手机发了个朋友圈。

"当智商跟不上敌人是一种怎样的体验？"

宋哲秒回："你大概很了解。"

杨薇点赞。

武邑："老宋说得对。"

过了一会儿，江淮安也有了回复："没事，还有我。"

夏啾啾："……"

莫名觉得江淮安很帅怎么办？

她没敢公开回江淮安的信息，打开私聊回复了一个可爱的表情。

江淮安边看着手机上跳出来的信息边走进屋里，忍不住笑了，只是笑容还没彻底绽开，就听见了一个有些疲惫的声音："淮安。"

江淮安的身子僵了僵，慢慢抬起头，看见了站在门口的江城。

江淮安没说话，将手机放进兜里，便转头往自己房间走去。

"江淮安！"

江城提高了声音，然而这只是让江淮安加快了步伐，他不想见到江城，甚至于，他如今已经有了最好这辈子不要再见的念头。

他的表现极大地刺激了江城，江城忍不住提高了声音："江淮安，你到底要我怎样？！"

江淮安依旧不说话，江城追了上来，当他推门的瞬间，江城又开口："你回家吧。"

江淮安推门的动作顿住了，他抬起头来，看向江城的方向。

江城板着脸，僵着声音道："你阿姨知道错了，你回来吧，以后我不打你了。"

听到这话，江淮安嘲讽地"嗤"了一声，打开门，"砰"的一下，死死关上。

江城站在门口，看着这道被关上的门，仿佛突然失了所有力气。他在门前站了很久，慢慢道："我去问了老师，怀南是作弊了，我也打过他了。"

江淮安打开音乐，放起了节奏性很强的歌。然而江城的声音虽然小，也依旧清晰得让江淮安能听见。

"这里终究不是你家，你的房间我让你阿姨给你打扫了，我知道你不喜欢她，以后我也不逼你和她亲近。我其实只是希望你们和睦相处，你妈妈的事我很遗憾，但是……"

话没说完，江淮安猛地打开了门，江城惊得抬头，对上的是江淮安冷漠的眼。

"第一件事，不要提我妈，"他平静地说，"你这种出轨的人，不配。"

江城似乎是被戳中了心窝，脸色一下变得极为难看。江淮安抬头看了一眼外面的天色，抬起手指，指向院子外面，声音冰冷："第二件事，你走吧。"

江城没说话，强撑着仅剩的尊严："淮安，我是你爸爸。"

"你放心，"江淮安冷淡地开口，"以后你的赡养费我会给，走吧。顺便，"他低头看他，"不是所有的事都是别人的错。许青青有错，你就没有？"

说完，江淮安关上了大门。

江城一直在门口站着，江淮安也没管，他放着音乐，洗了澡，就坐到桌前看书。

有的人是越心烦越看不下去书。然而江淮安相反，越不想面对什么，越容易进入书里，因为看完了，就什么烦恼都忘了。

他开着灯，一直做题做到凌晨。他现在习惯两点睡，六点起，到了一点，他直起身来，打算去客厅泡杯咖啡，只是一拉开门，就看见站在门口的江城。

江城看着他，神色有些复杂。他一眼看过去，就看见江淮安的书桌，台灯，以及台灯下堆积的书。

父子四目相对，江淮安从他身边走过，准备去客厅泡咖啡。

江城跟在他身后，声音有些僵硬："你现在还不睡，是在做题？"

江淮安不理他，端着咖啡进屋，江城忍不住道："太晚了，你睡吧，也没人逼你。"

听到这话，江淮安嘲讽地笑了一声。他进了大门，直接关上，还带上了锁，完全没理会外面的人。

一觉睡醒，江淮安早上出门的时候，看见正在院子里遛鸟的江言。

"二叔，"江淮安点点头，"早。"

"哦，淮安啊，昨天你爸来找你，你知道吗？"

"知道，"江淮安停下脚步，礼貌道，"二叔吃过早餐了吗？"

"吃过了，"江言见江淮安没有多提江城，就知道江淮安不想说江城的事，便换了话题，"房子我帮你看好了，你什么时候有时间，我带你去看看？"

江淮安想了想，随后道："我后天放假，到时和二叔一起过去看看吧。"

江言点了点头，江淮安见没有其他事，便先去上课了。临到出门前，江言又叫住了他："那个，淮安啊。"

江淮安停下脚步。江言叹了口气："昨晚你爸在你门口待了一晚上。"

听到这个消息，江淮安面无表情地"哦"了一声，道："知道了。"

大概是一晚上都见不到江淮安，江城也失去了耐心，没有再来。

过了两天，董良有事给他们放了假，大家一个假期都没放松过了，各自找各自的乐子去了。江淮安跟着江言去看房子，发现房子竟然就在夏啾啾公寓的对门。

"之前听说你住这里，想着也是住惯了的，这小区是这一片最好的，你看这个房子行吧？"

江言说得温和，他虽然是个老师，却没有半点老师爱教导人的职业病，反而像个长袖善舞的生意人，做人做事十分妥帖，进退有度，很难让人产生厌恶感。

江淮安点点头："谢谢二叔了。"

江言笑了笑："听说你最近学习很努力，学生就该以学习为主，你要多加油啊。"

"我知道，"江淮安和江言走进屋去，他打量着屋里，"二叔不用担心，我心里有数的。"

"你一向分寸，我倒也不担心，"江言笑了笑，"不过你爷爷现在有些着急，他身体不大好了，你爸又那样，他老人家本来想将江华那个子公司拿给你试一试，要是突然有什么变故，你也算是历练过了。"

听到这话，江淮安停住动作，他皱起眉头看向江言："爷爷怎么了？"

"没事，"江言见他紧张，摆了摆手，"你也不用担心，现在好好学习就好。我和你爷爷说了，再过三年，等你上大学了，再把江华那边交给你，这几年我先帮你看着，本来是要给你爸，但……"江言叹了口气，"许青青那边你也知道，到你爸手里也不知道……"

江言没说完，但江淮安明白，东西到了江城手里，说不定就变成许青青和江怀南的了。

江春水对许青青的坏印象几乎是无法逆转，江淮安明白江春水的顾虑，也知道现在的自己应该以读书为重。而江言在江家很多年了，虽然说是养子，却也是被像亲生儿子一样养大，和大家关系都好。他一贯无欲无求，当个老师过得清闲自在，如果不是江城和江淮安的关系如此，怕是也不会插手的。

江淮安觉得有些不好意思，于是认真地道谢："我家里的事……倒是麻烦二叔了。"

"没什么，"江言的眼中带了慈爱，"你毕竟还是个孩子，不是你的错。"

江淮安和江言看房的时候，夏啾啾已经起身在房间里做卷子了。何琳琳给她送了盘水果，看着她在做卷子，关心道："今天不是休息吗，还不停一停？"

"反正也没事干啊，我做一会儿就去休息。"夏啾啾抬起头，"妈，你别管我啦。"

何琳琳笑了笑："我倒不管你，一会儿你沈随哥哥要过来，我看你还看得进去书？"

听到这话，夏啾啾愣了愣。

沈随这个名字离她仿佛已经有两辈子远，自那次篮球赛后，她就没再见过他。市一中的高一单独在学校的一个角落，高二、高三则挤在主教学楼。升上高二后，她和沈随见面的机会可能会多一点。

她以前对沈随的心思，家长都看出来，何琳琳曾经一度很看好他们。她向来喜欢沈随，毕竟长得好看又优秀的男孩子谁都喜欢。所以对于夏啾啾的小心思，她也不是很反对。

"哦，我都忘了，"看着夏啾啾发愣，何琳琳这才想起来，"你都有男朋友了，肯定不喜欢沈随啦。行了行了，"何琳琳摆手，"好好学习吧，我不打扰你了。还以为又能看见我们家小啾啾害羞了呢！"

"妈！"夏啾啾赶紧叫住她，纠正道，"我没谈恋爱！"

何琳琳却不信，眨了眨眼便走了出去，顺带给她关上了门。

夏啾啾抿了抿唇，她现在并不想骚扰江淮安。才高中呢，谈什么恋爱，都给她好好学习！

夏啾啾觉得，此时此刻的她看江淮安，分明是一种老母亲般的慈祥眼神，为什么大家都觉得他们在谈恋爱？

这，明明是栽培，不是恋爱！

夏啾啾撇了撇嘴，低头继续看书。

没过一会儿，外面传来嘈杂的人声，应该是沈随和他妈过来了。

何琳琳和沈随她妈的关系本来也不错，只是住得远了点，往来没有以前频繁，但是周末和假期，还是会互相往来一下。

中年妇女的交往，往往以打麻将为基本的沟通方式。何琳琳和沈随她妈、夏元宝再搭上夏天眷，在客厅里打起了麻将。沈随不太喜欢打麻将，坐在一边看了一会儿电视，突然想起来问道："啾啾呢？"

以前他一来，夏啾啾就会出现。

他已经好久没见到夏啾啾了，高二课业繁重，他又参加了数学竞赛，一个学期很快就过去了。直到今天放松下来，他才想起来，夏啾啾已经很久没像以前一样缠着他了。

一开始听说夏啾啾来市一中的时候他是有些苦恼的。他挺喜欢夏啾啾，可他不喜欢太粘人的女生。他觉得女孩子就该有自己的人生事业，可夏啾啾不是这样的。

夏啾啾的父母太宠爱她，把她保护得太好，她从来没想过自己的人生要什么，追求什么，只一股脑地将自己的全部心思放在别人身上。小时候靠父母，长大了靠老公，一辈子都靠着别人，这大概就是夏啾啾了。

所以尽管夏啾啾可爱，性格也好，沈随还是没想过要和她发展什么。毕竟两家人走得太近，真发展了什么，很大程度上是要有结果的，不然两家人都很尴尬。

夏啾啾给他表白的时候，他就怕了她，等她来了市一中，他更怕了。可是没想到，来了市一中，夏啾啾不但没找他，还和江淮安越走越近。

想到江淮安，沈随忍不住皱了皱眉头。

少年挑衅的话犹在耳畔，夏啾啾真的当了他的女朋友？

沈随忍不住笑了，他要信了才是脑子真抽。凭他和夏啾啾这么多年的来往，还能不知道夏啾啾的心思？

他问完夏啾啾，将目光移到夏天眷身上："以前凑角子的不都是她吗，怎么今天轮到你上了？"

"嗨，我姐现在奋发向上，还在楼上读书呢。"夏天眷将牌扔出去，大喊了一声，"碰！"

听到这话，沈随心里有些微妙。

夏啾啾奋发向上？

"啾啾打算好好学习了？"

"是啊，"何琳琳满脸自豪，"我们啾啾呀，现在可努力了，打算考北大呢！"

沈随："……"

夏家人对自己人从来有种盲目的自信，别说考北大，就算夏啾啾说她要上天，可能夏家人都会鼓掌说："啾啾好棒！要多少钱，我们去给你买发射器！"

沈随深知考北大有多困难，他轻咳了一声："啾啾怎么突然这么想了，以前她不是觉得读书累吗？"

"可能是朋友的刺激吧，"何琳琳从一个女人的角度猜想，笑眯眯地说，"我们家啾啾啊，谈男朋友了呢！"

沈随："……"

早恋到底有什么好骄傲的？！

不知道怎么，他心里有那么些不舒服。他想了想，可能是因为一个人跟在你身后太久，突然不跟了，你就会感觉有那么几分失落。

沈随看着电视，心情有些焦躁，频道调来调去，见没有人理会他，他终于有些忍不住，上楼来到夏啾啾的房间。

夏啾啾正在和一道数学题搏斗。

数学是她的软肋，她觉得自己这辈子估计和数学是撕扯不清楚了。她有时候很嫉妒江淮安，不明白为什么很多题他不用看书就能想明白，可她无论看多少遍书、做多少遍题，还是不懂。同样的题型，稍微加个条件，她就觉得这是崭新的一道题，是在为难她夏啾啾。

她被逼得抓着头发濒临崩溃时，敲门声响了起来。

夏啾啾以为是夏天眷，喷着火道："进，门没锁！你不陪老妈打牌，你……"

话没说完，夏啾啾就愣了。

沈随站在门口，目光落在夏啾啾被扯得蓬乱的头发上。

两人静默了一刻，夏啾啾跳起来道："我去梳个头发！"

说着，夏啾啾就往卫生间冲了进去。沈随站在门口，目光落在夏啾啾的书桌上。

上一次他来的时候，夏啾啾的房间里还都是漫画书、动画片、布娃娃、小说。而书桌上干干净净，反而是放护肤品的桌子上摆满了瓶瓶罐罐。然而这一次来，夏啾啾的书桌上却堆满了书，书柜里也不再是小说，而是换成了各种习题。

他说不出心里是什么滋味，就觉得面前的人好像一夜之间长大了，变得他都不认识了。

他关上房门，在走廊上站着。过了一会儿后，夏啾啾打开房门，这时候她已经换好衣服，头发也梳得整整齐齐，她退了一步道："进来吧，屋里有点乱。"

沈随点点头，笑着道："我哪一次来不乱？习惯了。"

夏啾啾没说话，她已经忘记小时候的自己是怎么和沈随相处的了。

沈随走进她屋里，见她有些拘谨，笑着道："我才多久没来，你就不习惯了，还是说谈了恋爱就不一样了？"

"没……"夏啾啾赶忙争辩，"我没谈恋爱。"

沈随是市一中的人，她可以不在意名声，但不能连累江淮安。现在正是江淮安改变自己形象和别人对他的印象的关键时期，要是江淮安家里人听说他谈恋爱，还不知道会怎么想呢。

沈随听到夏啾啾否认，心里莫名舒服了些。

他坐到小沙发上，低头看见了沙发上的笔记，指了指道："我能看看吗？"

夏啾啾点点头，乖乖地站着，看着沈随打开她的数学笔记。

"阿姨说你开始奋发向上了，我就想过来看看，看有没有什么能够帮到你的。不管怎么说，"沈随抬起头，眼里带了笑意，"我成绩还是可以的。"

岂止是可以？

夏啾啾心里暗暗咂舌。上个学期沈随代表学校去参加全国数学竞赛，替学校搬了个金奖回来，学校可高兴了。沈随几乎不需要怎么努力，估计是保送定了。

她不说话，沈随随意地翻着她的笔记："怎么突然想起努力了？你爸妈也没想过要你成为什么特别优秀的人，你高高兴兴地过日子，不好吗？"

"我想成为一个优秀的人，和我爸妈有什么关系？"夏啾啾看着沈随，有些好奇，"你想考好的大学，和你爸妈有关系？"

沈随愣了愣，抬起头看着面前这个将问题问得理所应当的人。

夏啾啾还是夏啾啾，她的五官没变，眉目间却多了几分坚韧。为了方便，她将头发剪短了许多，也没有像以前一样精心打理，只是用发圈随意地扎在后面。衣服上也没有任何装饰品，就是普普通通的裙子，和以前那个精心打扮的洋娃娃截然不同。

沈随垂下眼眸，看着笔记："数学不是这么学的，你让一下。"

沈随和江淮安不一样，江淮安是真的在数学上有天赋，哪怕是没学过的东西，他都能自己推导出来。可沈随只是智商偏上，更多的是依靠努力和一些学习技巧。

夏啾啾赶紧让开位置。

沈随坐好后，摊开卷子："数学不需要做太多笔记，你照抄这么多题目没有用。数学的知识点其实很少，每个知识点出的题型有很多也是重复的，大多是在原本的题型上加点条件，做一点变化。

"你没什么数学思维，变化后解不出来正常，但是你把你知道的写出来，也能得点分。所以你做笔记，不要照抄，要自己总结。比如说你现在在学数列，你先看，看完以后再做题，做几道题以后你再回头来看，在题目前面标注，每一道题到底在考什么知识点，你是用什么方法解决的。"

"你看这里，第三题、第四题、第六题、第十二题、第十三题，都是同一个知识点，"沈随在卷子上标注出来，"你把这个知识点写下来，是考等差数列的前 n 项和的公式对不对？然后你再看它有几种出题方法，简短地写下来，重复的别写。你看，这么多题，"沈随抽了好几本习题，翻开数列的那一页，迅速地圈了出来，"这个，这个，还有这个，这些都是考的同一个知识点，你再看，这个属于 a 考法，这个是 b 考法……发现了吗？"沈随抬头，"都一样的，没多少东西。"

夏啾啾听得频频点头："对对对，"她亮着眼睛，"沈随哥哥，你说得对！"

沈随微微一愣，夏啾啾已经好久没有这么叫他了。

这个软软糯糯的称呼被她唤出来，沈随突然觉得心里颤了颤。或许要失去了才知道珍贵，以前他没觉得什么，可是今天他突然觉得，夏啾啾吧，真的挺好的。

沈随垂着眼眸没说话。

夏啾啾继续道："你继续说啊！"

沈随笑了笑："一下吃太多你也消化不完，你马上要分班了，到了高二你应该离我挺近的，到时候我再和你慢慢讲。你现在先重新把你不会的知识点巩固一下。马上要开学了，你也把下学期的书看一看。"

"嗯！"

"你现在有上补习班是吗？"沈随的目光落在董良给她整理的册子上。

夏啾啾点点头："是啊，你怎么知道？"

"那个补习班我听过，这个董老师讲课怎么样？"

"超好！"

沈随点了点头："你是一对一的辅导？"

"不是啦。"沈随问啥夏啾啾就回答啥。沈随对不起她是之前的事，而且算起来，沈随也没怎么对不起她，他只是不喜欢她。

一个人不喜欢一个人，怎么算得上是错呢？

固然他方法不对，还带着"渣男"潜质，可是沈随也是对她付出过、好过的。夏啾啾向来是个恩怨分明的人，沈随如今还没做什么，她也克制住自己不去过度付出，那沈随和她之间，就仍旧还是邻家大哥哥和小妹妹的关系。

沈随听了她的话，有些诧异："你上的是一个班的？"

班是班，但有点特殊。夏啾啾将董良那个特殊的班说了一下，沈随静静地听着，听了一会儿，他点了点头："是挺好的，以后好好学。"

说着，他下意识抬手，想揉揉夏啾啾的头。

这是他以前一贯的动作，只是没想到，他还没触碰到夏啾啾的头，夏啾啾就下意识闪开了。

沈随的手顿在半空，两人都愣了。夏啾啾有些尴尬，正想说什么，沈随就笑了起来："啾啾长大了。"

说着，他站起身来，放下书道："你好好读书吧，我下去看他们打牌。"

夏啾啾连连点头，没再说话。

沈随看上去没什么感情变化，神色淡定地离开。只是离开的时候，他突然停住脚步，回头说："以后有什么不懂就到高三（一）班来找我。还有，高中时间紧张，别花心思去谈恋爱什么的。"

说完，他就关上了门。

夏啾啾听到关门声，心里有些暖暖的。

其实如果当初不是自己一定要追求沈随的话，他大概一直都是自己的大哥哥吧。

这样想想，沈随也没那么渣了呢。

假期很快过去，九月初迎来了开学季。他们这批人已经将底子打得差不多，跟上了课程。

开学第一天，夏啾啾从自家车上一下来，就看见江淮安站在门口。她和江淮安上学的时间差不多，上学期几乎每天都会撞上。江淮安看着她，笑了笑道："你在几班，我陪你去看看？"

"好啊。"

夏啾啾点点头，被江淮安这么一提醒，这才反应过来，从今天开始，他们就分文理科了。

"以后我们就不是同桌了啊。"夏啾啾的语气忍不住有些失落，"连同班同学都不是了。"

江淮安听到这话，斜眼看她，小姑娘耸着肩，好像很失落的样子，他的心情骤然就好了，安慰道："你不用失落啦，我中午来找你和武邑吃饭，晚上咱们还可以在补习班见。"

"可是，"夏啾啾抬起头，"不是同桌，你上课做什么我也不知道，你不好好学习怎么办？"

万一江淮安上课走神，或被其他什么事影响，不好好学习，长歪了，怎么办？

夏啾啾的表情很着急，江淮安不由得有些奇怪："你怎么比我还急？我自己读书我都不操心，你怎么这么操心？"

"我得监督你啊！"夏啾啾说得理直气壮，"监督别人总是比较容易做好的。"

江淮安明白了，严于律人，宽以待己。

这回答挺正常的，但江淮安就是有些失落，他总觉得心底在隐隐期待着另一个答案，却又不知道是什么。

夏啾啾和武邑分在了三十班，江淮安在四班，宋哲被单独分到了一个偏远的二十九班，杨薇稳坐一班。

江淮安送夏啾啾到三十班的时候已经是七点二十，接着开始找自己的班级，结果走了没多远，就看到了四班。江淮安这才发现，教学楼呈一个凹字行，四班和三十班刚好隔空相望。

他按捺住自己心里那点小欣喜，故作镇定地给夏啾啾发信息："等一下选位置，记得选靠窗的，有惊喜。"

夏啾啾也没多想，回复道："好。"

位置是依照成绩选的，排名在前面的就进去先选座位。夏啾啾进去的时候，靠窗的那一组只剩下倒数第二桌，武邑在倒数第一桌占地为王，他看见夏啾啾进来，拼命挥舞着自己的手臂，指着自己前面的位置。

夏啾啾走到那个位置上，靠窗的座位已经坐了个女生，她正低着头在画什么，十分专注。夏啾啾站在她面前，她也浑然不觉。

女生长得颇为帅气，个子挺高，估计有一米七，骨架偏大，看上去很中性。她还穿着夏季的短袖校服，宽松的白T恤，手上戴着黑色的护腕，肤色白皙，骨节分明。

夏啾啾坐下来，有些犹豫地看着她，对方察觉到她的目光，抬起头来，皱着眉头问："你想做什么？"她琥珀色的眼里带着些压着的怒气，似乎恼怒夏啾啾打扰到了她。

夏啾啾赶紧道："我可不可以和你换个位置？"

对方没说话，却直接站起来，将书往夏啾啾的方向一推，夏啾啾连忙站起来，给对方让了位置。

对方挪开之后，直接说："进去。"

夏啾啾觉得这个人有种不怒自威的霸气，于是十分听话地缩了进去。那女生往过道的座位一坐，夏啾啾顿时觉得自己被一种莫名的安全感笼罩。

她坐定后立刻给江淮安发信息："我坐到窗边了，什么惊喜？"

"抬头往窗外看。"

江淮安的消息很快回来，夏啾啾一抬头，就看见少年坐在对面班级的倒数第二桌，撑着下巴，正含笑看着她。

夏啾啾愣了愣，而后立刻低下头，开始发信息："你骗人，这不算惊喜。"

"看见我，还不是最大的惊喜？"江淮安迅速地回，"你该感谢，上天能让你看到这么完美的人，每一天学习效率估计可以提高十倍。"

这个人的脸皮大概是厚如铜墙铁壁了。

夏啾啾有些无奈，发了一个"无耻"的表情后，就收了手机，而后将自己的书一一放到课桌上。

这时候同学们陆陆续续找到了自己的位置。夏啾啾旁边坐着的女生看了一眼她的动作，想了想，放下了笔，从课桌里将书拿出来，堆在了自己面前，如同堆上了一座堡垒。等终于有了些许安全感后，对方才松了口气，再次提笔。

她算不上好看，不过五官立体，有一种雌雄莫辨的英俊秀美。她之前一直在闷头画什么，现在一动就吸引了夏啾啾的注意。夏啾啾盯着她，总觉得这个人有那么几分熟悉，她小心翼翼地问："同学，你叫什么名字啊？"

"顾岚。"

对方淡淡地回答，说完后，似乎觉得有些不礼貌，随后抬头看向夏啾啾："你呢？"

夏啾啾想了想，问："你很喜欢画画吗？"

听到这话，顾岚顿时拉下脸来，冷了神色："关你什么事？"

"没事没事。"夏啾啾赶忙道，"我就问问。"

感觉这个人似乎不好惹。

新同桌不爱说话，就是一个劲儿地画画。

夏啾啾没事干，于是低头开始做题。

顾岚画画的声音沙沙的，夏啾啾听得有些心痒，时不时抬头看一下，再看一下。

嗯，挺好看的。

看着顾岚笔尖的人物一点一点被勾勒出来，夏啾啾感觉自己仿佛着了魔，就一直盯着顾岚笔下的人物，也不觉得枯燥。等反应过来的时候，已经是第三节课。夏啾啾被历史老师点名批评了："第四组倒数第二桌靠窗的那个同学，你看什么呢？"

沉迷于观看别人画画的夏啾啾完全没有反应过来是在说她，历史老师更加不满："喂，第四组倒数第二排那个披头发的女生！"

武邑听见老师又吼了一句，不免替夏啾啾着急了，在后面踢了夏啾啾一脚。夏啾啾这才反应过来老师吼的是自己，便猛地站了起来。

"刚才那道题怎么答？"

历史老师的声音低沉，夏啾啾的脑子一片空白，她下意识地看向武邑，武邑立刻用书挡住了自己的脸。

夏啾啾四处张望，却找不到任何可以救她的人。顾岚也是有些紧张，她顿住笔尖，开始看旁边同学的历史书。

"不知道是吧，你叫什么名字？"

"夏啾啾……"夏啾啾小声地回答。

历史老师挥了挥手："站到门口去，不想上课就别上！"

夏啾啾涨红了脸，拿了本历史背诵小册子走了出去，站在了门口。

紧接着她又听到历史老师说："她旁边那个，你来回答。"

于是很快顾岚也走了出来。

两人并肩站在门口，顾岚看了她一眼："你上课走什么神？"

夏啾啾有些不好意思："看你画画好看，忍不住看入神了，没发现上课了……"

她以为顾岚会笑话她，没想到顾岚却点了点头："正常，我第一次看别人画画，也是这样。"

说着，顾岚的语气软下来许多："你也喜欢画画？"

夏啾啾呆了呆，她是还挺喜欢，闲着没事喜欢涂抹几笔，但都是自己画着玩，也没怎么系统地学过。

她想了想，说："我更喜欢看漫画。画……我自己画不好的。"

"那你觉得我画得好？"顾岚笑了笑。

夏啾啾立刻点头，对她竖起大拇指："特别棒。"

"我没学过。"顾岚将双手放在背后，看着前方，"我就是喜欢。只要喜欢，没谁画不好。"

"你是艺术生？"夏啾啾有些好奇。

顾岚苦笑了一下："没，我妈想让我考会计。"

"那你估计考不成了，"夏啾啾诚实地回答，她拍了拍她的肩，"放心，画画更适合你。"

顾岚笑了笑，没有多说。

两人在门口站到下课，因为历史课是两节连上，于是课间的时候，夏啾啾被围观了。

下课铃一打，大家陆陆续续地走出来。顾岚和夏啾啾目视前方，面色木然。

趁着人少，顾岚决定和她多交流一下："敌军还有三十秒到达战场围观我们，你紧张吗？"

"不紧张，"夏啾啾认真道，"我妈说的，脸皮厚可以解决世界上百分之九十的问题。"

顾岚沉默片刻，随后点头："阿姨说得有理。"

可是夏啾啾脸皮再厚，也没有想到隔壁班的人陆陆续续走出来后，沈随会出现在这里。

沈随看见夏啾啾被罚站，面上有些诧异。他正和同学说着话，见到夏啾啾站着，便走了过来。

"你……这是被罚站了？"沈随皱眉，"你不是说要好好学习的吗？"

夏啾啾没说话，她有些心虚。说话间，江淮安的身影也风风火火地出现在人群里，他停在夏啾啾面前，皱着眉头问："你被罚站了？！怎么回事？"

得，又来一个。

夏啾啾埋头不敢说话。这时候，江淮安才注意到沈随也站在旁边，他看着沈随，下意识问："你在这里做什么？"

沈随被气笑了："我们班在隔壁，我怎么就不能在这里？"

江淮安被梗了一下，心里莫名有了点想骂脏话的冲动。但他忍住了，人前他十分给夏啾啾面子，面对夏啾啾时，声音顿时温柔了下来："啾啾，为什么会被老师骂啊？"

——俨然是慈父的口吻。

夏啾啾挠了挠头，知道江淮安肯定是接到武邑的通风报信特意过来的，有点不好意思地说："我，上课走神了，没能回答问题……"

江淮安听了这个答案，有些哭笑不得。虽然也知道不会是什么大事，可是还是想和夏啾啾当面确认下。

他的目光柔软下来："上课别走神，好好听课。"

"嗯。"夏啾啾点点头，"知道了。"

说话间，上课铃响了起来，大家回了各自的教室，只有顾岚和夏啾啾还在教室门口站着。

"你说，"夏啾啾慢吞吞地问顾岚，"老师是不是把咱们忘了？"

"不能吧？"顾岚迟疑了一会儿答道。

"咱们一起被罚站，"夏啾啾抬眼看向顾岚，"算战友了吧？"

听了这话，顾岚笑着没说话，扭过头去。

站了一个早上，夏啾啾的腿都快站断了，好不容易熬到放学，顾岚便自己回了位置，坐下来开始画没完成的画。

夏啾啾看她在本子上画，点评道："我觉得加点颜色会更好看。"

顾岚没说话。夏啾啾自讨了个没趣，摸了摸鼻子："顾岚，你要不要去吃饭？"

"不用。"顾岚果断拒绝，"我带了饭。"

"哦。"

这时候江淮安已经在门口等了。和江淮安去食堂的路上，她抱怨着早上的事，江淮安点着头，看她一边走一边敲自己的腿。

江淮安没说话，等吃完饭，武邑单独去找宋哲，江淮安和夏啾啾一起回教室，路过长椅的时候，他突然说："坐下吧。"

夏啾啾有些疑惑，但她向来是听他话的，就乖乖坐了下来，好奇地问："干什么？我还有卷子没做完。"

江淮安没说话，蹲下身来，抬手握住她的脚腕，轻轻地捏她的小腿。

他的手很大，捏在她的小腿上，感觉像触电，一阵酥麻往上蹿去，从尾骨开始，一路到达头顶，然后在脑中炸开。

夏啾啾整个人是呆的，随后就感觉小腿酸酸麻麻的。

"我妈最后的那段日子，经常在床上躺着，久了就肌肉酸胀，我经常会帮她按一按。"

他单腿跪着，目光平静，抬头问夏啾啾："还难受吗？"

他的目光里没有半分杂念，似乎就是在做一件平淡的事，似乎面前这个人和宋哲、武邑没有两样。

这样干净的目光，让内心想法太多的夏啾啾有些羞愧。她垂眸遮住自己眼中的神色，低低应了声："不是很难受了。"

"我发现你特别容易走神。"

不是很难受，就是还有一点。

江淮安轻轻地捏着夏啾啾的小腿，慢慢地说："高二了，别再念着你的漫画书，再忍两年，就解放了。"

"还有……两年啊。"夏啾啾小声地开口，"想玩的时候根本忍不住，一想到两年，就感觉崩溃了。"

"夏啾啾，"江淮安忍不住笑了，"你这是和我讨价还价呢，是你高考还是我高考啊？"

江淮安说得很轻松，他鼻音略重，听说和他家原本是北方人有些

258

关系。少年的声音懒散含笑，听得夏啾啾心里扑通扑通跳快了几分，觉着面前这人，也太撩人了些。

她不说话，江淮安以为她是知错了不敢抬头，便凑了过去，想迫使她盯着自己，含着笑问："说话，问你呢，你高考还是我高考？"

突然缩短的距离让夏啾啾吓了一跳，她猛地抬头，刚好江淮安见她背后落了落叶，想去接那落叶。

也就是这么一下，少女柔软的唇擦过少年温热的脸。

江淮安当场愣在那里，落叶从他指缝落了下来。夏啾啾没敢说话，干脆闭上眼睛。

江淮安也沉默着，过了一会儿，他直起身来，笑着道："不就是让你别看漫画书吗，你犯得着对我用这美人计吗？"

"江淮安！"夏啾啾听了这话，脸瞬间涨红起来，"你……你胡说八道什么？"

"是了，我胡说八道，"江淮安满脸认真地道歉，"这不是美人计，这是儿童计，行了不？"

"江淮安！"夏啾啾气得咬牙，"我不要再理你了。"

"哦，我很怕哦，"江淮安抬手抱住了自己，可怜兮兮地说，"我求你，求你理理我，没有你我活不下去！"

"你……你……"

江淮安这种样子，夏啾啾拿他也有些没办法了。两个人打打闹闹到教学楼，各自回到教室复习。教室里毕竟人多口杂，两个人一起看书不太好，要是闹出了什么早恋绯闻，更不好。

此时已经接近午休，夏啾啾不打算打扰别人，于是蹑手蹑脚地走进教室。

结果教室里除了顾岚，没有别人。

她手里拿着一个馒头，沉浸在画画里，完全没注意到夏啾啾来到身后。

顾岚的馒头里面夹了咸菜，旁边放了一杯水。

夏啾啾诧异出声："顾岚，你就吃这些？"

顾岚的动作瞬间僵住，抬眼看向夏啾啾，冷声开口："关你什么事？"

第十四章

我打算喜欢他

这话透露出来的满满敌意让夏啾啾有些尴尬。

顾岚迅速将馒头收起来，随后起身走了出去。

原本早上建立的战友情谊顿时变得尴尬起来。

夏啾啾和顾岚整个下午都没说话，下午放学后，江淮安到门口来接夏啾啾，一群人吃着饭的时候，夏啾啾还发着呆，江淮安朝她挥了挥手："回神了。"

夏啾啾回过神来，江淮安吃着菜问："想什么呢，这么入神？"

"没什么。"

夏啾啾有些低落，想了想，还是将顾岚的事说了。

"你说她是就喜欢吃馒头，还是有什么其他事情啊？"夏啾啾有些苦恼，"要是真的是只吃得起馒头……"

"真只吃得起馒头你要做什么？"江淮安抬头看了她一眼，"养起来？"

夏啾啾抿了抿唇，同学一场，能帮总是要帮的。

夏啾啾不说话，江淮安就乐了："夏啾啾，你心怀天下啊。"

"算了，"夏啾啾不和他贫，"我打个饭给她送回去。"

"啾啾，"听了这话，杨薇拦住了她。夏啾啾看过去，杨薇眼里有了些苦涩，"我觉得，你对她最大的帮助，就是假装不知道这件事。"

夏啾啾微微一愣。

杨薇提醒："人都有自尊。"

如果不是因为自尊，又怎么会一个人躲在教室里吃馒头，又怎么会在被发现后，恼羞成怒？

夏啾啾反应过来，一时有些不知所措。

江淮安知道她好心，有些无奈地叹了口气，安慰道："慢慢来，别着急。"

"嗯。"夏啾啾点头，知道江淮安的意思。她现在冒失地去对顾岚好，顾岚不见得会领情，而且也显得太过刻意，倒不如慢慢来，先当朋友，不要一开始就居高临下，站在施舍者的位置上。

虽然这样琢磨着，但第二天夏啾啾还是带了两瓶牛奶到教室。上课的时候，夏啾啾又不由自主地朝着顾岚画的画看了过去。

她画得是真的好看，哪怕没有任何色彩，只是用铅笔简单描绘的黑白世界，都格外动人。

　　她喜欢画人，画出来的人物总能超乎人想象地帅气、好看。夏啾啾静静地看着，明明只是想要和顾岚套近乎，却不由自主一看就看上许久。

　　顾岚发现后眉头高竖："你总盯着我做什么？"

　　"顾岚，"夏啾啾的目光炯炯有神，虽然她知道不对，可是她克制不住自己，"你能不能教我画画？"

　　话刚出口，夏啾啾就有些后悔了。

　　她的当务之急是学习，不是画画，她和顾岚提这个要求，其实是不合适的。

　　可是人很奇怪，喜欢一样东西，明明努力克制着，却还是忍不住想接近。

　　夏啾啾正想收回自己的话，结果顾岚一声"行啊"把她准备好的托词全卡在了喉咙里。

　　已经说出的话收不回来。

　　而且，她真的好想学啊。

　　"我也是野路子，没怎么学过，都是自己看书学的，"顾岚平静地开口，"不过你只是学着玩的话，也没什么。"

　　"不不不，"夏啾啾赶忙道，"从今天开始，你就是我师父了。来，"说着，夏啾啾顺手从抽屉里拿出一瓶牛奶，双手奉上，"这是孝敬师父的。"

　　听到这话，顾岚忍不住笑起来："我喝了，你喝什么？"

　　"还有一瓶，"夏啾啾拿出另一瓶牛奶，认真道，"师父，干了这杯牛奶，你我的师徒情谊就定下了。"

　　顾岚听了这话乐了，勾起嘴角："你挺能贫的啊。"

　　说着，她拿过夏啾啾的牛奶，两人干了一杯。

　　到了晚上，夏啾啾叽叽喳喳地和江淮安说这些事，江淮安一边做卷子一边听。做着做着，他手机亮了一下，夏啾啾看到上面闪过的名字——江城。

　　"你爸？"夏啾啾好奇开口。

　　江淮安应了声："嗯。"

夏啾啾沉默着没说话，憋了半天，终于问："你最近和他怎么样？"

"正常。"

"他给你打电话做什么？"

"叫我回去。"

说着，江淮安似乎不太想聊这个话题，反问她："顾岚教你画画了，那你卷子写完没？"

一听这话，夏啾啾脸色就僵了。

她摸了摸鼻子，灰溜溜地转头，开始做自己的卷子。

被江淮安逼着做完卷子后，一行人一起回家，杨薇和夏啾啾一起慢悠悠地朝着自家车走过去，杨薇抿了抿唇，终于说："明天中午我去找你一起做题吧。"

"嗯？"夏啾啾没能明白杨薇的意思。

杨薇笑了笑："我带点点心去，大家一起吃。"

夏啾啾有些意外："你……"

"我为什么要对顾岚好是吧？"杨薇垂下眼眸，嘴边的笑容带了些苦涩，"我也这么穷过，看着她我就想起以前还没来宋家的时候。"

夏啾啾没再说话。

第二天中午，杨薇果然如约而至。她带了许多水果和点心，和夏啾啾、顾岚一起分着吃。

杨薇带的点心多，又好吃，顾岚一开始还有些拘谨，后面也就不客气了。三个女生说说笑笑，很快就熟悉了起来。

后面几天，杨薇和夏啾啾都轮流带东西来和顾岚分享，顾岚心大，倒也没体会出什么不同，旁边的人却看明白了一些。有天中午夏啾啾吃完饭回到班上来，就听见有个女生坐在位置上，嘲讽道："有些人真是为了吃几个点心，连脸都不要了。"

她说这话时，夏啾啾刚好走进来，看见顾岚的脸色不太好。毕竟刚分班不久，她和那女生也不熟，夏啾啾倒也没反应过来是在说顾岚，那女生和她们隔着一组，她没想过顾岚会和那女生有什么关联。

夏啾啾压低了声音，小声地问顾岚："这是谁？在说谁呢？"

"王瑜，"顾岚往说话的那女生看了一眼，"以前我们班的，和我不对付。"

　　说了这话，夏啾啾就品出那么几分不同了。和顾岚不对付，那现在说的话，是不是在说顾岚？

　　但这话她不敢问，只能换了话题："你怎么惹上她的啊？"

　　"人和人之间能有什么仇？"顾岚看上去似乎并不在意，声音平淡，"无非是你看不惯我，我看不惯你。"

　　见顾岚不愿意多说，夏啾啾也就没多问。她将刚买来的画纸摊开，脸上充满了求知欲："趁着午休一个小时，来，你和我讲讲怎么定点……"

　　夏啾啾绕开话题，就是想着不惹事。顾岚大概也是这样想，也就没多说什么。

　　放学后，正好是夏啾啾和顾岚值日，她提前给江淮安发了信息，说自己值日，晚一点过来。

　　"我做题等你，"江淮安的信息回复得很快，"一会儿一起走。"

　　"好。"

　　夏啾啾回了信息，便拿起扫帚，和顾岚开始分组扫地。

　　王瑜坐在位置上和朋友聊天。班上还在做题的同学频频回头，都有些烦躁。

　　顾岚倒没觉得什么，只是扫到她那里时，手劲没控制住，将垃圾往王瑜脚下扫过去了一些。王瑜顿时惊叫起来，怒吼道："顾岚！你做什么？！"

　　"不好意思，"顾岚赶忙道歉，"我下手重了些，不是故意的，不好意思了。"

　　"你不是故意的？"王瑜提高了声音，"我看你就是故意的！你在报复我！"

　　"你有什么好让我报复的？"顾岚抬眼，眼里带了嘲讽，"亏心事做多了，别人随便做点什么都觉得人家在报复你？"

　　"你胡说八道什么？"王瑜气得脸红了起来，"我做什么亏心事了？"

　　"这我哪儿知道？"

　　顾岚耸耸肩，转身就想离开，王瑜却上前一步，一把抓住了顾岚的衣服："你别走，这事我和你没完！"

"你放开！"顾岚推了一把王瑜，"别拉拉扯扯的。"

"你打我？！"

王瑜被她推愣了，顾岚被王瑜的反应搞得有些蒙。然而王瑜在喊完这句话后，也不知道是不是因为人多，一下子就激动起来，她抬手猛地推了一把顾岚，怒道："你以为我不敢打你啊？就你这样的，我打你你又能怎么样？"

"王瑜，"顾岚被她推得后退了一步，捏紧了扫帚，冷着声音，"别太过分。"

"我就过分了你能怎样？叫你瘫痪的妈来找我麻烦，还是叫你吸毒坐牢的爹……"

话没说完，顾岚就猛地扑了过来，朝着王瑜的脸招呼了过去。所有人立刻向顾岚涌去，夏啾啾刚好倒完垃圾回来，看见这个场景，倒吸了口凉气道："你们在干什么？让开！"

说着，她就帮着顾岚去拉扯旁边的人。

顾岚这时候已经被好几个人拉住，王瑜捂着脸站起来，指着顾岚道："行，你有本事，你等着，我今天就去告诉你爸妈，你在学校里是怎么'好好读书'的。"

王瑜说完，还觉得不解气，抬起手来想打顾岚。

夏啾啾一把拦住王瑜："别打了。"

王瑜咬着牙："你给我滚。"

"不行，"夏啾啾认真地劝解，"就是一点口角，这是在学校，你们又不是黑社会，喊打喊杀做什么？"

王瑜："……"

夏啾啾说得太认真，没有丝毫玩笑的味道。

王瑜憋了半天，终于道："你让开，不然我连你一起打。"

她的话刚说完，外面传来一个懒洋洋的声音。

"你说你连谁一起打？"

众人猛地回头，看见少年穿着校服，背着书包，双臂环抱，抱着一本习题册，斜靠在墙上，嘴角含笑，目光却一片冰冷。

王瑜待在那里，张了张口，喊出一声："江哥？"

江淮安挑了挑眉："哟，还认识我呢？"

说着，他抱着习题册走进教室，停在王瑜面前，居高临下地看着她："你刚才说，你要打谁？"

王瑜没有说话，低着头没敢看江淮安。江淮安的大名她是听过的，虽然江淮安似乎有大半个学期都没怎么闹腾过了，但对于王瑜这种只会欺软怕硬的小混混来说，也是不敢招惹的。

江淮安看着王瑜的样子，嗤笑出声来："平时没少欺负人吧，遇见硬的钉子就不吭声了？"

"你以为我不敢打你啊？"江淮安学着王瑜的模样，阴阳怪气地说，"就你这样的，我打了你又怎样？"

王瑜不说话，江淮安退了一步，靠着桌子，冷笑道："说话啊，我打了你又能怎样？！"

"不，不能怎么样。"王瑜的声音颤抖，眼里含了眼泪，小声道，"江哥，我错了，我以后不敢了。"

"记好了，"江淮安的神色终于缓和下来，"人外有人，山外有山，你这么欺负别人，别人也会这么欺负你，好好读书，少仗势欺人。"

说着，他扭头看向夏啾啾："地扫完了？"

"椅子还没摆好，还有黑板要擦……"夏啾啾下意识回答。

王瑜马上反应过来："我来，夏姐你有事先忙，我……"

"不用了，"夏啾啾摇摇头，"我自己的事自己做就行，以后你别欺负人了。"

王瑜不停地点头。

夏啾啾看了一眼顾岚，问道："你先回去？"

"没事，"顾岚面色平静，"我和你一起。"

说着，顾岚和夏啾啾各自去拉椅子。江淮安直起身来，拿了黑板擦，帮夏啾啾把黑板擦干净。

三个人做完事，一起走出了教室。他们刚走出去不久，王瑜旁边的人就涌了上来，激动道："江淮安居然没打你，不是说他脾气特别冲的吗？"

"我刚才看他从对面狂奔过来，还以为他做什么呢，原来是来保人的。你说他保的是顾岚，还是夏啾啾？"

"他刚才是不是抱着题目进来的，上个学期全年级数学第一和物理第一真的是他啊？"

"江淮安不是改邪归正了吧？今天还擦黑板了……"

大家七嘴八舌地议论着。

王瑜有些不耐烦地挥挥手："行了，别说了，吃饭吧。"

说着，王瑜率先站起来往外走，走了一段路，她旁边的一个女生拍了拍她的肩，摇了摇手机："视频我发给你了。"

王瑜愣了愣，随后反应过来，皱眉道："算了，何必惹这个事？"

"随你，"那女生耸了耸肩，"我就是想万一用上了呢？"

夏啾啾和江淮安并肩走着，顾岚跟在他们后面，走了几步后，夏啾啾回头问："顾岚，你和我们一起吃饭吗？"

"不用了。"顾岚抿了抿唇，"我去食堂吃了就回去。"

夏啾啾也不勉强她。

有时候夏啾啾也不知道该怎么和顾岚相处，虽然没有说得很清楚，但她知道顾岚的经济条件估计不太好。

夏啾啾没过过这种日子，不能清楚地揣测对方的内心，她和顾岚相处，总是担心一不小心说错什么。

于是她点了点头，和顾岚告别，刚一转身，顾岚就叫住她："那个，夏啾啾！"

夏啾啾停住脚步，扭过头来，江淮安也跟着回身。顾岚看着他们，有些犹豫道："今天，谢谢你们了。"

"没事，"夏啾啾笑起来，"是他们不对，我们也没做什么。"

顾岚没说话，垂下眼眸。夏啾啾想了想，又接着道："你明天继续教我画画啊，师父。"

这一声"师父"拉近了她们的关系，示意顾岚也帮助了她很多。

顾岚明白夏啾啾的意思，点了点头，重重地应了声："好！"这一次她回答得很真切，不是平日那种随随便便敷衍的样子。

夏啾啾忍不住笑起来，挥了挥手道："明天见了。"

顾岚看着她的笑，有些羞涩地笑了，点了点头道："明天见。"

因为顾岚的回应，夏啾啾显得很高兴。江淮安腿长，和夏啾啾走路的时候要刻意放缓步子，夏啾啾也知道，跟着这些腿长的人并肩走的时候，她会加快一点频率，今天比较高兴，频率一快，显得她整个人蹦蹦跳跳的。

江淮安看着她的样子，"啧啧"了两声："夏啾啾，还好顾岚是个女的，要不是女的，我都快以为你喜欢她了。"

说着，江淮安突然觉得不对，顾岚虽然不是男的，可她也长得很帅啊……

他回头打量了夏啾啾两眼，皱了皱眉头。夏啾啾不以为意，欢快道："我觉得顾岚人好。"

江淮安嗤笑不语，两人走出校门，他看了旁边的"萝卜头"一眼，问："今天吃什么？"

之前他们五个人一般都一起吃食堂的饭菜，今天夏啾啾值日，大家就都先走了，只有江淮安等着她。

夏啾啾站在门口，这才想起来吃饭的问题，她看着满大街的各种小吃，吃了好久食堂的胃，突然有了那么一点不甘心。

"江淮安，"她慢慢地说，"今天星期五了……"

"嗯，"江淮安点点头，顺着她的话重复，"星期五。"

"明天就放假了。"

"对。"

江淮安侧过身看她，只见她皱着眉头，仰起脸，可怜巴巴地说："我觉得，一个星期有一个晚上放纵一下，没有什么的，对吧？"

听到这话，江淮安彻底笑了："行了，"他将她的书包往肩上拉了拉，"想吃什么你说，别绕这么大圈子，今天小爷请你。"

一听这话，夏啾啾的眼睛都亮了。

"我有一个绝妙的想法，"她指着不远处的一条街，"我知道那里有一家重庆火锅，咱们去吃吧！"

江淮安愣了愣。

夏啾啾有些奇怪地问："怎么了？"

江淮安笑了笑："行，去吧。"

两人一起穿过巷子，转过弯，来到火锅店。还没进店里，就闻到火锅喷香的味道，夏啾啾熟门熟路地走进去，直接点了个九宫格，然后开始选配菜。

江淮安看着她熟练的操作，挑眉问："你早就盯上这家店了吧？"

夏啾啾有些不好意思："学习久了，就容易饿……"

"所以每次咱们去上补习班的时候，你就想着这家火锅？"江淮安挑起眉头，眼中全是了然。

夏啾啾点了点头，坦然道："人为财死，鸟为食亡。"

江淮安笑笑没说话，细长的眼里带了几分戏谑："那敢问夏同学，你是个什么品种啊？"

说话的时候，店家已经先将锅底端了上来。江淮安一看见锅底，脸色就不太好了。

夏啾啾将蒜泥拨进碗里，没察觉到江淮安的脸色变了，低头道："这家葱花挺新鲜的，我觉得你可以多来一点。"

江淮安没说话，夏啾啾替他放好香油，将蘸料推到江淮安面前，终于发现江淮安正盯着她，目光带了几分审视。

"怎么了？"夏啾啾疑惑道。

"你为什么不问我吃不吃辣？"江淮安淡淡地开口。

夏啾啾呆了呆。

为什么？

因为……梦里的江淮安，无辣不欢，她潜意识里总把江淮安当梦里那个。

然而她不能解释，只能结结巴巴地说："我……我以为大家多少都会吃点……而且加了香油就不辣的……"

"为什么你给我的香油里加了醋和耗油，但你的没加醋？"江淮安继续开口，声音平静。

夏啾啾不知道怎么说了。

如果两碗都一样，他还能理解为是她的习惯，可是就一碗如此，明显是某一个人的习惯。

江淮安气得发抖。他也不知道自己是生什么气，生谁的气。他直觉若是让人知道自己的心情，将会是一件很难堪、很丢脸的事，于是他强忍着怒气，将服务员叫过来，把锅底换成了鸳鸯锅。

鸳鸯锅端上来的时候，江淮安已经平静了许多。他看着对面一直没有说话的夏啾啾，说："我不吃辣，在此之前，我从来没吃过重庆火锅，没有什么要加耗油、加醋的习惯。"

"嗯。"

夏啾啾的声音闷闷的，江淮安将毛肚放进清汤里，夏啾啾想说什么，江淮安就冷眼看了过去。

"我就喜欢吃清汤、番茄汤、排骨汤。不管什么汤，我就是不喜欢吃辣的！"

"我知道……"

"夏啾啾，"江淮安认真地开口，"除了一个名字相似，我和你梦里那个江淮安，没有一点瓜葛。我不认识他，更不是他。"

夏啾啾："……"

说完这些话，江淮安心里舒服了很多，他舒了口气，看着汤锅里的毛肚，做好了准备，"你要说什么就说吧。"

不管什么话，他都不会难过，他都做好准备了。

"我就是想说……"夏啾啾小心翼翼地开口，"毛肚，要锅开了才能下……"

"……"江淮安一时觉得有点绝望。

夏啾啾看着他面如死灰的表情，更加小心翼翼地问："你……还好吧？"

"没事儿。"江淮安叹了口气，"算了，算了。"

说着，他低头戳着香油，等着锅开。夏啾啾想了想，又尝试道："你试试我给你调的那个香油，你肯定会喜欢的。"

江淮安也不挣扎了，他懒得再和夏啾啾说什么，将夏啾啾给他做的调料拿过来，闷着头就吃。

嗯，不得不说，是真的好吃。

他也不知道夏啾啾为什么这么了解自己的口味，所有的味道都刚刚好。

东西好吃，人的心情也就好上了许多。夏啾啾偷偷打量着江淮安，见他眉目舒展开来，知道他气消了许多，才敢轻声问："你刚才是在生气吗？"

"没有。"

"你生气了。"夏啾啾认真地开口，"脾气还挺大的。"

江淮安抬头看了她一眼，没多说什么，闷着头在清汤里涮毛肚。夏啾啾见他不打算再提这件事，也就没有接着再说。她总觉得，说下去一定会牵扯出太多太复杂的事情来，让人头疼。

吃完火锅后，江淮安的心情明显由阴转晴，他带着夏啾啾去了补习班，然后闷头开始做作业。

相安无事地过了一段时间后，便迎来了第一次月考。夏啾啾的成绩稳步上升，江淮安则是突飞猛进。不仅数学依旧稳坐第一名，其他科目也追了上来。

出成绩的那天下午，江淮安被数学老师叫了过去，他本来和夏啾啾一批人约了一起吃晚饭，所以他只好在群里发了信息："老师叫我过去一趟，你们自己先去。"

"我也是。"杨薇也迅速地在群里冒头，"大家先吃。"

宋哲和武邑还是决定先出去吃鱼，夏啾啾想了想，同来找武邑的宋哲道："你和武邑先去，我等江淮安一起。"

"啧啧，"宋哲眼里露出些戏谑，"小媳妇啊。"

"我不是他小媳妇，"夏啾啾严肃道，"你别乱说。"

宋哲露出不相信的神情，但也没有继续逗她，反而拖着武邑先行离开。

教室里除了值日生，就剩下夏啾啾和顾岚。顾岚还在画画，看宋哲离开后，她抬起头来，问夏啾啾："今天的画还画吗？"

最近夏啾啾都在跟着顾岚学画画。夏啾啾说不清楚自己是做什么，明明是要好好读书，可是看见顾岚画，她心里就痒，忍不住想跟着画。

明明学画画只是照顾顾岚的一个借口，但真画起来，又止不住笔。

看了一下午的书，顾岚这么一问，夏啾啾就心痒起来，看了看时间，决定等江淮安的时间就用来画画。

于是她点了点头，应声道："嗯，今天画一会儿。"

顾岚应了声，从她手边拿过画纸，给她讲了一会儿透视，就给她布置了任务，而后顾岚没再说话，只顾低头认真画自己的。夏啾啾按照她说的开始画，定点、打线、描边……全身心投入，不知时间流逝。

而另一边，数学组里，一个秃顶的老头将报名表交给江淮安和杨薇，解释道："这个是数学竞赛组的报名表，你们知道这是我们学校的强项，你们如果报名进组，按照你们的水平，保送应该不是难事。你们考虑一下？"

江淮安没说话，杨薇直接拿起笔来，点头道："谢谢老师。"说完，就开始填写。

江淮安有些犹豫。

老头抬头看了他一眼："你还有什么担心的？"

"训练时间，是怎么个情况？"江淮安斟酌着问。

老头喝了口茶，慢悠悠地说："每天放学后到晚自习后的时间。周一到周六晚上培训，周日全天培训。"

江淮安没说话。

老头点了点报名表："填了吧，填完了就去培训了。"

听了这话，杨薇抬头看了一眼江淮安。

江淮安笑了笑，垂下眼眸："老师，不好意思了。"

老头抬起头，有些茫然，似乎没明白江淮安在做什么。

江淮安站起身来，眼里带了些无奈："我答应了陪朋友吃饭，先回去了。谢谢老师。"

说完，江淮安便转身离开。

江淮安和老师说话的时候，教室里的沈随刚刚从位置上站起来。他有下课后再多做一会儿题的习惯，现在刚好做完。做完题后他从走廊上路过，下意识往教室里看了看，便看见了夏啾啾。

她坐在自己位置上，认真做着什么。

一个普通人认真，别人大概也就是夸赞一句"真努力"。然而一个从来没有认真，也不需要认真的人认真起来，却会给人更大的冲击。

或许是对夏啾啾贪玩的印象太深刻，当沈随看见静静地坐在桌子边上描画着什么的夏啾啾时，竟然忍不住停住了脚步，站在窗台边看着。

夏啾啾穿着校服，前面的头发用一个粉红色的发卡卡住。午后的阳光很温柔，她低头写字的时候，仿佛是笼罩了一层微光，衬得她皮肤白皙了许多。

沈随静静地看了一会儿，夏啾啾终于察觉有人在盯着她，她抬起头来，看见站在窗口的沈随，不由得微微愣了愣。

沈随朝她笑了笑，并招了招手。夏啾啾犹豫了片刻，还是站了起来，走到门外。

"沈哥。"叫"沈随哥哥"太恶心，一下子就改口叫沈随又太过冷漠，于是她换了个稍微中间一点的称呼，打算以后逐渐改口。

沈随听到这个称呼愣了愣，随后意识到夏啾啾或许是已经开始反感过去的称呼。他说不上来自己是什么心情，只是第一次如此清晰地感觉到，夏啾啾的确在远离他了。

沈随低下头，轻轻笑了，说："你也不用叫我哥了，直接叫沈随就行。"

"嗯……"夏啾啾应了声，有些好奇地问，"你来找我吗？"

"这次月考成绩下来了，来问问你成绩怎么样。"

沈随很快找到了一个理由，仿若真的是特意来询问成绩一般："应该有进步吧？"

"嗯。"说到成绩，夏啾啾还挺开心的。虽然不像江淮安一样突飞猛进，但是有进步对于夏啾啾来讲就很不错了。毕竟她知道她只是个普通人，江淮安那种人可遇而不可求，她只要比自己好就可以了。

"这次考了班上第二，"夏啾啾心情极佳，"排名已经排到年级第五百名了。"

"可以啊，"沈随点点头，"都五百强了。"

"你呢？"既然气氛已经缓和下来，夏啾啾也不愿意再想之前的事，于是反问道，"考得不错吧？"

"嗯，"沈随随口道，"还行。现在都放学这么久了，你怎么还不走？"

"我在等江淮安，"夏啾啾毫不掩饰，"他被老师叫走了，我在等他回来和我一起吃饭。"

听到这话，沈随突然想起来昨天老师和他商量的事，于是笑着说："不用等了，以后他应该不和你走一路。"

"为什么？"夏啾啾呆了呆。

沈随的眼里带了欣赏："罗老师看中了他，要让他入数学竞赛组。"

罗佑是学校数学竞赛的指导老师，也是重点班的数学老师，在学校里很有地位。进了数学竞赛组，很大可能能拿奖，拿了奖，就有资格参加保送。

听到这个消息，夏啾啾首先的反应是开心，然而很快意识到，数学竞赛组有自己的训练体系，晚上要单独加训，江淮安的确很大可能是不会回来了。

一想到要许久不见，夏啾啾心里不由得有些失落。

沈随看出她的沮丧，有些哭笑不得："他去数学竞赛组是好事，你至于吗？"

"嗯，"夏啾啾垂头丧气地点头，"是挺好的，就是想到和他相处的时间变少了。"

"就这么喜欢他？"

夏啾啾歪头想了想："我打算喜欢他。"

"什么叫打算喜欢？"沈随有些奇怪。

夏啾啾有些不好意思："就是，我决定喜欢他，但现在还不喜欢，所以我要努力去了解他，培养我的喜欢。"

沈随愣了愣，他忽然想起以前的夏啾啾。

她总是喜欢跟着他，什么好的都给他。她有零食就巴巴地给他送过来，他钱不够用的时候，她也会赶紧送来给他。

沈随一直觉得，自己算不上个好人，他从来承认这点。

人与人之间，不过就是利用与被利用的关系。他母亲告诉过他，人这一辈子不进则退，要物尽其用，用好别人，也用好自己。比如把自己变成一个优秀的人，这也是利用自己来获取最大利益的一种正确方式。

他从不主动要什么。别人不给，他不要；别人给了，他不拒绝。

夏啾啾不对他好了，他本也没什么遗憾，如今他却意识到，并不是没有遗憾。

有个人对你好，多多少少会心动。只是对一个你看不起的人的心动，和对你欣赏的人的心动，这是完全不同的。

沈随遮掩住自己繁杂的内心，笑了笑："干吗一定要喜欢谁呢？你还小，该好好读书。"

"嗯，我知道，"夏啾啾点头，"放心吧，我不会打扰他的！"

沈随："……"他的意思不是怕夏啾啾打扰江淮安。

沈随不知道该怎么去继续这个话题。

夏啾啾反而先开口，问了一下他数学竞赛组的事情，包括上课时间、培训方式，事无巨细地打听着。随后夏啾啾明白，今天江淮安可能不回来了。

她有些失落，沈随看了出来，迟疑了一会儿后，慢慢道："他不回来了，要不我陪你一起吃饭？"

夏啾啾微微一愣，随后立刻摇头："我今天还是等着吧，他让我等他。"

"你总不能等得不吃饭吧？"

"也没什么，"夏啾啾想了想，"我课桌里有好多零食吃呢，你不用管我了，我没事的。"

说着，夏啾啾摆了摆手，还要说什么，就听到身后传来江淮安的声音："夏啾啾。"

夏啾啾猛地回头，看见江淮安双手插在裤袋里，含笑看着她："走了。"

夏啾啾呆呆地看着江淮安，江淮安走到她面前来，仿佛沈随这个人不存在一样，低头瞧她："发什么呆？"

"你不是，不是要去数学竞赛班吗？"夏啾啾慢慢回神，奇怪地问，"今天不用培训？"

"不去了。"

"为什么啊？"夏啾啾着急了，"多好的机会啊。"

江淮安笑了笑，什么话都没说，反而是抬头看向教室，扬了扬下巴："去收拾东西，我陪你吃饭。"

"问你话呢，"夏啾啾再次问道，"为什么不去数学竞赛组啊？"

"我说了啊，"江淮安说得一脸坦荡，"我陪你吃饭。"

夏啾啾还要说什么，然而开口之前，猛地反应过来。

她呆呆地看着江淮安，江淮安看着远处，并没有看她。

"我没开玩笑，"江淮安的语调平静，"我就是特意来陪你吃饭的。"

想对一个人好，哪怕只是陪她吃饭，也会成为生命中很重要的事。

更何况，他还答应过她，让她等他。

第十五章

他一定吃错药了

这话说出来，在场的三个人心情都有些复杂。

沈随见两人都没说话，许久后，才说道："你们聊，我先走了。"

说完，他便转身离开，然而想了想，他还是回头道："江淮安，其实你更适合走竞赛的路子。"

这话是实在话，不管沈随是个怎么样的人，但至少这一刻，他说这话是发自内心的。

江淮安和沈随不一样，他属于逆袭型的选手，底子基础都不像沈随这么牢固。他的总分算起来不算顶尖，只是在数学上明显有异于常人的天分，如果直接去参加高考，江淮安不是很有把握，但去参加数学竞赛，对江淮安来讲或许是一条路。

江淮安不是不知好歹的人，他点点头："我明白，谢了。"

他明白，可是他还是选了这条路。

这是一种坚定而委婉的拒绝，沈随抬眼看了夏啾啾一眼，没有说话，点点头后，转身离开。

等他走了，江淮安朝教室里扬了扬下巴："去吧。"

夏啾啾应了声，回到教室里，收拾了包。

顾岚抬头看了外面一眼，轻轻地笑了："江淮安又来接你啦？"

"嗯。"夏啾啾从课桌里拿出一瓶牛奶，放在顾岚面前，"我这儿还有一瓶牛奶，记得帮我喝了，不然坏了就浪费了，我先走了啊。"

说完，夏啾啾便急急忙忙地提着书包跑了出去，她一出去，江淮安就顺手将她的书包捞了背在后面。见夏啾啾鬼鬼祟祟的样子，他挑眉问道："做什么亏心事了？"

"给顾岚留了瓶牛奶，"夏啾啾往教室里看了一眼，"不知道她会不会多想。"

听了这话，江淮安抬眼往教室看了一眼："夏啾啾，你真是热心助人。"

当初帮他，现在帮顾岚，是一模一样的热心肠。

"嗯，是啊，我爸说，善有善报，我们要对世界充满爱！"说着，夏啾啾问，"咱们今天吃什么？"

江淮安本来神色平淡，隐约带着些冷意，但在听见夏啾啾说这话的时候，他面上有了弧度，嘴角微弯："夏啾啾，什么都拦不住你吃东西的脚步啊。"

上次带夏啾啾去吃了火锅后，放学去撮一顿仿佛成了两人的习惯。

江淮安学习安排得紧，这段时间成了江淮安唯一放松的时间。夏啾啾比江淮安好很多，看见江淮安上了正轨，夏啾啾的心里放松了许多。一放松，人就泄了气。江淮安在的时候还好，她还能坚持以身作则，好好学习，但只要在江淮安看不到的地方，比如说上课，她就会忍不住看漫画书，或者画几笔。

她跟顾岚学画画也有一段时间了，越画越喜欢。人做喜欢的事，总是不分昼夜，不问时辰，会觉得身上有无穷无尽的力量，争分夺秒几乎都是本能。

吃饭是两人唯一安静相处的时候。分班后大家都越来越忙，有时候宋哲一群人也会一起来，但大多数时候只有江淮安和夏啾啾吃饭。

每个学校外都有一条"堕落街"，两人换着吃，一天吃一家，却还有许多菜等他们探索。

江淮安不喜欢吃路边摊，但夏啾啾热爱，他也就跟着。今天夏啾啾没有坐在店里的打算，干脆带着他到小摊边上，买了臭豆腐，又买了麻辣烫，江淮安端着跟在她身后，看她一路买过去。

门口有一家肉串，烤得十分入味，夏啾啾想吃，于是江淮安端着一堆夏啾啾买的东西站在摊口，面无表情道："老板，二十串肉串。"

老板抬头看了江淮安一眼，笑着道："都买这么多了，吃得下吗？"

"吃不下也得买啊，"江淮安有些无奈，"我朋友看见什么都想吃，只能买了。"

"那剩下的多可惜啊。"老板翻烤着肉串，江淮安笑了笑："她吃不完，就我吃嘛，我食量大的。"

听到这话，老板抬头看了一眼江淮安的校服，笑呵呵道："小帅哥挺疼女朋友啊。"

"不是，"江淮安赶紧解释，"就朋友。"

"我明白，我明白，"老板点头道，"早恋都是地下恋情，我不说的。"

江淮安有些无奈，但知道也改不了老板的想法，便干脆什么也不说。

过了一会儿，夏啾啾带着烤生蚝回来，兴奋地问："烤好没？"

"好了，"老板将肉串递给夏啾啾，笑眯眯道，"小姑娘，接好了。"

"谢谢老板。"夏啾啾点头，捧着生蚝和肉串，扭头同江淮安道："走吧。"

江淮安跟上夏啾啾，扭头看了她一眼，哭笑不得："夏啾啾，我发现你使唤我使唤得挺顺溜啊？"

她想了想，认真道："好吧，那以后不这么使唤你了。"

"使唤我也行，"江淮安眨了眨眼，"给点好处啊。"

"你要什么好处？"

夏啾啾问他，她不知道江淮安还想要什么。江淮安朝着夏啾啾的肉串扬了扬下巴："肉串，好吃吗？"

夏啾啾没明白江淮安是想吃肉串，反而认真地咬了一口，咀嚼着道："挺好吃的。"

江淮安见夏啾啾没听明白，无奈之下，干脆自己动手了。他站在靠夏啾啾身后一点的位置，弯下腰来，牙尖咬在夏啾啾握着的肉串上。

做这些动作的时候，他离她很近，整个人仿佛贴上了夏啾啾，气息喷洒在她的脖颈上，让她忍不住红了脸。

江淮安在她脸侧吃了几口肉，随后赞叹："是挺好吃的。"

"还有其他的呢！"夏啾啾终于明白江淮安是饿了，"来，我喂你。"

说着，两人就一边吃，一边走，相伴往前走去。

走到补习班的时候，其他人都已经到了。两人一进来，其他三个人便齐刷刷地看向他们，一副欲言又止的样子。

江淮安愣了愣，看见他们的目光，忍不住抬手闻了闻自己的校服，皱眉道："不会是臭豆腐太臭了吧？"

"江哥，"武邑率先开口，有些犹豫地问，"你看贴吧没？"

"嗯？"江淮安神色微变，"都什么时候了，你们还有心情看贴吧？"

宋哲没说话，他拿出手机直接递到了江淮安身前："你看看。"

江淮安从宋哲手里拿过手机，看见了一张被顶了几百楼的热帖，标题是"校园一霸江淮安欺凌同学现场直播，果然有钱就能为所欲为"。

夏啾啾看见那张帖子就怒了，她压着怒气拿出手机，打开了市一中的校园贴吧，在首页找到了这张帖子。帖子还有人不断在回复，主楼是一个视频，视频明显被剪辑过，从江淮安学王瑜的地方开始，之前的都被剪掉了。

"你以为我不敢打你啊？就你这样的我打了你又怎样？"

"说话啊！我打了你又能怎样？！"

············

视频里的江淮安嚣张跋扈，王瑜眼中含泪，十分委屈。

后面的楼层不断有人在回复，明显是有王瑜的亲友在回帖，上来先描述了当天的情景，说是王瑜惹了江淮安的女朋友夏啾啾，江淮安为夏啾啾出头欺负无辜同学。

江淮安之前性格乖戾，结下的仇家不少，平时不敢说话，现在网上一出视频，立刻就出来跟风黑他。

什么他之前欺负同学、打架闹事的旧账，全部翻了出来。

也有人说了点实话，比如说"江淮安一般很少欺负人啊，他打架不都是和那些平时喜欢欺负人的人打吗？之前好几次也是因为社会上的人在咱们学校收保护费，才和别人打架的啊。"

但只要有人说江淮安的好话，立刻就会被群起而攻之。

"富二代果然不同凡响，这么快就有人帮他洗白了。"

"洗白党滚出。"

"亲友来了吧？"

"你敢摸着你的良心说话吗？"

············

本来也只是萍水相逢，平和的人也不爱吵架，被这么一骂，会为江淮安说话的也都闭了嘴，整个帖子里几乎是一面倒的场景。最新回复里新增加了江淮安和夏啾啾在吃饭的场景，江淮安在视频里的样子还被截图下来，配上文字做成了表情图。

"我打你又怎样？"

"我爹有钱啊。"

夏啾啾气得整个人都在发抖。

她马上登陆了账号，打算去帮江淮安讨个公道。

江淮安看了她一眼："你干什么？"

"我去帮你解释！"夏啾啾气愤地开口，江淮安将手机从她手里抢过来："这事你别管，去学习。"

说完，他往外走去，夏啾啾跟着出去："江淮安，你打算怎么办？"

江淮安顿住步子，扭头看她，露出一个安抚性的笑容。

他笑容里没有任何不满、惶恐或者担忧，反而平静从容，仿佛他是去处理一件再小不过的事。

"别担心，"他温和地开口，"给我十分钟，我把事情处理完，就回来做卷子，嗯？"

这批人，也就够他浪费十分钟，还不如二十块钱的烤肉。

看见江淮安这个样子，夏啾啾放心不少。可她还是没离开，江淮安有些无奈，这时手机接通了，江淮安将手机放到耳边，平静地问："大姑，嗯，是我，淮安，我有个事想请您帮忙。

"嗯，没什么大事，我想找个律师。我在微信上把事情发给您，麻烦您帮我找个律师，看情况直接起诉吧。

"没事，不影响学习，谢谢了。"

说完，江淮安挂了电话，抬头看向夏啾啾，笑了笑道："走吧？"

"就这么完了？"夏啾啾愣了愣。

江淮安歪头笑了："不然呢，我还要浪费时间去和他们解释？"

"没必要的。"江淮安淡淡地开口，"走吧。"

说话间，江淮安的手机再次响起来。

他拿起手机，看见上面的名字，脸色顿时看起来不太好。他看着手机没动。

夏啾啾下意识问了句："谁？"

江淮安将手机挂了，直接将号码拖黑，转身走进教室前才答："广告。"

江淮安走进教室后，宋哲起身问："你什么打算？"

"好好读书。"江淮安平静地回答，"行了，别浪费这个心思，做题吧。"

说完，江淮安就低下头开始做卷子。大家都没说话，互相看了看，也各自回了位置。

第二天，江淮安刚走进学校，所有人都开始偷偷看他。

他在门口等夏啾啾，夏啾啾下车之后，明显感觉氛围和平时有些不太一样。大家的目光似乎都在不停地扫过他们，那目光说不上善意，一边鄙夷地看向他们两人，一边又躲躲藏藏。

夏啾啾知道这是那张帖子的效果。那帖子已经成了校园贴吧的红帖，吧主也不知道怎么回事，竟给那张帖子加了精。除了贴吧，江淮安的表情图也在市一中学生的 QQ 群里迅速散播开来。许多人在群里匿名发着表情图，分享着江淮安的黑料。不过一个晚上，江淮安已经坐实了仗势欺人的纨绔子弟身份。

不过江淮安以前的名声本来就不怎么好，这事对他影响也不是很大，反而对夏啾啾的影响大一些。

论坛里有人一路扒出夏啾啾和江淮安的各种关系，从高一两个人当同桌，江淮安篮球场救夏啾啾等等事迹开始，暗指是夏啾啾找江淮安出头。

大家对江淮安敢怒不敢言，对夏啾啾就没那么好脾气了，所以夏啾啾进教室的时候，就发现她的书被人撕了堆在桌子上。

夏啾啾看着那些书没说话，顾岚从后面走了进来，看到桌子上的东西愣了愣："这是怎么了？"

"谁干的？"

夏啾啾的视线凌厉地扫向周边坐着的同学，大家都假装没注意到她的目光，低头看书不语。

顾岚很快反应过来，这是有人在整夏啾啾，她的脸色立刻不好看起来，夏啾啾捏紧了拳头。撕她的书她不是很在意，可是她这边这样，江淮安又能讨得了好？

她转身迅速地往对面的四班走过去。

顾岚见她脸色不好看，放下书包也追着过去。

两个人风风火火的，沈随坐在教室里，一抬头就看见夏啾啾在外面一闪而过。

好些同学在旁边议论。

沈随皱起眉头："这是做什么？"

"你不知道啊？"他的同桌慢慢地跟他解释，"听说隔壁班那个叫夏啾啾的，怂恿自己的男友江淮安打了人。打人就算了，还特别张狂，说'就是打你怎么样'。"

听完后，沈随站起身跟了出去。

沈随跟上了夏啾啾。

这时候夏啾啾已经到了四班，江淮安见她来了，有些茫然，但还是第一时间走了出去，不解地问："怎么了？"

见江淮安没事，夏啾啾这才放心不少，她喘着粗气，摇头："没事。"

"没事你这样？"

江淮安看向跟在夏啾啾后面的顾岚。顾岚看了一眼夏啾啾，欲言又止。

夏啾啾知道，如果让江淮安知道自己的书被撕了，肯定是要再去找人麻烦的。现在这节骨眼上，她就算不能帮江淮安什么，也不能给江淮安惹事。

于是夏啾啾笑了笑，摇头道："真没事。"

"真没事，你和我才分开就跑来找我？"江淮安冷笑出声，"夏啾啾，你当我傻呢？"

"我没骗你，"夏啾啾咧开嘴笑了，"我就是想你了。"

想你了。

这话猛地掠过江淮安的耳膜，让他感觉有些措手不及。

他的心跳得飞快，一时之间没办法正常思考，随后才压低了声音，有些别扭道："你胡说八道什么？"

见江淮安没有追问下去，夏啾啾一颗心才放回了肚子里。她挥了挥手，同江淮安道别："见过了，我回去了。"

说完，夏啾啾便蹦蹦跳跳地转身离开。

江淮安看着她的背影，脑子有些乱。他感觉自己仿佛是陷入了汪洋大海，有无名的情绪环绕在他周身，他直觉要抓住什么，却不知道该抓住什么。这样复杂的心情让他来不及思考太多，呆呆地回头后，他的电话再次响了起来，是江澜带着律师到学校了。

江澜的动作很快，昨晚接到江淮安的电话就立刻联系了律师。律师很快做了各方面的证据保全，从贴吧到各大网站，因为是热帖，一晚上已经造成了不小的影响，正好直接到了起诉标准。

江淮安赶到门口去接江澜，车停下来后，律师先从车里下来，随后是江澜，最后却下来了一个江淮安意想不到的人。

"你来这里做什么？"江淮安看见江城，顿时皱起眉头。江城被江淮安的目光刺得有些焦躁，然而他控制住了自己，冷着声音说："我给你打了好几个电话。"

"我知道，"江淮安平静地出声，"我没接。"

"你还敢说？"江城提高了声音。

江淮安轻轻笑了笑："我不接的意思就是，这事你别管。"

"江淮安，"江城提醒他，"我是你爹！"

"行了！"江淮安不耐烦地打断他，怒吼出声，"我知道你是我爹，你要骂就骂，骂完我还要回去上课，赶紧的！"

他话一出口，江城就愣了。他呆呆地看着江淮安，一时所有的话都说不出口。

江淮安催促道："快啊！"

江城说不出自己是什么感受，他的身子微微颤抖，抿着唇，第一次明白，被人误解，是怎样一种委屈。

"我没有想骂你，"他强迫自己尽量冷静下来，"你不用这样看我，我毕竟是爸，你不要对我有偏见。"

"你对我就没偏见？"江淮安冷笑出声，扭头看江澜，平静道，"大姑，我们进去吧。"

江澜看了一眼旁边的江城，最终还是点了点头。

江淮安和江澜一起往教务处走去，江淮安问了一些案子相关的事。

"昨晚连夜做了证据保全，律师找人顺着发帖人的账号找到了她以前发的帖子，她在其他帖子里留下过自己的QQ号。昨晚找到她的QQ号后，从空间里的信息找到了微博的信息，基本可以确定发帖人是谁了。我的意思是先联系本人，如果愿意认错赔偿，也就没必要起诉。"江澜说。

"嗯。"江淮安点头，"我也是这个意思。"

江澜看了一旁一直跟着的江城一眼，终于还是忍不住说："这一切都是你爸……"

"哦。"江淮安仿佛早就知道了江澜要说什么，直接截断了她的话。

江城的脸色极其难看。

这时候他们也已经到了教务处门口，教务处主任是一个有些矮的中年男人，姓王，叫王波。他见到江淮安，本来有些不满，毕竟现在已经是上课时间，江淮安还在这里晃悠，他当然要管。只是看到江淮安身后跟着的江澜和江城，王波就呆了。

江澜和江城他是认得的，虽然他们很少来学校，但王波还是听说过江淮安家里人的身份。他赶紧起身来，笑着道："江女士，江先生，今天怎么有空来学校了？"

"你们学校的学生在贴吧造谣抹黑江淮安，"江城抢先开口，冷着声音道，"我今天来，就是特意来讨个说法的。"

一听这话，王波就愣了。

江城穿了西装，挺直了腰背，往前走了两步，挡在江淮安和江澜前方。

这么多年了，江淮安第一次觉得，江城终于有点当爸的样子了。

而学校另一边，夏啾啾转过墙角，看见沈随站在路口。他皱眉看着她。

夏啾啾没想到沈随会在这里等着她，不由得愣了愣。沈随看着她的样子，叹了一口气。

"事情我知道了。"他有些无奈，"贴吧吧主是我的朋友，我让他先删帖。"

"夏啾啾，"沈随慢慢地说，"你要是想好好读书，以后还是离江淮安远点吧。"

夏啾啾没说话，只是抿了抿唇。

她的态度让沈随有几分急躁。十月明明已经是该转凉的时候，却依旧带着夏日余温，热得让他有几分焦躁。

他压着心里那些个说不清道不明的想法，继续规劝夏啾啾："我知道这一次你是想认真读书的，江淮安以前是个什么样的人，不用我说你大概也明白，你成天跟他混在一起，就算你想读书，他惹的那些事也很难让你静下心来读书的。"

"你知道怎么回事？"夏啾啾听了沈随的话，抬头看着他，"你知道发生了什么？"

沈随没应声，许久后，他说："你说是怎么回事，我听着。"

"王瑜找我麻烦，江淮安帮我，那些话都是王瑜说过的，江淮安只是重复了一遍……"

"我知道，"沈随皱起眉头，"可这重要吗？明明有更好的方式，你被欺负了，他可以告老师可以找家长，他一定要自己出头，他要是没出头不就没有这事了吗？啾啾，他那都是小混混的解决方式，很幼稚，很不成熟。"

"所以你成熟？"夏啾啾抬眼看他。

沈随愣了愣。

夏啾啾认真地接着说："沈随，我终于知道，为什么我没有再喜欢你。"

夏啾啾终于明白为什么自己遇见江淮安之后，再没有想起过沈随这个人。

沈随被这话刺得心上一痛。本不该有什么，本也是一直怕她喜欢他，然而当她这样坦荡荡地说出来时，沈随还是觉得心上一窒。

大概是拥有过太久的东西被骤然拿走的空虚，又或是本就重要却没懂得珍惜。

沈随也说不清了，他只是觉得笑容都有点难以支撑，可他遮掩情绪习惯了，依然维持着僵硬的笑容。

夏啾啾凝视着他的笑容，目光却仿佛看透了他的所有伪装："把懦弱当成成熟，这样的人，我不喜欢。"

"啾啾，你还是太天真了，"沈随抬了抬眼镜，"不要给冲动找借口……"

"保护自己想保护的人，表达自己想表达的话，在正当的范围内，最大限度争取自己的权益……沈随，我不觉得这是幼稚。"

此时已经上课了，周边是老师讲课的声音，各科老师的声音环绕，还有学生念书的声音，夏啾啾的声音混合在中间，却格外清晰。

"努力讨好别人，畏首畏尾，连自己的朋友被欺负时，站出来吵那么一架的勇气都没有。甚至于，明明已经笑不出来了，却连收起笑容的胆量都没有，沈随，如果这是成熟，我希望我一辈子都不成熟。"

"江淮安很好，"她看着沈随，在提到那个名字时，目光里立刻带了一份柔和，"可能现在的确有些幼稚，可是，我不觉得他保护我是错，他很好。"

说着，夏啾啾又强调了一句："特别好。"

沈随的笑容终于保持不住了。他看着夏啾啾，没有再说话。

夏啾啾说的这些话，不只是为了回答现在的问题，也是为了提点沈随。

沈随听了她的话，也不知道听没听进去，等夏啾啾回了教室，就收到了沈随的信息。

"贴吧里的事我会处理，好好学习。"

夏啾啾想了想，还是回复了一句"谢谢"。

夏啾啾和沈随说着话的时候，江家的律师已经和王波说明了来意，随后将发帖学生的信息递给了王波。

王波点点头道："这个好办，你等我把人叫过来。"

说着，王波就让人去把发帖的学生叫过来。来的是个江淮安毫无印象的人，对方一看见江淮安立刻意识到是什么事，随后忙道："不是我！是王瑜用我的账号发的，是王瑜！"

江城看向江淮安，问："王瑜是谁？"

"视频里被骂的那个女生。"江淮安淡淡地开口。

江城不耐烦道："那一起叫过来。"

王波点头，觉得是该叫过来处理一下的。

没一会儿，王瑜就被叫了过来，看见江淮安，王瑜先愣了愣，随后故作镇定地坐到了椅子上，转头看向王波："老师，叫我过来有什么事吗？"

"叫你过来领法院传票。"江淮安勾起嘴角，"知道诽谤罪是什么罪吗？"

王瑜脸色顿时有些难看，强撑着道："我不知道你在说什么。"

"哦，她不知道，"江淮安的目光看向指认王瑜的那个女生，一脸无奈，"那没办法，从现在的证据来看，我只能告你了唉，同学。"

一听这话，那人立刻急了，猛地站起来道："王瑜，那个帖子明是你拿我的账号发的，你现在要赖账吗？"

王瑜没说话，似乎在思索着说什么。那人突然想起什么来，匆匆忙忙地拿出手机："我这里还有你发给我的微信，你看，这个账号和密码是我发给你的！"

"这证据很重要，"江淮安点点头，看向旁边一脸严肃的律师，"赶紧带去做证据保全。毕竟诽谤罪也不是小罪了，说不定要坐三年牢呢。"

王瑜和吵嚷着的女生听到这话，脸色瞬间变得煞白。那女生开始积极检举王瑜。王瑜白着脸道："你别吓唬我，我说的都是事实，这世道难道连实话都不能说吗？"

"是不是事实，你心里不清楚吗？"江淮安冷下脸来，捏着拳头，抿紧了唇。他呼吸急促，仿佛是受了巨大的冤屈，"是你先欺负同学，我也不过就是学着你说的话嘲讽了你几句，我问你，你欺负了别的同学，我除了口头教育了你几句，还做什么了？"

王瑜没说话，抬头看向江淮安，眼神有那么几分呆滞。

面前的江淮安仿佛是换了一个人，和平时那个嚣张跋扈的不良少年全然不一样。他红着眼睛，眼里全是委屈："我只是想让你别欺负同学，我希望你能改邪归正，你不接受没关系，你需要这样诬陷我吗？

"你知道我有多努力吗？我每天学习到两点，早上六点就要起床，我不缺任何一节课，我自学写的习题册比你几年写的都多，你以为我做这些是为什么？就是希望别人能正视我，能不要认为江淮安就是个小混混，我努力了这么多，就这样被你一个剪辑过的视频给毁了！王瑜，你还有良心吗？"

江淮安嘶吼着，旁边的王波听得都有些难过起来。

浪子回头总要付出更多的努力，江淮安做这么多，只是想要一个认可。可是踏踏实实总比不上投机取巧，努力善良也抵不过流言蜚语。

作为教务处主任，保护学生的学习积极性几乎是老师的本能。看到江淮安的反应，王波顿时有些恼火，同王瑜道："王瑜，原版的视频你肯定有，把原版的放上去，给江淮安道歉。这事……"

"至少要记过，"江澜果断开口，打消了王波说道歉就可以和解的念头，"道歉，赔钱，人总该为自己做的事付出代价。不道歉，不赔钱，那就法庭见。"

江澜说得笃定，王瑜终于慌了。

"你们怎么回事？"她提高了声音，"让我发视频的是你们江家人，如今要告我的也是你们江家人。如果不是江怀南花了一千块让我发视频，你们以为我想惹这个事，你们就欺负我算怎么回事儿？有本事，你们找江怀南啊！”

王瑜明显是急了，声音又尖又利，和视频里那个委屈胆怯的人形成鲜明对比。

江城听到江怀南的名字时，脸色明显变了许多。江淮安坐在椅子上，往后靠去，没有多说什么。江澜却露出了"果然如此"的表情，看向江城的眼神带了几分讥讽。

助理早在他们开始争执时就将门关上，如今也没人听到他们说话。王瑜看见江家人沉默，胆子不由得大了许多，慢慢地冷静下来。她小心翼翼地看了一眼江淮安："我本来也不想惹事，江……江淮安，其实那天也没发生什么，我心里也有数，只是江怀南来找我，他说我发了这个视频，他就给我一千块。我不发，他就打我，我心里害怕啊。"

王瑜的声音委屈了起来："他是你弟弟，左右都是我的不对，我能怎么办啊？"

"这话说得，"江淮安笑起来，"他是我弟弟，做了这种事，你该第一时间告诉我，让我去教育他，我毕竟是他哥。"

说着，江淮安将手搭在椅背上，眼中露出冷意来："就算我现在好好学习，也是他哥，明白吗？"

其他人或许不懂，王瑜却是明白的。江淮安这是在警告她，就算他现在好好学习了，不打她不动手，那也只是因为他不想。他始终是市一中的一匹狼，想咬人就能有利爪獠牙。

王瑜赶紧点头。

旁边的王波犹豫道："那个，江先生，要不要把江怀南……"

"不用了，"江城铁青着脸打断王波的话，皱眉道，"我会回去管教江怀南，这次麻烦您了。"

"没事没事，"王波见事情解决了，这才松了一口气，"也是我们做老师的工作不到位。"

江城点点头，目光落到王瑜身上："你手里还有原始视频对吧？"

王瑜艰难地点了头。

江城有些疲惫："发到这个邮箱里，明天给我儿子公开道歉，具体的事宜我让助理和你联系。"

王瑜的面色不太好看，她还想说什么，就注意到江淮安正看着她。

江淮安面上很平静，甚至还带了几分笑意，但他的笑不达眼底，凭空让人觉得多了几分寒意。

不用多说什么，王瑜就明白了江淮安的意思。别说她还想在市一中读书考大学，不想被记过，更不想接法院传票；就算她无所谓读书不读书，却也不想在市一中惹上江淮安。

于是她把所有话都咽了下去，低下头道："好。"

见她答应配合，江家人这才站了起来，逐一走了出去。

一出教务处，江淮安便同江澜告别，随后往教室走去，江城叫住他："站住。"

江淮安停住脚步，江城看着面前神色冷然的少年，好久后，语气有几分疲惫："和我回家去，这事我帮你和怀南问清楚。"

"不去。"江淮安果断地拒绝。

"为什么？"

"不要打扰我学习。"

江城："……"

这儿子一定吃错药了。

"我知道你不信，"江淮安看江城不说话，嘲讽道，"那我给你另一个理由，我不傻，不想去挨打。"

"我不会打你……"

江城心里有些苦涩。最近江淮安做的事他看在眼里。在江家的时候，看到过他喝的咖啡，看到凌晨的灯光，后来他搬走了，留下的习题册，却做得满满当当的。

江城给江淮安打过好多次电话，江淮安都不接，他没办法，只能到他的公寓去找。他白天忙，就凌晨去找，那么晚了，他还是能看见江淮安房间的灯亮着。以前觉得他是在玩游戏，现在莫名觉得，他大概是在做题吧。

见了许多老师，问了许多他周边的人，这么多年，他第一次试图努力去了解江淮安。说来也可笑，作为父亲，想知道江淮安这些年的成长，居然得从外人的口中去知晓。

问得越多，知道得越多，江城就越愧疚。

当年江淮安怎么成为不良少年的？因为他在学校里被人收保护费，他和人打架，没有人管他。对，没有人管他。江城身为父亲，自己的长子在学校被人打被人收保护费，他居然不知道。

那一年江淮安十三岁，天天打游戏，他每天回家看见江淮安就暴躁。他记得那天他还在回家的路上，许青青就给他打电话，说江淮安和人打架，因为江淮安看人家不爽骂了对方，就和别人打了起来。江淮安那时候只要见到他就和他吵架，所以他在学校骂同学，江城毫不意外。

当天他本来心情就不好，喝了许多酒，回到家里来，不分青红皂白，迎面就给了江淮安一个耳光。

江淮安被他打蒙了。

江城怒气冲冲地吼他："你能耐了啊，还学会打架了？"

江淮安气得发抖，可是他没说话，什么都没说，谁对谁错，他觉得他爸会弄清楚的。他等着他来道歉。然而江淮安那时候没想过，江城给老师留的电话，都是许青青的。所以他不说，他爸也不会知道发生了什么。等他知道江城甚至没有留电话给老师的时候，江淮安就觉得，江城也不需要知道发生什么了。

后面的种种，诸如此类，不胜枚举。

江城去追寻这个孩子如何一步一步走到今天的时候，心里特别累。他从来没想过自己的妻子是这样的人，也没想过自己因为"一时疏忽"给孩子造成的伤害居然这么大。

他想去弥补，然而看到江淮安嘲讽的笑容，他只觉得无力。

"这一次我真的不打你，我会好好对你，"江城的声音越说越小，"回来吧……淮安。"

江淮安没说话。他看出了江城的不一样。

江澜在旁边看着，良久，劝道："今天和你爸回去吧，事情总要处理的。"

江淮安没有拂江澜的面子，点了点头："行吧。"

江淮安和江城一起上了车，江澜坐在前面，助理去找江怀南。

上车之后，江淮安和江城隔了老远，他一直不说话，江城也不开口。好久后，江澜终于说："你们父子这是怎么回事？老三你最近改邪归正，你该给孩子说说。"

江城板着脸，面色有些不好看，他正要发怒，却终究忍了下去。好久后，他终于道："我最近去找了你老师。"

江淮安没有理会他，江城也做好了江淮安不理他的准备，这个儿子和他有多像他是知道的。江城深吸了一口气继续说："你现在的，以前的朋友，还有宋哲、武邑，这些人我都私下找他们谈过。淮安，这些年是我对不起你。"

话一旦说开，江城就觉得容易多了，他接着说："你妈刚去的时候，刚好也是我最难的时候，那时候我脾气不好，你脾气也暴躁。每天我在外面应酬完，回家你还要找我吵架，我受不了，就对你有些疏忽。"

"这岂止是有些疏忽？"江淮安嘲讽地开口，"有多疏忽需要我提醒？"

"是，"江城点点头，"当初是我对不起你，那时候我以为许青青会好好对你，所以我将你交给了她，我是真的没想过她会这样……"

江城的声音哽咽住了，江淮安扭头看着窗外，一言不发。江城看着他的模样，慢慢道："我知道你一下子不能原谅我。"

"这不是原不原谅的问题，"江淮安的声音很平静，"而是有些伤口一旦存在，就无法愈合。我想原谅你，可是我疼。"

江淮安终于抬眼看向江城："你不用做太多的，江城。"他的语气平淡得没有半分波澜，"反正，我现在已经不在意了。"

他找到了新的寄托和爱，就不会执迷于从前那份卑微可怜的期盼。

第十六章

匪报也，永以为好也

江城没有说话，他早已经做好这样的准备。这些天江淮安不接他电话，不回他信息，加上之前的态度，江城已经明白，江淮安是下定决心要和他决裂了。

现在听江淮安这么说，江城觉得自己的内心是诡异的平静。如果江淮安没有说什么，安安分分地回到家，他才会觉得奇怪。

话说到这份上，江澜也不再劝。三个人前脚回了家，后脚江怀南便被助理带了回来。

江淮安坐在沙发边上，拿了单词本，戴上耳机旁若无人地开始背单词。江城看了他一眼，他也没有理会。

江怀南进来的时候还有些不服气，发着火："我还在上课呢，把我叫过来做什么？"说完，他就看见窝在一旁的沙发里背单词的江淮安，他心里"咯噔"一响，有了几分不安。

许青青本来还在睡觉，听见江城回来了，赶忙起来将自己打扮好，这才下楼，焦急地问："这是怎么了，怀南不还在上学吗？"

"你自己说，"江城盯着江怀南，"你为什么要找王瑜陷害你哥？"

听到这话，江淮安抬眼看了江城和江怀南一眼，颇有些诧异。

这份诧异刺痛了江城，他看着江怀南呆愣的眼神，提高了声音："还站着做什么？跪着！"

江怀南的反应很快，他见惯江淮安被打，于是二话不说跪了下去。

许青青慌忙地跑过来，满脸焦急："老江你这是做什么啊，什么王瑜，你又是听谁瞎说什么诬陷怀南的话了？"

"行了，"江城不满道，"他作弊，你说是老师伙同所有人诬陷他；现在他剪辑了他哥的视频发在网上污蔑他哥的名声，你也说是别人诬陷他，许青青你儿子什么样你不清楚吗？"

许青青听得满脸呆愣，随后她眼里涌起怒气："我儿子怎么样，我儿子不是你儿子吗？"

"是，他是我儿子，但我没教过他撒谎、陷害亲人，我没教他窝里斗！"江城猛地站起来，仿佛是想将所有的暴怒发泄在许青青身上，"许青青，我待你不好吗？我是怎么和你说的，要你好好对淮安，你呢，这些年你是怎么对他的，你心里不清楚吗？"

"我怎么对他了？"许青青大吼出声，"他缺衣少食了，还是我虐待他了？江城你搞清楚，打他是你打的，骂他是你骂的，现在你来怪我对他不好？你有什么资格？！"

江城整个人都僵住了，他看向江淮安，江淮安戴着耳机，认真地看着单词表，恍若未闻。

许青青的话太锐利，让江城有些支撑不住，他张了张唇，什么话都说不出来。

许青青见他无言，变本加厉："江淮安是你儿子，你自己不好好照顾，反而怪我照顾不好，这是什么道理？我照顾他，好吃好喝地养着，出了事也帮着，这就是我的本分了，更多的，我做不到，也不想做。你是他亲爹都没照顾好他，如今却怪起我来了？"

"那你也不该骗我。"江城的语气弱了下去，"以前淮安和人打架，因为什么你不会不清楚。"

"我有说什么吗？"许青青不耐烦道，"我从来只是开个头，你就说肯定是江淮安惹的祸。你找他麻烦，是因为我说多了什么吗？"

许青青的话说得在理，江城却听得有几分不舒服，总觉得有什么地方不对。

江淮安见他们吵偏了，便抬眼看向江怀南："到底为什么找我麻烦？"

江淮安开口，所有人都看了过去。

江怀南听到江淮安问话，将目光落到他手里的单词表上，倒也坦荡地说："我嫉妒你，我看你不爽，我就想让你身败名裂，怎么了？"

"就凭一个视频？"江淮安气得笑出来，"你脑子没病吧？"

"那又怎么样？"江怀南仰着下巴，"老子就喜欢看你不高兴的样子。"

江淮安没说话，他看着江怀南，觉得有几分熟悉。他静静地看着江怀南，像看到了过去的自己。过去那些年，他每次想气江城的时候，就是这样，仿佛是刺猬一样将所有刺竖起来，尖锐地刺向这个世界。

江城听到江怀南的话，怒火中烧，一脚踹了过去，怒道："我怎么生了你这么个混账东西？！"

江怀南被江城踹倒在地，许青青尖叫着去护着江怀南，提高了声音："你要做什么，你要打死他吗？"

"我今天就打死这个孽种算了！"江城怒到极致，开始胡言乱语。

江怀南听到这话却笑了，猛地挣开了许青青，愤然起身："行啊，今天你就打死我好了！"

江怀南盯着江城，眼里冒着火："反正你也不需要我这个儿子，有大哥在就行，我这种私生子、贱种有没有又有什么分别？你打啊！"江怀南看着呆愣的江城，弯腰将头凑了过去，声音骤然提高，"来啊，随你打，我还一下手我是你孙子！"

江城被激得抬手就打了过去，江淮安却突然站起来，一把抓住了江城的手。

预想中的疼痛没有到来，江怀南有些奇怪地抬头，只见江淮安抓住了江城的手，站在原地，平淡地说："不是所有的事都能用暴力解决的。"

江城微微抖了抖，难以置信地回头。

江淮安的目光平视前方，淡然地出声："他只是想你多关注他一下，没什么坏心。我可以讨厌他、打他、骂他，但是你不该。他所做的，都是为了你这个爸爸能多夸他两句。"

江城没有说话，他觉得喉间哽得生疼。江淮安说的是江怀南，江城又如何不知道，正是因为江淮安有过这样的心境，所以在江淮南鲁莽时，他能准确而淡然地说出这些话来。

江怀南听着江淮安的话，红着眼扭过头去。江淮安见江城不再打了，放下拦住江城的手："别总从别人身上找借口，出了问题，多想想是不是自己的责任。两个儿子都养成这样，只是许青青的责任吗？"

说完，江淮安便往外走去。江城看着少年修长的背影，突然发现，原来不知不觉间，江淮安已经长得这样高大。总觉得他还是被自己扛在肩膀上的小豆丁，却不想他已经长成了苍鹰。

江城颓然地坐在沙发上，江怀南跪在地上擦眼泪，许青青心疼得不行，抱着儿子哄着。旁边的江澜看见了，看着江城道："怀南伤心还有自己的妈劝着、保着，淮安过去这么多年就只有自己一个人，他心里多难过，你自己想想吧。"

江城没有说话，江澜以为他还是执迷不悟，叹了口气，提了包准备要走，却突然听见江城说："你说他是不是不会原谅我了？"

江澜没说话，过了好一会儿，才缓缓地说："他妈妈是怎么死的，你难道不清楚吗？你觉得要是你遇到了这种事情，你能原谅咱爸吗？"

江城的脸色骤然变得煞白。

"我没想过……"他颤抖着唇，"我没想过……"

"都已经做了，"江澜垂下眼眸，"你想没想过，结局如此，能怎么样呢？好好对他吧。"

说完，江澜叹了口气，转身离开。江城坐在沙发上，江怀南的哭声慢慢小了下来。江城抬头看着许青青。岁月在这个女人脸上留下了痕迹，她已经不是当年初遇时那个怯生生小姑娘的模样，他看着许青青，安静地看了许久。

许青青察觉到他的目光，疑惑地出声："老江？"

"你回去吧。"

江城突然开口，许青青僵了僵，江城将手插进头发里，不敢看许青青："你爸妈不是身体不好吗，你回去照顾他们几年，怀南我来照顾。"

"老江……"许青青颤抖着声，"你是赶我走吗？"

"我不是赶你走。"江城慢慢平静了下来，声音也稳定了，"你不适合照顾孩子，我不能让怀南再跟着你了。"

"江城！"许青青提高了声音，"怀南是我的孩子！"

"你一定要带，那也可以，"江城抬起头来，"那我们离婚，你带着怀南走，我自己管淮安。以后怀南不会继承我们江家的任何产业，这个孩子，就是你一个人的孩子。"

许青青愣了。

江家的大多数产业，目前还在江春水的名下，江城只是代为打理，也就是说这时候他们离婚，她也只能分到江城名下的一半财产。然而这却要以江怀南永远失去继承权为代价。

谁都不会做这样的亏本生意。

许青青软了态度，红了眼眶："老江，我是怀南的妈妈，我不在，他多可怜啊……"

"那淮安不可怜吗？"这话仿佛是刀一样扎进了江城的心里，他嘶吼出声，"我让你好好对他，我对你说他妈妈没了他心里难过，让你像他妈妈一样对他，你当初是怎么答应我的？结果呢，许青青，你这些年阳奉阴违做的事，还要我说给你听吗？你已经毁了我一个儿子，怀南不能再跟着你学，"他冷着声音，"许青青，我不和你离婚，是指望着你还能知错就改，但在怀南毕业之前，你别接近他。"

"爸……"江怀南慌了神，"我妈她……"

"你别说话。"江城抬手，止住了江怀南的话，扭头看向他，目光冰冷，"以前是爸爸不对，没有好好教导你，以后不会了。小张，"江城叫了助理过来，抬眼看向许青青，"是我送你回去，还是你自己回去？还是说，你打算离婚，不回去？"

许青青明白江城的意思，她向来知道，江城是一个一旦决定了就不会反悔的人。就像当年，他决定了和她在一起，就打定了主意要和江淮安的妈妈离婚，只是为了江淮安才一直维持着两人之间名存实亡的婚姻。本来以为能等到江淮安长大，没想到对方却在江淮安小学时就病重，最后还以这么决绝的方式离开。

许青青盯着江城，过了很久，她笑着站起身。从旁边拿了纸巾，擦干脸上的眼泪，恢复了平日的姿态。

江怀南慌了神，拼命地拉扯她："妈，你和爸道歉，道个歉……"

"如果道歉有用，我会立马道歉，"许青青冷笑，"可他铁了心要拿咱们母子去弥补他对他宝贝儿子的愧疚，我道歉有用吗？"

江城不说话，许青青握着江怀南的手，红着眼说："你……以后多给妈妈打电话。妈念着你。"

说完之后，许青青转身，上楼收拾行李，下午就离开了。

江淮安从江家出来后，直接回了学校。这时候刚放学，夏啾啾正打算收拾了东西就去找江淮安，沈随却给夏啾啾发了信息。

"关于江淮安的那件事，叫上你和江淮安的朋友，帮个忙。"

对于江淮安的事，夏啾啾是从来不马虎的，她赶紧在群里发了消息，把宋哲一干人等都叫上，又叫上顾岚，去咖啡厅找沈随。

沈随的面前放了电脑，见夏啾啾来了，他一边搜索着帖子，一边对夏啾啾一行人说："你们先坐。"

宋哲看了夏啾啾一眼，点头坐下来。夏啾啾互相介绍了一下大家后，沈随抬起头来，看着周边的一群人道："我今天早上拜托朋友去删帖了，但是我朋友说这样不行，江淮安本来就是富二代，如果删了帖子，大家更会觉得是江淮安仗势欺人。"

宋哲点点头，沈随说的话他是赞同的："所以？"

"我们不删帖，但是要引导一下舆论。啾啾，你先说一下，那天到底是怎么回事？"

夏啾啾将那天的情形说了一遍，宋哲听得皱起眉头，他扭头看向顾岚："你和王瑜怎么回事，她为什么针对你？"

"她家和我家是邻居，我成绩比她好些，她妈妈就总拿我和她作比较。"顾岚说得有些艰难。

宋哲撑着下巴，敲着桌子："所以她经常和你作对？"

"嗯。"

顾岚垂下眼眸，在场所有人都知道顾岚隐瞒了一部分内容。

沈随喝了口水，慢慢道："这事毕竟是江淮安为了你惹上的，顾岚。"

他点了顾岚的名字，意思显而易见。

顾岚沉默许久后，终于开口："我知道，我先去发帖，说一下王瑜和我之间的事，给江淮安道谢吧。"

"行，"沈随点了点头，"那我们分成三个小队，你们谁嘴皮子利索的？"

一听这话，所有人都看向了宋哲。

宋哲一脸无辜："你们看我做什么？有眼疾赶紧治，别耽搁最佳治疗期，小心转移到脑子上成脑残。"

"行，"听了这话，沈随点头道，"就你了，带一个能骂人的当先锋队，等会儿顾岚发了帖子，有人说话激烈的，你们就上去回复，要回复得文明，回复得让人心塞，最好把他们激怒到无话可说最好。"

宋哲："……"

沈随笑了笑："为了江淮安。"

宋哲妥协了，无奈道："好吧。"说着，他又问，"你们谁跟我一起？"

没有人说话，过了一会儿，杨薇小心翼翼地举手："要不……我吧……"

宋哲痛苦地闭上眼："领导，你就当我们这支先锋队全军覆没了吧。"

所有人顿时笑出声来。

沈随接着道："嗯，那，啾啾，你就当一个……哦不，找几个被江淮安帮助过的普通学生，等会儿就去讲故事，比如你被人收保护费，江淮安热心帮助你打退小混混啊，走在路上扛东西，江淮安积极帮助你提包啊什么的，一会儿我给你一堆账号，你换着IP（互联网协议地址）登录。"

夏啾啾点头，编故事她会的！

沈随又看向武邑和顾岚："你们谁会做表情包（网络上用于传达情绪的一类图片）？"

"我会！"顾岚这一次义无反顾。

沈随点头，"等一会辩论起来，你负责及时更新洗脑表情包，还有谁没事干？"

"我！"武邑举起手来，认真道，"我已经迫不及待了！"

"好，"沈随点点头，"你就当表情包大队，等会儿我给你发五十个账号，你就拿着表情包顶帖，让你顶哪个，你就顶哪个，让你发什么表情，你就发什么表情。"

武邑点点头。

大家突然觉得有点兴奋。

宋哲问沈随："那你干什么？"

"我？"沈随笑了笑，"我打算潜入他们内部，'黑'装'粉'，'粉'装'黑'，成为他们骨干后倒戈，给他们一记绝杀！"

众人："……"

片刻后，杨薇悠悠地说："你说句实话，你是不是混明星粉丝圈的？"

沈随有些不好意思："我没混过，但是以前的朋友混，我帮她爆过好几次吧（爆吧指短时间内在论坛中大量发帖）。"

众人："……"

大家分配好了任务，话没再多说，一同去了学校机房。一群人下载好了IP切换器，然后各自分配到了账号之后，一切便准备就绪。

接着顾岚先发了帖子。所有人本来想着，顾岚的帖子里估计也就是描述一下王瑜如何欺负她，结果没想到，她帖子的一开始就是……

"我父亲脑瘫在床，母亲一个人苦苦支撑。从小我就好好学习，照顾家人……"

一个家庭艰辛的懂事少女，自然会被邻里称赞，而王瑜不学无术，对她倍加欺凌，这样的事，不需要多么煽情，就能让人义愤填膺。

更何况，顾岚文笔还不错。

一时之间，江淮安带了几分侠气的形象跃然纸上。

帖子还没发出去，所有人看着就沉默了。好久之后，杨薇小心翼翼地问道："顾岚，你写这些是真的吗？"

"半真半假，"顾岚面色平静，"文学效果，我没这么惨。"

"这个，"宋哲不确定地问，"是不是太浮夸了？"

"就这样！"沈随点头道，"我觉得可以。"

顾岚挑眉："那我就这么发了？"

"发吧。"沈随面上带着笑，"我觉得成。"

说完顾岚就发了，这件事本来就是学校热点，南城许多其他学校的学生都来围观了，帖子很快就被顶了上去，紧接着所有人按计划行事。

每个人切换着 ID（账号）顶帖，一时间忙得不行。

江淮安到学校的时候，他先给夏啾啾发了信息，夏啾啾却没回复她。过了一会儿，他想了想，又在群里发了消息，群里还是没人理他。

江淮安琢磨着大家可能忙着没看信息，就自己去吃了饭，然后回了教室，往夏啾啾的班上看了看。

夏啾啾每天的作息很规律，一般下课后会在教室里待一会儿，写几道题，等食堂人不多了以后再去吃饭，吃完饭后就回教室来继续做题。

江淮安想着她还在吃饭，就翻了卷子，先做题。

他喜欢数学，做起数学题来总是能很快忘记时间。别人学数学是学习，江淮安却觉得，学数学对他来说，是一种另类的放松。沉浸在数学的海洋里不能自拔的江淮安，直到预备铃响起来，才骤然惊醒。他抬头看了一眼夏啾啾的班级，却发现夏啾啾还没回来，不仅她没回来，顾岚也不在。

他意识到有些不对了，开始拨打夏啾啾的电话。

然而此时此刻的夏啾啾正沉浸在"被江淮安救助"的少女角色中不能自拔，深情扮演着这个角色在网上发帖。

江淮安黑了脸，心里担心夏啾啾出事，赶紧出了教室，他一边走一边给宋哲打电话。

宋哲也没接。

因为宋哲正和人辩论，情绪高昂得不行。

江淮安心里更加不安，又打了电话给杨薇。

杨薇也不接。

这个时候的杨薇，在网上一洗平时那恬淡温和得有些软弱的模样，辩起来比宋哲的战斗力还强了好几倍。如此纯熟的战斗架势，看得沈随胆战心惊，他忍不住问杨薇："杨薇，你 idol（偶像）是哪位啊？"

杨薇不好意思地笑了笑："爱因斯坦。"

沈随："……"

江淮安连打了几个电话，都没有人接，上课铃却响了。他正准备打武邑的电话，江澜先打了电话过来。

"淮安，助理和我说贴吧里已经有人在帮你处理这件事了，你知道是谁吗？"

江淮安愣了愣。

江澜继续道："你知道的话，让他们和我们这边联系一下。王瑜的原始视频已经拿到了，道歉信也已经准备好了，和那边联系一下，陈助理的号码我发给你，你们沟通一下，准备好我们就发帖了。"

江淮安很快反应过来，应声道："我知道是谁了，你等我一下。"

说着，江淮安就给武邑打了电话。

武邑正喝着奶茶，等着顾岚的下一波表情包。手机响了，他看见是江淮安，马上接通电话，欢快地问："江哥，没上课呢？"

"你们在哪里？"江淮安听见武邑的声音就知道事情八九不离十是他们做的了，他笑着问，"现在贴吧里活跃着的是你们吧？"

"是啊。"武邑点头，其他人都看了过来，宋哲点了点头，武邑就给江淮安报了一个地址。

挂了电话，江淮安将陈助理的号码发了过去，然后看着手机，过了许久，忍不住勾起嘴角。

学校机房在不远处，江淮安跑过去，进机房的时候，看见他们一群人窝在一起，正在奋力发帖。

江淮安走过去，宋哲抬起手来，江淮安抬手拍了过去。武邑也随之抬手，江淮安的笑容更盛，其他人也学着他们的样子抬起手来，江淮安一个个拍过去后，最后到了窝在里面的夏啾啾面前。

夏啾啾扬着两只手，江淮安笑着道："你举着两只手是怎么回事？"

"我要 double（双）份的！"夏啾啾扬起笑容，"我不一样的！"

她不一样的。

当然不一样。

也不知道为什么，江淮安就有了这样的认知，自己面前的这个人，与旁边那些人，没有高低之分，却是不一样的。

他笑着抬手，双手和夏啾啾拍了一下，随后道："谢谢大家了。"

沈随听了江淮安的话，笑着看了他们一眼，随后低下头去，继续装着"黑粉（指在网络上持续攻击某人的人）"。

他们已经和江澜那边联系上了，王瑜的视频很快发了上去，江家也带着人迅速占领了贴吧。一个下午，江淮安已经从一个纨绔富二代逆转成了一个带了点侠气的仗义少年。

虽然网上的事对江淮安影响也不大，可这终究是个人言可畏的世界。他们也不是什么"我不在意别人看法，别人诬陷我继续高冷"的人。你骂了我，我就骂回去，你打了我，我就打回去。

事情到下午就差不多解决了，后续战场收尾全部交给了江澜那边的人。几个少年笑嘻嘻地站起身来，准备一起去吃火锅。

依旧是那家重庆火锅店，他们点了鸳鸯锅，大家各自放了调料，夏啾啾和顾岚坐在一条长凳上，边上就是江淮安，江淮安的旁边坐着武邑，宋哲和杨薇一条长凳，最后就剩出沈随来，他一个人坐一张长凳。

大家没觉得什么，沈随对面就是夏啾啾，他看着夏啾啾被火锅辣上了脸，雾气升腾起来，少女的脸庞鲜活而明亮。她一边和江淮安说话，一边被宋哲嘲讽，一边给顾岚夹菜，一边阻止宋哲嘲讽杨薇。

他们一群人仿佛就这样组成了一个世界，而他独自坐在世界另一边，看这个姑娘在那烟雾里，渐行渐远。

她终归是有了自己的路，自己的世界。

沈随想到这一点，心里居然有了几分失落。

旁边的江淮安给沈随倒了杯可乐。看得出来，江淮安今天心情极好，他笑着道："沈随，今天谢谢了。"

"没什么。"沈随回过神来，恢复了他一贯得体从容的笑，"也挺有意思的，而且你是啾啾的朋友，我帮忙也是应该的。"

听到这话，江淮安倒可乐的动作顿了顿，脸上的笑意收了收，但还是真诚道："不管怎么样，你帮我这件事，我还是感激的，至于其他，是其他的事。"

"其他还有什么事？"沈随微笑，抬手将毛肚夹到夏啾啾的碗里。

沈随一贯体贴，夏啾啾喜欢他这么多年，并不是平白喜欢的。他对身边每个人，不管是夏啾啾还是其他人，都是细致温和的。他们喜欢什么不喜欢什么，沈随都一清二楚，刻意记在心里。

以前何琳琳就说过，沈随这孩子啊，就是天气热了，你才觉得热，而他却能将一盘切好去籽的冰镇西瓜提前送到你面前的人。你自己都不知道自己要什么，他却能提前察觉。

他对夏啾啾好，是习惯了的。而夏啾啾对于他这份体贴，也是习惯了的。他夹菜，夏啾啾一边和顾岚说话一边吃下去。

江淮安看着心里有些梗。他面上不露声色，起身给夏啾啾倒了可乐，又给夏啾啾夹菜，温和地说："来，啾啾，吃土豆。"

江淮安是吃清汤的，于是下意识夹的也是清汤里的菜。夏啾啾看着碗里白白的土豆，认真道："江淮安，鸳鸯锅是我最后的底线，你不要想逼着我也吃清汤！"

江淮安："……"

"江哥，"听到夏啾啾的话，宋哲忍不住笑起来，"你知不知道，吃清汤锅的人和吃红汤锅的人，有着无法跨越的鸿沟？你们不一样，就别给人夹菜了。"

江淮安听了，脸色不太好看。片刻后，他轻咳了一声："其实，我也吃红汤。"

除了顾岚和沈随以外的所有人都不约而同地挑眉，江淮安不吃辣，这是他们都知道的。

"上次啾啾给我弄的那蘸料配红汤挺好吃的，啾啾，再弄一个，我吃给大家看！"

"好！"

听江淮安说自己吃红汤，夏啾啾很高兴。他越像梦里那个江淮安，夏啾啾越觉得，自己的栽培大业已经接近成功。

江淮安说完，夏啾啾就重新给他弄了蘸料，弄完之后，她兴致勃勃地问："来，你要下什么？"

什么不辣？

江淮安认真地思索着，最后道："先……先来根豆芽。"

众人："……"

江淮安觉得这样有点懦弱，于是立刻纠正："鸭肠吧。"

"行！"夏啾啾兴奋地将鸭肠下锅。

大家对于江淮安第一次吃辣都很感兴趣，于是都盯着他看。

江淮安撑着吃了一会儿，吃得一把鼻涕一把泪。夏啾啾看出来他辣得不行了，于是试探地问："那个，要不别吃了？"

江淮安抬头，纵使泪眼汪汪，却仍旧倔强："不，我觉得特别好吃，特别香！"

众人沉默，纷纷用一副看傻子的表情看着江淮安，他们的眼里都带了些同情。唯有夏啾啾直点头："对对对，特别好吃，来，你吃这个。"

宋哲心里突然对夏啾啾改观了，这姑娘怕是不傻。

江淮安一路哭着吃完火锅，最后终于逃脱了夏啾啾的魔掌，到厕所得到了一席安稳。他吃辣辣得胃疼，出来后看见了站在洗手台前的沈随。

沈随见到江淮安，也愣了愣，随后很快恢复了笑容，点头道："今天吃得不好吧？"

江淮安没说话，他胃疼得脸色有些苍白。

沈随看了他一眼："不能吃辣，就不用勉强自己，本来就不适合，没必要强求。"

江淮安打开水龙头，总觉得沈随的话另有所指。

沈随等着他，没有离开。江淮安洗着手，终于还是搭了腔："今天挺意外的。"

"意外什么？"

"你帮我。"江淮安从旁边抽了纸擦干手，说得坦荡，"我觉得你挺讨厌我的。"

"是挺讨厌的。"沈随也没掩饰，轻轻一笑，"我帮的不是你，是啾啾。"

"她从小就脾气好，"沈随的眼里带了怀念，"小时候一群人在一起玩，谁被排挤了，谁被欺负了，她就会多和谁玩，总是努力想要弱势的那个人，过得好一点。"

江淮安静静地听着，觉得沈随的话莫名让人觉得有些不舒服。然而他也觉得，沈随说的是事实。

夏啾啾是光，是温暖，她对每一个人都很好，对于她觉得可怜的人，可能格外好。

他记得那场大雨里夏啾啾撑着伞出现，接他回家；也记得夏啾啾说的那句"我养你"。

"你对我说这些，是什么意思？"

沈随耸耸肩："没什么，就是突然想起来，感慨一下。"

"人变得真快，不是吗？啾啾之前还和我告白，说会一直喜欢我，无论怎样都喜欢我，转头她就离开我了。江淮安，我总是在想，"他弯起眉眼，"在啾啾心里，你一定很可怜吧？"

听到这话，江淮安绷紧了身子。

成功地给江淮安添了一把堵，沈随嗤笑出声，心情愉快地走了出去。

出去之后，一群人已经结完账，正在喝茶，就等着两个人走出来。

顾岚、杨薇和夏啾啾凑在一起聊天，顾岚在说她自己学画画的经历，她以前也师从名家，但后来家里条件不允许，就没有继续学下去。杨薇觉得有些可惜，夏啾啾则一直没说话。

江淮安和沈随走出来后，几个人便分道扬镳。

沈随和顾岚回学校，其他几个人去补习班。夏啾啾的心里挂念着事，没注意到江淮安苍白的脸色。

江淮安一直没吭声，走了一段路，夏啾啾突然道："我觉得我们得帮顾岚。"

"帮什么？"

江淮安觉得胃里绞痛，看着夏啾啾的神色，他就想起夏啾啾最初和他相处的时候。

那些温暖，那些美好，回想起来，突然就变成了怜悯。

他静静地看着夏啾啾，听她说："我觉得顾岚帖子里说的是真的。她不是不想当艺术生，她应该还是想的，只是家境不允许。"

或许是因为疼痛，又或许是因为焦躁，或者是其他原因，江淮安停住脚步，靠在树上，抿紧了唇："你打算怎么帮？"

"直接给钱她可能不高兴，也不知道她父母怎么想，我还是先去看看她家里到底是什么情况……"夏啾啾思索着顾岚的情况，"我先找机会去一趟她家，要不明天我去找王瑜……"

说着，她抬起头来，目光落在江淮安的脸上，当场就愣了。

江淮安额头上还带着汗，面色白得不正常，明显是不舒服的模样。她赶紧扶住他，焦急地问："你怎么了？"

"啪"的一声，江淮安推开她的手，扭过头去，不满道："我没事。"

夏啾啾没说话，她方才一直在想顾岚的事，才没有注意到江淮安。注意到后，怎么会不知道这个人此刻心情不佳？

她深吸了一口气，认真道："我做错什么了你和我说，你为什么不高兴你和我讲，好意见我会吸取，犯的错误我会纠正，现在我先带你去医院，你看行不行？"

"不行。"江淮安固执地开口，别过头看着旁边的小树。

前面宋哲、杨薇和武邑已经走了一段路了，见两个人没有跟来，宋哲停住步子，转过头问："你们怎么回事，走啊。"

"江淮安不舒服，"夏啾啾提高了音量，"你们先去上课，我带他去医院看完就过来。"

宋哲本来还想说什么，却突然想起什么来，轻咳了一声："行，那我们先走了。"

"老宋，咱们还是留着……"

武邑有些犹豫，宋哲却一把拖过他："留什么留，这是发展感情的好机会，你留下，信不信他明天打死你？"

说着，三个人就往补习班走去，留下夏啾啾和江淮安。江淮安一直固执地看着旁边，一副宁死不屈的样子。

由于胃疼得厉害，江淮安便靠在树上，用手撑着自己。

夏啾啾沉默着，许久后，软软道："你到底是要怎么样嘛……"

那声音又软又甜，江淮安光是听着声音，就觉得心里软成一片，耳根子也跟着开始红了。可他还是不开心，便撑着继续道："我没什么事，你走你的。不是要去找王瑜问顾岚的事吗？你去问啊。"

夏啾啾是懵的，她也不知道到底是怎么得罪江淮安了，但她就是知道江淮安不高兴了。

她低着头，有些委屈："你都这样了，我肯定管不了顾岚了啊。"

嗯，还像句人话。

江淮安听着，心里舒服了些，斜眼看着旁边做着检讨的小姑娘。

她的声音带着委屈，还有着几分自己都没意识到的撒娇意味："你有什么不开心，你就告诉我，你不和我说，我怎么知道怎么改正啊？"

"你不用改正。"江淮安觉得自己快沦陷了，但还是倔强地不肯低头，"你有好多人要帮，不用管我。"

"怎么能不管你呢？"夏啾啾看着他，"你那么重要，我得先确定你没问题，才能管别人啊。"

一听这话，江淮安觉得自己的耳根子猛地滚烫起来，他的心跳得扑通扑通的，梗着脖子没敢看夏啾啾。

夏啾啾想了想，从自己兜里拿出一颗大白兔奶糖来。

"这是我最后一颗奶糖了，我给你吃了，我有什么做不对的，你原谅我好不好？"

好好好。

江淮安在心里拼命点头。但面上还是假装淡定，只是脸颊有些红。他看着小姑娘手心里的奶糖，低头拿了过来。

夏啾啾这才松了口气："你不生气了？"

"嗯……"江淮安低着头，像个小媳妇，声音小小的，"也没怎么生气。"

"那我们去医院？"

"也没事……就是胃疼，回去吃点药，休息一下就好了。"江淮安握着奶糖，觉得有点灼手。

夏啾啾不放心，伸手去扶他："我还是扶着你回去吧？"

江淮安下意识想摇头，可是小姑娘握着他的手臂，她的手软软的，让他有些不舍得放开。他纠结了半天，没说话，夏啾啾就扶着他往学校方向走，这里也就离学校一条街，江淮安的公寓就在学校旁边。

夏啾啾在路上买了胃药，江淮安就在门口等着，看见旁边有一家便利店，想了想，他挣扎着，最后还是去买了一包大白兔奶糖。

夏啾啾扶着江淮安回了公寓，给江淮安端了热水，吃了胃药，盖了毯子，就自己坐在茶几面前，开始做题。

江淮安看着书，时不时扭头去看旁边认真做题的夏啾啾。

等到了十一点，夏啾啾抬眼看了看钟，然后问："好点了吗？"

"嗯。"江淮安点头，"好了。"

夏啾啾松了口气："不能吃辣就和我说，以后不要吃了。"

"也不用，"江淮安有些尴尬，"我真的会吃了。"

夏啾啾眼里全是不相信。

江淮安点头："真的！"

"好啦，不管真的假的，以后不吃了。"说完，夏啾啾收拾了东西，"我家的车来了，我走啦，你好好睡吧。"

"我送你。"

江淮安立刻从床上起来，要送夏啾啾离开。夏啾啾坚持不过他，就让他送到了门口。

临到车前，夏啾啾朝他挥了挥手："行了，我走啦。"

"那个，"江淮安一把抓住她。

夏啾啾微微一愣，就看见对方红着脸，有些不好意思道，"那个……谢谢……"

说着，夏啾啾看见江淮安从兜里掏出一包大白兔奶糖，放在了她手心里。

夏啾啾还没反应过来，江淮安就迅速扭头跑了，仿佛送的不是奶糖，是情书。

夏啾啾看着手里这一大包奶糖，第一个想法是——

这么大包奶糖，刚才他就放在裤兜里，他的裤兜是有多大？

随后她突然想起一句诗来——

"投我以木瓜，报之以琼瑶。"

清风朗月，夜色正好，夏啾啾抱着大白兔奶糖，觉得脸有点烫。

她想起这诗的下一句——

"匪报也，永以为好也。"

后记

爱能温暖整个世界

《围堵可爱的他》第一部就在这里暂时结束了，大家应该也看到了一个完整的江淮安，他从一个小混混一步一步长成了一个学霸。

　　我一直觉得，一个人一辈子，是在追求内心的圆满，灵魂的完整，我们所有做出来的出格的、令人讨厌的事情，其实都是来源于内心上某种缺失。这世上没有愿意放弃自己的人，也没真正的"坏孩子"，我们都是因为缺少了什么，所以通过行为去发泄潜意识中所受到的伤害。

　　就像江淮安，他因为缺少爱，所以他成了一个校霸一样的混混小少年。然而当夏啾啾出现，当夏啾啾捧着温暖和爱愈合了他内心的伤口时，他就慢慢找回了自己。

　　他开始发现，努力是一件幸福的事。他也开始发现，沟通是解决家庭矛盾的方式。

　　江淮安虽然有一个破碎的家庭，但是他其实很幸运，他有夏啾啾骤然出现在生命里，带来如此不期而遇的改变。

　　然而现实生活中，大多数人没有这样的幸运。我们遇不到夏啾啾，但我们很容易遇到江城。

　　我们很容易遇到让我们放弃、叛逆、难过、无法自控的家庭或者社会环境，又没有人来帮助我们舔舐这样的伤口。

　　这个时候怎么办呢？

　　我们得自己成为自己的夏啾啾。

　　我们要爱自己，要明白人生是我们的，路是我们自己的。我们所有的选择，没有任何人会在意也不会有任何挽回。

　　自己舔舐伤口，自己给自己爱，自己站起来，自己温柔地看着这个世界。

　　然后，我们就会发现，原来江城这样的父亲其实也对孩子有着爱，只是他从不会表达。沈随这样的朋友也会有真正的善意，只是他未被挖掘。

　　我希望我们每个人，都能在成为自己的夏啾啾之后，再成为别人的夏啾啾。

　　写书的时候，有读者和我说，夏啾啾太"圣母（形容过于善良）"，太"傻白甜（形容天真善良，个性甜美）"。我却觉得，这其实是一个人一生中最需要，也最难得的品质。

始终对世界抱着爱意，坚持对每个人传递温暖。

这个社会已经如此暴躁复杂，为什么我们不去返璞归真，做一个温暖的"傻白甜"？

上半部是江淮安和夏啾啾积累感情，是江淮安走出自己黑暗的过程。而下半部中，我们将会看到这群小少年走向星辰大海，拥抱未来人生。

夏啾啾会找到适合自己的道路，会明白努力的前提是找对方向。

而江淮安会热血奋战，从国家数学竞赛一路成为男神。

还有宋哲、杨薇、武邑、顾岚……

《围堵可爱的他》第二部，他们都在等你，陪你一起，冲刺高考，度过青春。

若干年后回忆起来，你会发现他们也与你一同呐喊奋斗过，每年 6 月 7 日，都会一起热血沸腾。

他们走向高考，你们走向未来。

他们始终，与你们同在。

墨书白

2018 年 10 月 25 日